魯 迅 作 品 精 華

魯迅作品精華

（選評本）

第一卷　小説集

楊義 / 選評

責任編輯	向婷婷 鄭海檳	
書籍設計	鍾文君	

書　　名　**魯迅作品精華（選評本）**　第一卷　小説集

選　　評　楊義

出　　版　三聯書店（香港）有限公司

　　　　　香港北角英皇道 499 號北角工業大廈 20 樓

　　　　　Joint Publishing (H.K.) Co., Ltd.

　　　　　20/F., North Point Industrial Building,

　　　　　499 King's Road, North Point, Hong Kong

香港發行　香港聯合書刊物流有限公司

　　　　　香港新界大埔汀麗路 36 號 3 字樓

印　　刷　美雅印刷製本有限公司

　　　　　香港九龍觀塘榮業街 6 號 4 樓 A 室

版　　次　2015 年 7 月香港第一版第一次印刷

　　　　　2019 年 12 月香港第一版第二次印刷

規　　格　特 16 開（152 × 228 mm）384 面

國際書號　ISBN 978-962-04-3724-3

　　　　　© 2015 Joint Publishing (H.K.) Co., Ltd.

　　　　　Published & Printed in Hong Kong

本書原由生活書店出版有限公司以書名《魯迅作品精華（選評本）》（全三卷）
出版，經由原出版者授權本公司在除中國內地以外地區出版發行本書。

序 言

　　呈獻在讀者面前的這部《魯迅作品精華（選評木）》，凝聚了本人近二十年的心血。一九九五年將書稿送交香港三聯書店出版時，我就根據可以傳世不衰的思想文化經典的應有的標準，遴選魯迅作品二百二十餘篇，在魯迅全部作品中擷取十分之一二作為精華，力圖讓世人認知一個"經典魯迅"。時隔近二十年，當北京的生活書店計劃重印這部精華集時，我重讀當年寫下的百餘篇簡短的點評，為它們的淺陋感到汗顏，因而狠下決心，補齊全部點評，並對所有點評進行脫胎換骨的修訂和拓展深化，以副我目下的學術能力和水平。這番努力，追求的是為一部精華文集作點評，理應點出其精、評出其華，選與評相搭配，使讀者能夠在一個思想文化精華的平台上，進行酣暢痛快的、而不是八股老調式的或瞎子摸象式的精神對話。因而點評的篇幅，就由原來的三四萬字拓展為近二十萬字。儘管時間倉促，或不周密，但對我而言，已是"李長吉真欲嘔出心頭血乃已耳"。

　　中國現代思想和文學，是有幸的。因為二十世紀中國之有魯迅，使二十世紀的文化和文學，增加了不少聲色、血性，以及對中國和中國人的深度思考。魯迅藉文學而思想，使思想得以長久保鮮；魯迅藉思想而文學，使文學牽繫着民族和歷史的筋骨血脈。他是中國現代文學之父，也是"五四"諸子中最燦爛、也最不能說盡的思想者。

　　"魯迅"這個筆名，是一九一八年五月在《新青年》第四卷第五號發表中國現代文學史上第一篇白話文小説《狂人日記》時，首次使用的，至今已近一百年了。百年歲月並沒有使魯迅作品顏色凋殘，滋味減淡，以至今天讀魯迅的書，依然有一種辛辣的思想智慧被釋放的痛快感。讀他的文學而能夠從思想深處感到辛辣、感到痛快，進而從辛辣、痛快中，感到生命力的汩汩啓動，魯迅以外似乎很難找到另外的人。只要你的思想不麻木、不輕薄，不受某些成見所控制，你都會感受到魯迅以刻骨銘心的深刻性和焦灼不已的憂患意識，關注着中國人的精神，關注着中國的命運，他是奴役體制和奴才心理的不可調和的敵人。有些利益集團壓迫他，有些苟安求存者討厭他，他們自有理由。但魯迅從來不迴避也不畏怯這一點，他生前受過“冷箭”，身後也受得起“冷箭”，“那怕你銅牆鐵壁！那怕你皇親國戚！……”。

看見了毀譽不一的種種議論，再從魯迅作品閱讀中體驗那種辛辣的痛快感，就更能感覺到不痛就不快，不痛就不能狠下心來作出深度的歷史和精神的反思。既然要對生命相許的老大而貧弱的民族和它的思考者本人進行歷史理性的反思，既然要“抉心自食”，豈能不“創痛酷烈”？痛而後快，這是一種精神的錘煉、淬火和釋放，精神的干將莫邪不是在花柳叢中、而是在烘爐烈火中煉成的，由此而產生剛毅的擔當意識和創造意識。用魯迅的話來說，就是要“在冰谷中救出死火”，讓它繼續燃燒；就是要打出“火焰的怒吼，油的沸騰，鋼叉的震顫相和鳴”，邊沿開着慘白色的曼陀羅花的地獄，“肩住了黑暗的閘門”，放青年一代“到寬闊光明的地方去”。他的終極關懷，在於這麼一條因果鏈：由人的覺醒，達致民族的振興。這是人類性的，也是民族性的，二者不能割裂。

沒有理由不承認，魯迅是一位真正以人為本，並為之除蟲固本的戰鬥者。自語義學而言，本就是根柢，在木的下方以一橫來標示，正如在刀口以一點標示“刃”，出自同樣的原始造字法。根柢的根，是蔓生的根，柢是直生的根。因而魯迅在一九〇八年，就將以人為本表述為"根柢在人"，"首在立人"。在如何立人上，魯迅尤其注重精神，不僅呼喚"精神界戰士"的出現，而且認為"我們的第一要著，是在改變他們的精神，而善於改變精神的是，我那時以為當然要推文藝，於是想提倡文藝運動了"。《狂人日記》以滿紙荒唐言製造強烈的精神衝擊力，它查看每頁都寫着"仁義道德"的歷史，卻從字縫裡看出都寫着"吃人"，所吃掉的不只是人的肉體，更嚴重的是吃掉人的精神。"哀莫大於心死"，精神的萎縮，是民族的最大悲劇。因而魯迅始終堅持解剖和改造國民性，思考着如何鑄造剛健清新、生命力充溢的"民族魂"。

在解剖國民性中，魯迅最痛心疾首的是四性：一是奴性，或阿Q性，麻木以求苟存；二是剝皮性，或暴君性，殘暴以逞威權；三是二丑性，或叭兒狗性，流言蜚語而討好獻媚；四是流氓性，或《水滸》中的牛二性，非法耍橫而胡攪蠻纏。正是針對充其量也不過是"在瓦礫場上修補老例"的這四種習性，他總結雷峰塔倒掉的教訓時，反對寇盜式的破壞和奴才式的破壞，觀人省己，保護國家柱石不讓偷挖，主張"內心有理想的光"的革新式的破壞與建設並行。從這些闡述中可以發現，由於思想的銳進和閱歷的加深，一九二五年的魯迅與一九〇八年的魯迅相比，對於立人之"人"的類型把握，更加具體切實了，但以人為本還是前後一致的。魯迅把立人和立"人國"看作一個整體性的事業，很早以前他給許壽裳的兒子開蒙，寫了兩個字，一個是"天"，一個是"人"。"天"就是把握自然和世界，這是人的生存空間，生命實現空間；"人"就是要認識自己及同類，有一種頂天立地的精神自許，有一種人之為人、能夠實現人生意義的尊嚴。這無疑是綱常名教壓瘺了的人，要恢復其天性的掙扎、反叛和重新鑄造。魯迅文化就是關聯着天的"人的文化"，天之本在人，人之本在天，二者互為本源和本質，是一種現代性的"天人之學"。這種"人學"或"天人學"，是中國思想史上前無古人的創造。

　　由於深度關懷着重鑄人的精神而建立“人國”，魯迅在他所處的內憂外患深重的歷史時代，作為一個知識者，只能訴諸嚴正的不留情面的“文明批評”和“社會批評”，以匕首投槍，短兵相接，殺出一條生存的血路，在當代世界發出中國的聲音。龔自珍一八三九年作《己亥雜詩》云：“九州生氣恃風雷，萬馬齊喑究可哀。我勸天公重抖擻，不拘一格降人材。”他感受到國家元氣殆盡，社會“萬馬齊喑”，呼喚着風雷激蕩，催生“九州生氣”。魯迅是喜歡龔定庵的詩的，八十多年後，魯迅也致力於“畫出這樣沉默的國民的魂靈”，一九二七年魯迅作《無聲的中國》講演，要求“青年們先可以將中國變成一個有聲的中國。大膽地說話，勇敢地進行，忘掉了一切利害，推開了古人，將自己的真心的話發表出來。……只有真的聲音，才能感動中國的人和世界的人；必須有了真的聲音，才能和世界的人同在世界上生活”。為此，魯迅也吶喊，那是“中華民族到了最危險的時候，每個人被迫着發出最後的吼聲”，只要國歌中“最危險”三個字沒有改動，就有魯迅存在的現實感；魯迅也彷徨，那是新文化團隊經歷了進退沉浮，佈不成陣後的堅持性彷徨，令人聯想到“屈原放逐，彷徨山澤”，見到廟宇祠堂中的精靈古怪和各色人物的顛倒錯綜的形相，“因書其壁，呵而問之，以抒憤懣”，以作《天問》的彷徨。無論他的吼聲或天問，都是從一個真正的“人之子”的口中發出的。從中可以體驗到在“風沙撲面，狼虎成群”的荊棘叢中“上下求索”，踏出路來的生命訴求。魯迅是在峽谷深處伸出雙手，竭誠盡力以托起“中國夢”的孤膽巨人。其中的拳拳之心，就像魯迅高度讚揚的德國女畫家珂勒惠支的木刻《犧牲》中，一位母親悲哀地閉了眼睛，獻出她的孩子一樣。魯迅代表着祖國母親，睜着悲憫的眼睛，獻出了狂人、孔乙己、阿 Q、閏土、祥林嫂，以及無常、女弔，令人在一種辛辣的痛快感中，反思着“真的人”與蟲豸、人間與地獄、中國與世界。

　　魯迅的人文世界是豐富多彩，趣味深遠的。雜學、野史、經籍、文物、繪畫、地方戲和民俗，無不隨手拈來，調侃體味，皆成妙趣。魯迅有兒童的好奇心，農民的幽默感及民俗的狂歡意態。他欣賞鄉下小孩"打了太公，一村的老老小小，也決沒有一個會想出'犯上'這兩個字來"的純真和頑皮；自己老大得子，還說"無情未必真豪傑，憐子如何不丈夫"。他以含淚的笑關注着頭上長滿癩瘡疤的阿Q，在街頭赤膊抓虱子與人比醜，還慣慣地與別人互抓辮子進行"龍虎鬥"；又關注着祥林嫂捐了土地廟門檻，依然贖不回地獄分屍的鬼債，懷着恐懼、疑惑和沒有泯滅的期待，惴惴然徘徊在地獄的邊緣。魯迅最忘不了這麼一幅神異的鄉愁圖："深藍的天空中掛着一輪金黃的圓月，下面是海邊的沙地，都種着一望無際的碧綠的西瓜，其間有一個十一二歲的少年，項帶銀圈，手捏一柄鋼叉，向一匹猹盡力的刺去，那猹卻將身一扭，反從他的胯下逃走了"；卻又為"多子，饑荒，苛稅，兵，匪，官，紳"苦累得像一個木偶人的閏土，淒涼地顫動嘴唇，恭敬地叫出"老爺！……"的稱呼，感受到大地的呻吟。即便是民俗的狂歡，他把金臉或藍臉紅臉的神像出遊，當成"罕逢的一件盛事"，能夠從中創造出詼諧的無常和剛烈的女弔，魯迅的經典地位已經足以不朽了。

　　還有一點需要補充討論。近年由於國學升溫，孔子升堂，也就浮現出思想史上的一個重大命題：魯迅與孔子的關係。作為一個現代大國，對此不應持守簡單的二元排斥的態度，而應該擁有一種多元共存、綜合創新的文化胸襟。還在最初編纂這部精華集之前的一九九二年，我就提出"魯迅與孔子溝通說"："魯迅思想自然不能等同於古越文化，它是二十世紀前期中國人面對世界以後，對自己文化建設，尤其是自己文化傳統弊端進行空前深刻的反思的結晶。因而它帶有明顯的現代性，這一點非孔學所能比擬。當民族積弱，需要發憤圖強之時，越文化和魯迅精神是一服極好的刺激劑；但當民族需要穩定和凝聚之時，孔學的優秀成分也是不應廢棄的黏合劑。儒者，柔也；而越文化與魯迅，則屬於剛。在穩定、開明的文化環境中，二者未嘗不可以剛柔相濟、文野互補、古今互惠。中華民族的現代文化建設應該超越狹隘的時間空間界限，廣攝歷代之精粹，博取各地域文化智慧之長，建構立足本土又充分開放的壯麗輝煌的文明和文化形態。正是在這種意義上，我認為魯迅和孔子之間，並非不能融合和溝通。"中華民族有五千年文明史，有九百六十萬平方公里的幅員，有總人口十三億的五十六個民族，在它創建現代大國文化的時候，有足夠的精神空間容納魯迅和孔子，容納老莊、孟荀、墨韓，容納中國思想文化及人類思想文化的精華。精華之為物，乃是人類文明的共同財富。

二〇一三年十二月十六日

編者弁言（一九九八年香港版）

楊 義

　　在"二十世紀巨人"的行列中，無論如何，魯迅是佔有新文化先驅者的顯著位置的。屈指算來，他離開我們的歲月已是整整一個"六十甲子"，而且是中國歷史上發生了強烈震撼和偉大變遷的"六十甲子"。然而我們觀察中國事物之時，灼灼然總是感受到他那銳利、嚴峻而深邃的眼光，感受到他在昭示着甚麼，申斥着甚麼，期許着甚麼。由此你不能不慨嘆了：讀魯迅，可以療治膚淺，可以更深刻地瞭解何為中國和中國人，這是讀任何文學家的書都難以達到的一種境界。

　　"魯迅眼光"，已經成為二十世紀中國智慧和精神的一大收穫，一種超越了封閉的儒家精神體系，從而對建構現代中國文化體系具有實質意義的收穫。在魯迅同代人中，比他激進者有之，如陳獨秀；比他機智者有之，如胡適；比他儒雅者有之，如周作人；唯獨無之者，無人如他那樣透視了中國歷史進程和中國人生模型的深層本質，這就使得他的著作更加耐人重讀，愈咀嚼愈有滋味。魯迅學而深思，思而深察，表現出中國現代史上第一流的思想洞察力、歷史洞察力和社會洞察力，從而使他豐厚的學養和深切的閱歷形成了一種具有巨大的穿透力的歷史通識。正是依憑着這種卓越的歷史通識，他觀察着和解剖着一個在災難深重中進行革故鼎新的大時代，在中外古今各種文化思潮都爭辯着自己存在的歷史合理性的漫無頭緒之中，梳理着中國的生存處境及其發展的契機和可能性，對之作出令人難以忘懷的形象表達。

魯迅作品以凝縮的形態，蘊藏着一個革故鼎新的大時代的思想含量和審美含量，其中的精華，堪稱現代中國必讀的民族典籍。這就是本書取名的來由，它尋找着彌足珍貴的"魯迅眼光"，出以"民族經典意識"。

誰能設想魯迅僅憑一支形小價廉的"金不換"毛筆，卻能疾風迅雷般揭開古老中國的沉重帷幕，賦予痛苦的靈魂以神聖，放入一線晨曦於風雨如磐？他對黑暗的分量有足夠的估計，而且一進入文學曠野便以身期許："自己背着因襲的重擔，肩住了黑暗的閘門"，放青年一代"到寬闊光明的地方去，此後幸福的度日，合理的做人"。這便賦予新文化運動以勇者人格、智者風姿。很難再找到另一個文學家像他那樣深知中國之為中國了。那把啓蒙主義的解剖刀，簡直是刀刀見血，哪怕是辮子、面子一類意象，國粹、野史一類話題，無不順手拈來，不留情面地針砭着奴性和專制互補的社會心理結構，把一個國民性解剖得物無遁形、淋漓盡致了。讀魯迅，可以領略到一種苦澀的愉悅，即在一種不痛不快、奇痛奇快的大智慧境界中，體驗着他直視現實的"睜了眼看"的人生態度，以及他遙祭"漢唐魄力"，推崇"拿來主義"的開放胸襟。他後期運用的唯物辯證法也是活生生的，毫無"近視眼論區"（參看他的雜文《扁》）的隔膜。我們依然可以在他關於家族、社會、時代、父子、婦女，以及文藝與革命，知識者與民眾，聖人、名人與真理一類問題的深度思考中，感受到唯物辯證法與歷史通識的融合，感受到一種痛快淋漓的智慧禪悅。他長於諷刺，但諷刺秉承公心，冷峭包裹熱情，在一種"冰與火"共存的特殊風格中，逼退復古退化的荒謬，逼出"中國的脊樑"和"中國人的自信力"。魯迅使中國人對自身本質的認識達到了一個新的歷史深度，正是這種充滿奇痛奇快的歷史深度，給一個世紀的改革事業注入了前行不息的、類乎"過客"的精神驅動力。

"甚麼是路？就是從沒路的地方踐踏出來的，從只有荊棘的地方開闢出來的。"魯迅把這段話寫入《生命的路》，使人們可以把"荊棘與路"的意象，作為他的生命哲學之精髓而加以解讀。魯迅是在荊棘叢生的曠野上為新文學開路的先驅者。要瞭解中國文學如何從古典階段轉型到現代階段，要瞭解現代中國的人文精神在開闢草萊時留下過何種彌足珍貴的足跡，是不可不讀魯迅的書的。起碼在這三個領域，他建立了新文學開路者的不世功勳：小説、散文詩、雜文。本精華集凡三卷，實際上想伴同讀者從二條路徑上一探現代中國人文精神和審美智慧的源頭。不是有過漢代博望侯張騫通西域之後，探尋黃河源頭的壯舉嗎？這三卷書想在另一種意義上探尋人文精神的河源，以"博"吾"望"。第一卷收小説二十四篇（序言和附錄八篇）。魯迅説，他的小説也是某種"論文"，這強調他小説藝術形態的深處隱寓着豐富的文化意義密碼。第二卷收散文詩三十三篇（附錄一篇），散文二十六篇（小引一篇），舊體詩二十六首，書信二十六篇。就散文詩和散文而言，這當是至今為止最為完備的集子，包括九篇散文詩和十五篇散文都是按照嚴格的文體概念，從他的雜文集中遴選出來的，應看作研究的結果。第三卷以編年方式，選錄雜文七十八篇。編年的好處是可以窺見時代思潮和作者思想脈絡，這次編選是把文化價值和審美價值置於時效價值之上，從中當可領略魯迅的胸襟、人格和思想深度。三卷精華集共收各類作品二百二十餘篇，除學術專著《中國小説史略》外，殆可代表一個"世紀巨人"的成就，亦可使讀者領略現代中國人文精神的綺麗河源。

　　編選，實為當代人與前輩先驅者在研究基礎上，進行心靈對話的一種方式，其中包含對先驅業績的價值理解和精神體驗的相互溝通。因此精華集在編輯體例上另創新格，不取以往對魯迅著作詳注典故人事的方式，而在一些重要篇章後面寫出"編者附語"，以裨讀者直接把

握 "魯迅眼光" ——他的歷史通識和審美特質。比如魯迅自稱《野草》包含有他的 "哲學",編者附語採取 "吾道一以貫之" 的思路,在逐篇闡釋中系統地揭示他的自然哲學、歷史哲學、社會哲學、人生哲學和生命哲學的幽深境界,這種填補學術空白的貫通研究,諒可打開讀者一扇心靈窗戶。散文之附語,較多關注作者的鄉土因緣和精神家園,如《狗·貓·鼠》附語,援引作者的宋代同鄉陸游關於 "貓為虎舅" 的詩注,當可加深對紹興民俗幻想的體味。小説附語,多採納敍事學智慧,點明妙處,以滋讀者的審美修養。比如《祝福》附語,重在交代紹興歲終 "祝福儀式",使讀者更真切地領會小説複調敍事的效果。至於第一卷《小説集編餘雜識》,則於小説外談論小説,既交代魯迅未完成的三部長篇小説的構思,又揭示其未完成的社會心理原因,使人得到某種掩卷餘味。諸如此類的 "編者附語" 凡一百餘則,旨在開闊讀者的文化視野,引發廣泛的自由聯想,是否有點類乎魯迅編《唐宋傳奇集》而寫 "稗邊小綴" 的體例?倘若如此,多少算是師法魯迅體例而編《魯迅作品精華》吧。

一九九六年元月十一日

目 錄

故事新編

附 錄

呐
喊

自　序

　　我在年青時候也曾經做過許多夢，後來大半忘卻了，但自己也並不以為可惜。所謂回憶者，雖說可以使人歡欣，有時也不免使人寂寞，使精神的絲縷還牽着已逝的寂寞的時光，又有甚麼意味呢，而我偏苦於不能全忘卻，這不能全忘的一部分，到現在便成了《吶喊》的來由。

　　我有四年多，曾經常常，—— 幾乎是每天，出入於質舖和藥店裡，年紀可是忘卻了，總之是藥店的櫃台正和我一樣高，質舖的是比我高一倍，我從一倍高的櫃台外送上衣服或首飾去，在侮蔑裡接了錢，再到一樣高的櫃台上給我久病的父親去買藥。回家之後，又須忙別的事了，因為開方的醫生是最有名的，以此所用的藥引也奇特：冬天的蘆根，經霜三年的甘蔗，蟋蟀要原對的，結子的平地木，……多不是容易辦到的東西。然而我的父親終於日重一日的亡故了。

　　有誰從小康人家而墜入困頓的麼，我以為在這途路中，大概可以看見世人的真面目；我要到N進K學堂去了，仿佛是想走異路，逃異地，去尋求別樣的人們。我的母親沒有法，辦了八元的川資，說是由我的自便；然而伊哭了，這正是情理中的事，因為那時讀書應試是正路，所謂學洋務，社會上便以為是一種走投無路的人，只得將靈魂賣給鬼子，要加倍的奚落而且排斥的，而況伊又看不見自己的兒子了。然而我也顧不得這些事，終於到N去進了K學堂了，在這學堂裡，我才知道世上還有所謂格致，算學，地理，歷史，繪圖和體操。生理學並不教，但我們卻看到些木版的《全體新論》和《化學衛生論》之類了。我還記得先前的醫生的議論和方藥，和現在所知道的比較起來，便漸漸的悟得中醫不過是一種有意的或無意的騙子，同時又很起了對於被騙的病人和他的家族的同情；而且從譯出的歷史上，又知道了日本維新是大半發端於西方醫學的事實。

因為這些幼稚的知識，後來便使我的學籍列在日本一個鄉間的醫學專門學校裡了。我的夢很美滿，預備卒業回來，救治像我父親似的被誤的病人的疾苦，戰爭時候便去當軍醫，一面又促進了國人對於維新的信仰。我已不知道教授微生物學的方法，現在又有了怎樣的進步了，總之那時是用了電影，來顯示微生物的形狀的，因此有時講義的一段落已完，而時間還沒有到，教師便映些風景或時事的畫片給學生看，以用去這多餘的光陰。其時正當日俄戰爭的時候，關於戰事的畫片自然也就比較的多了，我在這一個講堂中，便須常常隨喜我那同學們的拍手和喝采。有一回，我竟在畫片上忽然會見我久違的許多中國人了，一個綁在中間，許多站在左右，一樣是強壯的體格，而顯出麻木的神情。據解說，則綁着的是替俄國做了軍事上的偵探，正要被日軍砍下頭顱來示眾，而圍着的便是來賞鑑這示眾的盛舉的人們。

這一學年沒有完畢，我已經到了東京了，因為從那一回以後，我便覺得醫學並非一件緊要事，凡是愚弱的國民，即使體格如何健全，如何茁壯，也只能做毫無意義的示眾的材料和看客，病死多少是不必以為不幸的。所以我們的第一要著，是在改變他們的精神，而善於改變精神的是，我那時以為當然要推文藝，於是想提倡文藝運動了。在東京的留學生很有學法政理化以至警察工業的，但沒有人治文學和美術；可是在冷淡的空氣中，也幸而尋到幾個同志了，此外又邀集了必須的幾個人，商量之後，第一步當然是出雜誌，名目是取"新的生命"的意思，因為我們那時大抵帶些復古的傾向，所以只謂之《新生》。

《新生》的出版之期接近了，但最先就隱去了若干擔當文字的人，接着又逃走了資本，結果只剩下不名一錢的三個人。創始時候既已背時，失敗時候當然無可告語，而其後卻連這三個人也都為各自的運命所驅策，不能在一處縱談將來的好夢了，這就是我們的並未產生的《新生》的結局。

我感到未嘗經驗的無聊，是自此以後的事。我當初是不知其所以然的；後來想，凡有一人的主張，得了贊和，是促其前進的，得了反對，是促其奮鬥的，獨有叫喊於生人中，而生人並無反應，既非贊同，也無反對，如置身毫無邊際的荒原，無可措手的了，這是怎樣的悲哀呵，我於是以我所感到者為寂寞。

這寂寞又一天一天的長大起來，如大毒蛇，纏住了我的靈魂了。

然而我雖然自有無端的悲哀，卻也並不憤懣，因為這經驗使我反省，看見自己了：就是我決不是一個振臂一呼應者雲集的英雄。

只是我自己的寂寞是不可不驅除的，因為這於我太痛苦。我於是用了種種法，來麻醉自己的靈魂，使我沉入於國民中，使我回到古代去，後來也親歷或旁觀過幾樣更寂寞更悲哀的事，都為我所不願追懷，甘心使他們和我的腦一同消滅在泥土裡的，但我的麻醉法卻也似乎已經奏了功，再沒有青年時候的慷慨激昂的意思了。

S會館裡有三間屋，相傳是往昔曾在院子裡的槐樹上縊死過一個女人的，現在槐樹已經高不可攀了，而這屋還沒有人住；許多年，我便寓在這屋裡鈔古碑。客中少有人來，古碑中也遇不到甚麼問題和主義，而我的生命卻居然暗暗的消去了，這也就是我惟一的願望。夏夜，蚊子多了，便搖着蒲扇坐在槐樹下，從密葉縫裡看那一點一點的青天，晚出的槐蠶又每每冰冷的落在頭頸上。

那時偶或來談的是一個老朋友金心異，將手提的大皮夾放在破桌上，脫下長衫，對面坐下了，因為怕狗，似乎心房還在怦怦的跳動。

“你鈔了這些有甚麼用？”有一夜，他翻着我那古碑的鈔本，發了研究的質問了。

“沒有甚麼用。”

“那麼，你鈔他是甚麼意思呢？”

“沒有甚麼意思。”

“我想，你可以做點文章……”

我懂得他的意思了，他們正辦《新青年》，然而那時仿佛不特沒有人來贊同，並且也還沒有人來反對，我想，他們許是感到寂寞了，但是說：

“假如一間鐵屋子，是絕無窗戶而萬難破毀的，裡面有許多熟睡的人們，不久都要悶死了，然而是從昏睡入死滅，並不感到就死的悲哀。現在你大嚷起來，驚起了較為清醒的幾個人，使這不幸的少數者來受無可挽救的臨終的苦楚，你倒以為對得起他們麼？”

“然而幾個人既然起來，你不能說決沒有毀壞這鐵屋的希望。”

是的，我雖然自有我的確信，然而說到希望，卻是不能抹殺的，因為希望是在於將來，決不能以我之必無的證明，來折服了他之所謂可有，於是我終於答應他也做文章了，這便是最初的一篇《狂人日記》。從此以後，便一發而不可收，每寫些小說模樣的文章，以敷衍朋友們的囑託，積久就有了十餘篇。

在我自己，本以為現在是已經並非一個切迫而不能已於言的人了，但或者也還未能忘懷於當日自己的寂寞的悲哀罷，所以有時候仍不免吶喊幾聲，聊以慰藉那在寂寞裡奔馳的猛士，使他不憚於前驅。至於我的喊聲是勇猛或是悲哀，是可憎或是可笑，那倒是不暇顧及的；但既然是吶喊，則當然須聽將令的了，所以我往往不恤用了曲筆，在《藥》的瑜兒的墳上平空添上一個花環，在《明天》裡也不敍單四嫂子竟沒有做到看見兒子的夢，因為那時的主將是不主張消極的。至於自己，卻也並不願將自以為苦的寂寞，再來傳染給也如我那年青時候似的正做着好夢的青年。

這樣説來，我的小説和藝術的距離之遠，也就可想而知了，然而到今日還能蒙着小説的名，甚而至於且有成集的機會，無論如何總不能不説是一件僥倖的事，但僥倖雖使我不安於心，而懸揣人間暫時還有讀者，則究竟也仍然是高興的。

所以我竟將我的短篇小説結集起來，而且付印了，又因為上面所説的緣由，便稱之為《吶喊》。

一九二二年十二月三日，魯迅記於北京。

點　評

《吶喊》收魯迅一九一八年至一九二二年所作小説十五篇，由北京新潮社於一九二三年八月初版、一九二六年十月第三次印刷，列入“烏合叢書”，改由北京北新書局出版。至一九三〇年第十三次印刷，抽去其中的《不周山》（後改名為《補天》，收入《故事新編》）。

“吶喊”一詞，是元明清戲曲小説中的用語，如元曲《梧桐雨》中有“眾軍吶喊科”的表演提示；《西廂記》中有“（孫飛虎）領五千人馬，圍住寺門。鳴鑼擊鼓，吶喊搖旗，要擄崔小姐為妻”的道白；《三國演義》中諸葛亮草船借箭，“就船上擂鼓吶喊”；清人陳端生《再生緣》第六回有“一聲吶喊盡彷徨，將士兵丁手腳忙”

等等。"吶喊"一詞,不見於"五經""四書"、歷朝正史、周秦漢唐文章,實在是"引車賣漿者流"的語言,以此為書名,別見平民化姿態。或如《阿Q正傳》第一章所說:"從我的文章着想,因為文體卑下,是'引車賣漿者流'所用的話,所以不敢僭稱,便從不入三教九流的小說家所謂'閒話休題言歸正傳'這一句套話裡,取出'正傳'兩個字來,作為名目。"

關於魯迅在"五四"新文學運動中藉小說為"吶喊",本篇又提到"聽將令"而寫小說,這與《我怎麼做起小說來》中說的有聯繫:"《新青年》的編輯者,卻一回一回的來催,催幾回,我就做一篇,這裡我必得記念陳獨秀先生,他是催促我做小說最着力的一個。"從現存的信件中可以看到,陳獨秀於一九二〇年三月十一日致函周作人,表示"我們很盼望豫才先生(即魯迅)為《新青年》創作小說,請先生告訴他"。八月二十二日又致函周作人,說"魯迅兄做的小說,我實在五體投地的佩服"。本序言還寫到催魯迅做小說的金心異,即錢玄同,他在一九一九年九月二十二日,也就是魯迅只發表《狂人日記》、《孔乙己》、《藥》等幾篇小說時的一封信中說:"《新青年》裡的幾篇較好的白話論文,新體詩,和魯迅君的小說,這都算是同人做白話文學的成績品,……周啓明君翻譯外國小說,照原文直譯,不敢稍以己意變更。……我以為他在中國近來的翻譯界中,卻是開新紀元的。"(《致潘公展》,《新青年》六卷六號"通信欄"。)

這篇《自序》可以看作魯迅前期思想歷程的自供狀。但是人們往往注意其前期"馬鞍形"思想軌跡的兩端的波峰,即棄醫從文後在東京籌措的《新生》文藝運動,及"五四"前後發出的吶喊。而魯迅相當刻骨銘心的是:"S會館裡有三間屋,相傳是往昔曾在院子裡的槐樹上縊死過一個女人的,現在槐樹已經高不可攀了,而這屋還沒有人住；許多年，我便寓在這屋裡鈔古碑。"紹興會館的這一幕，就是所謂"用了種種法，來麻醉自己的靈魂，使我沉入於國民中，使我回到古代去"。其實，民初魯迅，是一個獨特的精神存在。他以沉默排遣痛苦，也以沉默磨煉內功。思想痛苦的醫治，使思想者真正深刻地咀嚼出文化的滋味。如果沒有民國初年的校古碑、抄佛經、搜集漢畫像和金石文物，就沒有這位具有如此深邃的精神深度、深知中西文化精髓之魯迅。

魯迅談社會和文化的改造，好用兩種意象，一是屋，二是路。比如談社會改革："中國人的性情是總喜歡調和，折中的。譬如你說，這屋子太暗，須在這裡開一個窗，大家一定不允許的。但如果你主張拆掉屋頂，他們就會來調和，願意開窗了。沒有更激烈的主張，他們總連平和的改革也不肯行。"又如談文化接納：對於大宅子裡的魚翅、鴉片、煙槍和煙燈，還有一群姨太太，"我們要或使用，或存放，或毀滅。那麼，主人是新主人，宅子也就會成為新宅子"。這篇《自序》又把文學啟蒙事業，比喻為來自"鐵屋子"的聲音，而且是"絕無窗戶而萬難破毀"的"鐵屋子"，從中可以體驗到魯迅反抗絕望的沉鬱的精神世界，體驗到魯迅紮硬寨、打硬仗的意志，以及由此昇華出的憂憤深廣的小說美學色彩。魯迅是一個造屋者，也是一個開路者。

狂人日記

　　某君昆仲,今隱其名,皆余昔日在中學校時良友;分隔多年,消息漸闕。日前偶聞其一大病;適歸故鄉,迂道往訪,則僅晤一人,言病者其弟也。勞君遠道來視,然已早癒,赴某地候補矣。因大笑,出示日記二冊,謂可見當日病狀,不妨獻諸舊友。持歸閱一過,知所患蓋"迫害狂"之類。語頗錯雜無倫次,又多荒唐之言;亦不著月日,惟墨色字體不一,知非一時所書。間亦有略具聯絡者,今撮錄一篇,以供醫家研究。記中語誤,一字不易;惟人名雖皆村人,不為世間所知,無關大體,然亦悉易去。至於書名,則本人癒後所題,不復改也。七年四月二日識。

一

　　今天晚上,很好的月光。

　　我不見他,已是三十多年;今天見了,精神分外爽快。才知道以前的三十多年,全是發昏;然而須十分小心。不然,那趙家的狗,何以看我兩眼呢?

　　我怕得有理。

二

　　今天全沒月光,我知道不妙。早上小心出門,趙貴翁的眼色便怪：似乎怕我，似乎想害我。還有七八個人，交頭接耳的議論我，又怕我看見。一路上的人，都是如此。其中最兇的一個人，張着嘴，對我笑了一笑；我便從頭直冷到腳跟，曉得他們佈置，都已妥當了。

我可不怕，仍舊走我的路。前面一夥小孩子，也在那裡議論我；眼色也同趙貴翁一樣，臉色也都鐵青。我想我同小孩子有甚麼仇，他也這樣。忍不住大聲説，“你告訴我！”他們可就跑了。

我想：我同趙貴翁有甚麼仇，同路上的人又有甚麼仇；只有廿年以前，把古久先生的陳年流水簿子，踹了一腳，古久先生很不高興。趙貴翁雖然不認識他，一定也聽到風聲，代抱不平；約定路上的人，同我作冤對。但是小孩子呢？那時候，他們還沒有出世，何以今天也睜着怪眼睛，似乎怕我，似乎想害我。這真教我怕，教我納罕而且傷心。

我明白了。這是他們娘老子教的！

三

晚上總是睡不着。凡事須得研究，才會明白。

他們 —— 也有給知縣打枷過的，也有給紳士掌過嘴的，也有衙役佔了他妻子的，也有老子娘被債主逼死的；他們那時候的臉色，全沒有昨天這麼怕，也沒有這麼兇。

最奇怪的是昨天街上的那個女人，打他兒子，嘴裡説道，“老子呀！我要咬你幾口才出氣！”他眼睛卻看着我。我出了一驚，遮掩不住；那青面獠牙的一夥人，便都哄笑起來。陳老五趕上前，硬把我拖回家中了。

拖我回家，家裡的人都裝作不認識我；他們的眼色，也全同別人一樣。進了書房，便反扣上門，宛然是關了一隻雞鴨。這一件事，越教我猜不出底細。

前幾天，狼子村的佃戶來告荒，對我大哥說，他們村裡的一個大惡人，給大家打死了；幾個人便挖出他的心肝來，用油煎炒了吃，可以壯壯膽子。我插了一句嘴，佃戶和大哥便都看我幾眼。今天才曉得他們的眼光，全同外面的那夥人一模一樣。

想起來，我從頂上直冷到腳跟。

他們會吃人，就未必不會吃我。

你看那女人"咬你幾口"的話，和一夥青面獠牙人的笑，和前天佃戶的話，明明是暗號。我看出他話中全是毒，笑中全是刀。他們的牙齒，全是白厲厲的排着，這就是吃人的傢伙。

照我自己想，雖然不是惡人，自從踹了古家的簿子，可就難說了。他們似乎別有心思，我全猜不出。況且他們一翻臉，便說人是惡人。我還記得大哥教我做論，無論怎樣好人，翻他幾句，他便打上幾個圈；原諒壞人幾句，他便說"翻天妙手，與眾不同"。我那裡猜得到他們的心思，究竟怎樣；況且是要吃的時候。

凡事總須研究，才會明白。古來時常吃人，我也還記得，可是不甚清楚。我翻開歷史一查，這歷史沒有年代，歪歪斜斜的每葉上都寫着"仁義道德"幾個字。我橫豎睡不着，仔細看了半夜，才從字縫裡看出字來，滿本都寫着兩個字是"吃人"！

書上寫着這許多字，佃戶說了這許多話，卻都笑吟吟的睜着怪眼睛看我。

我也是人，他們想要吃我了！

四

早上，我靜坐了一會。陳老五送進飯來，一碗菜，一碗蒸魚；這魚的眼睛，白而且硬，張着嘴，同那一夥想吃人的人一樣。吃了幾筷，滑溜溜的不知是魚是人，便把他兜肚連腸的吐出。

我說"老五，對大哥說，我悶得慌，想到園裡走走。"老五不答應，走了；停一會，可就來開了門。

我也不動，研究他們如何擺佈我；知道他們一定不肯放鬆。果然！我大哥引了一個老頭子，慢慢走來；他滿眼兇光，怕我看出，只是低頭向着地，從眼鏡橫邊暗暗看我。大哥說，"今天你仿佛很好。"我說"是的。"大哥說，"今天請何先生來，給你診一診。"我說"可以！"其實我豈不知道這老頭子是劊子手扮的！無非藉了看脈這名目，揣一揣肥瘠：因這功勞，也分一片肉吃。我也不怕；雖然不吃人，膽子卻比他們還壯。伸出兩個拳頭，看他如何下手。老頭子坐着，閉了眼睛，摸了好一會，呆了好一會；便張開他鬼眼睛說，"不要亂想。靜靜的養幾天，就好了。"

不要亂想，靜靜的養！養肥了，他們是自然可以多吃；我有甚麼好處，怎麼會"好了"？他們這群人，又想吃人，又是鬼鬼祟祟，想法子遮掩，不敢直捷下手，真要令我笑死。我忍不住，便放聲大笑起來，十分快活。自己曉得這笑聲裡面，有的是義勇和正氣。老頭子和大哥，都失了色，被我這勇氣正氣鎮壓住了。

但是我有勇氣，他們便越想吃我，沾光一點這勇氣。老頭子跨出門，走不多遠，便低聲對大哥說道，"趕緊吃罷！"大哥點點頭。原來也有你！這一件大發見，雖似意外，也在意中：合夥吃我的人，便是我的哥哥！

吃人的是我哥哥！

我是吃人的人的兄弟！

我自己被人吃了，可仍然是吃人的人的兄弟！

五

　　這幾天是退一步想：假使那老頭子不是劊子手扮的，真是醫生，也仍然是吃人的人。他們的祖師李時珍做的"本草甚麼"上，明明寫着人肉可以煎吃；他還能說自己不吃人麼？

　　至於我家大哥，也毫不冤枉他。他對我講書的時候，親口說過可以"易子而食"；又一回偶然議論起一個不好的人，他便說不但該殺，還當"食肉寢皮"。我那時年紀還小，心跳了好半天。前天狼子村佃戶來說吃心肝的事，他也毫不奇怪，不住的點頭。可見心思是同從前一樣狠。既然可以"易子而食"，便甚麼都易得，甚麼人都吃得。我從前單聽他講道理，也胡塗過去；現在曉得他講道理的時候，不但唇邊還抹着人油，而且心裡滿裝着吃人的意思。

六

　　黑漆漆的，不知是日是夜。趙家的狗又叫起來了。

　　獅子似的兇心，兔子的怯弱，狐狸的狡猾，……

七

　　我曉得他們的方法，直捷殺了，是不肯的，而且也不敢，怕有禍祟。所以他們大家連絡，佈滿了羅網，逼我自戕。試看前幾天街上男女的樣子，和這幾天我大哥的作為，便足可悟出八九分了。最好是解下腰帶，掛在樑上，自己緊緊勒死；他們沒有殺人的罪名，又償了心願，自然都歡天喜地的發出一種嗚嗚咽咽的笑聲。否則驚嚇憂愁死了，雖則略瘦，也還可以首肯幾下。

他們是只會吃死肉的！—— 記得甚麼書上說，有一種東西，叫"海乙那"的，眼光和樣子都很難看；時常吃死肉，連極大的骨頭，都細細嚼爛，嚥下肚子去，想起來也教人害怕。"海乙那"是狼的親眷，狼是狗的本家。前天趙家的狗，看我幾眼，可見他也同謀，早已接洽。老頭子眼看着地，豈能瞞得我過。

最可憐的是我的大哥，他也是人，何以毫不害怕；而且合夥吃我呢？還是歷來慣了，不以為非呢？還是喪了良心，明知故犯呢？

我詛咒吃人的人，先從他起頭；要勸轉吃人的人，也先從他下手。

八

其實這種道理，到了現在，他們也該早已懂得，……

忽然來了一個人；年紀不過二十左右，相貌是不很看得清楚，滿面笑容，對了我點頭，他的笑也不像真笑。我便問他，"吃人的事，對麼？"他仍然笑着說，"不是荒年，怎麼會吃人。"我立刻就曉得，他也是一夥，喜歡吃人的；便自勇氣百倍，偏要問他。

"對麼？"

"這等事問他甚麼。你真會……說笑話。……今天天氣很好。"

天氣是好，月色也很亮了。可是我要問你，"對麼？"

他不以為然了。含含胡胡的答道，"不……"

"不對？他們何以竟吃?!"

"沒有的事……"

"沒有的事？狼子村現吃；還有書上都寫着，通紅斬新！"

他便變了臉，鐵一般青。睜着眼說，"有許有的，這是從來如此……"

"從來如此，便對麼？"

"我不同你講這些道理；總之你不該説，你説便是你錯！"

我直跳起來，張開眼，這人便不見了。全身出了一大片汗。他的年紀，比我大哥小得遠，居然也是一夥；這一定是他娘老子先教的。還怕已經教給他兒子了；所以連小孩子，也都惡狠狠的看我。

九

自己想吃人，又怕被別人吃了，都用着疑心極深的眼光，面面相覷。……

去了這心思，放心做事走路吃飯睡覺，何等舒服。這只是一條門檻，一個關頭。他們可是父子兄弟夫婦朋友師生仇敵和各不相識的人，都結成一夥，互相勸勉，互相牽掣，死也不肯跨過這一步。

十

大清早，去尋我大哥；他立在堂門外看天，我便走到他背後，攔住門，格外沉靜，格外和氣的對他説，

"大哥，我有話告訴你。"

"你説就是，"他趕緊回過臉來，點點頭。

"我只有幾句話，可是説不出來。大哥，大約當初野蠻的人，都吃過一點人。後來因為心思不同，有的不吃人了，一味要好，便變了人，變了真的人。有的卻還吃，—— 也同蟲子一樣，有的變了魚鳥猴子，一直變到人。有的不要好，至今還是蟲子。這吃人的人比不吃人的人，何等慚愧。怕比蟲子的慚愧猴子，還差得很遠很遠。

"易牙蒸了他兒子，給桀紂吃，還是一直從前的事。誰曉得從盤古開闢天地以後，一直吃到易牙的兒子；從易牙的兒子，一直吃到徐錫

林；從徐錫林，又一直吃到狼子村捉住的人。去年城裡殺了犯人，還有一個生癆病的人，用饅頭蘸血舐。

「他們要吃我，你一個人，原也無法可想；然而又何必去入夥。吃人的人，甚麼事做不出；他們會吃我，也會吃你，一夥裡面，也會自吃。但只要轉一步，只要立刻改了，也就人人太平。雖然從來如此，我們今天也可以格外要好，說是不能！大哥，我相信你能說，前天佃戶要減租，你說過不能。」

當初，他還只是冷笑，隨後眼光便兇狠起來，一到說破他們的隱情，那就滿臉都變成青色了。大門外立着一夥人，趙貴翁和他的狗，也在裡面，都探頭探腦的挨進來。有的是看不出面貌，似乎用布蒙着；有的是仍舊青面獠牙，抿着嘴笑。我認識他們是一夥，都是吃人的人。可是也曉得他們心思很不一樣，一種是以為從來如此，應該吃的；一種是知道不該吃，可是仍然要吃，又怕別人說破他，所以聽了我的話，越發氣憤不過，可是抿着嘴冷笑。

這時候，大哥也忽然顯出兇相，高聲喝道，

「都出去！瘋子有甚麼好看！」

這時候，我又懂得一件他們的巧妙了。他們豈但不肯改，而且早已佈置；預備下一個瘋子的名目罩上我。將來吃了，不但太平無事，怕還會有人見情。佃戶說的大家吃了一個惡人，正是這方法。這是他們的老譜！

陳老五也氣憤憤的直走進來。如何按得住我的口，我偏要對這夥人說，

「你們可以改了，從真心改起！要曉得將來容不得吃人的人，活在世上。

「你們要不改，自己也會吃盡。即使生得多，也會給真的人除滅了，同獵人打完狼子一樣！——同蟲子一樣！」

那一夥人，都被陳老五趕走了。大哥也不知那裡去了。陳老五勸我回屋子裡去。屋裡面全是黑沉沉的。橫樑和椽子都在頭上發抖；抖了一會，就大起來，堆在我身上。

萬分沉重，動彈不得；他的意思是要我死。我曉得他的沉重是假的，便掙扎出來，出了一身汗。可是偏要說，

"你們立刻改了，從真心改起！你們要曉得將來是容不得吃人的人，……"

十一

太陽也不出，門也不開，日日是兩頓飯。

我捏起筷子，便想起我大哥；曉得妹子死掉的緣故，也全在他。那時我妹子才五歲，可愛可憐的樣子，還在眼前。母親哭個不住，他卻勸母親不要哭；大約因為自己吃了，哭起來不免有點過意不去。如果還能過意不去，……

妹子是被大哥吃了，母親知道沒有，我可不得而知。

母親想也知道；不過哭的時候，卻並沒有說明，大約也以為應當的了。記得我四五歲時，坐在堂前乘涼，大哥說爺娘生病，做兒子的須割下一片肉來，煮熟了請他吃，才算好人；母親也沒有說不行。一片吃得，整個的自然也吃得。但是那天的哭法，現在想起來，實在還教人傷心，這真是奇極的事！

十二

不能想了。

四千年來時時吃人的地方，今天才明白，我也在其中混了多

年；大哥正管着家務，妹子恰恰死了，他未必不和在飯菜裡，暗暗給我們吃。

我未必無意之中，不吃了我妹子的幾片肉，現在也輪到我自己，……

有了四千年吃人履歷的我，當初雖然不知道，現在明白，難見真的人！

十三

沒有吃過人的孩子，或者還有？

救救孩子……

一九一八年四月。

點　評

本篇最初發表於一九一八年五月《新青年》第四卷第五號，作者首次採用"魯迅"為筆名。魯迅一九一八年八月二十日致函許壽裳，談及本篇宗旨："《狂人日記》實為拙作，又有白話詩署'唐俟'者，亦僕所為。前曾言中國根柢全在道教，此説近頗廣行。以此讀史，有多種問題可以迎刃而解。後以偶閱《通鑑》，乃悟中國人尚是食人民族，因成此篇。此種發見，關係亦甚大，而知者尚寥寥也。"這便是"禮教吃人"一語的來由。中國現代小說的發生，始於一個狂人形象，狂者之風深入骨髓，禍耶福耶？《老子》云："禍兮福之所倚，福兮禍之所伏。"此中玄機，值得參詳。

許壽裳讀到《狂人日記》，它"說穿了吃人的歷史，於絕望中寓着希望，我大為感動"。後來在北京見面，問起筆名的意思，魯迅說："因為新青年編輯者不願意有別號一般的署名，我從前用過'迅行'的別號是你所知道的，所以臨時命名如此。理由是（一）母親姓魯，（二）周魯是同姓之國，（三）取愚魯而迅速之意。"（《亡友魯迅印象記·筆名魯迅》）魯迅"反傳統"，但其筆名又"返傳統"，在此反、返之間，可見魯迅千絲萬縷的文化血脈。但魯迅揭示"吃人"，又高呼"救救孩子"，洋溢着拯救意識和未來意識。

　　本篇的"楔子"戲擬當時筆記小說的筆法，正文則以神志紊亂的狂人手記的內心獨白形式，雖然題目借用於俄國果戈理的《狂人日記》，但社會歷史的憂憤比果戈理氏遠為深廣。狂人的譫語、幻覺和非邏輯聯想，逼真地呈現出一個精神迫害狂者的心理狀態，帶有可供病案研究的寫實作風，卻又在顛倒錯綜、語義雙關、奇言迭出之間，指向非常深刻的社會文化批判的意義層面，瀰漫着濃鬱的象徵氣氛，顯示了白話文學巨大的隱喻功能。"楔子"云："然已早癒，赴某地候補矣。"候補是清朝官制，人員在吏部候選，每月抽籤，分發到各省各部，聽候委用。一個攻擊舊制度的狂者，就如此掉入舊制度的網絡之中，魯迅在新文化運動初起，就對退潮期的呂緯甫式的"蒼蠅怪圈"作了預言。

孔乙己

魯鎮的酒店的格局，是和別處不同的：都是當街一個曲尺形的大櫃台，櫃裡面預備着熱水，可以隨時溫酒。做工的人，傍午傍晚散了工，每每花四文銅錢，買一碗酒，——這是二十多年前的事，現在每碗要漲到十文，——靠櫃外站着，熱熱的喝了休息；倘肯多花一文，便可以買一碟鹽煮筍，或者茴香豆，做下酒物了，如果出到十幾文，那就能買一樣葷菜，但這些顧客，多是短衣幫，大抵沒有這樣闊綽。只有穿長衫的，才踱進店面隔壁的房子裡，要酒要菜，慢慢地坐喝。

我從十二歲起，便在鎮口的咸亨酒店裡當夥計，掌櫃說，樣子太傻，怕侍候不了長衫主顧，就在外面做點事罷。外面的短衣主顧，雖然容易說話，但嘮嘮叨叨纏夾不清的也很不少。他們往往要親眼看着黃酒從壇子裡舀出，看過壺子底裡有水沒有，又親看將壺子放在熱水裡，然後放心：在這嚴重監督之下，羼水也很為難。所以過了幾天，掌櫃又說我幹不了這事。幸虧薦頭的情面大，辭退不得，便改為專管溫酒的一種無聊職務了。

我從此便整天的站在櫃台裡，專管我的職務。雖然沒有甚麼失職，但總覺有些單調，有些無聊。掌櫃是一副兇臉孔，主顧也沒有好聲氣，教人活潑不得；只有孔乙己到店，才可以笑幾聲，所以至今還記得。

孔乙己是站着喝酒而穿長衫的唯一的人。他身材很高大；青白臉色，皺紋間時常夾些傷痕；一部亂蓬蓬的花白的鬍子。穿的雖然是長衫，可是又髒又破，似乎十多年沒有補，也沒有洗。他對人說話，總是滿口之乎者也，教人半懂不懂的。因為他姓孔，別人便從描紅紙上的"上大人孔乙己"這半懂不懂的話裡，替他取下一個綽號，叫作孔乙己。孔乙己一到店，所有喝酒的人便都看着他笑，有的叫道，"孔乙己，你臉上又添上新傷疤了！"他不回答，對櫃裡說，"溫兩碗酒，要一碟茴香豆。"便排出九文大錢。他們又故意的高聲嚷道，"你一定又偷了人家的東西了！"孔乙己睜大眼睛說，"你怎麼這樣憑空污人清白……""甚麼清白？我前天親眼見你偷了何家的書，吊着打。"孔乙己便漲紅了臉，額上的青筋條條綻出，爭辯道，"竊書不能算偷……竊書！……讀書人的事，能算偷麼？"接連便是難懂的話，甚麼"君子固窮"，甚麼"者乎"之類，引得眾人都哄笑起來：店內外充滿了快活的空氣。

聽人家背地裡談論，孔乙己原來也讀過書，但終於沒有進學，又不會營生；於是愈過愈窮，弄到將要討飯了。幸而寫得一筆好字，便替人家鈔鈔書，換一碗飯吃。可惜他又有一樣壞脾氣，便是好喝懶做。坐不到幾天，便連人和書籍紙張筆硯，一齊失蹤。如是幾次，叫他鈔書的人也沒有了。孔乙己沒有法，便免不了偶然做些偷竊的事。但他在我們店裡，品行卻比別人都好，就是從不拖欠；雖然間或沒有現錢，暫時記在粉板上，但不出一月，定然還清，從粉板上拭去了孔乙己的名字。

孔乙己喝過半碗酒，漲紅的臉色漸漸復了原，旁人便又問道，"孔乙己，你當真認識字麼？"孔乙己看着問他的人，顯出不屑置辯的神氣。他們便接着說道，"你怎的連半個秀才也撈不到呢？"孔乙己立刻顯出頹唐不安模樣，臉上籠上了一層灰色，嘴裡說些話；這回可是全是之乎者也之類，一些不懂了。在這時候，眾人也都哄笑起來：店內外充滿了快活的空氣。

在這些時候，我可以附和着笑，掌櫃是決不責備的。而且掌櫃見了孔乙己，也每每這樣問他，引人發笑。孔乙己自己知道不能和他們談天，便只好向孩子説話。有一回對我説道，"你讀過書麼？"我略略點一點頭。他説，"讀過書，……我便考你一考。茴香豆的茴字，怎樣寫的？"我想，討飯一樣的人，也配考我麼？便回過臉去，不再理會。孔乙己等了許久，很懇切的説道，"不能寫罷？……我教給你，記着！這些字應該記着。將來做掌櫃的時候，寫賬要用。"我暗想我和掌櫃的等級還很遠呢，而且我們掌櫃也從不將茴香豆上賬；又好笑，又不耐煩，懶懶的答他道，"誰要你教，不是草頭底下一個來回的回字麼？"孔乙己顯出極高興的樣子，將兩個指頭的長指甲敲着櫃台，點頭説，"對呀對呀！……回字有四樣寫法，你知道麼？"我愈不耐煩了，努着嘴走遠。孔乙己剛用指甲蘸了酒，想在櫃上寫字，見我毫不熱心，便又嘆一口氣，顯出極惋惜的樣子。

有幾回，鄰居孩子聽得笑聲，也趕熱鬧，圍住了孔乙己。他便給他們茴香豆吃，一人一顆。孩子吃完豆，仍然不散，眼睛都望着碟子。孔乙己着了慌，伸開五指將碟子罩住，彎腰下去説道，"不多了，我已經不多了。"直起身又看一看豆，自己搖頭説，"不多不多！多乎哉？不多也。"於是這一群孩子都在笑聲裡走散了。

孔乙己是這樣的使人快活，可是沒有他，別人也便這麼過。

有一天，大約是中秋前的兩三天，掌櫃正在慢慢的結賬，取下粉板，忽然説，"孔乙己長久沒有來了。還欠十九個錢呢！"我才也覺得他的確長久沒有來了。一個喝酒的人説道，"他怎麼會來？……他打折了腿了。"掌櫃説，"哦！""他總仍舊是偷。這一回，是自己發昏，竟偷到丁舉人家裡去了。他家的東西，偷得的麼？""後來怎麼樣？""怎麼樣？先寫服辯，後來是打，打了大半夜，再打折了腿。""後來呢？""後來打折了腿了。""打折了怎樣呢？""怎樣？……誰曉得？許是死了。"掌櫃也不再問，仍然慢慢的算他的賬。

中秋之後，秋風是一天涼比一天，看看將近初冬；我整天的靠着火，也須穿上棉襖了。一天的下半天，沒有一個顧客，我正合了眼坐着。忽然間聽得一個聲音，"溫一碗酒。" 這聲音雖然極低，卻很耳熟。看時又全沒有人。站起來向外一望，那孔乙己便在櫃台下對了門檻坐着。他臉上黑而且瘦，已經不成樣子；穿一件破夾襖，盤着兩腿，下面墊一個蒲包，用草繩在肩上掛住；見了我，又說道，"溫一碗酒。" 掌櫃也伸出頭去，一面說，"孔乙己麼？你還欠十九個錢呢！"孔乙己很頹唐的仰面答道，"這 …… 下回還清罷。這一回是現錢，酒要好。" 掌櫃仍然同平常一樣，笑着對他說，"孔乙己，你又偷了東西了！" 但他這回卻不十分分辯，單說了一句 "不要取笑！" "取笑？要是不偷，怎麼會打斷腿？" 孔乙己低聲說道，"跌斷，跌，跌……"他的眼色，很像懇求掌櫃，不要再提。此時已經聚集了幾個人，便和掌櫃都笑了。我溫了酒，端出去，放在門檻上。他從破衣袋裡摸出四文大錢，放在我手裡，見他滿手是泥，原來他便用這手走來的。不一會，他喝完酒，便又在旁人的說笑聲中，坐着用這手慢慢走去了。

　　自此以後，又長久沒有看見孔乙己。到了年關，掌櫃取下粉板說，"孔乙己還欠十九個錢呢！" 到第二年的端午，又說 "孔乙己還欠十九個錢呢！" 到中秋可是沒有說，再到年關也沒有看見他。

　　我到現在終於沒有見 —— 大約孔乙己的確死了。

一九一九年三月。

點　評

　　孫伏園回憶："我嘗問魯迅先生，在他所作的短篇小說裡，他最喜歡哪一篇。他答覆我說是《孔乙己》。…… 魯迅先生自己曾將《孔乙己》譯成日文，以應日文雜誌的索稿者。"（按：《孔乙己》譯文載一九二二年六月四日《北京週報》，署名"仲密"，譯者是周作人。這是魯迅小說中最早被譯為外文的。）這篇非常精粹的小說在一九一九年四月《新青年》第六卷第四號發表時，篇末有作者"附記"："這一篇很拙的小說，還是去年冬天做成的。那時的意思，單在描寫社會上的或一種生活，請讀者看看，並沒有別的深意。但用活字排印了發表，卻已在這時候，——便是忽然有人用了小說盛行人身攻擊的時候。大抵著者走入暗路，每每能引讀者的思想跟他墮落：以為小說是一種潑穢水的器具，裡面糟蹋的是誰。這實在是一件極可嘆可憐的事。所以我在此聲明，免得發生猜度，害了讀者的人格。"魯迅的話是針對林紓作《荊生》一類小說，影射新文學運動的陳獨秀、胡適、錢玄同，進行人身攻擊。他反對將小說當成"潑穢水的器具"，維護小說的文體尊嚴，用以燭照社會，反省人生，驚醒自我和世人。

但是小說還是有某些原型的。魯迅故家紹興都昌坊口，有一家咸亨酒店，是其遠房本家開的，才兩三年就關門了。店名取義於《易經·坤卦》："坤厚載物，德合無疆。含弘光大，品物咸亨。"咸亨就是事事都亨通了。常到酒店喝酒的人中有一個姓孟、外號"孟夫子"的，早年在新台門周氏私塾替人抄寫文牘，曾溜到書房偷書，被抓獲後還辯解"竊書不能算偷"。後來被打殘了腿，用蒲包墊坐，雙手撐地走路，還來吃過酒。用描紅紙上"上大人孔乙己"的話，為經過想象的人物充綽號，是很有意味的。（參看周遐壽：《魯迅小說裡的人物》）魯迅撿起故鄉街市有如隨風飄落的一葉陳舊人生的碎片，夾在狂飆突起的《新青年》卷頁之間，由此審視着父輩做不成士大夫的卑微命運，行文運筆充滿着悲憫之情。這就是他們的"含弘光大，品物咸亨"嗎？其地名、其人名，充滿反諷的張力。

　　這篇小說好就好在它採取一種孩童酒店僱員的眼光，在世態炎涼中透出一絲暖色的光線，審視一種經書磨人的當不成君子、卻並非小人的殘破人生，為八股取士的制度人物唱了一曲哀婉的輓歌。由《狂人日記》的驚世駭俗，到《孔乙己》的委婉精妙，顯示了魯迅文學世界的出手不凡和淵深莫測。

藥

一

秋天的後半夜，月亮下去了，太陽還沒有出，只剩下一片烏藍的天；除了夜遊的東西，甚麼都睡着。華老栓忽然坐起身，擦着火柴，點上遍身油膩的燈盞，茶館的兩間屋子裡，便彌滿了青白的光。

"小栓的爹，你就去麼？"是一個老女人的聲音。裡邊的小屋子裡，也發出一陣咳嗽。

"唔。"老栓一面聽，一面應，一面扣上衣服；伸手過去說，"你給我罷。"

華大媽在枕頭底下掏了半天，掏出一包洋錢，交給老栓，老栓接了，抖抖的裝入衣袋，又在外面按了兩下；便點上燈籠，吹熄燈盞，走向裡屋子去了。那屋子裡面，正在窸窸窣窣的響，接着便是一通咳嗽。老栓候他平靜下去，才低低的叫道，"小栓……你不要起來。……店麼？你娘會安排的。"

老栓聽得兒子不再說話，料他安心睡了；便出了門，走到街上。街上黑沉沉的一無所有，只有一條灰白的路，看得分明。燈光照着他的兩腳，一前一後的走。有時也遇到幾隻狗，可是一隻也沒有叫。天氣比屋子裡冷得多了；老栓倒覺爽快，仿佛一旦變了少年，得了神通，有給人生命的本領似的，跨步格外高遠。而且路也愈走愈分明，天也愈走愈亮了。

老栓正在專心走路，忽然吃了一驚，遠遠裡看見一條丁字街，明明白白橫着。他便退了幾步，尋到一家關着門的舖子，蹩進簷下，靠門立住了。好一會，身上覺得有些發冷。

“哼，老頭子。”

“倒高興……。”

老栓又吃一驚，睜眼看時，幾個人從他面前過去了。一個還回頭看他，樣子不甚分明，但很像久餓的人見了食物一般，眼裡閃出一種攫取的光。老栓看看燈籠，已經熄了。按一按衣袋，硬硬的還在。仰起頭兩面一望，只見許多古怪的人，三三兩兩，鬼似的在那裡徘徊；定睛再看，卻也看不出甚麼別的奇怪。

沒有多久，又見幾個兵，在那邊走動；衣服前後的一個大白圓圈，遠地裡也看得清楚，走過面前的，並且看出號衣上暗紅的鑲邊。—— 一陣腳步聲響，一眨眼，已經擁過了一大簇人。那三三兩兩的人，也忽然合作一堆，潮一般向前進；將到丁字街口，便突然立住，簇成一個半圓。

老栓也向那邊看，卻只見一堆人的後背；頸項都伸得很長，仿佛許多鴨，被無形的手捏住了的，向上提着。靜了一會，似乎有點聲音，便又動搖起來，轟的一聲，都向後退；一直散到老栓立着的地方，幾乎將他擠倒了。

“喂！一手交錢，一手交貨！”一個渾身黑色的人，站在老栓面前，眼光正像兩把刀，刺得老栓縮小了一半。那人一隻大手，向他攤着；一隻手卻撮着一個鮮紅的饅頭，那紅的還是一點一點的往下滴。

老栓慌忙摸出洋錢，抖抖的想交給他，卻又不敢去接他的東西。那人便焦急起來，嚷道，“怕甚麼？怎的不拿！”老栓還躊躇着；黑的人便搶過燈籠，一把扯下紙罩，裹了饅頭，塞與老栓；一手抓過洋錢，捏一捏，轉身去了。嘴裡哼着說，“這老東西……。”

"這給誰治病的呀？"老栓也似乎聽得有人問他，但他並不答應；他的精神，現在只在一個包上，仿佛抱着一個十世單傳的嬰兒，別的事情，都已置之度外了。他現在要將這包裡的新的生命，移植到他家裡，收穫許多幸福。太陽也出來了；在他面前，顯出一條大道，直到他家中，後面也照見丁字街頭破匾上"古□亭口"這四個黯淡的金字。

二

老栓走到家，店面早經收拾乾淨，一排一排的茶桌，滑溜溜的發光。但是沒有客人；只有小栓坐在裡排的桌前吃飯，大粒的汗，從額上滾下，夾襖也帖住了脊心，兩塊肩胛骨高高凸出，印成一個陽文的"八"字。老栓見這樣子，不免皺一皺展開的眉心。他的女人，從灶下急急走出，睜着眼睛，嘴唇有些發抖。

"得了麼？"

"得了。"

兩個人一齊走進灶下，商量了一會；華大媽便出去了，不多時，拿着一片老荷葉回來，攤在桌上。老栓也打開燈籠罩，用荷葉重新包了那紅的饅頭。小栓也吃完飯，他的母親慌忙說：

"小栓 —— 你坐着，不要到這裡來。"

一面整頓了灶火，老栓便把一個碧綠的包，一個紅紅白白的破燈籠，一同塞在灶裡；一陣紅黑的火焰過去時，店屋裡散滿了一種奇怪的香味。

"好香！你們吃甚麼點心呀？"這是駝背五少爺到了。這人每天總在茶館裡過日，來得最早，去得最遲，此時恰恰蹩到臨街的壁角的桌邊，便坐下問話，然而沒有人答應他。"炒米粥麼？"仍然沒有人應。老栓匆匆走出，給他泡上茶。

"小栓進來罷！"華大媽叫小栓進了裡面的屋子，中間放好一條凳，小栓坐了。他的母親端過一碟烏黑的圓東西，輕輕說：

"吃下去罷，——病便好了。"

小栓撮起這黑東西，看了一會，似乎拿着自己的性命一般，心裡說不出的奇怪。十分小心的拗開了，焦皮裡面竄出一道白氣，白氣散了，是兩半個白麵的饅頭。——不多工夫，已經全在肚裡了，卻全忘了甚麼味；面前只剩下一張空盤。他的旁邊，一面立着他的父親，一面立着他的母親，兩人的眼光，都仿佛要在他身裡注進甚麼又要取出甚麼似的；便禁不住心跳起來，按着胸膛，又是一陣咳嗽。

"睡一會罷，——便好了。"

小栓依他母親的話，咳着睡了。華大媽候他喘氣平靜，才輕輕的給他蓋上了滿幅補釘的夾被。

三

店裡坐着許多人，老栓也忙了，提着大銅壺，一趟一趟的給客人沖茶；兩個眼眶，都圍着一圈黑線。

"老栓，你有些不舒服麼？——你生病麼？"一個花白鬍子的人說。

"沒有。"

"沒有？——我想笑嘻嘻的，原也不像……"花白鬍子便取消了自己的話。

"老栓只是忙。要是他的兒子……"駝背五少爺話還未完，突然闖進了一個滿臉橫肉的人，披一件玄色布衫，散着紐扣，用很寬的玄色腰帶，胡亂捆在腰間。剛進門，便對老栓嚷道：

"吃了麼？好了麼？老栓，就是運氣了你！你運氣，要不是我信息靈⋯⋯。"

老栓一手提了茶壺，一手恭恭敬敬的垂着；笑嘻嘻的聽。滿座的人，也都恭恭敬敬的聽。華大媽也黑着眼眶，笑嘻嘻的送出茶碗茶葉來，加上一個橄欖，老栓便去沖了水。

"這是包好！這是與眾不同的。你想，趁熱的拿來，趁熱的吃下。"橫肉的人只是嚷。

"真的呢，要沒有康大叔照顧，怎麼會這樣⋯⋯"華大媽也很感激的謝他。

"包好，包好！這樣的趁熱吃下。這樣的人血饅頭，甚麼癆病都包好！"

華大媽聽到"癆病"這兩個字，變了一點臉色，似乎有些不高興；但又立刻堆上笑，搭着走開了。這康大叔卻沒有覺察，仍然提高了喉嚨只是嚷，嚷得裡面睡着的小栓也合夥咳嗽起來。

"原來你家小栓碰到了這樣的好運氣了。這病自然一定全好；怪不得老栓整天的笑着呢。"花白鬍子一面説，一面走到康大叔面前，低聲下氣的問道，"康大叔 —— 聽説今天結果的一個犯人，便是夏家的孩子，那是誰的孩子？究竟是甚麼事？"

"誰的？不就是夏四奶奶的兒子麼？那個小傢伙！"康大叔見眾人都聳起耳朵聽他，便格外高興，橫肉塊塊飽綻，越發大聲説，"這小東西不要命，不要就是了。我可是這一回一點沒有得到好處；連剝下來的衣服，都給管牢的紅眼睛阿義拿去了。—— 第一要算我們栓叔運氣；第二是夏三爺賞了二十五兩雪白的銀子，獨自落腰包，一文不花。"

小栓慢慢的從小屋子走出，兩手按了胸口，不住的咳嗽；走到灶下，盛出一碗冷飯，泡上熱水，坐下便吃。華大媽跟着他走，輕輕的問道，"小栓，你好些麼？ —— 你仍舊只是肚餓？⋯⋯"

“包好，包好！”康大叔瞥了小栓一眼，仍然回過臉，對眾人說，“夏三爺真是乖角兒，要是他不先告官，連他滿門抄斬。現在怎樣？銀子！——這小東西也真不成東西！關在牢裡，還要勸牢頭造反。”

　　“阿呀，那還了得。”坐在後排的一個二十多歲的人，很現出氣憤模樣。

　　“你要曉得紅眼睛阿義是去盤盤底細的，他卻和他攀談了。他說：這大清的天下是我們大家的。你想：這是人話麼？紅眼睛原知道他家裡只有一個老娘，可是沒有料到他竟會那麼窮，榨不出一點油水，已經氣破肚皮了。他還要老虎頭上搔癢，便給他兩個嘴巴！”

　　“義哥是一手好拳棒，這兩下，一定夠他受用了。”壁角的駝背忽然高興起來。

　　“他這賤骨頭打不怕，還要說可憐可憐哩。”

　　花白鬍子的人說，“打了這種東西，有甚麼可憐呢？”

　　康大叔顯出看他不上的樣子，冷笑着說，“你沒有聽清我的話；看他神氣，是說阿義可憐哩！”

　　聽着的人的眼光，忽然有些板滯；話也停頓了。小栓已經吃完飯，吃得滿身流汗，頭上都冒出蒸氣來。

　　“阿義可憐——瘋話，簡直是發了瘋了。”花白鬍子恍然大悟似的說。

　　“發了瘋了。”二十多歲的人也恍然大悟的說。

　　店裡的坐客，便又現出活氣，談笑起來。小栓也趁着熱鬧，拚命咳嗽；康大叔走上前，拍他肩膀說：

　　“包好！小栓——你不要這麼咳。包好！”

　　“瘋了。”駝背五少爺點着頭說。

四

西關外靠着城根的地面，本是一塊官地；中間歪歪斜斜一條細路，是貪走便道的人，用鞋底造成的，但卻成了自然的界限。路的左邊，都埋着死刑和瘐斃的人，右邊是窮人的叢冢。兩面都已埋到層層疊疊，宛然闊人家裡祝壽時候的饅頭。

這一年的清明，分外寒冷；楊柳才吐出半粒米大的新芽。天明未久，華大媽已在右邊的一坐新墳前面，排出四碟菜，一碗飯，哭了一場。化過紙，呆呆的坐在地上；仿佛等候甚麼似的，但自己也説不出等候甚麼。微風起來，吹動他短髮，確乎比去年白得多了。

小路上又來了一個女人，也是半白頭髮，襤褸的衣裙；提一個破舊的朱漆圓籃，外掛一串紙錠，三步一歇的走。忽然見華大媽坐在地上看他，便有些躊躕，慘白的臉上，現出些羞愧的顏色；但終於硬着頭皮，走到左邊的一坐墳前，放下了籃子。

那墳與小栓的墳，一字兒排着，中間只隔一條小路。華大媽看他排好四碟菜，一碗飯，立着哭了一通，化過紙錠；心裡暗暗地想，"這墳裡的也是兒子了。"那老女人徘徊觀望了一回，忽然手腳有些發抖，蹌蹌踉踉退下幾步，瞪着眼只是發怔。

華大媽見這樣子，生怕他傷心到快要發狂了；便忍不住立起身，跨過小路，低聲對他説，"你這位老奶奶不要傷心了，—— 我們還是回去罷。"

那人點一點頭，眼睛仍然向上瞪着；也低聲吃吃的説道，"你看，—— 看這是甚麼呢？"

華大媽跟了他指頭看去，眼光便到了前面的墳，這墳上草根還沒有全合，露出一塊一塊的黃土，煞是難看。再往上仔細看時，卻不覺也吃一驚；—— 分明有一圈紅白的花，圍着那尖圓的墳頂。

他們的眼睛都已老花多年了，但望這紅白的花，卻還能明白看見。花也不很多，圓圓的排成一個圈，不很精神，倒也整齊。華大媽忙看他兒子和別人的墳，卻只有不怕冷的幾點青白小花，零星開着；便覺得心裡忽然感到一種不足和空虛，不願意根究。那老女人又走近幾步，細看了一遍，自言自語的說，"這沒有根，不像自己開的。——這地方有誰來呢？孩子不會來玩；——親戚本家早不來了。——這是怎麼一回事呢？"他想了又想，忽又流下淚來，大聲說道：

"瑜兒，他們都冤枉了你，你還是忘不了，傷心不過，今天特意顯點靈，要我知道麼？"他四面一看，只見一隻烏鴉，站在一株沒有葉的樹上，便接着說，"我知道了。——瑜兒，可憐他們坑了你，他們將來總有報應，天都知道；你閉了眼睛就是了。——你如果真在這裡，聽到我的話，——便教這烏鴉飛上你的墳頂，給我看罷。"

微風早經停息了；枯草支支直立，有如銅絲。一絲發抖的聲音，在空氣中愈顫愈細，細到沒有，周圍便都是死一般靜。兩人站在枯草叢裡，仰面看那烏鴉；那烏鴉也在筆直的樹枝間，縮着頭，鐵鑄一般站着。

許多的工夫過去了；上墳的人漸漸增多，幾個老的小的，在土墳間出沒。

華大媽不知怎的，似乎卸下了一挑重擔，便想到要走；一面勸着說，"我們還是回去罷。"

那老女人嘆一口氣，無精打采的收起飯菜；又遲疑了一刻，終於慢慢地走了。嘴裡自言自語的說，"這是怎麼一回事呢？……"

他們走不上二三十步遠，忽聽得背後"啞——"的一聲大叫；兩個人都竦然的回過頭，只見那烏鴉張開兩翅，一挫身，直向着遠處的天空，箭也似的飛去了。

一九一九年四月。

點 評

本篇與《狂人日記》存在着內在的精神聯繫。《狂人日記》作為魯迅早期小說的一條總綱,已寫到徐錫林(麟)被吃(被安徽巡撫恩銘的親兵挖心炒吃),也提到"去年城裡殺了犯人,還有一個生癆病的人,用饅頭蘸血舐",但二事並列,一筆帶過。本篇則用獨特的結構,使二事重疊,重開格局,並以華、夏為雙方姓氏,暗示對華夏古國的社會結構和心理情結進行深度的解剖。不同意義的兩條情節線索的疊加,產生了結構性的張力,使本篇成為 1+1 ≠ 2,而指向更深刻的意義層面的典範之作。

本篇中的夏瑜以文字學的對應方式,隱喻清末女革命黨人秋瑾。這位鑑湖女俠是魯迅的同鄉,一九〇七年回紹興主持大通學堂,聯絡會黨,與徐錫麟分頭準備浙皖二省的起義。徐錫麟刺殺恩銘之後,她被捕入獄,臨刑不屈,就義於紹興軒亭口。清末民初,包天笑的章回小說《碧血幕》、靜觀子的小說《六月霜》等一批小說、劇本和詩,描寫秋瑾革命和就義事跡,人物名字已有秋瑾→秋瑜→夏瑜的演變過程。本篇的深刻處,在於此人血饅頭這一意象,聯結着革命者灑血殉難和市民以血入藥治癆病,在一種"嚴峻的荒謬"中展示了一場脫離民眾思想啓蒙的革命的悲劇。

西晉束皙《餅賦》就提到"饅頭"。宋人范成大《營壽藏》詩云:"縱有千年鐵門限,終須一個土饅頭。"明人朱戎軒又將之演繹為"城外都是土饅頭,城中盡是饅頭餡"。城內街頭茶館的"血饅頭",與郊外墳地的"土饅頭"遙相映照,以暗淡陰涼的色彩展現着如此世界、如此人生、如此革命,都圍繞着碧血黃土的饅頭癥結。《國語·晉語》說:"上醫醫國,其次疾人。"東漢王符《潛夫論》又說:"上醫醫國,其次下醫醫疾。"這篇小說以"藥"為題,涉及醫疾、醫國的意義轉換，從世俗以人血饅頭醫癆病，在所指、能指之間，指向醫治國民愚昧的靈魂的歷史命題，實在發人深省。

一件小事

　　我從鄉下跑到京城裡，一轉眼已經六年了。其間耳聞目睹的所謂國家大事，算起來也很不少；但在我心裡，都不留甚麼痕跡，倘要我尋出這些事的影響來説，便只是增長了我的壞脾氣，——老實説，便是教我一天比一天的看不起人。

　　但有一件小事，卻於我有意義，將我從壞脾氣裡拖開，使我至今忘記不得。

　　這是民國六年的冬天，大北風颳得正猛，我因為生計關係，不得不一早在路上走。一路幾乎遇不見人，好容易才僱定了一輛人力車，教他拉到 S 門去。不一會，北風小了，路上浮塵早已颳淨，剩下一條潔白的大道來，車夫也跑得更快。剛近 S 門，忽而車把上帶着一個人，慢慢地倒了。

　　跌倒的是一個女人，花白頭髮，衣服都很破爛。伊從馬路上突然向車前橫截過來；車夫已經讓開道，但伊的破棉背心沒有上扣，微風吹着，向外展開，所以終於兜着車把。幸而車夫早有點停步，否則伊定要栽一個大斤斗，跌到頭破血出了。

　　伊伏在地上；車夫便也立住腳。我料定這老女人並沒有傷，又沒有別人看見，便很怪他多事，要自己惹出是非，也誤了我的路。

　　我便對他説，“沒有甚麼的。走你的罷！”

　　車夫毫不理會，——或者並沒有聽到，——卻放下車子，扶那老女人慢慢起來，攙着臂膊立定，問伊説：

“您怎麼啦？”

“我摔壞了。”

我想，我眼見你慢慢倒地，怎麼會摔壞呢，裝腔作勢罷了，這真可憎惡。車夫多事，也正是自討苦吃，現在你自己想法去。

車夫聽了這老女人的話，卻毫不躊躇，仍然攙着伊的臂膊，便一步一步的向前走。我有些詫異，忙看前面，是一所巡警分駐所，大風之後，外面也不見人。這車夫扶着那老女人，便正是向那大門走去。

我這時突然感到一種異樣的感覺，覺得他滿身灰塵的後影，剎時高大了，而且愈走愈大，須仰視才見。而且他對於我，漸漸的又幾乎變成一種威壓，甚而至於要榨出皮袍下面藏着的“小”來。

我的活力這時大約有些凝滯了，坐着沒有動，也沒有想，直到看見分駐所裡走出一個巡警，才下了車。

巡警走近我說，“你自己僱車罷，他不能拉你了。”

我沒有思索的從外套袋裡抓出一大把銅元，交給巡警，說，“請你給他……”

風全住了，路上還很靜。我走着，一面想，幾乎怕敢想到我自己。以前的事姑且擱起，這一大把銅元又是甚麼意思？獎他麼？我還能裁判車夫麼？我不能回答自己。

這事到了現在，還是時時記起。我因此也時時煞了苦痛，努力的要想到我自己。幾年來的文治武力，在我早如幼小時候所讀過的“子曰詩云”一般，背不上半句了。獨有這一件小事，卻總是浮在我眼前，有時反更分明，教我慚愧，催我自新，並且增長我的勇氣和希望。

一九二〇年七月。

點 評

　　本篇以"小事"為題，卻非流連身邊瑣事、杯水風波，故作"有意低徊，顧影自憐之態"，而是在一件小事上聚集着三束視線，一是以鄉觀城，開頭就是："我從鄉下跑到京城裡，一轉眼已經六年了。"這與魯迅此前的經歷有所偏離，只不過是想以鄉人淳樸眼光，審視政治大都會的形形色色而已。二是以我觀彼，我是人力車上的乘客，彼是人力車夫。因大風天拉車，帶倒橫過馬路的老婦人，車夫主動攙扶老婦人到巡警分駐所去承擔責任，從而使得埋怨"車夫多事"的"我"，頓然"覺得他滿身灰塵的後影，剎時高大了，而且愈走愈大，須仰視才見。而且他對於我，漸漸的又幾乎變成一種威壓，甚而至於要榨出皮袍下面藏着的'小'來"。三是進一步引申，以小觀大："幾年來的文治武力，在我早如幼小時候所讀過的'子曰詩云'一般，背不上半句了。獨有這一件小事，卻總是浮在我眼前，有時反更分明，教我慚愧，催我自新，並且增長我的勇氣和希望。"這是呼應開頭的"耳聞目睹的所謂國家大事"，"只是增長了我的壞脾氣"。從"壞脾氣"到"增長勇氣和希望"，這是精神境界的提升。自社會思潮而言，這是折射着當時的"勞工神聖"、平民主義，又浸染着對國民道德的思考。《越絕書》說："見微知著，睹始知終。"唐人也說過："知遠之逦，視山岳之在目；以小觀大，覽江湖如指掌。"這就是本篇聚集三束視線的審美意義效應。

風 波

臨河的土場上，太陽漸漸的收了他通黃的光線了。場邊靠河的烏桕樹葉，乾巴巴的才喘過氣來，幾個花腳蚊子在下面哼着飛舞。面河的農家的煙突裡，逐漸減少了炊煙，女人孩子們都在自己門口的土場上波些水，放下小桌子和矮凳；人知道，這已經是晚飯時候了。

老人男人坐在矮凳上，搖着大芭蕉扇閒談，孩子飛也似的跑，或者蹲在烏桕樹下賭玩石子。女人端出烏黑的蒸乾菜和松花黃的米飯，熱蓬蓬冒煙。河裡駛過文人的酒船，文豪見了，大發詩興，說，"無思無慮，這真是田家樂呵！"

但文豪的話有些不合事實，就因為他們沒有聽到九斤老太的話。這時候，九斤老太正在大怒，拿破芭蕉扇敲着凳腳說：

"我活到七十九歲了，活夠了，不願意眼見這些敗家相，—— 還是死的好。立刻就要吃飯了，還吃炒豆子，吃窮了一家子！"

伊的曾孫女兒六斤捏着一把豆，正從對面跑來，見這情形，便直奔河邊，藏在烏桕樹後，伸出雙丫角的小頭，大聲說，"這老不死的！"

九斤老太雖然高壽，耳朵卻還不很聾，但也沒有聽到孩子的話，仍舊自己說，"這真是一代不如一代！"

這村莊的習慣有點特別，女人生下孩子，多喜歡用秤稱了輕重，便用斤數當作小名。九斤老太自從慶祝了五十大壽以後，便漸漸的變了不平家，常說伊年青的時候，天氣沒有現在這般熱，豆子也沒有現在這般硬：總之現在的時世是不對了。何況六斤比伊的曾祖，少了三斤，比伊父親七斤，又少了一斤，這真是一條顛撲不破的實例。所以伊又用勁說，"這真是一代不如一代！"

伊的兒媳七斤嫂子正捧着飯籃走到桌邊，便將飯籃在桌上一摔，憤憤的說，"你老人家又這麼說了。六斤生下來的時候，不是六斤五兩麼？你家的秤又是私秤，加重稱，十八兩秤；用了準十六，我們的六斤該有七斤多哩。我想便是太公和公公，也不見得正是九斤八斤十足，用的秤也許是十四兩……"

"一代不如一代！"

七斤嫂還沒有答話，忽然看見七斤從小巷口轉出，便移了方向，對他嚷道，"你這死屍怎麼這時候才回來，死到那裡去了！不管人家等着你開飯！"

七斤雖然住在農村，卻早有些飛黃騰達的意思。從他的祖父到他，三代不捏鋤頭柄了；他也照例的幫人撐着航船，每日一回，早晨從魯鎮進城，傍晚又回到魯鎮，因此很知道些時事：例如甚麼地方，雷公劈死了蜈蚣精；甚麼地方，閨女生了一個夜叉之類。他在村人裡面，的確已經是一名出場人物了。但夏天吃飯不點燈，卻還守着農家習慣，所以回家太遲，是該罵的。

七斤一手捏着象牙嘴白銅斗六尺多長的湘妃竹煙管，低着頭，慢慢地走來，坐在矮凳上。六斤也趁勢溜出，坐在他身邊，叫他爹爹。七斤沒有應。

"一代不如一代！"九斤老太説。

七斤慢慢地抬起頭來，嘆一口氣説，"皇帝坐了龍庭了。"

七斤嫂呆了一刻，忽而恍然大悟的道，"這可好了，這不是又要皇恩大赦了麼！"

七斤又嘆一口氣，説，"我沒有辮子。"

“皇帝要辮子麼？”

“皇帝要辮子。”

“你怎麼知道呢？”七斤嫂有些着急，趕忙的問。

“咸亨酒店裡的人，都說要的。”

七斤嫂這時從直覺上覺得事情似乎有些不妙了，因為咸亨酒店是消息靈通的所在。伊一轉眼瞥見七斤的光頭，便忍不住動怒，怪他恨他怨他；忽然又絕望起來，裝好一碗飯，摜在七斤的面前道，“還是趕快吃你的飯罷！哭喪着臉，就會長出辮子來麼？”

太陽收盡了他最末的光線了，水面暗暗地回復過涼氣來；土場上一片碗筷聲響，人人的脊樑上又都吐出汗粒。七斤嫂吃完三碗飯，偶然抬起頭，心坎裡便禁不住突突地發跳。伊透過烏桕葉，看見又矮又胖的趙七爺正從獨木橋上走來，而且穿着寶藍色竹布的長衫。

趙七爺是鄰村茂源酒店的主人，又是這三十里方圓以內的唯一的出色人物兼學問家；因為有學問，所以又有些遺老的臭味。他有十多本金聖嘆批評的《三國誌》，時常坐着一個字一個字的讀；他不但能說出五虎將姓名，甚而至於還知道黃忠表字漢升和馬超表字孟起。革命以後，他便將辮子盤在頂上，像道士一般；常常嘆息說，倘若趙子龍在世，天下便不會亂到這地步了。七斤嫂眼睛好，早望見今天的趙七爺已經不是道士，卻變成光滑頭皮，烏黑髮頂；伊便知道這一定是皇帝坐了龍庭，而且一定須有辮子，而且七斤一定是非常危險。因為趙七爺的這件竹布長衫，輕易是不常穿的，三年以來，只穿過兩次：一次是和他嘔氣的麻子阿四病了的時候，一次是曾經砸爛他酒店的魯大爺死了的時候；現在是第三次了，這一定又是於他有慶，於他的仇家有殃了。

七斤嫂記得，兩年前七斤喝醉了酒，曾經罵過趙七爺是“賤胎”，所以這時便立刻直覺到七斤的危險，心坎裡突突地發起跳來。

趙七爺一路走來，坐着吃飯的人都站起身，拿筷子點着自己的飯碗說，"七爺，請在我們這裡用飯！"七爺也一路點頭，說道"請請"，卻一徑走到七斤家的桌旁。七斤們連忙招呼，七爺也微笑着說"請請"，一面細細的研究他們的飯菜。

"好香的乾菜，── 聽到了風聲了麼？"趙七爺站在七斤的後面七斤嫂的對面說。

"皇帝坐了龍庭了。"七斤說。

七斤嫂看着七爺的臉，竭力陪笑道，"皇帝已經坐了龍庭，幾時皇恩大赦呢？"

"皇恩大赦？── 大赦是慢慢的總要大赦罷。"七爺說到這裡，聲色忽然嚴厲起來，"但是你家七斤的辮子呢，辮子？這倒是要緊的事。你們知道：長毛時候，留髮不留頭，留頭不留髮，……"

七斤和他的女人沒有讀過書，不很懂得這古典的奧妙，但覺得有學問的七爺這麼說，事情自然非常重大，無可挽回，便仿佛受了死刑宣告似的，耳朵裡嗡的一聲，再也說不出一句話。

"一代不如一代，── "九斤老太正在不平，趁這機會，便對趙七爺說，"現在的長毛，只是剪人家的辮子，僧不僧，道不道的。從前的長毛，這樣的麼？我活到七十九歲了，活夠了。從前的長毛是 ── 整匹的紅緞子裹頭，拖下去，拖下去，一直拖到腳跟；王爺是黃緞子，拖下去，黃緞子；紅緞子，黃緞子，── 我活夠了，七十九歲了。"

七斤嫂站起身，自言自語的說，"這怎麼好呢？這樣的一班老小，都靠他養活的人，……"

趙七爺搖頭道，"那也沒法。沒有辮子，該當何罪，書上都一條一條明明白白寫着的。不管他家裡有些甚麼人。"

七斤嫂聽到書上寫着，可真是完全絕望了；自己急得沒法，便忽然又恨到七斤。伊用筷子指着他的鼻尖説，"這死屍自作自受！造反的時候，我本來説，不要撐船了，不要上城了。他偏要死進城去，滾進城去，進城便被人剪去了辮子。從前是絹光烏黑的辮子，現在弄得僧不僧道不道的。這囚徒自作自受，帶累了我們又怎麼説呢？這活死屍的囚徒……"

村人看見趙七爺到村，都趕緊吃完飯，聚在七斤家飯桌的周圍。七斤自己知道是出場人物，被女人當大眾這樣辱罵，很不雅觀，便只得抬起頭，慢慢地説道：

"你今天説現成話，那時你……"

"你這活死屍的囚徒……"

看客中間，八一嫂是心腸最好的人，抱着伊的兩週歲的遺腹子，正在七斤嫂身邊看熱鬧；這時過意不去，連忙解勸説，"七斤嫂，算了罷。人不是神仙，誰知道未來事呢？便是七斤嫂，那時不也説，沒有辮子倒也沒有甚麼醜麼？況且衙門裡的大老爺也還沒有告示，……"

七斤嫂沒有聽完，兩個耳朵早通紅了；便將筷子轉過向來，指着八一嫂的鼻子，説，"阿呀，這是甚麼話呵！八一嫂，我自己看來倒還是一個人，會説出這樣昏誕胡塗話麼？那時我是，整整哭了三天，誰都看見；連六斤這小鬼也都哭，……"六斤剛吃完一大碗飯，拿了空碗，伸手去嚷着要添。七斤嫂正沒好氣，便用筷子在伊的雙丫角中間，直扎下去，大喝道，"誰要你來多嘴！你這偷漢的小寡婦！"

撲的一聲，六斤手裡的空碗落在地上了，恰巧又碰着一塊磚角，立刻破成一個很大的缺口。七斤直跳起來，檢起破碗，合上了檢查一回，也喝道，"入娘的！"一巴掌打倒了六斤。六斤躺着哭，九斤老太拉了伊的手，連説着"一代不如一代"，一同走了。

八一嫂也發怒，大聲説，"七斤嫂，你'恨棒打人'……"

趙七爺本來是笑着旁觀的；但自從八一嫂説了"衙門裡的大老爺

沒有告示"這話以後，卻有些生氣了。這時他已經繞出桌旁，接着説，"'恨棒打人'，算甚麼呢。大兵是就要到的。你可知道，這回保駕的是張大帥，張大帥就是燕人張翼德的後代，他一支丈八蛇矛，就有萬夫不當之勇，誰能抵擋他，"他兩手同時捏起空拳，仿佛握着無形的蛇矛模樣，向八一嫂搶進幾步道，"你能抵擋他麼！"

八一嫂正氣得抱着孩子發抖，忽然見趙七爺滿臉油汗，瞪着眼，準對伊衝過來，便十分害怕，不敢説完話，回身走了。趙七爺也跟着走去，眾人一面怪八一嫂多事，一面讓開路，幾個剪過辮子重新留起的便趕快躲在人叢後面，怕他看見。趙七爺也不細心察訪，通過人叢，忽然轉入烏桕樹後，説道"你能抵擋他麼！"跨上獨木橋，揚長去了。

村人們呆呆站着，心裡計算，都覺得自己確乎抵不住張翼德，因此也決定七斤便要沒有性命。七斤既然犯了皇法，想起他往常對人談論城中的新聞的時候，就不該含着長煙管顯出那般驕傲模樣，所以對於七斤的犯法，也覺得有些暢快。他們也仿佛想發些議論，卻又覺得沒有甚麼議論可發。嗡嗡的一陣亂嚷，蚊子都撞過赤膊身子，闖到烏桕樹下去做市；他們也就慢慢地走散回家，關上門去睡覺。七斤嫂咕噥着，也收了傢伙和桌子矮凳回家，關上門睡覺了。

七斤將破碗拿回家裡，坐在門檻上吸煙；但非常憂愁，忘卻了吸煙，象牙嘴六尺多長湘妃竹煙管的白銅斗裡的火光，漸漸發黑了。他心裡但覺得事情似乎十分危急，也想想些方法，想些計畫，但總是非常模糊，貫穿不得："辮子呢辮子？丈八蛇矛。一代不如一代！皇帝坐龍庭。破的碗須得上城去釘好。誰能抵擋他？書上一條一條寫着。入娘的！……"

第二日清晨，七斤依舊從魯鎮撐航船進城，傍晚回到魯鎮，又拿着六尺多長的湘妃竹煙管和一個飯碗回村。他在晚飯席上，對九斤老太說，這碗是在城內釘合的，因為缺口大，所以要十六個銅釘，三文一個，一總用了四十八文小錢。

九斤老太很不高興的說，"一代不如一代，我是活夠了。三文錢一個釘；從前的釘，這樣的麼？從前的釘是⋯⋯我活了七十九歲了，——"

此後七斤雖然是照例日日進城，但家景總有些黯淡，村人大抵迴避着，不再來聽他從城內得來的新聞。七斤嫂也沒有好聲氣，還時常叫他"囚徒"。

過了十多日，七斤從城內回家，看見他的女人非常高興，問他說，"你在城裡可聽到些甚麼？"

"沒有聽到些甚麼。"

"皇帝坐了龍庭沒有呢？"

"他們沒有說。"

"咸亨酒店裡也沒有人說麼？"

"也沒人說。"

"我想皇帝一定是不坐龍庭了。我今天走過趙七爺的店前，看見他又坐着唸書了，辮子又盤在頂上了，也沒有穿長衫。"

"⋯⋯⋯⋯"

"你想，不坐龍庭了罷？"

"我想，不坐了罷。"

現在的七斤，是七斤嫂和村人又都早給他相當的尊敬，相當的待遇了。到夏天，他們仍舊在自家門口的土場上吃飯；大家見了，都笑嘻嘻的招呼。九斤老太早已做過八十大壽，仍然不平而且康健。六斤的雙丫角，已經變成一支大辮子了；伊雖然新近裹腳，卻還能幫同七斤嫂做事，捧着十八個銅釘的飯碗，在土場上一瘸一拐的往來。

一九二〇年十月。

點 評

一九一七年七月，安徽督軍張勳擁清廢帝溥儀復辟的時候，在
北京教育部的魯迅短期辭職，避難於東城船板胡同新華旅館。十幾
年後，魯迅還回憶，關於"辮子還有一場小風波，那就是張勳的
'復辟'，一不小心，辮子是又可以種起來的，我曾見他的辮子兵在
北京城外佈防，對於沒辮子的人們真是氣焰萬丈。幸而不幾天就失
敗了"（《且介亭雜文·病後雜談之餘》）。然而對於這場事變，魯
迅並沒有做北京街頭的"紀實小説"，而是把聚焦移到他已離開多
年、遠在數千里之外的浙東故鄉，透視臨河土場上發生在丟了辮子
的七斤一家，以及"有些遺老臭味"的茂源酒店主人趙七爺之間的
"風波"。聚焦於農村，表明作者的思想關注點，在這種大距離的焦
點挪移和跳躍中，剖示了中國社會結構、政治情緒和風俗心理。這
説明，看一篇小説不僅要看它寫甚麼，而且要看它如何寫，看它是
以何種形式來完成它的內容的。紀實作品寫得好，自可聳動一時視
聽，留下多少史料，但它只是藝術的初階。真正的藝術品產生於以
小觀大、以近觀遠、以鄉觀城的超越性詩學昇華之中。魯迅以農村
社會展示了一個發人深省的"後辛亥"，一個由張勳復辟攪起風波
的農村"後辛亥"。

此篇有一條不斷播出的九斤老太嘮嘮叨叨的噪音式的和弦："一
代不如一代，—— 我活夠了，七十九歲了。"如果以一九一七年張

動復辟時發此牢騷來算，九斤老太於一八三九年生，此時適好是中國人習慣的虛歲七十九歲。那一年，又適好發生林則徐虎門銷煙，英國以鴉片貿易被禁而發動鴉片戰爭。因此，九斤老太說"一代不如一代"時，總是補上一句"我活夠了，七十九歲了"，就是以一個鄉下老奶奶的蒙昧，感覺近代史鋪天蓋地的風波。九斤老太歷史退化觀之名言，也見於《紅樓夢》第二回冷子興演說榮國府："誰知這樣鐘鳴鼎食之家，翰墨詩書之族，如今的兒孫，竟一代不如一代了。"追溯此語的源頭，宋人戴埴的筆記《鼠璞》說："世傳《艾子》為坡仙所作，皆一時戲語，亦有所本。其說'一蟹不如一蟹'，出《聖宋掇遺》。（翰林學士）陶穀奉使吳越，因食蝤蛑（梭子蟹），詢其族類，（吳越）忠懿（王）命自蝤蛑至蟹凡十餘種以進。穀曰：'真所謂一代不如一代也。'"

故 鄉

我冒了嚴寒，回到相隔二千餘里，別了二十餘年的故鄉去。

時候既然是深冬；漸近故鄉時，天氣又陰晦了，冷風吹進船艙中，嗚嗚的響，從篷隙向外一望，蒼黃的天底下，遠近橫着幾個蕭索的荒村，沒有一些活氣。我的心禁不住悲涼起來了。

阿！這不是我二十年來時時記得的故鄉？

我所記得的故鄉全不如此。我的故鄉好得多了。但要我記起他的美麗，說出他的佳處來，卻又沒有影像，沒有言辭了。仿佛也就如此。於是我自己解釋說：故鄉本也如此，—— 雖然沒有進步，也未必有如我所感的悲涼，這只是我自己心情的改變罷了，因為我這次回鄉，本沒有甚麼好心緒。

我這次是專為了別他而來的。我們多年聚族而居的老屋，已經公同賣給別姓了，交屋的期限，只在本年，所以必須趕在正月初一以前，永別了熟識的老屋，而且遠離了熟識的故鄉，搬家到我在謀食的異地去。

第二日清早晨我到了我家的門口了。瓦楞上許多枯草的斷莖當風抖着，正在說明這老屋難免易主的原因。幾房的本家大約已經搬走了，所以很寂靜。我到了自家的房外，我的母親早已迎着出來了，接着便飛出了八歲的姪兒宏兒。

我的母親很高興，但也藏着許多凄涼的神情，教我坐下，歇息，喝茶，且不談搬家的事。宏兒沒有見過我，遠遠的對面站着只是看。

但我們終於談到搬家的事。我說外間的寓所已經租定了，又買了幾件傢具，此外須將家裡所有的木器賣去，再去增添。母親也說好，而且行李也略已齊集，木器不便搬運的，也小半賣去了，只是收不起錢來。

　　「你休息一兩天，去拜望親戚本家一回，我們便可以走了。」母親說。

　　「是的。」

　　「還有閏土，他每到我家來時，總問起你，很想見你一回面。我已經將你到家的大約日期通知他，他也許就要來了。」

　　這時候，我的腦裡忽然閃出一幅神異的圖畫來：深藍的天空中掛着一輪金黃的圓月，下面是海邊的沙地，都種着一望無際的碧綠的西瓜，其間有一個十一二歲的少年，項帶銀圈，手捏一柄鋼叉，向一匹猹盡力的刺去，那猹卻將身一扭，反從他的胯下逃走了。

　　這少年便是閏土。我認識他時，也不過十多歲，離現在將有三十年了；那時我的父親還在世，家景也好，我正是一個少爺。那一年，我家是一件大祭祀的值年。這祭祀，說是三十多年才能輪到一回，所以很鄭重；正月裡供祖像，供品很多，祭器很講究，拜的人也很多，祭器也很要防偷去。我家只有一個忙月（我們這裡給人做工的分三種：整年給一定人家做工的叫長年；按日給人做工的叫短工；自己也種地，只在過年過節以及收租時候來給一定的人家做工的稱忙月），忙不過來，他便對父親說，可以叫他的兒子閏土來管祭器的。

　　我的父親允許了；我也很高興，因為我早聽到閏土這名字，而且知道他和我仿佛年紀，閏月生的，五行缺土，所以他的父親叫他閏土。他是能裝捉小鳥雀的。

　　我於是日日盼望新年，新年到，閏土也就到了。好容易到了年末，有一日，母親告訴我，閏土來了，我便飛跑的去看。他正在廚房裡，紫色的圓臉，頭戴一頂小氈帽，頸上套一個明晃晃的銀項圈，這可見他的父親十分愛他，怕他死去，所以在神佛面前許下願心，用圈子將他套住了。他見人很怕羞，只是不怕我，沒有旁人的時候，便和我說話，於是不到半日，我們便熟識了。

我們那時候不知道談些甚麼，只記得閏土很高興，說是上城之後，見了許多沒有見過的東西。

第二日，我便要他捕鳥。他說：

"這不能。須大雪下了才好。我們沙地上，下了雪，我掃出一塊空地來，用短棒支起一個大竹匾，撒下秕穀，看鳥雀來吃時，我遠遠地將縛在棒上的繩子只一拉，那鳥雀就罩在竹匾下了。甚麼都有：稻雞，角雞，鵓鴣，藍背……"

我於是又很盼望下雪。

閏土又對我說：

"現在太冷，你夏天到我們這裡來。我們日裡到海邊檢貝殼去，紅的綠的都有，鬼見怕也有，觀音手也有。晚上我和爹管西瓜去，你也去。"

"管賊麼？"

"不是。走路的人口渴了摘一個瓜吃，我們這裡是不算偷的。要管的是獾豬，刺蝟，猹。月亮底下，你聽，啦啦的響了，猹在咬瓜了。你便捏了胡叉，輕輕地走去……"

我那時並不知道這所謂猹的是怎麼一件東西 —— 便是現在也沒有知道 —— 只是無端的覺得狀如小狗而很兇猛。

"他不咬人麼？"

"有胡叉呢。走到了，看見猹了，你便刺。這畜生很伶俐，倒向你奔來，反從胯下竄了。他的皮毛是油一般的滑……"

我素不知道天下有這許多新鮮事：海邊有如許五色的貝殼；西瓜

有這樣危險的經歷，我先前單知道他在水果店裡出賣罷了。

"我們沙地裡，潮汛要來的時候，就有許多跳魚兒只是跳，都有青蛙似的兩個腳……"

阿！閏土的心裡有無窮無盡的希奇的事，都是我往常的朋友所不知道的。他們不知道一些事，閏土在海邊時，他們都和我一樣只看見院子裡高牆上的四角的天空。

可惜正月過去了，閏土須回家裡去，我急得大哭，他也躲到廚房裡，哭着不肯出門，但終於被他父親帶走了。他後來還託他的父親帶給我一包貝殼和幾支很好看的鳥毛，我也曾送他一兩次東西，但從此沒有再見面。

現在我的母親提起了他，我這兒時的記憶，忽而全都閃電似的蘇生過來，似乎看到了我的美麗的故鄉了。我應聲說：

"這好極！他，—— 怎樣？……"

"他？……他景況也很不如意……"母親說着，便向房外看，"這些人又來了。說是買木器，順手也就隨便拿走的，我得去看看。"

母親站起身，出去了。門外有幾個女人的聲音。我便招宏兒走近面前，和他閒話：問他可會寫字，可願意出門。

"我們坐火車去麼？"

"我們坐火車去。"

"船呢？"

"先坐船，……"

"哈！這模樣了！鬍子這麼長了！"一種尖利的怪聲突然大叫起來。

我吃了一嚇，趕忙抬起頭，卻見一個凸顴骨，薄嘴唇，五十歲上下的女人站在我面前，兩手搭在髀間，沒有繫裙，張着兩腳，正像一個畫圖儀器裡細腳伶仃的圓規。

我愕然了。

“不認識了麼？我還抱過你咧！”

我愈加愕然了。幸而我的母親也就進來，從旁說：

“他多年出門，統忘卻了。你該記得罷，” 便向着我說，“這是斜對門的楊二嫂，……開豆腐店的。”

哦，我記得了。我孩子時候，在斜對門的豆腐店裡確乎終日坐着一個楊二嫂，人都叫伊“豆腐西施”。但是擦着白粉，顴骨沒有這麼高，嘴唇也沒有這麼薄，而且終日坐着，我也從沒有見過這圓規式的姿勢。那時人說：因為伊，這豆腐店的買賣非常好。但這大約因為年齡的關係，我卻並未蒙着一毫感化，所以竟完全忘卻了。然而圓規很不平，顯出鄙夷的神色，仿佛嗤笑法國人不知道拿破侖，美國人不知道華盛頓似的，冷笑說：

“忘了？這真是貴人眼高……”

“那有這事……我……”我惶恐着，站起來說。

“那麼，我對你說。迅哥兒，你闊了，搬動又笨重，你還要甚麼這些破爛木器，讓我拿去罷。我們小戶人家，用得着。”

“我並沒有闊哩。我須賣了這些，再去……”

“阿呀呀，你放了道台了，還說不闊？你現在有三房姨太太；出門便是八抬的大轎，還說不闊？嚇，甚麼都瞞不過我。”

我知道無話可說了，便閉了口，默默的站着。

“阿呀阿呀，真是愈有錢，便愈是一毫不肯放鬆，愈是一毫不肯放鬆，便愈有錢……”圓規一面憤憤的回轉身，一面絮絮的說，慢慢向外走，順便將我母親的一副手套塞在褲腰裡，出去了。

此後又有近處的本家和親戚來訪問我。我一面應酬，偷空便收拾些行李，這樣的過了三四天。

一日是天氣很冷的午後，我吃過午飯，坐着喝茶，覺得外面有人進來了，便回頭去看。我看時，不由的非常出驚，慌忙站起身，迎着走去。

這來的便是閏土。雖然我一見便知道是閏土，但又不是我這記憶上的閏土了。他身材增加了一倍；先前的紫色的圓臉，已經變作灰黃，而且加上了很深的皺紋；眼睛也像他父親一樣，周圍都腫得通紅，這我知道，在海邊種地的人，終日吹着海風，大抵是這樣的。他頭上是一頂破氈帽，身上只一件極薄的棉衣，渾身瑟索着；手裡提着一個紙包和一支長煙管，那手也不是我所記得的紅活圓實的手，卻又粗又笨而且開裂，像是松樹皮了。

我這時很興奮，但不知道怎麼説才好，只是説：

"阿！閏土哥，—— 你來了？……"

我接着便有許多話，想要連珠一般湧出：角雞，跳魚兒，貝殼，猹，……但又總覺得被甚麼擋着似的，單在腦裡面迴旋，吐不出口外去。

他站住了，臉上現出歡喜和淒涼的神情；動着嘴唇，卻沒有作聲。他的態度終於恭敬起來了，分明的叫道：

"老爺！……"

我似乎打了一個寒噤；我就知道，我們之間已經隔了一層可悲的厚障壁了。我也説不出話。

他回過頭去説，"水生，給老爺磕頭。"便拖出躲在背後的孩子來，這正是一個廿年前的閏土，只是黃瘦些，頸子上沒有銀圈罷了。"這是第五個孩子，沒有見過世面，躲躲閃閃……"

母親和宏兒下樓來了，他們大約也聽到了聲音。

"老太太。信是早收到了。我實在喜歡的了不得，知道老爺回來……"閏土説。

"阿，你怎的這樣客氣起來。你們先前不是哥弟稱呼麼？還是照舊：迅哥兒。"母親高興的説。

「阿呀，老太太真是……這成甚麼規矩。那時是孩子，不懂事……」閏土說着，又叫水生上來打拱，那孩子卻害羞，緊緊的只貼在他背後。

「他就是水生？第五個？都是生人，怕生也難怪的；還是宏兒和他去走走。」母親說。

宏兒聽得這話，便來招水生，水生卻鬆鬆爽爽同他一路出去了。母親叫閏土坐，他遲疑了一回，終於就了坐，將長煙管靠在桌旁，遞過紙包來，說：

「冬天沒有甚麼東西了。這一點乾青豆倒是自家曬在那裡的，請老爺……」

我問問他的景況。他只是搖頭。

「非常難。第六個孩子也會幫忙了，卻總是吃不夠……又不太平……甚麼地方都要錢，沒有規定……收成又壞。種出東西來，挑去賣，總要捐幾回錢，折了本；不去賣，又只能爛掉……」

他只是搖頭；臉上雖然刻着許多皺紋，卻全然不動，仿佛石像一般。他大約只是覺得苦，卻又形容不出，沉默了片時，便拿起煙管來默默的吸煙了。

母親問他，知道他的家裡事務忙，明天便得回去；又沒有吃過午飯，便叫他自己到廚下炒飯吃去。

他出去了；母親和我都嘆息他的景況：多子，饑荒，苛稅，兵，匪，官，紳，都苦得他像一個木偶人了。母親對我說，凡是不必搬走的東西，盡可以送他，可以聽他自己去揀擇。

下午，他揀好了幾件東西：兩條長桌，四個椅子，一副香爐和燭台，一桿抬秤。他又要所有的草灰（我們這裡煮飯是燒稻草的，那灰，可以做沙地的肥料），待我們啓程的時候，他用船來載去。

夜間，我們又談些閒天，都是無關緊要的話；第二天早晨，他就領了水生回去了。

又過了九日，是我們啓程的日期。閏土早晨便到了，水生沒有同來，卻只帶着一個五歲的女兒管船隻。我們終日很忙碌，再沒有談天的工夫。來客也不少，有送行的，有拿東西的，有送行兼拿東西的。待到傍晚我們上船的時候，這老屋裡的所有破舊大小粗細東西，已經一掃而空了。

我們的船向前走，兩岸的青山在黃昏中，都裝成了深黛顏色，連着退向船後梢去。

宏兒和我靠着船窗，同看外面模糊的風景，他忽然問道：

“大伯！我們甚麼時候回來？”

“回來？你怎麼還沒有走就想回來了。”

“可是，水生約我到他家玩去咧……”他睜着大的黑眼睛，痴痴的想。

我和母親也都有些惘然，於是又提起閏土來。母親說，那豆腐西施的楊二嫂，自從我家收拾行李以來，本是每日必到的，前天伊在灰堆裡，掏出十多個碗碟來，議論之後，便定說是閏土埋着的，他可以在運灰的時候，一齊搬回家裡去；楊二嫂發見了這件事，自己很以為功，便拿了那狗氣殺（這是我們這裡養雞的器具，木盤上面有着柵欄，內盛食料，雞可以伸進頸子去啄，狗卻不能，只能看着氣死），飛也似的跑了，虧伊裝着這麼高低的小腳，竟跑得這樣快。

老屋離我愈遠了；故鄉的山水也都漸漸遠離了我，但我卻並不感到怎樣的留戀。我只覺得我四面有看不見的高牆，將我隔成孤身，使我非常氣悶；那西瓜地上的銀項圈的小英雄的影像，我本來十分清楚，現在卻忽地模糊了，又使我非常的悲哀。

母親和宏兒都睡着了。

我躺着，聽船底潺潺的水聲，知道我在走我的路。我想：我竟與閏土隔絕到這地步了，但我們的後輩還是一氣，宏兒不是正在想念水生麼。我希望他們不再像我，又大家隔膜起來……然而我又不願意他們因為要一氣，都如我的辛苦展轉而生活，也不願意他們都如閏土的辛苦麻木而生活，也不願意都如別人的辛苦恣睢而生活。他們應該有新的生活，為我們所未經生活過的。

　　我想到希望，忽然害怕起來了。閏土要香爐和燭台的時候，我還暗地裡笑他，以為他總是崇拜偶像，甚麼時候都不忘卻。現在我所謂希望，不也是我自己手製的偶像麼？只是他的願望切近，我的願望茫遠罷了。

　　我在朦朧中，眼前展開一片海邊碧綠的沙地來，上面深藍的天空中掛着一輪金黃的圓月。我想：希望是本無所謂有，無所謂無的。這正如地上的路；其實地上本沒有路，走的人多了，也便成了路。

一九二一年一月。

點 評

　　《故鄉》是魯迅無限眷戀又無限悲鬱的“故鄉祭”，被外國學者譽為“偉大的東方抒情詩”的作品。它以詩的濃情和啓蒙的理性，萃取了一個東方遊子悲涼的鄉土夢，在情節自由化中，出入於夢與真之間，於隨意點染處饒寄感慨，良多散文之美。閏土的原型章運水（一八七九至一九三六），是浙江上虞杜浦（舊屬紹興）人，為周家的“忙月”（短工）章福慶之子。章福慶是鄉間的能工巧匠，編得一手好竹器，在簞上曬穀攤開收攏，也做得非常好看。他曾讓運水進城做些管祭器、燒茶水、看曬場的活兒，向少年魯迅講述海邊故事，傳授捕捉鳥雀的方法，終至哥弟相稱。

本篇是以魯迅一九一九年冬回故鄉搬家北來為創作的由頭的，"豆腐西施"則是隨手拈來的小市民女人，與閏土對比而探索中國鄉鎮人的生存狀態。一九一二年，上海《小說月報》發表惲鐵樵的小說《泥憶雲》，也寫過一個"豆腐西施"："街西某甲設豆腐店有年。一女年十六七，有姿色，雖布衣樵髻，助父母操作，而夏日不汗垢，冬日不皸瘃，香肌玉色，神韻天然。或上以徽號，曰：'西施'。"魯迅隨手拈出這麼一個街坊女人的綽號，也是頗有趣味的。

故鄉在中國人心中植入了極深的情結，具有沉甸甸的分量。《史記·高祖本紀》記漢高祖統一海內回到沛縣故鄉，酒酣擊筑，高唱《大風歌》後，對沛中父兄說："遊子悲故鄉。吾雖都關中，萬歲後吾魂魄猶樂思沛。"故鄉成了靈魂的歸宿。這種故鄉情結，與明月結下很深的緣分。李白《靜夜思》云："床前明月光，疑是地上霜。舉頭望明月，低頭思故鄉。"杜甫《月夜憶舍弟》云："露從今夜白，月是故鄉明。"都是故鄉明月緣分的見證。

本篇東方情調的最是亮色的要素，也是寫了故鄉明月緣分。當母親提到閏土時，"我的腦裡忽然閃出一幅神異的圖畫來：深藍的天空中掛着一輪金黃的圓月，下面是海邊的沙地，都種着一望無際的碧綠的西瓜，其間有一個十一二歲的少年，項帶銀圈，手捏一柄鋼叉，向一匹猹盡力的刺去，那猹卻將身一扭，反從他的胯下逃走了。"

然而這種緣分卻被深冬、相隔二千餘里、別了二十餘年的時空所切割，令人心境悲涼。閏土以木偶人的蒼老和麻木，對昔日平等的遊伴恭敬地稱呼"老爺"。閏土是最地道的中國農民，負荷着中國農民的生存重擔和命運。由此可以考察中國農村"多子，饑荒，苛稅，兵，匪，官，紳"的生存處境，以及從處理的傢具堆裡揀出一副香爐和燭台的世俗信仰。苦難歲月，已經將故鄉明月轟毀成不可收拾的碎片，於是只好建構希望之路，以之作為絲線將這些碎片重新穿起來：“我在朦朧中，眼前展開一片海邊碧綠的沙地來，上面深藍的天空中掛着一輪金黃的圓月。我想：希望是本無所謂有，無所謂無的。這正如地上的路；其實地上本沒有路，走的人多了，也便成了路。”路是一個過程，不是預設的方案，它是在走的過程中，根據山形水貌、沙漠荊棘的情形，無窮地又曲折地展開的。路成了魯迅思考刻不容緩的改革的象徵，也承載着他的過客思想。

阿Q正傳

第一章　序

我要給阿 Q 做正傳，已經不止一兩年了。但一面要做，一面又往回想，這足見我不是一個"立言"的人，因為從來不朽之筆，須傳不朽之人，於是人以文傳，文以人傳——究竟誰靠誰傳，漸漸的不甚瞭然起來，而終於歸結到傳阿 Q，仿佛思想裡有鬼似的。

然而要做這一篇速朽的文章，才下筆，便感到萬分的困難了。第一是文章的名目。孔子曰，"名不正則言不順"。這原是應該極注意的。傳的名目很繁多：列傳，自傳，內傳，外傳，別傳，家傳，小傳……，而可惜都不合。"列傳"麼，這一篇並非和許多闊人排在"正史"裡；"自傳"麼，我又並非就是阿 Q。說是"外傳"，"內傳"在那裡呢？倘用"內傳"，阿 Q 又決不是神仙。"別傳"呢，阿 Q 實在未曾有大總統上諭宣付國史館立"本傳"——雖說英國正史上並無"博徒列傳"，而文豪迭更司也做過《博徒別傳》這一部書，但文豪則可，在我輩卻不可的。其次是"家傳"，則我既不知與阿 Q 是否同宗，也未曾受他子孫的拜託；或"小傳"，則阿 Q 又更無別的"大傳"了。總而言之，這一篇也便是"本傳"，但從我的文章着想，因為文體卑下，是"引車賣漿者流"所用的話，所以不敢僭稱，便從不入三教九流的小說家所謂"閒話休題言歸正傳"這一句套話裡，取出"正傳"兩個字來，作為名目，即使與古人所撰《書法正傳》的"正傳"字面上很相混，也顧不得了。

第二，立傳的通例，開首大抵該是"某，字某，某地人也"，而我並不知道阿 Q 姓甚麼。有一回，他似乎是姓趙，但第二日便模糊了。那是趙太爺的兒子進了秀才的時候，鑼聲鏗鏗的報到村裡來，阿 Q 正喝了兩碗黃酒，便手舞足蹈的說，這於他也很光采，因為他和趙太爺原來是本家，細細的排起來他還比秀才長三輩呢。其時幾個旁聽人倒也肅然的有些起敬了。那知道第二天，地保便叫阿 Q 到趙太爺家裡去；太爺一見，滿臉濺朱，喝道：

"阿 Q，你這渾小子！你說我是你的本家麼？"

阿 Q 不開口。

趙太爺愈看愈生氣了，搶進幾步說："你敢胡說！我怎麼會有你這樣的本家？你姓趙麼？"

阿 Q 不開口，想往後退了；趙太爺跳過去，給了他一個嘴巴。

"你怎麼會姓趙！—— 你那裡配姓趙！"

阿 Q 並沒有抗辯他確鑿姓趙，只用手摸着左頰，和地保退出去了；外面又被地保訓斥了一番，謝了地保二百文酒錢。知道的人都說阿 Q 太荒唐，自己去招打；他大約未必姓趙，即使真姓趙，有趙太爺在這裡，也不該如此胡說的。此後便再沒有人提起他的氏族來，所以我終於不知道阿 Q 究竟甚麼姓。

第三，我又不知道阿 Q 的名字是怎麼寫的。他活着的時候，人都叫他阿 Quei，死了以後，便沒有一個人再叫阿 Quei 了，那裡還會有"著之竹帛"的事。若論"著之竹帛"，這篇文章要算第一次，所以先遇着了這第一個難關。我曾經仔細想：阿 Quei，阿桂還是阿貴呢？倘使他號叫月亭，或者在八月間做過生日，那一定是阿桂了；而他既沒有號 —— 也許有號，只是沒有人知道他，—— 又未嘗散過生日徵文的帖子：寫作阿桂，是武斷的。又倘若他有一位老兄或令弟叫阿富，那一定是阿貴了；而他又只是一個人：寫作阿貴，也沒有佐證的。其餘音 Quei 的偏僻字樣，更加湊不上了。先前，我也曾問過趙太爺的兒子茂才先生，誰料博雅如此公，竟也茫然，但據結論說，是因為陳獨秀辦了《新青年》提倡洋字，所以國粹淪亡，無可查考了。我的最後的手段，只有託一個同鄉去查阿 Q 犯事的案卷，八個月之後才有回信，說案卷裡並無與阿 Quei 的聲音相近的人。我雖不知道是真沒有，還是沒有查，然而也再沒有別的方法了。生怕注音字母還未通行，只好用了 "洋字"，照英國流行的拼法寫他為阿 Quei，略作阿 Q。這近於盲從《新青年》，自己也很抱歉，但茂才公尚且不知，我還有甚麼好辦法呢。

第四，是阿 Q 的籍貫了。倘他姓趙，則據現在好稱郡望的老例，可以照《郡名百家姓》上的注解，說是 "隴西天水人也"，但可惜這姓是不甚可靠的，因此籍貫也就有些決不定。他雖然多住未莊，然而也常常宿在別處，不能說是未莊人，即使說是 "未莊人也"，也仍然有乖史法的。

我所聊以自慰的，是還有一個 "阿" 字非常正確，絕無附會假借的缺點，頗可以就正於通人。至於其餘，卻都非淺學所能穿鑿，只希望有 "歷史癖與考據癖" 的胡適之先生的門人們，將來或者能夠尋出許多新端緒來，但是我這《阿 Q 正傳》到那時卻又怕早經消滅了。

以上可以算是序。

第二章　優勝記略

阿 Q 不獨是姓名籍貫有些渺茫，連他先前的 "行狀" 也渺茫。因為未莊的人們之於阿 Q，只要他幫忙，只拿他玩笑，從來沒有留心他的 "行狀" 的。而阿 Q 自己也不說，獨有和別人口角的時候，間或瞪着眼睛道：

"我們先前 —— 比你闊的多啦！你算是甚麼東西！"

阿 Q 沒有家，住在未莊的土穀祠裡；也沒有固定的職業，只給人家做短工，割麥便割麥，舂米便舂米，撐船便撐船。工作略長久時，他也或住在臨時主人的家裡，但一完就走了。所以，人們忙碌的時候，也還記起阿 Q 來，然而記起的是做工，並不是"行狀"；一閒空，連阿 Q 都早忘卻，更不必說"行狀"了。只是有一回，有一個老頭子頌揚說："阿 Q 真能做！"這時阿 Q 赤着膊，懶洋洋的瘦伶仃的正在他面前，別人也摸不着這話是真心還是譏笑，然而阿 Q 很喜歡。

阿 Q 又很自尊，所有未莊的居民，全不在他眼睛裡，甚而至於對於兩位"文童"也有以為不值一笑的神情。夫文童者，將來恐怕要變秀才者也；趙太爺錢太爺大受居民的尊敬，除有錢之外，就因為都是文童的爹爹，而阿 Q 在精神上獨不表格外的崇奉，他想：我的兒子會闊得多啦！加以進了幾回城，阿 Q 自然更自負，然而他又很鄙薄城裡人，譬如用三尺長三寸寬的木板做成的凳子，未莊叫"長凳"，他也叫"長凳"，城裡人卻叫"條凳"，他想：這是錯的，可笑！油煎大頭魚，未莊都加上半寸長的蔥葉，城裡卻加上切細的蔥絲，他想：這也是錯的，可笑！然而未莊人真是不見世面的可笑的鄉下人呵，他們沒有見過城裡的煎魚！

阿 Q "先前闊"，見識高，而且"真能做"，本來幾乎是一個"完人"了，但可惜他體質上還有一些缺點。最惱人的是在他頭皮上，頗有幾處不知於何時的癩瘡疤。這雖然也在他身上，而看阿 Q 的意思，倒也似乎以為不足貴的，因為他諱說"癩"以及一切近於"賴"的音，後來推而廣之，"光"也諱，"亮"也諱，再後來，連"燈""燭"都諱了。一犯諱，不問有心與無心，阿 Q 便全疤通紅的發起怒來，估量了對手，口訥的他便罵，氣力小的他便打；然而不知怎麼一回事，總還是阿 Q 吃虧的時候多。於是他漸漸的變換了方針，大抵改為怒目而視了。

誰知道阿 Q 採用怒目主義之後，未莊的閒人們便愈喜歡玩笑他。一見面，他們便假作吃驚的說：

"噲，亮起來了。"

阿 Q 照例的發了怒，他怒目而視了。

"原來有保險燈在這裡！"他們並不怕。

阿 Q 沒有法，只得另外想出報復的話來：

"你還不配……"這時候，又仿佛在他頭上的是一種高尚的光榮的癩頭瘡，並非平常的癩頭瘡了；但上文說過，阿 Q 是有見識的，他立刻知道和"犯忌"有點抵觸，便不再往底下說。

閒人還不完，只撩他，於是終而至於打。阿 Q 在形式上打敗了，被人揪住黃辮子，在壁上碰了四五個響頭，閒人這才心滿意足的得勝的走了，阿 Q 站了一刻，心裡想，"我總算被兒子打了，現在的世界真不像樣……"於是也心滿意足的得勝的走了。

阿 Q 想在心裡的，後來每每說出口來，所以凡有和阿 Q 玩笑的人們，幾乎全知道他有這一種精神上的勝利法，此後每逢揪住他黃辮子的時候，人就先一着對他說：

"阿 Q，這不是兒子打老子，是人打畜生。自己說：人打畜生！"

阿 Q 兩隻手都捏住了自己的辮根，歪着頭，說道：

"打蟲豸，好不好？我是蟲豸 —— 還不放麼？"

但雖然是蟲豸，閒人也並不放，仍舊在就近甚麼地方給他碰了五六個響頭，這才心滿意足的得勝的走了，他以為阿 Q 這回可遭了瘟。然而不到十秒鐘，阿 Q 也心滿意足的得勝的走了，他覺得他是第一個能夠自輕自賤的人，除了"自輕自賤"不算外，餘下的就是"第一個"。狀元不也是"第一個"麼？"你算是甚麼東西"呢！？

阿 Q 以如是等等妙法克服怨敵之後，便愉快的跑到酒店裡喝幾碗酒，又和別人調笑一通，口角一通，又得了勝，愉快的回到土穀祠，放倒頭睡着了。假使有錢，他便去押牌寶，一堆人蹲在地面上，阿Q即汗流滿面的夾在這中間，聲音他最響：

"青龍四百！"

"咳 〜〜 開 〜〜 啦！"椿家揭開盒子蓋，也是汗流滿面的唱。"天門啦 〜〜 角回啦 〜〜！人和穿堂空在那裡啦 〜〜！阿Q的銅錢拿過來 〜〜！"

"穿堂一百 —— 一百五十！"

阿Q的錢便在這樣的歌吟之下，漸漸的輸入別個汗流滿面的人物的腰間。他終於只好擠出堆外，站在後面看，替別人着急，一直到散場，然後戀戀的回到土穀祠，第二天，腫着眼睛去工作。

但真所謂"塞翁失馬安知非福"罷，阿Q不幸而贏了一回，他倒幾乎失敗了。

這是未莊賽神的晚上。這晚上照例有一台戲，戲台左近，也照例有許多的賭攤。做戲的鑼鼓，在阿Q耳朵裡仿佛在十里之外；他只聽得椿家的歌唱了。他贏而又贏，銅錢變成角洋，角洋變成大洋，大洋又成了疊。他興高采烈得非常：

"天門兩塊！"

他不知道誰和誰為甚麼打起架來了。罵聲打聲腳步聲，昏頭昏腦的一大陣，他才爬起來，賭攤不見了，人們也不見了，身上有幾處很似乎有些痛，似乎也捱了幾拳幾腳似的，幾個人詫異的對他看。他如有所失的走進土穀祠，定一定神，知道他的一堆洋錢不見了。趕賽會的賭攤多不是本村人，還到那裡去尋根柢呢？

很白很亮的一堆洋錢！而且是他的 —— 現在不見了！說是算被兒子拿去了罷，總還是忽忽不樂；說自己是蟲豸罷，也還是忽忽不樂：他這回才有些感到失敗的苦痛了。

但他立刻轉敗為勝了。他擎起右手，用力的在自己臉上連打了兩個嘴巴，熱剌剌的有些痛；打完之後，便心平氣和起來，似乎打的是自己，被打的是別一個自己，不久也就仿佛是自己打了別個一般，——雖然還有些熱剌剌，——心滿意足的得勝的躺下了。

他睡着了。

第三章　續優勝記略

然而阿Q雖然常優勝，卻直待蒙趙太爺打他嘴巴之後，這才出了名。

他付過地保二百文酒錢，憤憤的躺下了，後來想：“現在的世界太不成話，兒子打老子……”於是忽而想到趙太爺的威風，而現在是他的兒子了，便自己也漸漸的得意起來，爬起身，唱着《小孤孀上墳》到酒店去。這時候，他又覺得趙太爺高人一等了。

說也奇怪，從此之後，果然大家也仿佛格外尊敬他。這在阿Q，或者以為因為他是趙太爺的父親，而其實也不然。未莊通例，倘如阿七打阿八，或者李四打張三，向來本不算一件事，必須與一位名人如趙太爺者相關，這才載上他們的口碑。一上口碑，則打的既有名，被打的也就託庇有了名。至於錯在阿Q，那自然是不必說。所以者何？就因為趙太爺是不會錯的。但他既然錯，為甚麼大家又仿佛格外尊敬他呢？這可難解，穿鑿起來說，或者因為阿Q說是趙太爺的本家，雖然捱了打，大家也還怕有些真，總不如尊敬一些穩當。否則，也如孔廟裡的太牢一般，雖然與豬羊一樣，同是畜生，但既經聖人下箸，先儒們便不敢妄動了。

阿Q此後倒得意了許多年。

有一年的春天，他醉醺醺的在街上走，在牆根的日光下，看見王鬍在那裡赤着膊捉虱子，他忽然覺得身上也癢起來了。這王鬍，又癩又鬍，別人都叫他王癩鬍，阿Q卻刪去了一個癩字，然而非常渺視他。阿Q的意思，以為癩是不足為奇的，只有這一部絡腮鬍子，實在太新奇，令人看不上眼。他於是並排坐下去了。倘是別的閒人們，阿Q本不敢大意坐下去。但這王鬍旁邊，他有甚麼怕呢？老實說：他肯坐下去，簡直還是抬舉他。

阿Q也脫下破夾襖來，翻檢了一回，不知道因為新洗呢還是因為粗心，許多工夫，只捉到三四個。他看那王鬍，卻是一個又一個，兩個又三個，只放在嘴裡畢畢剝剝的響。

阿Q最初是失望，後來卻不平了：看不上眼的王鬍尚且那麼多，自己倒反這樣少，這是怎樣的大失體統的事呵！他很想尋一兩個大的，然而竟沒有，好容易才捉到一個中的，恨恨的塞在厚嘴唇裡，狠命一咬，劈的一聲，又不及王鬍響。

他癩瘡疤塊塊通紅了，將衣服摔在地上，吐一口唾沫，說：

「這毛蟲！」

「癩皮狗，你罵誰？」王鬍輕蔑的抬起眼來說。

阿Q近來雖然比較的受人尊敬，自己也更高傲些，但和那些打慣的閒人們見面還膽怯，獨有這回卻非常武勇了。這樣滿臉鬍子的東西，也敢出言無狀麼？

「誰認便罵誰！」他站起來，兩手又在腰間說。

「你的骨頭癢了麼？」王鬍也站起來，披上衣服說。

阿Q以為他要逃了，搶進去就是一拳。這拳頭還未達到身上，已經被他抓住了，只一拉，阿Q蹌蹌踉踉的跌進去，立刻又被王鬍扭住了辮子，要拉到牆上照例去碰頭。

「『君子動口不動手』！」阿Q歪着頭說。

王鬍似乎不是君子，並不理會，一連給他碰了五下，又用力的一推，至於阿Q跌出六尺多遠，這才滿足的去了。

在阿Q的記憶上，這大約要算是生平第一件的屈辱，因為王鬍以絡腮鬍子的缺點，向來只被他奚落，從沒有奚落他，更不必説動手了。而他現在竟動手，很意外，難道真如市上所説，皇帝已經停了考，不要秀才和舉人了，因此趙家減了威風，因此他們也便小覷了他麼？

阿Q無可適從的站着。

遠遠的走來了一個人，他的對頭又到了。這也是阿Q最厭惡的一個人，就是錢太爺的大兒子。他先前跑上城裡去進洋學堂，不知怎麼又跑到東洋去了，半年之後他回到家裡來，腿也直了，辮子也不見了，他的母親大哭了十幾場，他的老婆跳了三回井。後來，他的母親到處説，"這辮子是被壞人灌醉了酒剪去的。本來可以做大官，現在只好等留長再説了。"然而阿Q不肯信，偏稱他"假洋鬼子"，也叫作"裡通外國的人"，一見他，一定在肚子裡暗暗的咒罵。

阿Q尤其"深惡而痛絕之"的，是他的一條假辮子。辮子而至於假，就是沒有了做人的資格；他的老婆不跳第四回井，也不是好女人。

這"假洋鬼子"近來了。

"禿兒。驢……"阿Q歷來本只在肚子裡罵，沒有出過聲，這回因為正氣忿，因為要報仇，便不由的輕輕的説出來了。

不料這禿兒卻拿着一支黃漆的棍子 —— 就是阿Q所謂哭喪棒 —— 大踏步走了過來。阿Q在這刹那，便知道大約要打了，趕緊抽緊筋骨，聳了肩膀等候着，果然，拍的一聲，似乎確鑿打在自己頭上了。

"我説他！"阿Q指着近旁的一個孩子，分辯説。

拍！拍拍！

在阿Q的記憶上，這大約要算是生平第二件的屈辱。幸而拍拍的響了之後，於他倒似乎完結了一件事，反而覺得輕鬆些，而且"忘卻"這一件祖傳的寶貝也發生了效力，他慢慢的走，將到酒店門口，早已有些高興了。

但對面走來了靜修庵裡的小尼姑。阿Q便在平時，看見伊也一定要唾罵，而況在屈辱之後呢？他於是發生了回憶，又發生了敵愾了。

"我不知道我今天為甚麼這樣晦氣，原來就因為見了你！"他想。

他迎上去，大聲的吐一口唾沫：

"咳，呸！"

小尼姑全不睬，低了頭只是走。阿Q走近伊身旁，突然伸出手去摩着伊新剃的頭皮，呆笑着，說：

"禿兒！快回去，和尚等着你……"

"你怎麼動手動腳……"尼姑滿臉通紅的說，一面趕快走。

酒店裡的人大笑了。阿Q看見自己的勳業得了賞識，便愈加興高采烈起來：

"和尚動得，我動不得？"他扭住伊的面頰。

酒店裡的人大笑了。阿Q更得意，而且為滿足那些賞鑑家起見，再用力的一擰，才放手。

他這一戰，早忘卻了王鬍，也忘卻了假洋鬼子，似乎對於今天的一切"晦氣"都報了仇；而且奇怪，又仿佛全身比拍拍的響了之後更輕鬆，飄飄然的似乎要飛去了。

"這斷子絕孫的阿Q！"遠遠地聽得小尼姑的帶哭的聲音。

"哈哈哈！"阿Q十分得意的笑。

"哈哈哈！"酒店裡的人也九分得意的笑。

第四章　戀愛的悲劇

有人說：有些勝利者，願意敵手如虎，如鷹，他才感得勝利的歡喜；假使如羊，如小雞，他便反覺得勝利的無聊。又有些勝利者，當克服一切之後，看見死的死了，降的降了，"臣誠惶誠恐死罪死罪"，他於是沒有了敵人，沒有了對手，沒有了朋友，只有自己在上，一個，孤另另，淒涼，寂寞，便反而感到了勝利的悲哀。然而我們的阿Q卻沒有這樣乏，他是永遠得意的：這或者也是中國精神文明冠於全球的一個證據了。

看哪，他飄飄然的似乎要飛去了！

然而這一次的勝利，卻又使他有些異樣。他飄飄然的飛了大半天，飄進土穀祠，照例應該躺下便打鼾。誰知道這一晚，他很不容易合眼，他覺得自己的大拇指和第二指有點古怪：仿佛比平常滑膩些。不知道是小尼姑的臉上有一點滑膩的東西粘在他指上，還是他的指頭在小尼姑臉上磨得滑膩了？……

"斷子絕孫的阿Q！"

阿Q的耳朵裡又聽到這句話。他想：不錯，應該有一個女人，斷子絕孫便沒有人供一碗飯，……應該有一個女人。夫"不孝有三無後為大"，而"若敖之鬼餒而"，也是一件人生的大哀，所以他那思想，其實是樣樣合於聖經賢傳的，只可惜後來有些"不能收其放心"了。

"女人，女人！……"他想。

"……和尚動得……女人，女人！……女人！"他又想。

我們不能知道這晚上阿Q在甚麼時候才打鼾。但大約他從此總覺得指頭有些滑膩，所以他從此總有些飄飄然；"女……"他想。

即此一端，我們便可以知道女人是害人的東西。

中國的男人，本來大半都可以做聖賢，可惜全被女人毀掉了。商是妲己鬧亡的；周是褒姒弄壞的；秦……雖然史無明文，我們也假定他因為女人，大約未必十分錯；而董卓可是的確給貂蟬害死了。

阿Q本來也是正人，我們雖然不知道他曾蒙甚麼明師指授過，但他對於"男女之大防"卻歷來非常嚴；也很有排斥異端——如小尼姑

及假洋鬼子之類 —— 的正氣。他的學說是：凡尼姑，一定與和尚私通；一個女人在外面走，一定想引誘野男人；一男一女在那裡講話，一定要有勾當了。為懲治他們起見，所以他往往怒目而視，或者大聲說幾句"誅心"話，或者在冷僻處，便從後面擲一塊小石頭。

誰知道他將到"而立"之年，竟被小尼姑害得飄飄然了。這飄飄然的精神，在禮教上是不應該有的，—— 所以女人真可惡，假使小尼姑的臉上不滑膩，阿Q便不至於被蠱，又假使小尼姑的臉上蓋一層布，阿Q便也不至於被蠱了，—— 他五六年前，曾在戲台下的人叢中擰過一個女人的大腿，但因為隔一層褲，所以此後並不飄飄然，—— 而小尼姑並不然，這也足見異端之可惡。

"女……"阿Q想。

他對於以為"一定想引誘野男人"的女人，時常留心看，然而伊並不對他笑。他對於和他講話的女人，也時常留心聽，然而伊又並不提起關於甚麼勾當的話來。哦，這也是女人可惡之一節：伊們全都要裝"假正經"的。

這一天，阿Q在趙太爺家裡舂了一天米，吃過晚飯，便坐在廚房裡吸旱煙。倘在別家，吃過晚飯本可以回去的了，但趙府上晚飯早，雖說定例不准掌燈，一吃完便睡覺，然而偶然也有一些例外：其一，是趙大爺未進秀才的時候，准其點燈讀文章；其二，便是阿Q來做短工的時候，准其點燈舂米。因為這一條例外，所以阿Q在動手舂米之前，還坐在廚房裡吸旱煙。

吳媽，是趙太爺家裡唯一的女僕，洗完了碗碟，也就在長凳上坐下了，而且和阿Q談閒天：

"太太兩天沒有吃飯哩，因為老爺要買一個小的……"

"女人……吳媽……這小孤孀……"阿Q想。

"我們的少奶奶是八月裡要生孩子了……"

"女人……"阿Q想。

阿Q放下煙管,站了起來。

"我們的少奶奶……"吳媽還嘮叨說。

"我和你睏覺,我和你睏覺!"阿Q忽然搶上去,對伊跪下了。

一刹時中很寂然。

"阿呀!"吳媽楞了一息,突然發抖,大叫着往外跑,且跑且嚷,似乎後來帶哭了。

阿Q對了牆壁跪着也發楞,於是兩手扶着空板凳,慢慢的站起來,仿佛覺得有些糟。他這時確也有些忐忑了,慌張的將煙管插在褲帶上,就想去春米。蓬的一聲,頭上着了很粗的一下,他急忙回轉身去,那秀才便拿了一支大竹槓站在他面前。

"你反了,……你這……"

大竹槓又向他劈下來了。阿Q兩手去抱頭,拍的正打在指節上,這可很有一些痛。他衝出廚房門,仿佛背上又着了一下似的。

"忘八蛋!"秀才在後面用了官話這樣罵。

阿Q奔入春米場,一個人站着,還覺得指頭痛,還記得"忘八蛋",因為這話是未莊的鄉下人從來不用,專是見過官府的闊人用的,所以格外怕,而印象也格外深。但這時,他那"女……"的思想卻也沒有了。而且打罵之後,似乎一件事也已經收束,倒反覺得一無掛礙似的,便動手去春米。春了一會,他熱起來了,又歇了手脫衣服。

脫下衣服的時候,他聽得外面很熱鬧,阿Q生平本來最愛看熱鬧,便即尋聲走出去了。尋聲漸漸的尋到趙太爺的內院裡,雖然在昏黃中,卻辨得出許多人,趙府一家連兩日不吃飯的太太也在內,還有間壁的鄒七嫂,真正本家的趙白眼,趙司晨。

少奶奶正拖着吳媽走出下房來,一面說:

"你到外面來,……不要躲在自己房裡想……"

"誰不知道你正經，……短見是萬萬尋不得的。"鄒七嫂也從旁説。

吳媽只是哭，夾些話，卻不甚聽得分明。

阿Q想："哼，有趣，這小孤孀不知道鬧着甚麼玩意兒了？"他想打聽，走近趙司晨的身邊。這時他猛然間看見趙大爺向他奔來，而且手裡捏着一支大竹槓。他看見這一支大竹槓，便猛然間悟到自己曾經被打，和這一場熱鬧似乎有點相關。他翻身便走，想逃回舂米場，不圖這支竹槓阻了他的去路，於是他又翻身便走，自然而然的走出後門，不多工夫，已在土穀祠內了。

阿Q坐了一會，皮膚有些起粟，他覺得冷了，因為雖在春季，而夜間頗有餘寒，尚不宜於赤膊。他也記得布衫留在趙家，但倘若去取，又深怕秀才的竹槓。然而地保進來了。

"阿Q，你的媽媽的！你連趙家的用人都調戲起來，簡直是造反。害得我晚上沒有覺睡，你的媽媽的！……"

如是云云的教訓了一通，阿Q自然沒有話。臨末，因為在晚上，應該送地保加倍酒錢四百文，阿Q正沒有現錢，便用一頂氈帽做抵押，並且訂定了五條件：

一　明天用紅燭 —— 要一斤重的 —— 一對，香一封，到趙府上去賠罪。

二　趙府上請道士被除縊鬼，費用由阿Q負擔。

三　阿Q從此不准踏進趙府的門檻。

四　吳媽此後倘有不測，惟阿Q是問。

五　阿Q不准再去索取工錢和布衫。

阿Q自然都答應了，可惜沒有錢。幸而已經春天，棉被可以無用，便質了二千大錢，履行條約。赤膊磕頭之後，居然還剩幾文，他也不再贖氈帽，統統喝了酒了。但趙家也並不燒香點燭，因為太太拜佛的時候可以用，留着了。那破布衫是大半做了少奶奶八月間生下來的孩子的襯尿布，那小半破爛的便都做了吳媽的鞋底。

第五章　生計問題

　　阿Q禮畢之後，仍舊回到土穀祠，太陽下去了，漸漸覺得世上有些古怪。他仔細一想，終於省悟過來：其原因蓋在自己的赤膊。他記得破夾襖還在，便披在身上，躺倒了，待張開眼睛，原來太陽又已經照在西牆上頭了。他坐起身，一面說道，"媽媽的……"

　　他起來之後，也仍舊在街上逛，雖然不比赤膊之有切膚之痛，卻又漸漸的覺得世上有些古怪了。仿佛從這一天起，未莊的女人們忽然都怕了羞，伊們一見阿Q走來，便個個躲進門裡去。甚而至於將近五十歲的鄒七嫂，也跟着別人亂鑽，而且將十一歲的女兒都叫進去了。阿Q很以為奇，而且想："這些東西忽然都學起小姐模樣來了。這娼婦們……"

　　但他更覺得世上有些古怪，卻是許多日以後的事。其一，酒店不肯賒欠了；其二，管土穀祠的老頭子說些廢話，似乎叫他走；其三，他雖然記不清多少日，但確乎有許多日，沒有一個人來叫他做短工。酒店不賒，熬着也罷了；老頭子催他走，嚕蘇一通也就算了；只是沒有人來叫他做短工，卻使阿Q肚子餓：這委實是一件非常"媽媽的"的事情。

　　阿Q忍不下去了，他只好到老主顧的家裡去探問，—— 但獨不許踏進趙府的門檻，—— 然而情形也異樣：一定走出一個男人來，現了十分煩厭的相貌，像回覆乞丐一般的搖手道：

　　"沒有沒有！你出去！"

　　阿Q愈覺得稀奇了。他想，這些人家向來少不了要幫忙，不至於現在忽然都無事，這總該有些蹊蹺在裡面了。他留心打聽，才知道他們有事都去叫小 Don。這小 D，是一個窮小子，又瘦又乏，在阿 Q 的眼睛裡，位置是在王鬍之下的，誰料這小子竟謀了他的飯碗去。所以阿 Q 這一氣，更與平常不同，當氣憤憤的走着的時候，忽然將手一揚，唱道：

"我手執鋼鞭將你打！……"

幾天之後，他竟在錢府的照壁前遇見了小 D。"仇人相見分外眼明"，阿 Q 便迎上去，小 D 也站住了。

"畜生！"阿 Q 怒目而視的說，嘴角上飛出唾沫來。

"我是蟲豸，好麼？……"小 D 說。

這謙遜反使阿 Q 更加憤怒起來，但他手裡沒有鋼鞭，於是只得撲上去，伸手去拔小 D 的辮子。小 D 一手護住了自己的辮根，一手也來拔阿 Q 的辮子，阿 Q 便也將空着的一隻手護住了自己的辮根。從先前的阿 Q 看來，小 D 本來是不足齒數的，但他近來捱了餓，又瘦又乏已經不下於小 D，所以便成了勢均力敵的現象，四隻手拔着兩顆頭，都彎了腰，在錢家粉牆上映出一個藍色的虹形，至於半點鐘之久了。

"好了，好了！"看的人們說，大約是解勸的。

"好，好！"看的人們說，不知道是解勸，是頌揚，還是煽動。

然而他們都不聽。阿 Q 進三步，小 D 便退三步，都站着；小 D 進三步，阿 Q 便退三步，又都站着。大約半點鐘，—— 未莊少有自鳴鐘，所以很難說，或者二十分，—— 他們的頭髮裡便都冒煙，額上便都流汗，阿 Q 的手放鬆了，在同一瞬間，小 D 的手也正放鬆了，同時直起，同時退開，都擠出人叢去。

"記着罷，媽媽的……"阿 Q 回過頭去說。

"媽媽的，記着罷……"小 D 也回過頭來說。

這一場"龍虎鬥"似乎並無勝敗，也不知道看的人可滿足，都沒有發甚麼議論，而阿 Q 卻仍然沒有人來叫他做短工。

有一日很溫和，微風拂拂的頗有些夏意了，阿 Q 卻覺得寒冷起來，但這還可擔當，第一倒是肚子餓。棉被，氈帽，布衫，早已沒有了，其次就賣了棉襖；現在有褲子，卻萬不可脫的；有破夾襖，又除了送人做鞋底之外，決定賣不出錢。他早想在路上拾得一注錢，但至今還沒有見；他想在自己的破屋裡忽然尋到一注錢，慌張的四顧，但屋內是空虛而且瞭然。於是他決計出門求食去了。

　　他在路上走着要 "求食"，看見熟識的酒店，看見熟識的饅頭，但他都走過了，不但沒有暫停，而且並不想要。他所求的不是這類東西了；他求的是甚麼東西，他自己不知道。

　　未莊本不是大村鎮，不多時便走盡了。村外多是水田，滿眼是新秧的嫩綠，夾着幾個圓形的活動的黑點，便是耕田的農夫。阿 Q 並不賞鑑這田家樂，卻只是走，因為他直覺的知道這與他的 "求食" 之道是很遼遠的。但他終於走到靜修庵的牆外了。

　　庵周圍也是水田，粉牆突出在新綠裡，後面的低土牆裡是菜園。阿 Q 遲疑了一會，四面一看，並沒有人。他便爬上這矮牆去，扯着何首烏藤，但泥土仍然簌簌的掉，阿 Q 的腳也索索的抖；終於攀着桑樹枝，跳到裡面了。裡面真是鬱鬱蔥蔥，但似乎並沒有黃酒饅頭，以及此外可吃的之類。靠西牆是竹叢，下面許多筍，只可惜都是並未煮熟的，還有油菜早經結子，芥菜已將開花，小白菜也很老了。

　　阿 Q 仿佛文童落第似的覺得很冤屈，他慢慢走近園門去，忽而非常驚喜了，這分明是一畦老蘿蔔。他於是蹲下便拔，而門口突然伸出一個很圓的頭來，又即縮回去了，這分明是小尼姑。小尼姑之流是阿 Q 本來視若草芥的，但世事須 "退一步想"，所以他便趕緊拔起四個蘿蔔，擰下青葉，兜在大襟裡。然而老尼姑已經出來了。

　　"阿彌陀佛，阿 Q，你怎麼跳進園裡來偷蘿蔔！……阿呀，罪過呵，阿唷，阿彌陀佛！……"

"我甚麼時候跳進你的園裡來偷蘿蔔？"阿Q且看且走的説。

"現在……這不是？"老尼姑指着他的衣兜。

"這是你的？你能叫得他答應你麼？你……"

阿Q沒有説完話，拔步便跑；追來的是一匹很肥大的黑狗。這本來在前門的，不知怎的到後園來了。黑狗哼而且追，已經要咬着阿Q的腿，幸而從衣兜裡落下一個蘿蔔來，那狗給一嚇，略略一停，阿Q已經爬上桑樹，跨到土牆，連人和蘿蔔都滾出牆外面了。只剩着黑狗還在對着桑樹嗥，老尼姑唸着佛。

阿Q怕尼姑又放出黑狗來，拾起蘿蔔便走，沿路又撿了幾塊小石頭，但黑狗卻並不再出現。阿Q於是拋了石塊，一面走一面吃，而且想道，這裡也沒有甚麼東西尋，不如進城去……

待三個蘿蔔吃完時，他已經打定了進城的主意了。

第六章　從中興到末路

在未莊再看見阿Q出現的時候，是剛過了這年的中秋。人們都驚異，説是阿Q回來了，於是又回上去想道，他先前那裡去了呢？阿Q前幾回的上城，大抵早就興高采烈的對人説，但這一次卻並不，所以也沒有一個人留心到。他或者也曾告訴過管土穀祠的老頭子，然而未莊老例，只有趙太爺錢太爺和秀才大爺上城才算一件事。假洋鬼子尚且不足數，何況是阿Q：因此老頭子也就不替他宣傳，而未莊的社會上也就無從知道了。

但阿Q這回的回來，卻與先前大不同，確乎很值得驚異。天色將黑，他睡眼朦朧的在酒店門前出現了，他走近櫃台，從腰間伸出手來，滿把是銀的和銅的，在櫃上一扔説，"現錢！打酒來！"穿的是新夾襖，看去腰間還掛着一個大搭連，沉鈿鈿的將褲帶墜成了很彎很彎的弧線。未莊老例，看見略有些醒目的人物，是與其慢也寧敬的，現在雖然明知道是阿Q，但因為和破夾襖的阿Q有些兩樣了，古人云，"士別三日便當刮目相待"，所以堂倌，掌櫃，酒客，路人，便自然顯出一種疑而且敬的形態來。掌櫃既先之以點頭，又繼之以談話：

"嚄，阿Q，你回來了！"

"回來了。"

"發財發財，你是 —— 在……"

"上城去了！"

這一件新聞，第二天便傳遍了全未莊。人人都願意知道現錢和新夾襖的阿Q的中興史，所以在酒店裡，茶館裡，廟簷下，便漸漸的探聽出來了。這結果，是阿Q得了新敬畏。

據阿Q說，他是在舉人老爺家裡幫忙。這一節，聽的人都肅然了。這老爺本姓白，但因為合城裡只有他一個舉人，所以不必再冠姓，說起舉人來就是他。這也不獨在未莊是如此，便是一百里方圓之內也都如此，人們幾乎多以為他的姓名就叫舉人老爺的了。在這人的府上幫忙，那當然是可敬的。但據阿Q又說，他卻不高興再幫忙了，因為這舉人老爺實在太"媽媽的"了。這一節，聽的人都嘆息而且快意，因為阿Q本不配在舉人老爺家裡幫忙，而不幫忙是可惜的。

據阿Q說，他的回來，似乎也由於不滿意城裡人，這就在他們將長凳稱為條凳，而且煎魚用蔥絲，加以最近觀察所得的缺點，是女人的走路也扭得不很好。然而也偶有大可佩服的地方，即如未莊的鄉下人不過打三十二張的竹牌，只有假洋鬼子能夠叉"麻醬"，城裡卻連小烏龜子都叉得精熟的。甚麼假洋鬼子，只要放在城裡的十幾歲的小烏龜子的手裡，也就立刻是"小鬼見閻王"。這一節，聽的人都赧然了。

"你們可看見過殺頭麼？"阿Q說，"咳，好看。殺革命黨。唉，好看好看，……"他搖搖頭，將唾沫飛在正對面的趙司晨的臉上。這一節，聽的人都凜然了。但阿Q又四面一看，忽然揚起右手，照着伸長脖子聽得出神的王鬍的後項窩上直劈下去道：

"嚓！"

王鬍驚得一跳，同時電光石火似的趕快縮了頭，而聽的人又都悚然而且欣然了。從此王鬍瘟頭瘟腦的許多日，並且再不敢走近阿Q的身邊；別的人也一樣。

阿Q這時在未莊人眼睛裡的地位，雖不敢說超過趙太爺，但謂之差不多，大約也就沒有甚麼語病的了。

然而不多久，這阿Q的大名忽又傳遍了未莊的閨中。雖然未莊只有錢趙兩姓是大屋，此外十之九都是淺閨，但閨中究竟是閨中，所以也算得一件神異。女人們見面時一定說，鄒七嫂在阿Q那裡買了一條藍綢裙，舊固然是舊的，但只化了九角錢。還有趙白眼的母親，——一說是趙司晨的母親，待考，—— 也買了一件孩子穿的大紅洋紗衫，七成新，只用三百大錢九二串。於是伊們都眼巴巴的想見阿Q，缺綢裙的想問他買綢裙，要洋紗衫的想問他買洋紗衫，不但見了不逃避，有時阿Q已經走過了，也還要追上去叫住他，問道：

"阿Q，你還有綢裙麼？沒有？紗衫也要的，有罷？"

後來這終於從淺閨傳進深閨裡去了。因為鄒七嫂得意之餘，將伊的綢裙請趙太太去鑑賞，趙太太又告訴了趙太爺而且着實恭維了一番。趙太爺便在晚飯桌上，和秀才大爺討論，以為阿Q實在有些古怪，我們門窗應該小心些；但他的東西，不知道可還有甚麼可買，也許有點好東西罷。加以趙太太也正想買一件價廉物美的皮背心。於是家族決議，便託鄒七嫂即刻去尋阿Q，而且為此新闢了第三種的例外：這晚上也姑且特准點油燈。

油燈乾了不少了，阿Q還不到。趙府的全眷都很焦急，打着呵欠，或恨阿Q太飄忽，或怨鄒七嫂不上緊。趙太太還怕他因為春天的條件不敢來，而趙太爺以為不足慮：因為這是"我"去叫他的。果然，到底趙太爺有見識，阿Q終於跟着鄒七嫂進來了。

"他只說沒有沒有，我說你自己當面說去，他還要說，我說……"鄒七嫂氣喘吁吁的走着說。

"太爺！"阿Q似笑非笑的叫了一聲，在簷下站住了。

"阿Q，聽説你在外面發財，"趙太爺踱開去，眼睛打量着他的全身，一面説。"那很好，那很好的。這個，……聽説你有些舊東西，……可以都拿來看一看，……這也並不是別的，因為我倒要……"

"我對鄒七嫂説過了。都完了。"

"完了？"趙太爺不覺失聲的説，"那裡會完得這樣快呢？"

"那是朋友的，本來不多。他們買了些，……"

"總該還有一點罷。"

"現在，只剩了一張門幕了。"

"就拿門幕來看看罷。"趙太太慌忙説。

"那麼，明天拿來就是，"趙太爺卻不甚熱心了。"阿Q，你以後有甚麼東西的時候，你盡先送來給我們看，……"

"價錢決不會比別家出得少！"秀才説。秀才娘子忙一瞥阿Q的臉，看他感動了沒有。

"我要一件皮背心。"趙太太説。

阿Q雖然答應着，卻懶洋洋的出去了，也不知道他是否放在心上。這使趙太爺很失望，氣憤而且擔心，至於停止了打呵欠。秀才對於阿Q的態度也很不平，於是説，這忘八蛋要提防，或者竟不如吩咐地保，不許他住在未莊。但趙太爺以為不然，説這也怕要結怨，況且做這路生意的大概是"老鷹不吃窩下食"，本村倒不必擔心的；只要自己夜裡警醒點就是了。秀才聽了這"庭訓"，非常之以為然，便即刻撤消了驅逐阿Q的提議，而且叮囑鄒七嫂，請伊萬不要向人提起這一段話。

但第二日，鄒七嫂便將那藍裙去染了皂，又將阿Q可疑之點傳揚出去了，可是確沒有提起秀才要驅逐他這一節。然而這已經於阿Q很不利。最先，地保尋上門了，取了他的門幕去，阿Q說是趙太太要看的，而地保也不還，並且要議定每月的孝敬錢。其次，是村人對於他的敬畏忽而變相了，雖然還不敢來放肆，卻很有遠避的神情，而這神情和先前的防他來"嚓"的時候又不同，頗混着"敬而遠之"的分子了。

只有一班閒人們卻還要尋根究底的去探阿Q的底細。阿Q也並不諱飾，傲然的說出他的經驗來。從此他們才知道，他不過是一個小腳色，不但不能上牆，並且不能進洞，只站在洞外接東西。有一夜，他剛才接到一個包，正手再進去，不一會，只聽得裡面大嚷起來，他便趕緊跑，連夜爬出城，逃回未莊來了，從此不敢再去做。然而這故事卻於阿Q更不利，村人對於阿Q的"敬而遠之"者，本因為怕結怨，誰料他不過是一個不敢再偷的偷兒呢？這實在是"斯亦不足畏也矣"。

第七章　革命

宣統三年九月十四日——即阿Q將搭連賣給趙白眼的這一天——三更四點，有一隻大烏篷船到了趙府上的河埠頭。這船從黑魆魆中蕩來，鄉下人睡得熟，都沒有知道；出去時將近黎明，卻很有幾個看見的了。據探頭探腦的調查來的結果，知道那竟是舉人老爺的船！

那船便將大不安載給了未莊，不到正午，全村的人心就很搖動。船的使命，趙家本來是很秘密的，但茶坊酒肆裡卻都說，革命黨要進城，舉人老爺到我們鄉下來逃難了。惟有鄒七嫂不以為然，說那不過是幾口破衣箱，舉人老爺想來寄存的，卻已被趙太爺回覆轉去。其實舉人老爺和趙秀才素不相能，在理本不能有“共患難”的情誼，況且鄒七嫂又和趙家是鄰居，見聞較為切近，所以大概該是伊對的。

然而謠言很旺盛，説舉人老爺雖然似乎沒有親到，卻有一封長信，和趙家排了“轉折親”。趙太爺肚裡一輪，覺得於他總不會有壞處，便將箱子留下了，現就塞在太太的床底下。至於革命黨，有的説是便在這一夜進了城，個個白盔白甲：穿着崇正皇帝的素。

阿Q的耳朵裡，本來早聽到過革命黨這一句話，今年又親眼見過殺掉革命黨。但他有一種不知從那裡來的意見，以為革命黨便是造反，造反便是與他為難，所以一向是“深惡而痛絕之”的。殊不料這卻使百里聞名的舉人老爺有這樣怕，於是他未免也有些“神往”了，況且未莊的一群鳥男女的慌張的神情，也使阿Q更快意。

“革命也好罷，”阿Q想，“革這夥媽媽的的命，太可惡！太可恨！……便是我，也要投降革命黨了。”

阿Q近來用度窘，大約略略有些不平；加以午間喝了兩碗空肚酒，愈加醉得快，一面想一面走，便又飄飄然起來。不知怎麼一來，忽而似乎革命黨便是自己，未莊人卻都是他的俘虜了。他得意之餘，禁不住大聲的嚷道：

“造反了！造反了！”

未莊人都用了驚懼的眼光對他看。這一種可憐的眼光，是阿Q從來沒有見過的，一見之下，又使他舒服得如六月裡喝了雪水。他更加高興的走而且喊道：

“好，……我要甚麼就是甚麼，我歡喜誰就是誰。

得得，鏘鏘！

悔不該，酒醉錯斬了鄭賢弟，

悔不該，呀呀呀……

得得，鏘鏘，得，鏘令鏘！

我手執鋼鞭將你打……"

趙府上的兩位男人和兩個真本家，也正站在大門口論革命。阿Q沒有見，昂了頭直唱過去。

"得得，……"

"老Q，" 趙太爺怯怯的迎着低聲的叫。

"鏘鏘，" 阿Q料不到他的名字會和 "老" 字聯結起來，以為是一句別的話，與己無干，只是唱。"得，鏘，鏘令鏘，鏘！"

"老Q。"

"悔不該……"

"阿Q！" 秀才只得直呼其名了。

阿Q這才站住，歪着頭問道，"甚麼？"

"老Q，……現在……" 趙太爺卻又沒有話，"現在……發財麼？"

"發財？自然。要甚麼就是甚麼……"

"阿……Q哥，像我們這樣窮朋友是不要緊的……" 趙白眼惴惴的說，似乎想探革命黨的口風。

"窮朋友？你總比我有錢。" 阿Q說着自去了。

大家都憮然，沒有話。趙太爺父子回家，晚上商量到點燈。趙白眼回家，便從腰間扯下搭連來，交給他女人藏在箱底裡。

阿Q飄飄然的飛了一通，回到土穀祠，酒已經醒透了。這晚上，管祠的老頭子也意外的和氣，請他喝茶；阿Q便向他要了兩個餅，吃完之後，又要了一支點過的四兩燭和一個樹燭台，點起來，獨自躺在自己的小屋裡。他說不出的新鮮而且高興，燭火像元夜似的閃閃的跳，他的思想也迸跳起來了：

"造反？有趣，……來了一陣白盔白甲的革命黨，都拿着板刀，鋼鞭，炸彈，洋炮，三尖兩刃刀，鈎鐮槍，走過土穀祠，叫道，'阿Q！同去同去！' 於是一同去。……"

"這時未莊的一夥鳥男女才好笑哩，跪下叫道，‘阿 Q，饒命！’誰聽他！第一個該死的是小 D 和趙太爺，還有秀才，還有假洋鬼子，……留幾條麼？王鬍本來還可留，但也不要了。……

"東西，……直走進去打開箱子來：元寶，洋錢，洋紗衫，……秀才娘子的一張寧式床先搬到土穀祠，此外便擺了錢家的桌椅，── 或者也就用趙家的罷。自己是不動手的了，叫小 D 來搬，要搬得快，搬得不快打嘴巴。……

"趙司晨的妹子真醜。鄒七嫂的女兒過幾年再說。假洋鬼子的老婆會和沒有辮子的男人睡覺，嚇，不是好東西！秀才的老婆是眼胞上有疤的。……吳媽長久不見了，不知道在那裡，── 可惜腳太大。"

阿 Q 沒有想得十分停當，已經發了鼾聲，四兩燭還只點去了小半寸，紅焰焰的光照着他張開的嘴。

"荷荷！"阿 Q 忽而大叫起來，抬了頭倉皇的四顧，待到看見四兩燭，卻又倒頭睡去了。

第二天他起得很遲，走出街上看時，樣樣都照舊。他也仍然肚餓，他想着，想不起甚麼來；但他忽而似乎有了主意了，慢慢的跨開步，有意無意的走到靜修庵。

庵和春天時節一樣靜，白的牆壁和漆黑的門。他想了一想，前去打門，一隻狗在裡面叫。他急急拾了幾塊斷磚，再上去較為用力的打，打到黑門上生出許多麻點的時候，才聽得有人來開門。

阿 Q 連忙捏好磚頭，擺開馬步，準備和黑狗來開戰。但庵門只開了一條縫，並無黑狗從中衝出，望進去只有一個老尼姑。

"你又來甚麼事？"伊大吃一驚的說。

"革命了……你知道？……"阿 Q 說得很含胡。

"革命革命，革過一革的，……你們要革得我們怎麼樣呢？"老尼姑兩眼通紅的說。

"甚麼？……"阿Q詫異了。

"你不知道，他們已經來革過了！"

"誰？……"阿Q更其詫異了。

"那秀才和洋鬼子！"

阿Q很出意外，不由的一錯愕；老尼姑見他失了銳氣，便飛速的關了門，阿Q再推時，牢不可開，再打時，沒有回答了。

那還是上午的事。趙秀才消息靈，一知道革命黨已在夜間進城，便將辮子盤在頂上，一早去拜訪那歷來也不相能的錢洋鬼子。這是"咸與維新"的時候了，所以他們便談得很投機，立刻成了情投意合的同志，也相約去革命。他們想而又想，才想出靜修庵裡有一塊"皇帝萬歲萬萬歲"的龍牌，是應該趕緊革掉的，於是又立刻同到庵裡去革命。因為老尼姑來阻擋，說了三句話，他們便將伊當作滿政府，在頭上很給了不少的棍子和栗鑿。尼姑待他們走後，定了神來檢點，龍牌固然已經碎在地上了，而且又不見了觀音娘娘座前的一個宣德爐。

這事阿Q後來才知道。他頗悔自己睡着，但也深怪他們不來招呼他。他又退一步想道：

"難道他們還沒有知道我已經投降了革命黨麼？"

第八章　不准革命

未莊的人心日見其安靜了。據傳來的消息，知道革命黨雖然進了城，倒還沒有甚麼大異樣。知縣大老爺還是原官，不過改稱了甚麼，而且舉人老爺也做了甚麼 —— 這些名目，未莊人都說不明白 —— 官，帶兵的也還是先前的老把總。只有一件可怕的事是另有幾個不好的革命黨夾在裡面搗亂，第二天便動手剪辮子，聽說那鄰村的航船七斤便着了道兒，弄得不像人樣子了。但這卻還不算大恐怖，因為未莊人本來少上城，即使偶有想進城的，也就立刻變了計，碰不着這危險。阿Q本也想進城去尋他的老朋友，一得這消息，也只得作罷了。

但未莊也不能說是無改革。幾天之後，將辮子盤在頂上的逐漸增加起來了，早經說過，最先自然是茂才公，其次便是趙司晨和趙白眼，後來是阿Q。倘在夏天，大家將辮子盤在頭頂上或者打一個結，本不算甚麼稀奇事，但現在是暮秋，所以這"秋行夏令"的情形，在盤辮家不能不說是萬分的英斷，而在未莊也不能說無關於改革了。

趙司晨腦後空蕩蕩的走來，看見的人大嚷說，

"嚄，革命黨來了！"

阿Q聽到了很羨慕。他雖然早知道秀才盤辮的大新聞，但總沒有想到自己可以照樣做，現在看見趙司晨也如此，才有了學樣的意思，定下實行的決心。他用一支竹筷將辮子盤在頭頂上，遲疑多時，這才放膽的走去。

他在街上走，人也看他，然而不說甚麼話，阿Q當初很不快，後來便很不平。他近來很容易鬧脾氣了；其實他的生活，倒也並不比造反之前反艱難，人見他也客氣，店舖也不說要現錢。而阿Q總覺得自己太失意：既然革了命，不應該只是這樣的。況且有一回看見小D，愈使他氣破肚皮了。

小D也將辮子盤在頭頂上了，而且也居然用一支竹筷。阿Q萬料不到他也敢這樣做，自己也決不准他這樣做！小D是甚麼東西呢？他很想即刻揪住他，拗斷他的竹筷，放下他的辮子，並且批他幾個嘴巴，聊且懲罰他忘了生辰八字，也敢來做革命黨的罪。但他終於饒放了，單是怒目而視的吐一口唾沫道"呸！"

這幾日裡，進城去的只有一個假洋鬼子。趙秀才本也想靠着寄存箱子的淵源，親身去拜訪舉人老爺的，但因為有剪辮的危險，所以也就中止了。他寫了一封"黃傘格"的信，託假洋鬼子帶上城，而且託

他給自己紹介紹介，去進自由黨。假洋鬼子回來時，向秀才討還了四塊洋錢，秀才便有一塊銀桃子掛在大襟上了；未莊人都驚服，說這是柿油黨的頂子，抵得一個翰林；趙太爺因此也驟然大闊，遠過於他兒子初雋秀才的時候，所以目空一切，見了阿 Q，也就很有些不放在眼裡了。

阿 Q 正在不平，又時時刻刻感着冷落，一聽得這銀桃子的傳說，他立即悟出自己之所以冷落的原因了：要革命，單說投降，是不行的；盤上辮子，也不行的；第一着仍然要和革命黨去結識。他生平所知道的革命黨只有兩個，城裡的一個早已 "嚓" 的殺掉了，現在只剩了一個假洋鬼子。他除卻趕緊去和假洋鬼子商量之外，再沒有別的道路了。

錢府的大門正開着，阿 Q 便怯怯的躄進去。他一到裡面，很吃了驚，只見假洋鬼子正站在院子的中央，一身烏黑的大約是洋衣，身上也掛着一塊銀桃子，手裡是阿 Q 曾經領教過的棍子，已經留到一尺多長的辮子都拆開了披在肩背上，蓬頭散髮的像一個劉海仙。對面挺直的站着趙白眼和三個閒人，正在必恭必敬的聽說話。

阿 Q 輕輕的走近了，站在趙白眼的背後，心裡想招呼，卻不知道怎麼說才好：叫他假洋鬼子固然是不行的了，洋人也不妥，革命黨也不妥，或者就應該叫洋先生了罷。

洋先生卻沒有見他，因為白着眼睛講得正起勁：

"我是性急的，所以我們見面，我總是說：洪哥！我們動手罷！他卻總說道 No！—— 這是洋話，你們不懂的。否則早已成功了。然而這正是他做事小心的地方。他再三再四的請我上湖北，我還沒有肯。誰願意在這小縣城裡做事情。……"

"唔，……這個……" 阿 Q 候他略停，終於用十二分的勇氣開口了，但不知道因為甚麼，又並不叫他洋先生。

聽着說話的四個人都吃驚的回顧他。洋先生也才看見：

"甚麼？"

"我……"

"出去！"

"我要投……"

"滾出去！"洋先生揚起哭喪棒來了。

趙白眼和閒人們便都吃喝道："先生叫你滾出去，你還不聽麼！"

阿Q將手向頭上一遮，不自覺的逃出門外；洋先生倒也沒有追。他快跑了六十多步，這才慢慢的走，於是心裡便湧起了憂愁：洋先生不准他革命，他再沒有別的路；從此決不能望有白盔白甲的人來叫他，他所有的抱負，志向，希望，前程，全被一筆勾銷了。至於閒人們傳揚開去，給小D王鬍等輩笑話，倒是還其次的事。

他似乎從來沒有經驗過這樣的無聊。他對於自己的盤辮子，仿佛也覺得無意味，要侮蔑；為報仇起見，很想立刻放下辮子來，但也沒有竟放。他遊到夜間，賒了兩碗酒，喝下肚去，漸漸的高興起來了，思想裡才又出現白盔白甲的碎片。

有一天，他照例的混到夜深，待酒店要關門，才踱回土穀祠去。

拍，吧～～！

他忽而聽得一種異樣的聲音，又不是爆竹。阿Q本來是愛看熱鬧，愛管閒事的，便在暗中直尋過去。似乎前面有些腳步聲；他正聽，猛然間一個人從對面逃來了。阿Q一看見，便趕緊翻身跟着逃。那人轉彎，阿Q也轉彎，既轉彎，那人站住了，阿Q也站住。他看後面並無甚麼，看那人便是小D。

"甚麼？"阿Q不平起來了。

"趙……趙家遭搶了！"小D氣喘吁吁的說。

阿Q的心怦怦的跳了。小D說了便走；阿Q卻逃而又停的兩三回。但他究竟是做過"這路生意"的人，格外膽大，於是蹩出路角，仔細的聽，似乎有些嚷嚷，又仔細的看，似乎許多白盔白甲的人，絡繹的將箱子抬出了，器具抬出了，秀才娘子的寧式床也抬出了，但是不分明，他還想上前，兩隻腳卻沒有動。

這一夜沒有月，未莊在黑暗裡很寂靜，寂靜到像羲皇時候一般太平。阿Q站着看到自己發煩，也似乎還是先前一樣，在那裡來來往往的搬，箱子抬出了，器具抬出了，秀才娘子的寧式床也抬出了，……抬得他自己有些不信他的眼睛了。但他決計不再上前，卻回到自己的祠裡去了。

土穀祠裡更漆黑；他關好大門，摸進自己的屋子裡。他躺了好一會，這才定了神，而且發出關於自己的思想來：白盔白甲的人明明到了，並不來打招呼，搬了許多好東西，又沒有自己的份，—— 這全是假洋鬼子可惡，不准我造反，否則，這次何至於沒有我的份呢？阿Q越想越氣，終於禁不住滿心痛恨起來，毒毒的點一點頭："不准我造反，只准你造反？媽媽的假洋鬼子，—— 好，你造反！造反是殺頭的罪名呵，我總要告一狀，看你抓進縣裡去殺頭，—— 滿門抄斬，—— 嚓！嚓！"

第九章　大團圓

趙家遭搶之後，未莊人大抵很快意而且恐慌，阿Q也很快意而且恐慌。但四天之後，阿Q在半夜裡忽被抓進縣城裡去了。那時恰是暗夜，一隊兵，一隊團丁，一隊警察，五個偵探，悄悄地到了未莊，乘昏暗圍住土穀祠，正對門架好機關槍；然而阿Q不衝出。許多時沒有動靜，把總焦急起來了，懸了二十千的賞，才有兩個團丁冒了險，垣進去，裡應外合，一擁而入，將阿Q抓出來；直待擒出祠外面的機關槍左近，他才有些清醒了。

到進城，已經是正午，阿Q見自己被攙進一所破衙門，轉了五六個彎，便推在一間小屋裡。他剛剛一踉蹌，那用整株的木料做成的柵欄門便跟着他的腳跟闔上了，其餘的三面都是牆壁，仔細看時，屋角上還有兩個人。

阿Q雖然有些忐忑，卻並不很苦悶，因為他那土穀祠裡的臥室，也並沒有比這間屋子更高明。那兩個也仿佛是鄉下人，漸漸和他兜搭起來了，一個說是舉人老爺要追他祖父欠下來的陳租，一個不知道為了甚麼事。他們問阿Q，阿Q爽利的答道，"因為我想造反。"

他下半天便又被抓出柵欄門去了，到得大堂，上面坐着一個滿頭剃得精光的老頭子。阿Q疑心他是和尚，但看見下面站着一排兵，兩旁又站着十幾個長衫人物，也有滿頭剃得精光像這老頭子的，也有將一尺來長的頭髮披在背後像那假洋鬼子的，都是一臉橫肉，怒目而視的看他；他便知道這人一定有些來歷，膝關節立刻自然而然的寬鬆，便跪了下去了。

"站着說！不要跪！"長衫人物都吆喝說。

阿Q雖然似乎懂得，但總覺得站不住，身不由己的蹲了下去，而且終於趁勢改為跪下了。

"奴隸性！……"長衫人物又鄙夷似的說，但也沒有叫他起來。

"你從實招來罷，免得吃苦。我早都知道了。招了可以放你。"那光頭的老頭子看定了阿Q的臉，沉靜的清楚的說。

"招罷！"長衫人物也大聲說。

"我本來要……來投……"阿Q胡裡胡塗的想了一通，這才斷斷續續的說。

"那麼，為甚麼不來的呢？"老頭子和氣的問。

"假洋鬼子不准我！"

“胡説！此刻説，也遲了。現在你的同黨在那裡？”

“甚麼？……”

“那一晚打劫趙家的一夥人。”

“他們沒有來叫我。他們自己搬走了。”阿 Q 提起來便憤憤。

“走到那裡去了呢？説出來便放你了。”老頭子更和氣了。

“我不知道，……他們沒有來叫我……”

然而老頭子使了一個眼色，阿 Q 便又被抓進柵欄門裡了。他第二次抓出柵欄門，是第二天的上午。

大堂的情形都照舊。上面仍然坐着光頭的老頭子，阿 Q 也仍然下了跪。

老頭子和氣的問道，“你還有甚麼話説麼？”

阿 Q 一想，沒有話，便回答説，“沒有。”

於是一個長衫人物拿了一張紙，並一支筆送到阿 Q 的面前，要將筆塞在他手裡。阿 Q 這時很吃驚，幾乎“魂飛魄散”了：因為他的手和筆相關，這回是初次。他正不知怎樣拿；那人卻又指着一處地方教他畫花押。

“我……我……不認得字。”阿 Q 一把抓住了筆，惶恐而且慚愧的説。

“那麼，便宜你，畫一個圓圈！”

阿 Q 要畫圓圈了，那手捏着筆卻只是抖。於是那人替他將紙鋪在地上，阿 Q 伏下去，使盡了平生的力畫圓圈。他生怕被人笑話，立志要畫得圓，但這可惡的筆不但很沉重，並且不聽話，剛剛一抖一抖的幾乎要合縫，卻又向外一聳，畫成瓜子模樣了。

阿 Q 正羞愧自己畫得不圓，那人卻不計較，早已擎了紙筆去，許多人又將他第二次抓進柵欄門。

他第二次進了柵欄，倒也並不十分懊惱。他以為人生天地之間，大約本來有時要抓進抓出，有時要在紙上畫圓圈的，惟有圈而不圓，卻是他"行狀"上的一個污點。但不多時也就釋然了，他想：孫子才畫得很圓的圓圈呢。於是他睡着了。

然而這一夜，舉人老爺反而不能睡：他和把總嘔了氣了。舉人老爺主張第一要追贓，把總主張第一要示眾。把總近來很不將舉人老爺放在眼裡了，拍案打凳的說道，"懲一儆百！你看，我做革命黨還不上二十天，搶案就是十幾件，全不破案，我的面子在那裡？破了案，你又來迂。不成！這是我管的！"舉人老爺窘急了，然而還堅持，說是倘若不追贓，他便立刻辭了幫辦民政的職務。而把總卻道，"請便罷！"於是舉人老爺在這一夜竟沒有睡，但幸而第二天倒也沒有辭。

阿Q第三次抓出柵欄門的時候，便是舉人老爺睡不着的那一夜的明天的上午了。他到了大堂，上面還坐着照例的光頭老頭子；阿Q也照例的下了跪。

老頭子很和氣的問道，"你還有甚麼話麼？"

阿Q一想，沒有話，便回答說，"沒有。"

許多長衫和短衫人物，忽然給他穿上一件洋布的白背心，上面有些黑字。阿Q很氣苦：因為這很像是帶孝，而帶孝是晦氣的。然而同時他的兩手反縛了，同時又被一直抓出衙門外去了。

阿Q被抬上了一輛沒有篷的車，幾個短衣人物也和他同坐在一處。這車立刻走動了，前面是一班背着洋炮的兵們和團丁，兩旁是許多張着嘴的看客，後面怎樣，阿Q沒有見。但他突然覺到了：這豈不是去殺頭麼？他一急，兩眼發黑，耳朵裡的一聲，似乎發昏了。然而他又沒有全發昏，有時雖然着急，有時卻也泰然；他意思之間，似乎覺得人生天地間，大約本來有時也未免要殺頭的。

他還認得路，於是有些詫異了：怎麼不向着法場走呢？他不知道這是在遊街，在示眾。但即使知道也一樣，他不過便以為人生天地間，大約本來有時也未免要遊街要示眾罷了。

他省悟了，這是繞到法場去的路，這一定是"嚓"的去殺頭。他惘惘的向左右看，全跟着馬蟻似的人，而在無意中，卻在路旁的人叢中發見了一個吳媽。很久違，伊原來在城裡做工了。阿Q忽然很羞愧自己沒志氣：竟沒有唱幾句戲。他的思想仿佛旋風似的在腦裡一迴旋：《小孤孀上墳》欠堂皇，《龍虎鬥》裡的"悔不該……"也太乏，還是"手執鋼鞭將你打"罷。他同時想將手一揚，才記得這兩手原來都捆着，於是"手執鋼鞭"也不唱了。

"過了二十年又是一個……"阿Q在百忙中，"無師自通"的說出半句從來不說的話。

"好！！！"從人叢裡，便發出豺狼的嗥叫一般的聲音來。

車子不住的前行，阿Q在喝采聲中，輪轉眼睛去看吳媽，似乎伊一向並沒有見他，卻只是出神的看着兵們背上的洋炮。

阿Q於是再看那些喝采的人們。

這剎那中，他的思想又仿佛旋風似的在腦裡一迴旋了。四年之前，他曾在山腳下遇見一隻餓狼，永是不近不遠的跟定他，要吃他的肉。他那時嚇得幾乎要死，幸而手裡有一柄斫柴刀，才得仗這壯了膽，支持到未莊；可是永遠記得那狼眼睛，又兇又怯，閃閃的像兩顆鬼火，似乎遠遠的來穿透了他的皮肉。而這回他又看見從來沒有見過的更可怕的眼睛了，又鈍又鋒利，不但已經咀嚼了他的話，並且還要咀嚼他皮肉以外的東西，永是不遠不近的跟他走。

這些眼睛們似乎連成一氣，已經在那裡咬他的靈魂。

"救命，……"

然而阿Q沒有說。他早就兩眼發黑，耳朵裡嗡的一聲，覺得全身仿佛微塵似的迸散了。

至於當時的影響，最大的倒反在舉人老爺，因為終於沒有追贓，他全家都號咷了。其次是趙府，非特秀才因為上城去報官，被不好的革命黨剪了辮子，而且又破費了二十千的賞錢，所以全家也號咷了。從這一天以來，他們便漸漸的都發生了遺老的氣味。

　　至於輿論，在未莊是無異議，自然都説阿 Q 壞，被槍斃便是他的壞的證據；不壞又何至於被槍斃呢？而城裡的輿論卻不佳，他們多半不滿足，以為槍斃並無殺頭這般好看；而且那是怎樣的一個可笑的死囚呵，遊了那麼久的街，竟沒有唱一句戲：他們白跟一趟了。

一九二一年十二月。

點　評

　　《阿 Q 正傳》是魯迅最偉大的小説，是魯迅思考國民性，進而思考人類性問題的精神結晶。魯迅説過，"他就覺得那 Q 字（須得大寫）上邊的小辮好玩。"（周遐壽：《魯迅小説裡的人物・〈吶喊〉衍義・阿 Q》）可見《阿 Q 正傳》是藉人物名字為隱喻，以解剖國民性或民族心理的弱點的。但它所創造的巨大的"反英雄"的藝術典型，使之超越了時代和國界的限制，成為人類心理結構弱點的一面鏡子，當時就有人意識到"'阿 Q 相'未必全然是中國民族所特具，似乎這也是人類的普遍弱點的一種"（沈雁冰：《讀〈吶喊〉》）。此説於數十年後在美國學者中又有迴響：阿 Q 不僅是"中國人中的'每一個'（everyman）"，而且"也是全世界人中的'每一個'（everyman）"。（威廉・A・萊爾：*Lu Hsün's Vision of Reality*）何其芳鑑於阿Q典型的普遍性，提出了“典型共名説”。阿Q典型是雜取種種人而想象發揮成功的，其值得一提的原型，一是謝阿桂，一是桐少爺。阿桂本來也打短工，沾染流氓習氣，常偷雞摸狗，也倒賣舊貨，名聲不好被東家趕走，住紹興都昌坊口土穀祠。辛亥革命時期曾在街頭甩膀子大嚷：“我們的時候來了！到了明天，我們錢也有了，老婆也有了。”桐少爺本名周鳳桐，是魯迅同高祖的堂叔。失業嗜酒，卻平生不作竊盜，曾在灶頭向老媽子下跪説：“你給我做老婆吧！”被本家文童用竹梢打了一頓。後來得重病，倒斃在關帝廟。

以卑微人物為素材而寫成小説史上的一代奇文，這與魯迅自一九〇二年留學日本開始，直到寫這篇作品的近二十年間，反覆思索國民性改造的歷史命題存在着深刻的關係。可以説，《阿Q正傳》是胸懷血薦軒轅之志的魯迅在二十至四十歲的人生盛年刻骨銘心的精神焦慮的結晶。《莊子·外物篇》有所謂“萇弘死於蜀，藏其血，三年化為碧（玉）”，而這已是魯迅藏其心血二十年而化成的“碧”了。由於對國民性之何所謂、何所自、何從改造夢寐求索、窮源究委，當把它們化為形象而書於筆端之時，就不可能借助某些單純的情節簡單地表述出來，而必須借助所謂“蘑菇敘事法”，對阿Q的姓名、精神勝利法、生計與革命一類話題推挽轉折，糾纏不休，以亦莊亦諧的筆墨在瑣碎中“蘑菇”出深刻，在喜劇中“蘑菇”出悲劇，在反諷中“蘑菇”出深切的同情。這種敘事法把小説雜文化了，在打破傳統小説手法之中開闢了“五四”以後小説雜文化的潮流，這一點是可以和《故鄉》開闢小説散文化的潮流互為參照的。

假若作為一個農民來考察，阿Q不如閏土來得地道，品格離大地般深厚而沉默甚遠。他已經脫離了耕地的臍帶，在古老的市鎮攬點短工、長活，寄居在土穀祠。所謂“阿Q沒有家，住在未莊的土穀祠裡；也沒有固定的職業，只給人家做短工，割麥便割麥，舂米便舂米，撐船便撐船。……只是有一回，有一個老頭子頌揚説：'阿Q真能做！'這時阿Q赤着膊，懶洋洋的瘦伶仃的正在他面前，別人也摸不着這話是真心還是譏笑，然而阿Q很喜歡"。説明阿Q身上還有勞力者本色的遺留，並非拉幫結夥、偷天換日、掘地三尺或者油光水滑的光棍。

但阿Q過着浮浪生活，既無"恆產"，也無"恆心"，比當時農民"見多識廣"，也沾染市井流氓光棍的某些習性。清人徐珂《清稗類鈔》卷四三"方言類"云："流氓，無業之人，專以浮浪為事，即日本之所謂浪人者是也。此類隨地皆有，京師謂之混混，杭州謂之光棍，揚州謂之青皮，名雖各異，其實一也。"清末吳趼人《俏皮話》云："玄武上帝座下，龜蛇二將，相聚閒談。蛇曰：'我甚想捐一功名去做官。'龜笑曰：'看你那副尊容，是個尖頭把戲，看你那身子，就猶如光棍一般，如何做得官？不如學我縮頭安分點罷！'蛇曰：'你有所不知，你看如今世上，做官的那一個不是光棍出身？至於尖頭把戲，更不用説了。倘使不是尖頭把戲，頂子如何鑽得紅？差缺如何鑽得優？我要鑽起來，比他們總強點。且待我捐了功名，鑽了路子，刮着地皮，再來學你縮頭的法子未遲。'"可見光棍作風瀰漫社會各層面，包括由"尖頭光棍"鑽營出來的官吏人等。

阿Q不是尖頭，而是禿頭，而且是長有癩瘡疤的禿頭，不會鑽營，卻也沾染了世俗的忌諱。不能説他沒有沾染攀援之風，趙太爺之子中了秀才，他説自己也"姓趙"，還比趙秀才的輩分高。但趙府是不承認的，如元人秦簡夫《東堂老勸破家子弟》第一折所説："俺們都是讀半鑑書的秀才，不比那夥光棍。"鄉鎮上的禮，使阿Q不准姓趙。他領了一個嘴巴："你怎麼會姓趙！—— 你那裡配姓趙！"他的身份、地位，只配受嘲捱打，他得不到尊嚴，只好以精神自虐的方式獲取虛假的"尊嚴"，捱打後，心裡想，"我總算被兒子打了，現在的世界真不像樣……"於是也心滿意足的得勝的走了。為了維護他的"精神勝利法"，他與同類王鬍比賽誰從破夾襖中捉虱子多，討不到便宜之後就向更弱的異端小尼姑動念頭和手腳。排斥異端幾乎成了阿Q的本能，他把留洋剪掉辮子的錢大少爺視為"假洋鬼子"。

阿Q的信仰蕪雜，"不孝有三，無後為大"來自聖賢遺訓；更多的來自民間戲曲，比如紹劇《龍虎鬥》中"我手執鋼鞭將你打"；最普遍的是對民間習俗的禁忌、訓誡、欺軟怕硬、排斥異端的潛移默化的被動接受，毫無真正的政治意識、公民意識、科學民主意識。因此當革命浪潮驀然湧來的時候，他想象的革命方式是："來了一陣白盔白甲的革命黨，都拿着板刀，鋼鞭，炸彈，洋炮，三尖兩刃刀，鈎鐮槍，走過土穀祠，叫道，'阿Q！同去同去！'於是一同去。"革命的對象包括趙太爺、趙秀才、假洋鬼子，以及第一個該死的是小D和王鬍這班未莊的鳥男女。革命的目的就是劫掠，"直走進去打開箱子來：元寶，洋錢，洋紗衫，……秀才娘子的一張寧式床先搬到土穀祠，此外便擺了錢家的桌椅，——或者也就用趙家的罷"。如此的"革命"，也被假洋鬼子的"柿油黨"以及被他介紹入黨的趙秀才所"不准"，動用了大隊的軍警、團丁持機槍包圍土穀祠，捉拿阿Q。審判阿Q的法庭毫無法律規範、法律程序，被審者不喊冤辯護，只關心畫押時畫得圓不圓。官府與民眾都蒙昧得昏天黑地。阿Q被綁赴法場，遊街示眾，沿途看客只對阿Q無師自通地說出"過了二十年又是一個（好漢）……"大聲喝彩。看客與死刑囚也都蒙昧得昏天黑地。從文本脈絡中可知，阿Q性是遍及社會的上上下下的。如果不對這種國民劣根性進行徹底的改造，魯迅所憂慮的"阿Q氏的革命"還可能重演。清雍正時文字獄中，曾靜供稱源於呂留良的言論云："在位多不知學，盡是世路上英雄，甚者老奸巨猾，即諺所謂光棍也。"老舍在《四世同堂》中又說："光棍是絕對不能下'罪己詔'的！"此類光棍與阿Q信仰相近，只不過比阿Q老謀深算，蠻橫無忌。

《阿Q正傳》作為世界級傑作，還包含一個魯迅辭謝諾貝爾獎競爭的佳話。據許壽裳回憶："魯迅的著作，國際間早已聞名了，記得一九二五年，他做了《自傳》和《俄文譯本〈阿Q正傳〉序》，囑我代寫一份，因為譯者王希禮要把它影印出來，登在譯本的卷頭。他曾告訴我：'瑞典人S託人來徵詢我的作品，要送給管理諾貝爾文學獎金委員會，S以為極有希望的，但是我辭謝了。我覺得中國實在還沒有可得諾貝爾獎金的人，倘因為我是黃色人種，特別優待，從寬入選，反足以增長中國人的虛榮心，以為真可與別國媲美了，結果將很糟。……'這是何等謙光，又是何等遠見！他又告訴我：'羅曼·羅蘭讀到敬隱漁的法譯《阿Q正傳》，說道：這部諷刺的寫實作品是世界的，法國大革命時也有過阿Q，我永遠忘記不了阿Q那副苦惱的面孔。因之羅氏寫了一封給我的信託創造社轉致，而我並沒收到。因為那時創造社對我筆戰方酣，任意攻擊，便把這封信抹煞了。……'魯迅說罷一笑，我聽了為之憮然。"（《亡友魯迅印象記·雜談著作》）茲錄上文以見《阿Q正傳》的創作宗旨及影響。

俄文譯本《阿Q正傳》序及著者自敘傳略

《阿Q正傳》序

這在我是很應該感謝，也是很覺得欣幸的事，就是：我的一篇短小的作品，仗着深通中國文學的王希禮（B. A. Vassiliev）先生的翻譯，竟得展開在俄國讀者的面前了。

我雖然已經試做，但終於自己還不能很有把握，我是否真能夠寫出一個現代的我們國人的魂靈來。別人我不得而知，在我自己，總仿佛覺得我們人人之間各有一道高牆，將各個分離，使大家的心無從相印。這就是我們古代的聰明人，即所謂聖賢，將人們分為十等，說是高下各不相同。其名目現在雖然不用了，但那鬼魂卻依然存在，並且，變本加厲，連一個人的身體也有了等差，使手對於足也不免視為下等的異類。造化生人，已經非常巧妙，使一個人不會感到別人的肉體上的痛苦了，我們的聖人和聖人之徒卻又補了造化之缺，並且使人們不再會感到別人的精神上的痛苦。

我們的古人又造出了一種難到可怕的一塊一塊的文字；但我還並不十分怨恨，因為我覺得他們倒並不是故意的。然而，許多人卻不能藉此說話了，加以古訓所築成的高牆，更使他們連想也不敢想。現在我們所能聽到的不過是幾個聖人之徒的意見和道理，為了他們自己；至於百姓，卻就默默的生長，萎黃，枯死了，像壓在大石底下的草一樣，已經有四千年！

要畫出這樣沉默的國民的魂靈來，在中國實在算一件難事，因為，已經說過，我們究竟還是未經革新的古國的人民，所以也還是各不相通，並且連自己的手也幾乎不懂自己的足。我雖然竭力想摸索人們的魂靈，但時時總自憾有些隔膜。在將來，圍在高牆裡面的一切人眾，該會自己覺醒，走出，都來開口的罷，而現在還少見，所以我也只得依了自己的覺察，孤寂地姑且將這些寫出，作為在我的眼裡所經過的中國的人生。

我的小說出版之後，首先收到的是一個青年批評家的譴責；後來，也有以為是病的，也有以為滑稽的，也有以為諷刺的；或者還以為冷嘲，至於使我自己也要疑心自己的心裡真藏着可怕的冰塊。然而我又想，看人生是因作者而不同，看作品又因讀者而不同，那麼，這一篇在毫無 "我們的傳統思想" 的俄國讀者的眼中，也許又會照見別樣的情景的罷，這實在是使我覺得很有意味的。

一九二五年五月二十六日，於北京。魯迅。

著者自敍傳略

我於一八八一年生在浙江省紹興府城裡的一家姓周的家裡。父親是讀書的；母親姓魯，鄉下人，她以自修得到能夠看書的學力。聽人說，在我幼小時候，家裡還有四五十畝水田，並不很愁生計。但到我十三歲時，我家忽而遭了一場很大的變故，幾乎甚麼也沒有了；我寄住在一個親戚家，有時還被稱為乞食者。我於是決心回家，而我的父親又生了重病，約有三年多，死去了。我漸至於連極少的學費也無法可想；我的母親便給我籌辦了一點旅費，教我去尋無需學費的學校去，因為我總不肯學做幕友或商人，── 這是我鄉衰落了的讀書人家子弟所常走的兩條路。

其時我是十八歲，便旅行到南京，考入水師學堂了，分在機關科。大約過了半年我又走出，改進礦路學堂去學開礦，畢業之後，即被派往日本去留學。但待到在東京的豫備學校畢業，我已經決意要學醫了，原因之一是因為我確知道了新的醫學對於日本的維新有很大的助力。我於是進了仙台（Sendai）醫學專門學校，學了兩年。這時正值俄日戰爭，我偶然在電影上看見一個中國人因做偵探而將被斬，因此又覺得在中國還應該先提倡新文藝。我便棄了學籍，再到東京，和幾個朋友立了些小計畫，但都陸續失敗了。我又想往德國去，也失敗了。終於，因為我的母親和幾個別的人很希望我有經濟上的幫助，我便回到中國來；這時我是二十九歲。

我一回國，就在浙江杭州的兩級師範學堂做化學和生理學教員，第二年就走出，到紹興中學堂去做教務長，第三年又走出，沒有地方可去，想在一個書店去做編譯員，到底被拒絕了。但革命也就發生，紹興光復後，我做了師範學校的校長。革命政府在南京成立，教育部長招我去做部員，移入北京，一直到現在。近幾年，我還兼做北京大學，師範大學，女子師範大學的國文系講師。

我在留學時候，只在雜誌上登過幾篇不好的文章。初做小說是一九一八年，因了我的朋友錢玄同的勸告，做來登在《新青年》上的。這時才用"魯迅"的筆名（Penname）；也常用別的名字做一點短論。現在匯印成書的只有一本短篇小說集《吶喊》，其餘還散在幾種雜誌上。別的，除翻譯不計外，印成的又有一本《中國小說史略》。

【備考】：

自　傳

魯迅，以一八八一年生於浙江之紹興城內姓周的一個大家族裡。父親是秀才；母親姓魯，鄉下人，她以自修到能看文學作品的程度。家裡原有祖遺的四五十畝田，但在父親死掉之前，已經賣完了。這時我大約十三四歲，但還勉強讀了三四年多的中國書。

因為沒有錢，就得尋不用學費的學校，於是去到南京，住了大半年，考進了水師學堂。不久，分在管輪班，我想，那就上不了艙面了，便走出，另考進了礦路學堂，在那裡畢業，被送往日本留學。但我又變計，改而學醫，學了兩年，又變計，要弄文學了。於是看些文學書，一面翻譯，也作些論文，設法在刊物上發表。直到一九一〇年，我的母親無法生活，這才回國，在杭州師範學校作助教，次年在紹興中學作監學。一九一二年革命後，被任為紹興師範學校校長。

但紹興革命軍的首領是強盜出身，我不滿意他的行為，他說要殺死我了，我就到南京，在教育部辦事，由此進北京，做到社會教育司的第二科科長。一九一八年"文學革命"運動起，我始用"魯迅"的筆名作小說，登在《新青年》上，以後就時時作些短篇小說和短評；一面也做北京大學，師範大學，女子師範大學的講師。因為做評論，敵人就多起來，北京大學教授陳源開始發表這"魯迅"就是我，由此弄到段祺瑞將我撤職，並且還要逮捕我。我只好離開北京，到廈門大學做教授；約有半年，和校長以及別的幾個教授衝突了，便到廣州，在中山大學做了教務長兼文科教授。

又約半年，國民黨北伐分明很順利，廈門的有些教授就也到廣州來了，不久就清黨，我一生從未見過有這麼殺人的，我就辭了職，回到上海，想以譯作謀生。但因為加入自由大同盟，聽說國民黨在通緝我了，我便躲起來。此後又加入了左翼作家聯盟，民權同盟。到今年，我的一九二六年以後出版的譯作，幾乎全被國民黨所禁止。

我的工作，除翻譯及編輯的不算外，創作的有短篇小說集二本，散文詩一本，回憶記一本，論文集一本，短評八本，中國小說史略一本。

本篇附錄二
《阿 Q 正傳》的成因

　　在《文學週報》二五一期裡，西諦先生談起《吶喊》，尤其是《阿Q 正傳》。這不覺引動我記起了一些小事情，也想藉此來說一說，一則也算是做文章，投了稿；二則還可以給要看的人去看去。

　　我先要抄一段西諦先生的原文 ——

　　　　"這篇東西值得大家如此的注意，原不是無因的。但也有幾點值得商榷的，如最後 '大團圓' 的一幕，我在《晨報》上初讀此作之時，即不以為然，至今也還不以為然，似乎作者對於阿Q 之收局太匆促了；他不欲再往下寫了，便如此隨意的給他以一個 '大團圓'。像阿Q 那樣的一個人，終於要做起革命黨來，終於受到那樣大團圓的結局，似乎連作者他自己在最初寫作時也是料不到的。至少在人格上似乎是兩個。"

　　阿Q 是否真要做革命黨，即使真做了革命黨，在人格上是否似乎是兩個，現在姑且勿論。單是這篇東西的成因，說起來就要很費功夫了。我常常說，我的文章不是湧出來的，是擠出來的。聽的人往往誤解為謙遜，其實是真情。我沒有甚麼話要說，也沒有甚麼文章要做，但有一種自害的脾氣，是有時不免吶喊幾聲，想給人們去添點熱鬧。譬如一匹疲牛罷，明知不堪大用的了，但廢物何妨利用呢，所以張家要我耕一弓地，可以的；李家要我捱一轉磨，也可以的；趙家要我在他店前站一刻，在我背上帖出廣告道：敝店備有肥牛，出售上等消毒滋養牛乳。我雖然深知道自己是怎麼瘦，又是公的，並沒有乳，然而想到他們為張羅生意起見，情有可原，只要出售的不是毒藥，也就不說甚麼了。但倘若用得我太苦，是不行的，我還要自己覓草吃，要喘氣的工夫；要專指我為某家的牛，將我關在他的牛牢內，也不行的，我有時也許還要給別家捱幾轉磨。如果連肉都要出賣，那自然更不行，理由自明，無須細說。倘遇到上述的三不行，我就跑，或者索性躺在荒山裡。即使因此忽而從深刻變為淺薄，從戰士化為畜生，嚇我以康有為，比我以梁啓超，也都滿不在乎，還是我跑我的，我躺我的，決不出來再上當，因為我於"世故"實在是太深了。

近幾年《吶喊》有這許多人看，當初是萬料不到的，而且連料也沒有料。不過是依了相識者的希望，要我寫一點東西就寫一點東西。也不很忙，因為不很有人知道魯迅就是我。我所用的筆名也不只一個：LS，神飛，唐俟，某生者，雪之，風聲；更以前還有：自樹，索士，令飛，迅行。魯迅就是承迅行而來的，因為那時的《新青年》編輯者不願意有別號一般的署名。

現在是有人以為我想做甚麼狗首領了，真可憐，偵察了百來回，竟還不明白。我就從不曾插了魯迅的旗去訪過一次人；"魯迅即周樹人"，是別人查出來的。這些人有四類：一類是為要研究小說，因而要知道作者的身世；一類單是好奇；一類是因為我也做短評，所以特地揭出來，想我受點禍；一類是以為於他有用處，想要鑽進來。

那時我住在西城邊，知道魯迅就是我的，大概只有《新青年》，《新潮》社裡的人們罷；孫伏園也是一個。他正在晨報館編副刊。不知是誰的主意，忽然要添一欄稱為"開心話"的了，每週一次。他就來要我寫一點東西。

阿Q的影像，在我心目中似乎確已有了好幾年，但我一向毫無寫他出來的意思。經這一提，忽然想起來了，晚上便寫了一點，就是第一章：序。因為要切"開心話"這題目，就胡亂加上些不必有的滑稽，其實在全篇裡也是不相稱的。署名是"巴人"，取"下里巴人"，並不高雅的意思。誰料這署名又闖了禍了，但我卻一向不知道，今年在《現代評論》上看見涵廬（即高一涵）的《閒話》才知道的。那大略是——

"……我記得當《阿Q正傳》一段一段陸續發表的時候，有許多人都栗栗危懼，恐怕以後要罵到他的頭上。並且有一位朋友，當我面說，昨日《阿Q正傳》上某一段仿佛就是罵他自己。因此便猜疑《阿Q正傳》是某人作的，何以呢？因為只有某人知道他這一段私事。……從此疑神疑鬼，凡是《阿Q正傳》中所罵的，都以為就是他的陰私；凡是與登載《阿Q正傳》的報紙有關係的投稿人，都不免做了他所認為《阿Q正傳》的作者的嫌疑犯了！等到他打聽出來《阿Q正傳》的作者名姓的時候，他才知道他和作者素不相識，因此，才恍然自悟，又逢人聲明說不是罵他。"（第四卷第八十九期）

我對於這位"某人"先生很抱歉，竟因我而做了許多天嫌疑犯。可惜不知是誰，"巴人"兩字很容易疑心到四川人身上去，或者是四川人罷。直到這一篇收在《吶喊》裡，也還有人問我：你實在是在罵誰和誰呢？我只能悲憤，自恨不能使人看得我不至於如此下劣。

第一章登出之後，便"苦"字臨頭了，每七天必須做一篇。我那時雖然並不忙，然而正在做流民，夜晚睡在做通路的屋子裡，這屋子只有一個後窗，連好好的寫字地方也沒有，那裡能夠靜坐一會，想一下。伏園雖然還沒有現在這樣胖，但已經笑嬉嬉，善於催稿了。每星期來一回，一有機會，就是："先生，《阿Q正傳》……。明天要付排了。"於是只得做，心裡想着，"俗語說：'討飯怕狗咬，秀才怕歲考。'我既非秀才，又要週考，真是為難……。"然而終於又一章。但是，似乎漸漸認真起來了；伏園也覺得不很"開心"，所以從第二章起，便移在"新文藝"欄裡。

這樣地一週一週捱下去，於是乎就不免發生阿Q可要做革命黨的問題了。據我的意思，中國倘不革命，阿Q便不做，既然革命，就會做的。我的阿Q的運命，也只能如此，人格也恐怕並不是兩個。民國元年已經過去，無可追蹤了，但此後倘再有改革，我相信還會有阿Q似的革命黨出現。我也很願意如人們所說，我只寫出了現在以前的或一時期，但我還恐怕我所看見的並非現代的前身，而是其後，或者竟是二三十年之後。其實這也不算辱沒了革命黨，阿Q究竟已經用竹筷盤上他的辮子了；此後十五年，長虹"走到出版界"，不也就成為一個中國的"綏惠略夫"了麼？

《阿Q正傳》大約做了兩個月，我實在很想收束了，但我已經記不大清楚，似乎伏園不贊成，或者是我疑心倘一收束，他會來抗議，所以將"大團圓"藏在心裡，而阿Q卻已經漸漸向死路上走。到最末的一章，伏園倘在，也許會壓下，而要求放阿Q多活幾星期的罷。但是"會逢其適"，他回去了，代庖的是何作霖君，於阿Q素無愛憎，我便將"大團圓"送去，他便登出來。待到伏園回京，阿Q已經槍斃了一個多月了。縱令伏園怎樣善於催稿，如何笑嬉嬉，也無法再說"先生，《阿Q正傳》……。"從此我總算收束了一件事，可以另幹別的去。另幹了別的甚麼，現在也已經記不清，但大概還是這一類的事。

其實"大團圓"倒不是"隨意"給他的；至於初寫時可曾料到，那倒確乎也是一個疑問。我彷彿記得：沒有料到。不過這也無法，誰能開首就料到人們的"大團圓"？不但對於阿Q，連我自己將來的"大團圓"，我就料不到究竟是怎樣。終於是"學者"，或"教授"乎？還是"學匪"或"學棍"呢？"官僚"乎，還是"刀筆吏"呢？"思想界之權威"乎，抑"思想界先驅者"乎，抑又"世故的老人"乎？"藝術家"？"戰士"？抑又是見客不怕麻煩的特別"亞拉籍夫"乎？乎？乎？乎？乎？

但阿Q自然還可以有各種別樣的結果，不過這不是我所知道的事。

先前，我覺得我很有寫得"太過"的地方，近來卻不這樣想了。

中國現在的事，即使如實描寫，在別國的人們，或將來的好中國的人們看來，也都會覺得 grotesk。我常常假想一件事，自以為這是想得太奇怪了；但倘遇到相類的事實，卻往往更奇怪。在這事實發生以前，以我的淺見寡識，是萬萬想不到的。

大約一個多月以前，這裡槍斃一個強盜，兩個穿短衣的人各拿手槍，一共打了七槍。不知道是打了不死呢，還是死了仍然打，所以要打得這麼多。當時我便對我的一群少年同學們發感慨，說：這是民國初年初用槍斃的時候的情形；現在隔了十多年，應該進步些，無須給死者這麼多的苦痛。北京就不然，犯人未到刑場，刑吏就從後腦一槍，結果了性命，本人還來不及知道已經死了呢。所以北京究竟是"首善之區"，便是死刑，也比外省的好得遠。

但是前幾天看見十一月二十三日的北京《世界日報》，又知道我的話並不的確了，那第六版上有一條新聞，題目是《杜小拴子刀鍘而死》，共分五節，現在撮錄一節在下面——

▲杜小拴子刀鍘餘人槍斃　先時，衛戍司令部因為從了毅軍各兵士的請求，決定用"梟首刑"，所以杜等不曾到場以前，刑場已預備好了鍘草大刀一把了。刀是長形的，下邊是木底，中縫有厚大而銳利的刀一把，刀下頭有一孔，橫嵌木上，可以上下的活動，杜等四人入刑場之後，由招扶的兵士把杜等架下刑車，就叫他們臉衝北，對着已備好的刑桌前站着。……杜並沒有跪，有外右五區的某巡官去問杜：要人把着不要？杜就笑而不答，後來就自己跑到刀前，自己睡在刀上，仰面受刑，先時行刑兵已將刀抬起，杜枕到適宜的地方後，行刑兵就合眼猛力一鍘，杜的身首，就不在一處了。當時血出極多。　在旁邊跪等槍決的宋振山等三人，也各偷眼去看，中有趙振一名，身上還發起顫來。後由某排長拿手槍站在宋等的後面，先斃宋振山，後斃李有三趙振，每人

都是一槍斃命。……先時，被害程步墀的兩個兒子忠智忠信，都在場觀看，放聲大哭，到各人執刑之後，去大喊：爸！媽呀！你的仇已報了！我們怎麼辦哪？聽的人都非常難過，後來由家族引導着回家去了。

假如有一個天才，真感着時代的心搏，在十一月二十二日發表出記敍這樣情景的小説來，我想，許多讀者一定以為是説着包龍圖爺爺時代的事，在西曆十一世紀，和我們相差將有九百年。

這真是怎麼好……。

至於《阿Q正傳》的譯本，我只看見過兩種。法文的登在八月分的《歐羅巴》上，還止三分之一，是有刪節的。英文的似乎譯得很懇切，但我不懂英文，不能説甚麼。只是偶然看見還有可以商榷的兩處：一是"三百大錢九二串"當譯為"三百大錢，以九十二文作為一百"的意思；二是"柿油黨"不如譯音，因為原是"自由黨"，鄉下人不能懂，便訛成他們能懂的"柿油黨"了。

十二月三日，在廈門寫。

白　光

陳士成看過縣考的榜，回到家裡的時候，已經是下午了。他去得本很早，一見榜，便先在這上面尋陳字。陳字也不少，似乎也都爭先恐後的跳進他眼睛裡來，然而接着的卻全不是士成這兩個字。他於是重新再在十二張榜的圓圖裡細細地搜尋，看的人全已散盡了，而陳士成在榜上終於沒有見，單站在試院的照壁的面前。

涼風雖然拂拂的吹動他斑白的短髮，初冬的太陽卻還是很溫和的來曬他。但他似乎被太陽曬得頭暈了，臉色越加變成灰白，從勞乏的紅腫的兩眼裡，發出古怪的閃光。這時他其實早已不看到甚麼牆上的榜文了，只見有許多烏黑的圓圈，在眼前泛泛的遊走。

雋了秀才，上省去鄉試，一徑聯捷上去，……紳士們既然千方百計的來攀親，人們又都像看見神明似的敬畏，深悔先前的輕薄，發昏，……趕走了租住在自己破宅門裡的雜姓 ── 那是不勞説趕，自己就搬的，── 屋宇全新了，門口是旗竿和扁額，……要清高可以做京官，否則不如謀外放。……他平日安排停當的前程，這時候又像受潮的糖塔一般，剎時倒塌，只剩下一堆碎片了。他不自覺的旋轉了覺得渙散了的身軀，惘惘的走向歸家的路。

他剛到自己的房門口，七個學童便一齊放開喉嚨，吱的唸起書來。他大吃一驚，耳朵邊似乎敲了一聲磬，只見七個頭拖了小辮子在眼前幌，幌得滿房，黑圈子也夾着跳舞。他坐下了，他們送上晚課來，臉上都顯出小覷他的神色。

"回去罷。"他遲疑了片時,這才悲慘的說。

他們胡亂的包了書包,挾着,一溜煙跑走了。

陳士成還看見許多小頭夾着黑圓圈在眼前跳舞,有時雜亂,有時也排成異樣的陣圖,然而漸漸的減少了,模胡了。

"這回又完了!"

他大吃一驚,直跳起來,分明就在耳朵邊的話,回過頭去卻並沒有甚麼人,仿佛又聽得嗡的敲了一聲磬,自己的嘴也說道:

"這回又完了!"

他忽而舉起一隻手來,屈指計數着想,十一,十三回,連今年是十六回,竟沒有一個考官懂得文章,有眼無珠,也是可憐的事,便不由嘻嘻的失了笑。然而他憤然了,驀地從書包布底下抽出謄真的制藝和試帖來,拿着往外走,剛近房門,卻看見滿眼都明亮,連一群雞也正在笑他,便禁不住心頭突突的狂跳,只好縮回裡面了。

他又就了坐,眼光格外的閃爍;他目睹着許多東西,然而很模胡,—— 是倒塌了的糖塔一般的前程躺在他面前,這前程又只是廣大起來,阻住了他的一切路。

別家的炊煙早消歇了,碗筷也洗過了,而陳士成還不去做飯。寓在這裡的雜姓是知道老例的,凡遇到縣考的年頭,看見發榜後的這樣的眼光,不如及早關了門,不要多管事。最先就絕了人聲,接着是陸續的熄了燈火,獨有月亮,卻緩緩的出現在寒夜的空中。

空中青碧到如一片海,略有些浮雲,仿佛有誰將粉筆洗在筆洗裡似的搖曳。月亮對着陳士成注下寒冷的光波來,當初也不過像是一面新磨的鐵鏡罷了,而這鏡卻詭秘的照透了陳士成的全身,就在他身上映出鐵的月亮的影。

他還在房外的院子裡徘徊,眼裡頗清淨了,四近也寂靜。但這寂靜忽又無端的紛擾起來,他耳邊又確鑿聽到急促的低聲說:

“左彎右彎……”

他聳然了，傾耳聽時，那聲音卻又提高的複述道：

“右彎！”

他記得了。這院子，是他家還未如此雕零的時候，一到夏天的夜間，夜夜和他的祖母在此納涼的院子。那時他不過十歲有零的孩子，躺在竹榻上，祖母便坐在榻旁邊，講給他有趣的故事聽。伊說是曾經聽得伊的祖母說，陳氏的祖宗是巨富的，這屋子便是祖基，祖宗埋着無數的銀子，有福氣的子孫一定會得到的罷，然而至今還沒有現。至於處所，那是藏在一個謎語的中間：

“左彎右彎，前走後走，量金量銀不論斗。”

對於這謎語，陳士成便在平時，本也常常暗地裡加以揣測的，可惜大抵剛以為可通，卻又立刻覺得不合了。有一回，他確有把握，知道這是在租給唐家的房底下的了，然而總沒有前去發掘的勇氣；過了幾時，可又覺得太不相像了。至於他自己房子裡的幾個掘過的舊痕跡，那卻全是先前幾回下第以後的發了怔忡的舉動，後來自己一看到，也還感到慚愧而且羞人。

但今天鐵的光罩住了陳士成，又軟軟的來勸他了，他或者偶一遲疑，便給他正經的證明，又加上陰森的催逼，使他不得不又向自己的房裡轉過眼光去。

白光如一柄白團扇，搖搖擺擺的閃起在他房裡了。

“也終於在這裡！”

他說着，獅子似的趕快走進那房裡去，但跨進裡面的時候，便不見了白光的影蹤，只有莽蒼蒼的一間舊房，和幾個破書桌都沒在昏暗裡。他爽然的站着，慢慢的再定睛，然而白光卻分明的又起來了，這回更廣大，比硫黃火更白淨，比朝霧更靠微，而且便在靠東牆的一張書桌下。

陳士成獅子似的奔到門後邊，伸手去摸鋤頭，撞着一條黑影。他不知怎的有些怕了，張惶的點了燈，看鋤頭無非倚着。他移開桌子，用鋤頭一氣掘起四塊大方磚，蹲身一看，照例是黃澄澄的細沙，揎了袖爬開細沙，便露出下面的黑土來。他極小心的，幽靜的，一鋤一鋤往下掘，然而深夜究竟太寂靜了，尖鐵觸土的聲音，總是鈍重的不肯瞞人的發響。

土坑深到二尺多了，並不見有甕口，陳士成正心焦，一聲脆響，頗震得手腕痛，鋤尖碰着甚麼堅硬的東西了；他急忙拋下鋤頭，摸索着看時，一塊大方磚在下面。他的心抖得很利害，聚精會神的挖起那方磚來，下面也滿是先前一樣的黑土，爬鬆了許多十，下面似乎還無窮。但忽而又觸着堅硬的小東西了，圓的，大約是一個鏽銅錢；此外也還有幾片破碎的磁片。

陳士成心裡仿佛覺得空虛了，渾身流汗，急躁的只爬搔；這其間，心在空中一抖動，又觸着一種古怪的小東西了，這似乎約略有些馬掌形的，但觸手很鬆脆。他又聚精會神的挖起那東西來，謹慎的撮着，就燈光下仔細的看時，那東西斑斑剝剝的像是爛骨頭，上面還帶着一排零落不全的牙齒。他已經悟到這許是下巴骨了，而那下巴骨也便在他手裡索索的動彈起來，而且笑吟吟的顯出笑影，終於聽得他開口道：

"這回又完了！"

他栗然的發了大冷，同時也放了手，下巴骨輕飄飄的回到坑底裡不多久，他也就逃到院子裡了。他偷看房裡面，燈火如此輝煌，下巴骨如此嘲笑，異乎尋常的怕人，便再不敢向那邊看。他躲在遠處的檐下的陰影裡，覺得較為平安了；但在這平安中，忽而耳朵邊又聽得竊竊的低聲說：

"這裡沒有……到山裡去……"

陳士成似乎記得白天在街上也曾聽得有人說這種話，他不待再聽完，已經恍然大悟了。他突然仰面向天，月亮已向西高峰這方面隱去，遠想離城三十五里的西高峰正在眼前，朝笏一般黑魆魆的挺立着，周圍便放出浩大閃爍的白光來。

而且這白光又遠遠的就在前面了。

"是的，到山裡去！"

他決定的想，慘然的奔出去了。幾回的開門聲之後，門裡面便再不聞一些聲息。燈火結了大燈花照着空屋和坑洞，畢畢剝剝的炸了幾聲之後，便漸漸的縮小以至於無有，那是殘油已經燒盡了。

"開城門來～～～"

含着大希望的恐怖的悲聲，遊絲似的在西關門前的黎明中，戰戰兢兢的叫喊。

第二天的日中，有人在離西門十五里的萬流湖裡看見一個浮屍，當即傳揚開去，終於傳到地保的耳朵裡了，便叫鄉下人撈將上來。那是一個男屍，五十多歲，"身中面白無鬚"，渾身也沒有甚麼衣褲。或者說這就是陳士成。但鄰居懶得去看，也並無屍親認領，於是經縣委員相驗之後，便由地保抬埋了。至於死因，那當然是沒有問題的，剝取死屍的衣服本來是常有的事，夠不上疑心到謀害去；而且仵作也證明是生前的落水，因為他確鑿曾在水底裡掙命，所以十個指甲裡都滿嵌着河底泥。

一九二二年六月。

點 評

　　陳士成是灌足了科舉制度的迷魂湯者，赴縣考十六回失敗，終至精神崩潰，神經兮兮地做起掘藏的迷夢。憑着祖宗藏寶的謎語“左彎右彎，前走後走，量金量銀不論斗”，眼前閃出白團扇般的“白光”。在陳士成心中，科舉就是掘藏，也是一種押寶賭博。

　　舊時世俗認為，“凡寶物皆有精氣”。比如魯迅諳熟的唐人傳奇中，皇甫枚《三水小牘》記有《衛慶耕田得人珠》：“衛慶者，汝墳編戶也。其居在溫泉，家世遊惰，至慶乃服田。嘗戴月耕於村南古項城之下，倦憩荒陌，忽見白光焰焰起於壠畝中若星流。慶掩而得之，遂藏諸懷。曉歸視之，乃大珠也。其徑寸五分，瑩無纖翳，乃衣以縑囊，緘之漆匣。會示博物者，曰：‘此合浦之寶也，得蓄之，縱未貴而當富矣。’慶愈寶之。常置於臥內，自是家產日滋，飯牛四百蹄，墾田二千畝，其絲枲他物稱是，十年間鬱為富家翁。”這個故事也記入魯迅寫小說史時經常參考的《太平廣記》卷四〇二。杜光庭《歷代崇道記》記載函谷關有紫雲白兔現於枯桑之下，穿掘得石函經匱，奏上玄宗皇帝，就改開元年號為天寶；其後，又於樓觀山谷間見有紫雲現，白光屬天，於其下穿之，果得玉像老君，高三尺餘以進。可見白光為藏寶精氣的俗見之深。

　　這種世俗迷信見識，猶見清代文獻。清人朱彝尊《曝書亭集》卷八十有《亡妻馮孺人行述》，記述其婚後賃居梅裡一所“目為凶宅”的舊屋，“每晦夜，滿屋樑皆白光，牆下雞喎喎有聲，女巫來言，發之當得金。孺人謝曰：‘吾夫家累世顯官，可以不貧。今貧若此，天也。非所得而得之，天其殃之矣。’蓋居是宅十一年，未嘗萌一念及室中之藏焉。”朱氏自然不同於窮愁爛污的陳士成，他不信女巫之言，記以顯示自己的清高。俞樾《右台仙館筆記》卷九也記古銀杏樹相傳為晉朝物，樹下恆見有白光夜出，掘之得大缸水銀，"俗傳水銀能出入，則已成人形"。俞氏比起朱氏多了一份好奇誌怪之心。清代筆記《咸同將相瑣聞》記曾國荃攻克金陵之時，"諸軍由缺口衝入，其上有黑雲一陣隨之。既而城中火起，共見火光中有若金星一個，騰入雲端，繼有白光一道衝上。蓋皆寶氣所化也。"這裡則以寶氣白光，以襯托攻克太平天國的天京的名將功勳。

魯迅關注社會各階層的風習心態，將某種士人耽於科舉也耽於巫風迷信的迷狂心理引入小說，並作了怪誕化的藝術處理。陳士成掘土二尺，掀開方磚，除了一個鏽銅錢、幾片破碎的磁片，只發現斑斑剝剝的一塊爛骨頭，上面還帶着一排零落不全的牙齒，那下巴骨還笑吟吟地說："這回又完了！"他不就此回頭，而是追逐着浩大閃爍的白光，衝出城門，到離城三十五里的西高峰去尋寶。全文採用怪誕化的心理寫實，結尾卻換了另一副筆墨，採用新聞紀實夾雜議論的手法，呈現如此人生的價值：

"第二天的日中，有人在離西門十五里的萬流湖裡看見一個浮屍，當即傳揚開去，終於傳到地保的耳朵裡了，便叫鄉下人撈將上來。那是一個男屍，五十多歲，'身中面白無鬚'，渾身也沒有甚麼衣褲。或者說這就是陳士成。但鄰居懶得去看，也並無屍親認領，於是經縣委員相驗之後，便由地保抬埋了。至於死因，那當然是沒有問題的，剝取死屍的衣服本來是常有的事，夠不上疑心到謀害去；而且仵作也證明是生前的落水，因為他確鑿曾在水底裡掙命，所以十個指甲裡都滿嵌着河底泥。"

如此落筆，已見某種類乎紹興師爺的老辣。

社　戲

　　我在倒數上去的二十年中，只看過兩回中國戲，前十年是絕不看，因為沒有看戲的意思和機會，那兩回全在後十年，然而都沒有看出甚麼來就走了。

　　第一回是民國元年我初到北京的時候，當時一個朋友對我說，北京戲最好，你不去見見世面麼？我想，看戲是有味的，而況在北京呢。於是都興致勃勃的跑到甚麼園，戲文已經開場了，在外面也早聽到鼕鼕地響。我們挨進門，幾個紅的綠的在我的眼前一閃爍，便又看見戲台下滿是許多頭，再定神四面看，卻見中間也還有幾個空座，擠過去要坐時，又有人對我發議論，我因為耳朵已經喤喤的響着了，用了心，才聽到他是說“有人，不行！”

　　我們退到後面，一個辮子很光的卻來領我們到了側面，指出一個地位來。這所謂地位者，原來是一條長凳，然而他那坐板比我的上腿要狹到四分之三，他的腳比我的下腿要長過三分之二。我先是沒有爬上去的勇氣，接着便聯想到私刑拷打的刑具，不由的毛骨悚然的走出了。

　　走了許多路，忽聽得我的朋友的聲音道，“究竟怎的？”我回過臉去，原來他也被我帶出來了。他很詫異的說，“怎麼總是走，不答應？”我說，“朋友，對不起，我耳朵只在鼕鼕喤喤的響，並沒有聽到你的話。”

　　後來我每一想到，便很以為奇怪，似乎這戲太不好，── 否則便是我近來在戲台下不適於生存了。

第二回忘記了那一年，總之是募集湖北水災捐而譚叫天還沒有死。捐法是兩元錢買一張戲票，可以到第一舞台去看戲，扮演的多是名角，其一就是小叫天。我買了一張票，本是對於勸募人聊以塞責的，然而似乎又有好事家乘機對我說了些叫天不可不看的大法要了。我於是忘了前幾年的蓬蓬喤喤之災，竟到第一舞台去了，但大約一半也因為重價購來的寶票，總得使用了才舒服。我打聽得叫天出台是遲的，而第一舞台卻是新式構造，用不着爭座位，便放了心，延宕到九點鐘才出去，誰料照例，人都滿了，連立足也難，我只得擠在遠處的人叢中看一個老旦在台上唱。那老旦嘴邊插着兩個點火的紙捻子，旁邊有一個鬼卒，我費盡思量，才疑心他或者是目連的母親，因為後來又出來了一個和尚。然而我又不知道那名角是誰，就去問擠小在我的左邊的一位胖紳士。他很看不起似的斜瞥了我一眼，說道，"龔雲甫！"我深愧淺陋而且粗疏，臉上一熱，同時腦裡也製出了決不再問的定章，於是看小旦唱，看花旦唱，看老生唱，看不知甚麼角色唱，看一大班人亂打，看兩三個人互打，從九點多到十點，從十點到十一點，從十一點到十一點半，從十一點半到十二點，—— 然而叫天竟還沒有來。

我向來沒有這樣忍耐的等候過甚麼事物，而況這身邊的胖紳士的吁吁的喘氣，這台上的蓬蓬喤喤的敲打，紅紅綠綠的晃蕩，加之以十二點，忽而使我省悟到在這裡不適於生存了。我同時便機械的擰轉身子，用力往外只一擠，覺得背後便已滿滿的，大約那彈性的胖紳士早在我的空處胖開了他的右半身了。我後無回路，自然擠而又擠，終於出了大門。街上除了專等看客的車輛之外，幾乎沒有甚麼行人了，大門口卻還有十幾個人昂着頭看戲目，別有一堆人站着並不看甚麼，我想：他們大概是看散戲之後出來的女人們的，而叫天卻還沒有來……

然而夜氣很清爽，真所謂"沁人心脾"，我在北京遇着這樣的好空氣，仿佛這是第一遭了。

這一夜，就是我對於中國戲告了別的一夜，此後再沒有想到他，即使偶而經過戲園，我們也漠不相關，精神上早已一在天之南一在地之北了。

但是前幾天，我忽在無意之中看到一本日本文的書，可惜忘記了書名和著者，總之是關於中國戲的。其中有一篇，大意仿佛說，中國戲是大敲，大叫，大跳，使看客頭昏腦眩，很不適於劇場，但若在野外散漫的所在，遠遠的看起來，也自有他的風致。我當時覺着這正是說了在我意中而未曾想到的話，因為我確記得在野外看過很好的好戲，到北京以後的連進兩回戲園去，也許還是受了那時的影響哩。可惜我不知道怎麼一來，竟將書名忘卻了。

至於我看那好戲的時候，卻實在已經是"遠哉遙遙"的了，其時恐怕我還不過十一二歲。我們魯鎮的習慣，本來是凡有出嫁的女兒，倘自己還未當家，夏間便大抵回到母家去消夏。那時我的祖母雖然還康健，但母親也已分擔了些家務，所以夏期便不能多日的歸省了，只得在掃墓完畢之後，抽空去住幾天，這時我便每年跟了我的母親住在外祖母的家裡。那地方叫平橋村，是一個離海邊不遠，極偏僻的，臨河的小村莊；住戶不滿三十家，都種田，打魚，只有一家很小的雜貨店。但在我是樂土：因為我在這裡不但得到優待，又可以免唸"秩秩斯干幽幽南山"了。

和我一同玩的是許多小朋友，因為有了遠客，他們也都從父母那裡得了減少工作的許可，伴我來遊戲。在小村裡，一家的客，幾乎也就是公共的。我們年紀都相仿，但論起行輩來，卻至少是叔子，有幾個還是太公，因為他們合村都同姓，是本家。然而我們是朋友，即使偶而吵鬧起來，打了太公，一村的老老小小，也決沒有一個會想出"犯上"這兩個字來，而他們也百分之九十九不識字。

我們每天的事情大概是掘蚯蚓，掘來穿在銅絲做的小鈎上，伏在河沿上去釣蝦。蝦是水世界裡的呆子，決不憚用了自己的兩個鉗捧着鈎尖送到嘴裡去的，所以不半天便可以釣到一大碗。這蝦照例是歸我吃的。其次便是一同去放牛，但或者因為高等動物了的緣故罷，黃牛水牛都欺生，敢於欺侮我，因此我也總不敢走近身，只好遠遠地跟着，站着。這時候，小朋友們便不再原諒我會讀"秩秩斯干"，卻全都嘲笑起來了。

至於我在那裡所第一盼望的，卻在到趙莊去看戲。趙莊是離平橋村五里的較大的村莊；平橋村太小，自己演不起戲，每年總付給趙莊多少錢，算作合做的。當時我並不想到他們為甚麼年年要演戲。現在想，那或者是春賽，是社戲了。

就在我十一二歲時候的這一年，這日期也看看等到了。不料這一年真可惜，在早上就叫不到船。平橋村只有一隻早出晚歸的航船是大船，決沒有留用的道理。其餘的都是小船，不合用；央人到鄰村去問，也沒有，早都給別人定下了。外祖母很氣惱，怪家裡的人不早定，絮叨起來。母親便寬慰伊，說我們魯鎮的戲比小村裡的好得多，一年看幾回，今天就算了。只有我急得要哭，母親卻竭力的囑咐我，說萬不能裝模裝樣，怕又招外祖母生氣，又不准和別人一同去，說是怕外祖母要擔心。

總之，是完了。到下午，我的朋友都去了，戲已經開場了，我似乎聽到鑼鼓的聲音，而且知道他們在戲台下買豆漿喝。

這一天我不釣蝦，東西也少吃。母親很為難，沒有法子想。到晚飯時候，外祖母也終於覺察了，並且說我應當不高興，他們太怠慢，是待客的禮數裡從來所沒有的。吃飯之後，看過戲的少年們也都聚攏來了，高高興興的來講戲。只有我不開口；他們都嘆息而且表同情。忽然間，一個最聰明的雙喜大悟似的提議了，他說，"大船？八叔的航船不是回來了麼？"十幾個別的少年也大悟，立刻攛掇起來，說可以坐了這航船和我一同去。我高興了。然而外祖母又怕都是孩子們，不可靠；母親又說是若叫大人一同去，他們白天全有工作，要他熬夜，是不合情理的。在這遲疑之中，雙喜可又看出底細來了，便又大聲的說道，"我寫包票！船又大；迅哥兒向來不亂跑；我們又都是識水性的！"

誠然！這十多個少年，委實沒有一個不會鳧水的，而且兩三個還是弄潮的好手。

外祖母和母親也相信，便不再駁回，都微笑了。我們立刻一鬨的出了門。

我的很重的心忽而輕鬆了，身體也似乎舒展到說不出的大。一出門，便望見月下的平橋內泊着一隻白篷的航船，大家跳下船，雙喜拔前篙，阿發拔後篙，年幼的都陪我坐在艙中，較大的聚在船尾。母親送出來吩咐"要小心"的時候，我們已經點開船，在橋石上一磕，退後幾尺，即又上前出了橋。於是架起兩支櫓，一支兩人，一里一換，有說笑的，有嚷的，夾着潺潺的船頭激水的聲音，在左右都是碧綠的豆麥田地的河流中，飛一般徑向趙莊前進了。

兩岸的豆麥和河底的水草所發散出來的清香，夾雜在水氣中撲面的吹來；月色便朦朧在這水氣裡。淡黑的起伏的連山，仿佛是踴躍的鐵的獸脊似的，都遠遠地向船尾跑去了，但我卻還以為船慢。他們換了四回手，漸望見依稀的趙莊，而且似乎聽到歌吹了，還有幾點火，料想便是戲台，但或者也許是漁火。

那聲音大概是橫笛，宛轉，悠揚，使我的心也沉靜，然而又自失起來，覺得要和他彌散在含着豆麥蘊藻之香的夜氣裡。

那火接近了，果然是漁火；我才記得先前望見的也不是趙莊。那是正對船頭的一叢松柏林，我去年也曾經去遊玩過，還看見破的石馬倒在地下，一個石羊蹲在草裡呢。過了那林，船便彎進了叉港，於是趙莊便真在眼前了。

最惹眼的是屹立在莊外臨河的空地上的一座戲台，模胡在遠外的月夜中，和空間幾乎分不出界限，我疑心畫上見過的仙境，就在這裡出現了。這時船走得更快，不多時，在台上顯出人物來，紅紅綠綠的動，近台的河裡一望烏黑的是看戲的人家的船篷。

"近台沒有甚麼空了，我們遠遠的看罷。"阿發說。

這時船慢了，不久就到，果然近不得台旁，大家只能下了篙，比那正對戲台的神棚還要遠。其實我們這白篷的航船，本也不願意和烏篷的船在一處，而況並沒有空地呢……

在停船的匆忙中，看見台上有一個黑的長鬍子的背上插着四張旗，捏着長槍，和一群赤膊的人正打仗。雙喜說，那就是有名的鐵頭老生，能連翻八十四個筋斗，他日裡親自數過的。

我們便都擠在船頭上看打仗，但那鐵頭老生卻又並不翻筋斗，只有幾個赤膊的人翻，翻了一陣，都進去了，接着走出一個小旦來，咿咿呀呀的唱。雙喜說，"晚上看客少，鐵頭老生也懈了，誰肯顯本領給白地看呢？"我相信這話對，因為其時台下已經不很有人，鄉下人為了明天的工作，熬不得夜，早都睡覺去了，疏疏朗朗的站着的不過是幾十個本村和鄰村的閒漢。烏篷船裡的那些土財主的家眷固然在，然而他們也不在乎看戲，多半是專到戲台下來吃糕餅水果和瓜子的。所以簡直可以算白地。

然而我的意思卻也並不在乎看翻筋斗。我最願意看的是一個人蒙了白布，兩手在頭上捧着一支棒似的蛇頭的蛇精，其次是套了黃布衣跳老虎。但是等了許多時都不見，小旦雖然進去了，立刻又出來了一個很老的小生。我有些疲倦了，託桂生買豆漿去。他去了一刻，回來說，"沒有。賣豆漿的聾子也回去了。日裡倒有，我還喝了兩碗呢。現在去舀一瓢水來給你喝罷。"

我不喝水，支撐着仍然看，也說不出見了些甚麼，只覺得戲子的臉都漸漸的有些稀奇了，那五官漸不明顯，似乎融成一片的再沒有甚麼高低。年紀小的幾個多打呵欠了，大的也各管自己談話。忽而一個紅衫的小丑被綁在台柱子上，給一個花白鬍子的用馬鞭打起來了，大家才又振作精神的笑着看。在這一夜裡，我以為這實在要算是最好的一折。

然而老旦終於出台了。老旦本來是我所最怕的東西，尤其是怕他坐下了唱。這時候，看見大家也都很掃興，才知道他們的意見是和我一致的。那老旦當初還只是踱來踱去的唱，後來竟在中間的一把交椅上坐下了。我很擔心；雙喜他們卻就破口喃喃的罵。我忍耐的等着，許多工夫，只見那老旦將手一抬，我以為就要站起來了，不料他卻又慢慢的放下在原地方，仍舊唱。全船裡幾個人不住的吁氣，其餘的也打起呵欠來。雙喜終於熬不住了，說道，怕他會唱到天明還不完，還是我們走的好罷。大家立刻都贊成，和開船時候一樣踴躍，三四人徑奔船尾，拔了篙，點退幾丈，回轉船頭，駕起櫓，罵着老旦，又向那松柏林前進了。

月還沒有落，仿佛看戲也並不很久似的，而一離趙莊，月光又顯得格外的皎潔。回望戲台在燈火光中，卻又如初來未到時候一般，又漂渺得像一座仙山樓閣，滿被紅霞罩着了。吹到耳邊來的又是橫笛，很悠揚；我疑心老旦已經進去了，但也不好意思說再回去看。

不多久，松柏林早在船後了，船行也並不慢，但周圍的黑暗只是濃，可知已經到了深夜。他們一面議論着戲子，或罵，或笑，一面加緊的搖船。這一次船頭的激水聲更其響亮了，那航船，就像一條大白魚背着一群孩子在浪花裡躥，連夜漁的幾個老漁父，也停了艇子看着喝采起來。

離平橋村還有一里模樣，船行卻慢了，搖船的都説很疲乏，因為太用力，而且許久沒有東西吃。這回想出來的是桂生，説是羅漢豆正旺相，柴火又現成，我們可以偷一點來煮吃的。大家都贊成，立刻近岸停了船；岸上的田裡，烏油油的便都是結實的羅漢豆。

"阿阿，阿發，這邊是你家的，這邊是老六一家的，我們偷那一邊的呢？"雙喜先跳下去了，在岸上説。

我們也都跳上岸。阿發一面跳，一面説道，"且慢，讓我來看一看罷，"他於是往來的摸了一回，直起身來説道，"偷我們的罷，我們的大得多呢。"一聲答應，大家便散開在阿發家的豆田裡，各摘了一大捧，拋入船艙中。雙喜以為再多偷，倘給阿發的娘知道是要哭罵的，於是各人便到六一公公的田裡又各偷了一大捧。

我們中間幾個年長的仍然慢慢的搖着船，幾個到後艙去生火，年幼的和我都剝豆。不久豆熟了，便任憑航船浮在水面上，都圍起來用手撮着吃。吃完豆，又開船，一面洗器具，豆莢豆殼全拋在河水裡，甚麼痕跡也沒有了。雙喜所慮的是用了八公公船上的鹽和柴，這老頭子很細心，一定要知道，會罵的。然而大家議論之後，歸結是不怕。他如果罵，我們便要他歸還去年在岸邊拾去的一枝枯桕樹，而且當面叫他"八癩子"。

"都回來了！那裡會錯。我原説過寫包票的！"雙喜在船頭上忽而大聲的説。

我向船頭一望，前面已經是平橋。橋腳上站着一個人，卻是我的母親，雙喜便是對伊説着話。我走出前艙去，船也就進了平橋了，停了船，我們紛紛都上岸。母親頗有些生氣，説是過了三更了，怎麼回來得這樣遲，但也就高興了，笑着邀大家去吃炒米。

大家都說已經吃了點心，又渴睡，不如及早睡的好，各自回去了。

第二天，我向午才起來，並沒有聽到甚麼關係八公公鹽柴事件的糾葛，下午仍然去釣蝦。

"雙喜，你們這班小鬼，昨天偷了我的豆了罷？又不肯好好的摘，踏壞了不少。" 我抬頭看時，是六一公公棹着小船，賣了豆回來了，船肚裡還有剩下的一堆豆。

"是的。我們請客。我們當初還不要你的呢。你看，你把我的蝦嚇跑了！" 雙喜說。

六一公公看見我，便停了棹，笑道，"請客？── 這是應該的。" 於是對我說，"迅哥兒，昨天的戲可好麼？"

我點一點頭，說道，"好。"

"豆可中吃呢？"

我又點一點頭，說道，"很好。"

不料六一公公竟非常感激起來，將大拇指一翹，得意的說道，"這真是大市鎮裡出來的讀過書的人才識貨！我的豆種是粒粒挑選過的，鄉下人不識好歹，還說我的豆比不上別人的呢。我今天也要送些給我們的姑奶奶嘗嘗去……" 他於是打着棹子過去了。

待到母親叫我回去吃晚飯的時候，桌上便有一大碗煮熟了的羅漢豆，就是六一公公送給母親和我吃的。聽說他還對母親極口誇獎我，說 "小小年紀便有見識，將來一定要中狀元。姑奶奶，你的福氣是可以寫包票的了。" 但我吃了豆，卻並沒有昨夜的豆那麼好。

真的，一直到現在，我實在再沒有吃到那夜似的好豆，── 也不再看到那夜似的好戲了。

一九二二年十月。

點 評

　　《社戲》可以看作魯迅書寫的“搖呀搖，搖到外婆橋”，它以一派童心牽連着對童趣失落的惆悵，對比都市的喧囂，追慕回歸曠野和自然人性。社戲之“社”，原指土地神，又指土地神管轄的區域，即“方六里為社”。古代有春秋兩季祭祀“社神”的風俗，宋代陸游《稽山行》：“空巷看競渡，倒社觀戲場。”已是演戲酬社神了。後來在一定社區內不是祭祀土地神的“年規戲”或“平安戲”，在紹興也稱社戲。演出場合有三種：在廟宇或祠堂演出的廟台戲，在野外搭台演出的草台戲，在臨河處搭台演出的河台戲。本篇記述的是後一種。

　　曠野追慕和自然人性，保留着魯迅一塊夢寐縈懷的精神家園。到平橋村外祖母家消夏，“但在我是樂土：因為我在這裡不但得到優待，又可以免唸‘秩秩斯干幽幽南山’了。”“在小村裡，一家的客，幾乎也就是公共的。我們年紀都相仿，但論起行輩來，卻至少是叔子，有幾個還是太公，因為他們合村都同姓，是本家。然而我們是朋友，即使偶而吵鬧起來，打了太公，一村的老老小小，也決沒有一個會想出‘犯上’這兩個字來，而他們也百分之九十九不識字。”

　　社戲雖是全文的內核，但正面描寫卻只是寥寥數筆，寫得多是孩童觀感，純屬寫意筆墨。“看見台上有一個黑的長鬍子的背上插着四張旗，捏着長槍，和一群赤膊的人正打仗。雙喜說，那就是有名的鐵頭老生，能連翻八十四個筋斗，他日裡親自數過的。”沒有鐵頭老生翻筋斗，卻走出一個小旦來，咿咿呀呀的唱。然而“我最願意看的是一個人蒙了白布，兩手在頭上捧着一支棒似的蛇頭的蛇精，其次是套了黃布衣跳老虎”。“忽而一個紅衫的小丑被綁在台柱子上，給一個花白鬍子的用馬鞭打起來了，大家才又振作精神的笑着看。在這一夜裡，我以為這實在要算是最好的一折。"這是紹劇《五美圖》中的一折《遊園吊打》，寫唐朝奸相盧杞之子盧廷寶，夜闖定國公朱文廣的後花園，強搶其女朱繡鳳，被定國公拿下吊打。"然而老旦終於出台了。老旦本來是我所最怕的東西，尤其是怕他坐下了唱。"

　　本篇的真正趣味是藉看戲而寫戲外的人生，身處令人頭昏腦眩的都市世界，而神馳鄉村少年的淳樸、豪爽和精神上無拘無束的世界，寫成了一首清新動人的鄉土抒情詩。比如坐着小夥伴有說有笑地搖着的航船去看社戲，"兩岸的豆麥和河底的水草所發散出來的清香，夾雜在水氣中撲面的吹來；月色便朦朧在這水氣裡。淡黑的起伏的連山，仿佛是踴躍的鐵的獸脊似的，都遠遠地向船尾跑去了，但我卻還以為船慢"。回程中，"他們一面議論着戲子，或罵，或笑，一面加緊的搖船。這一次船頭的激水聲更其響亮了，那航船，就像一條大白魚背着一群孩子在浪花裡躥，連夜漁的幾個老漁父，也停了艇子看着喝采起來"。搖船疲乏，要偷一點羅漢豆來煮吃，阿發比較一下說："偷我們的罷，我們的大得多呢。"雙喜以為再多偷，倘給阿發的娘知道是要哭罵的，於是各人便到六一公公的田裡又各偷了一大捧。第二天被六一公公發現，只因"我"誇他的羅漢豆好吃，就非常感激起來，將大拇指一翹，得意的說道，"這真是大市鎮裡出來的讀過書的人才識貨！"還送上羅漢豆，對母親極口誇獎"我"，說："小小年紀便有見識，將來一定要中狀元。姑奶奶，你的福氣是可以寫包票的了。"如此透明清澈的人情倫理，實在令人神往。就包括小說結尾說："但我吃了豆，卻並沒有昨夜的豆那麼好。真的，一直到現在，我實在再沒有吃到那夜似的好豆，——也不再看到那夜似的好戲了。"也令人往往心有同感。

此篇與《兔和貓》、《鴨的喜劇》，均屬《吶喊》集裡的散文體小說。古代關於社戲的異聞，謹錄二則，以見風俗心理。清人袁枚《續子不語》卷七在《獵戶說虎》條下記載："鄭（獵戶）晚年……往鄰村看社戲，肩傘歸。中途昏暮，虎突起道左。鄭避撲不及，墜崖下，急坐起張傘伺虎。不料虎亦墜下，壓鄭身上。傘旋轉如輪，虎蹲鄭腰腿間，凝視傘轉。鄭急取所佩鐵刀，以右手斫其尾閭，左手拔其陰。虎方疑傘，又驚觸其陰，躍起。力猛，斷其陰寸餘。鄭據地，手不釋傘。幸鄰人看戲者群過，呼扶以歸。而鄭力竭矣，越二日死。"《社戲》將社戲與"春賽"相聯繫。明代洪楩《清平山堂話本》卷二有《洛陽三怪記》描述宋代洛陽的春賽："行進數步，只見燈火燦爛，一簇人鬧鬧吵吵，潘松移身去看時，只見廟中黃羅帳內，泥金塑就，五彩妝成，中間裡坐着赤土大王，上首玉蕊娘娘，下首坐着白聖母，都是夜來見的三個人。驚得小員外手足無措。問眾人時，元來是清明節，當地人春賽，在這廟中燒紙酌獻。"二者與魯迅《社戲》對比，可見從明代話本、清人筆記，到"五四"小說的思想藝術的根本性轉型。

彷徨

卷首題詞

朝發軔於蒼梧兮，夕余至乎縣圃；
欲少留此靈瑣兮，日忽忽其將暮。

吾令羲和弭節兮，望崦嵫而勿迫；
路漫漫其修遠兮，吾將上下而求索。

　　　　　屈原：《離騷》。

點　評

　　《彷徨》收作者一九二四年至一九二五年所作小説十一篇，北京北新書局一九二六年八月初版，列入“烏合叢書”。

　　魯迅有《題〈彷徨〉》詩云：“寂寞新文苑，平安舊戰場。兩間餘一卒，荷戟獨彷徨。”這表明在“五四”新文化運動退潮和營壘分化的時期，作者之寫《彷徨》，如天地兩間獨餘執戟之一卒，對這場運動進行反思的特殊姿態。值得注意的是，“彷徨”一語，與屈原結有不解之緣。東漢王逸注《楚辭》，在《天問解題》就説屈原“彷徨山澤”，原文是：“《天問》者，屈原之所作也。何不言問天？天尊不可問，故曰‘天問’也。屈原放逐，憂心愁悴，彷徨山澤，經歷陵陸，嗟號昊旻，仰天嘆息。見楚有先王之廟及公卿祠堂，圖畫天地山川神靈，琦瑋僑佹，及古賢聖怪物行事。周流罷倦，休息其下，仰見圖畫，因書其壁，呵而問之，以渫憤懣，舒瀉愁思。楚人哀惜屈原，因共論述，故其文義不次序云爾。"魯迅《中國小說史略》第二篇引用此語，《漢文學史綱要》第二篇又轉述此語為"原彷徨山澤，見先王之廟及公卿祠堂，圖畫天地山川神靈，琦瑋僑佹，及古賢聖怪物行事。因書其壁，呵而問之，以抒憤懣，曰《天問》"。由此可見魯迅《彷徨》與屈原《天問》之間的懷疑精神和追問根柢意識的聯繫。

順理成章，本篇卷首題詞，用屈原《離騷》詩句，是對"彷徨"書題意義之補充，點出了"彷徨"的精神內核。魯迅要在"寂寞新文苑"中，抱持着如屈原駕風乘鸞"上下求索"真理的堅忍意志。其間包含有魯迅堅執的時間體驗和生命意識，於彷徨之際猶有如此積極的生命追求，就更為可貴。明人詩有云："含情撫遙夜，申旦獨彷徨。"又有云："我行多彷徨，歧路不敢哭。"再有云："結志獨彷徨，發憤以著書。"魯迅推崇屈原，一九二四年移居北平阜成門內西三條胡同，寓室掛有集騷句楹聯："望崦嵫而勿迫，恐鵜之先鳴！"崦嵫是神話中日入之山，以之表達時間的緊迫感，鵜即是杜鵑，表達珍惜光陰、爭先鳴春的心情。《彷徨》集，是魯迅的《離騷》和《天問》。

祝　福

舊曆的年底畢竟最像年底，村鎮上不必説，就在天空中也顯出將到新年的氣象來。灰白色的沉重的晚雲中間時時發出閃光，接着一聲鈍響，是送灶的爆竹；近處燃放的可就更強烈了，震耳的大音還沒有息，空氣裡已經散滿了幽微的火藥香。我是正在這一夜回到我的故鄉魯鎮的。雖説故鄉，然而已沒有家，所以只得暫寓在魯四老爺的宅子裡。他是我的本家，比我長一輩，應該稱之曰"四叔"，是一個講理學的老監生。他比先前並沒有甚麽大改變，單是老了些，但也還未留鬍子，一見面是寒暄，寒暄之後説我"胖了"，説我"胖了"之後即大罵其新黨。但我知道，這並非借題在罵我：因為他所罵的還是康有為。但是，談話是總不投機的了，於是不多久，我便一個人剩在書房裡。

第二天我起得很遲，午飯之後，出去看了幾個本家和朋友；第三天也照樣。他們也都沒有甚麽大改變，單是老了些；家中卻一律忙，都在準備着"祝福"。這是魯鎮年終的大典，致敬盡禮，迎接福神，拜求來年一年中的好運氣的。殺雞，宰鵝，買豬肉，用心細細的洗，女人的臂膊都在水裡浸得通紅，有的還帶着絞絲銀鐲子。煮熟之後，橫七竪八的插些筷子在這類東西上，可就稱為"福禮"了，五更天陳列起來，並且點上香燭，恭請福神們來享用；拜的卻只限於男人，拜完自然仍然是放爆竹。年年如此，家家如此，—— 只要買得起福禮和爆竹之類的，—— 今年自然也如此。天色愈陰暗了，下午竟下起雪來，雪花大的有梅花那麽大，滿天飛舞，夾着煙靄和忙碌的氣色，將魯鎮亂成一團糟。我回到四叔的書房裡時，瓦楞上已經雪白，房裡也映得較光明，極分明的顯出壁上掛着的朱拓的大"壽"字，陳搏老祖寫的；一邊的對聯已經脫落，鬆鬆的捲了放在長桌上，一邊的還在，道是"事理通達心氣和平"。我又無聊賴的到窗下的案頭去一翻，只見一堆似乎未必完全的《康熙字典》，一部《近思錄集注》和一部《四書襯》。無論如何，我明天決計要走了。

況且，一想到昨天遇見祥林嫂的事，也就使我不能安住。那是下午，我到鎮的東頭訪過一個朋友，走出來，就在河邊遇見她；而且見她瞪着的眼睛的視線，就知道明明是向我走來的。我這回在魯鎮所見的人們中，改變之大，可以說無過於她的了：五年前的花白的頭髮，即今已經全白，全不像四十上下的人；臉上瘦削不堪，黃中帶黑，而且消盡了先前悲哀的神色，仿佛是木刻似的；只有那眼珠間或一輪，還可以表示她是一個活物。她一手提着竹籃，內中一個破碗，空的；一手拄着一支比她更長的竹竿，下端開了裂：她分明已經純乎是一個乞丐了。

我就站住，豫備她來討錢。

"你回來了？"她先這樣問。

"是的。"

"這正好。你是識字的，又是出門人，見識得多。我正要問你一件事——"她那沒有精采的眼睛忽然發光了。

我萬料不到她卻說出這樣的話來，詫異的站着。

"就是——"她走近兩步，放低了聲音，極秘密似的切切的說，"一個人死了之後，究竟有沒有魂靈的？"

我很悚然，一見她的眼釘着我的，背上也就遭了芒刺一般，比在學校裡遇到不及豫防的臨時考，教師又偏是站在身旁的時候，惶急得多了。對於魂靈的有無，我自己是向來毫不介意的；但在此刻，怎樣回答她好呢？我在極短期的躊躇中，想，這裡的人照例相信鬼，然而她，卻疑惑了，—— 或者不如說希望：希望其有，又希望其無……。人何必增添末路的人的苦惱，為她起見，不如說有罷。

「也許有罷，—— 我想。」我於是吞吞吐吐的說。

「那麼，也就有地獄了？」

「阿！地獄？」我很吃驚，只得支梧着，「地獄？—— 論理，就該也有。—— 然而也未必，……誰來管這等事……。」

「那麼，死掉的一家的人，都能見面的？」

「唉唉，見面不見面呢？……」這時我已知道自己也還是完全一個愚人，甚麼躊躇，甚麼計畫，都擋不住三句問。我即刻膽怯起來了，便想全翻過先前的話來，「那是，……實在，我說不清……。其實，究竟有沒有魂靈，我也說不清。」

我乘她不再緊接的問，邁開步便走，匆匆的逃回四叔的家中，心裡很覺得不安逸。自己想，我這答話怕於她有些危險。她大約因為在別人的祝福時候，感到自身的寂寞了，然而會不會含有別的甚麼意思的呢？—— 或者是有了甚麼豫感了？倘有別的意思，又因此發生別的事，則我的答話委實該負若干的責任……。但隨後也就自笑，覺得偶爾的事，本沒有甚麼深意義，而我偏要細細推敲，正無怪教育家要說是生着神經病；而況明明說過「說不清」，已經推翻了答話的全局，即使發生甚麼事，於我也毫無關係了。

「說不清」是一句極有用的話。不更事的勇敢的少年，往往敢於給人解決疑問，選定醫生，萬一結果不佳，大抵反成了怨府，然而一用這說不清來作結束，便事事逍遙自在了。我在這時，更感到這一句話的必要，即使和討飯的女人說話，也是萬不可省的。

但是我總覺得不安，過了一夜，也仍然時時記憶起來，仿佛懷着甚麼不祥的豫感；在陰沉的雪天裡，在無聊的書房裡，這不安愈加強烈了。不如走罷，明天進城去。福興樓的清燉魚翅，一元一大盤，價廉物美，現在不知增價了否？往日同遊的朋友，雖然已經雲散，然而魚翅是不可不吃的，即使只有我一個……。無論如何，我明天決計要走了。

我因為常見些但願不如所料，以為未必竟如所料的事，卻每每恰如所料的起來，所以很恐怕這事也一律。果然，特別的情形開始了。傍晚，我竟聽到有些人聚在內室裡談話，仿佛議論甚麼事似的，但不一會，說話聲也就止了，只有四叔且走而且高聲的說：

"不早不遲，偏偏要在這時候，—— 這就可見是一個謬種！"

我先是詫異，接着是很不安，似乎這話於我有關係。試望門外，誰也沒有。好容易待到晚飯前他們的短工來沖茶，我才得了打聽消息的機會。

"剛才，四老爺和誰生氣呢？" 我問。

"還不是和祥林嫂？" 那短工簡捷的說。

"祥林嫂？怎麼了？" 我又趕緊的問。

"老了。"

"死了？" 我的心突然緊縮，幾乎跳起來，臉上大約也變了色。但他始終沒有抬頭，所以全不覺。我也就鎮定了自己，接着問：

"甚麼時候死的？"

"甚麼時候？—— 昨天夜裡，或者就是今天罷。—— 我說不清。"

"怎麼死的？"

"怎麼死的？—— 還不是窮死的？" 他淡然的回答，仍然沒有抬頭向我看，出去了。

然而我的驚惶卻不過暫時的事，隨着就覺得要來的事，已經過去，並不必仰仗我自己的 "說不清" 和他之所謂 "窮死的" 的寬慰，心地已經漸漸輕鬆；不過偶然之間，還似乎有些負疚。晚飯擺出來了，四叔儼然的陪着。我也還想打聽些關於祥林嫂的消息，但知道他雖然讀過"鬼神者二氣之良能也"，而忌諱仍然極多，當臨近祝福時候，是萬不可提起死亡疾病之類的話的；倘不得已，就該用一種替代的隱語，可惜我又不知道，因此屢次想問，而終於中止了。我從他儼然的臉色上，又忽而疑他正以為我不早不遲，偏要在這時候來打擾他，也是一個謬種，便立刻告訴他明天要離開魯鎮，進城去，趁早放寬了他的心。他也不很留。這樣悶悶的吃完了一餐飯。

冬季日短，又是雪天，夜色早已籠罩了全市鎮。人們都在燈下匆忙，但窗外很寂靜。雪花落在積得厚厚的雪褥上面，聽去似乎瑟瑟有聲，使人更加感得沉寂。我獨坐在發出黃光的菜油燈下，想，這百無聊賴的祥林嫂，被人們棄在塵芥堆中的，看得厭倦了的陳舊的玩物，先前還將形骸露在塵芥裡，從活得有趣的人們看來，恐怕要怪訝她何以還要存在，現在總算被無常打掃得乾乾淨淨了。魂靈的有無，我不知道；然而在現世，則無聊生者不生，即使厭見者不見，為人為己，也還都不錯。我靜聽着窗外似乎瑟瑟作響的雪花聲，一面想，反而漸漸的舒暢起來。

然而先前所見所聞的她的半生事跡的斷片，至此也聯成一片了。

她不是魯鎮人。有一年的冬初，四叔家裡要換女工，做中人的衛老婆子帶她進來了，頭上紮着白頭繩，烏裙，藍夾襖，月白背心，年紀大約二十六七，臉色青黃，但兩頰卻還是紅的。衛老婆子叫她祥林嫂，說是自己母家的鄰舍，死了當家人，所以出來做工了。四叔皺了皺眉，四嬸已經知道了他的意思，是在討厭她是一個寡婦。但看她模樣還周正，手腳都壯大，又只是順着眼，不開一句口，很像一個安分耐勞的人，便不管四叔的皺眉，將她留下了。試工期內，她整天的做，似乎閒着就無聊，又有力，簡直抵得過一個男子，所以第三天就定局，每月工錢五百文。

大家都叫她祥林嫂；沒問她姓甚麼，但中人是衛家山人，既説是鄰居，那大概也就姓衛了。她不很愛説話，別人問了才回答，答的也不多。直到十幾天之後，這才陸續的知道她家裡還有嚴厲的婆婆；一個小叔子，十多歲，能打柴了；她是春天沒了丈夫的；他本來也打柴為生，比她小十歲：大家所知道的就只是這一點。

日子很快的過去了，她的做工卻毫沒有懈，食物不論，力氣是不惜的。人們都説魯四老爺家裡僱着了女工，實在比勤快的男人還勤快。到年底，掃塵，洗地，殺雞，宰鵝，徹夜的煮福禮，全是一人擔當，竟沒有添短工。然而她反滿足，口角邊漸漸的有了笑影，臉上也白胖了。

新年才過，她從河邊淘米回來時，忽而失了色，説剛才遠遠地看見一個男人在對岸徘徊，很像夫家的堂伯，恐怕是正為尋她而來的。四嬸很驚疑，打聽底細，她又不説。四叔一知道，就皺一皺眉，道：

"這不好。恐怕她是逃出來的。"

她誠然是逃出來的，不多久，這推想就證實了。

此後大約十幾天，大家正已漸漸忘卻了先前的事，衛老婆子忽而帶了一個三十多歲的女人進來了，説那是祥林嫂的婆婆。那女人雖是山裡人模樣，然而應酬很從容，説話也能幹，寒暄之後，就賠罪，説她特來叫她的兒媳回家去，因為開春事務忙，而家中只有老的和小的，人手不夠了。

"既是她的婆婆要她回去，那有甚麼話可説呢。" 四叔説。

於是算清了工錢，一共一千七百五十文，她全存在主人家，一文也還沒有用，便都交給她的婆婆。那女人又取了衣服，道過謝，出去了。其時已經是正午。

"阿呀，米呢？祥林嫂不是去淘米的麼？……" 好一會，四嬸這才驚叫起來。她大約有些餓，記得午飯了。

於是大家分頭尋淘籮。她先到廚下，次到堂前，後到臥房，全不見淘籮的影子。四叔踱出門外，也不見，直到河邊，才見平平正正的放在岸上，旁邊還有一株菜。

看見的人報告說，河裡面上午就泊了一隻白篷船，篷是全蓋起來的，不知道甚麼人在裡面，但事前也沒有人去理會他。待到祥林嫂出來淘米，剛剛要跪下去，那船裡便突然跳出兩個男人來，像是山裡人，一個抱住她，一個幫着，拖進船去了。祥林嫂還哭喊了幾聲，此後便再沒有甚麼聲息，大約給用甚麼堵住了罷。接着就走上兩個女人來，一個不認識，一個就是衛婆子。窺探艙裡，不很分明，她像是捆了躺在船板上。

"可惡！然而……。"四叔說。

這一天是四嬸自己煮午飯；他們的兒子阿牛燒火。

午飯之後，衛老婆子又來了。

"可惡！"四叔說。

"你是甚麼意思？虧你還會再來見我們。"四嬸洗着碗，一見面就憤憤的說，"你自己薦她來，又合夥劫她去，鬧得沸反盈天的，大家看了成個甚麼樣子？你拿我們家裡開玩笑麼？"

"阿呀阿呀，我真上當。我這回，就是為此特地來說說清楚的。她來求我薦地方，我那裡料得到是瞞着她的婆婆的呢。對不起，四老爺，四太太。總是我老發昏不小心，對不起主顧。幸而府上是向來寬洪大量，不肯和小人計較的。這回我一定薦一個好的來折罪……。"

"然而……。"四叔說。

於是祥林嫂事件便告終結，不久也就忘卻了。

只有四嬸，因為後來僱用的女工，大抵非懶即饞，或者饞而且懶，左右不如意，所以也還提起祥林嫂。每當這些時候，她往往自言自語的説，"她現在不知道怎麼樣了？" 意思是希望她再來。但到第二年的新正，她也就絕了望。

新正將盡，衛老婆子來拜年了，已經喝得醉醺醺的，自説因為回了一趟衛家山的娘家，住下幾天，所以來得遲了。她們問答之間，自然就談到祥林嫂。

"她麼？" 衛老婆子高興的説，"現在是交了好運了。她婆婆來抓她回去的時候，是早已許給了賀家墺的賀老六的，所以回家之後不幾天，也就裝在花轎裡抬去了。"

"阿呀，這樣的婆婆！……" 四嬸驚奇的説。

"阿呀，我的太太！你真是大戶人家的太太的話。我們山裡人，小戶人家，這算得甚麼？她有小叔子，也得娶老婆。不嫁了她，那有這一注錢來做聘禮？她的婆婆倒是精明強幹的女人呵，很有打算，所以就將她嫁到裡山去。倘許給本村人，財禮就不多；惟獨肯嫁進深山野墺裡去的女人少，所以她就到手了八十千。現在第二個兒子的媳婦也娶進了，財禮只花了五十，除去辦喜事的費用，還剩十多千。嚇，你看，這多麼好打算？……"

"祥林嫂竟肯依？……"

"這有甚麼依不依。—— 鬧是誰也總要鬧一鬧的；只要用繩子一捆，塞在花轎裡，抬到男家，捺上花冠，拜堂，關上房門，就完事了。可是祥林嫂真出格，聽説那時實在鬧得利害，大家還都説大約因為在唸書人家做過事，所以與眾不同呢。太太，我們見得多了：回頭人出嫁，哭喊的也有，説要尋死覓活的也有，抬到男家鬧得拜不成天地的也有，連花燭都砸了的也有。祥林嫂可是異乎尋常，他們説她一路只是嚎，罵，抬到賀家墺，喉嚨已經全啞了。拉出轎來，兩個男人和她的小叔子使勁的擒住她也還拜不成天地。他們一不小心，一鬆手，阿呀，阿彌陀佛，她就一頭撞在香案角上，頭上碰了一個大窟窿，鮮血直流，用了兩把香灰，包上兩塊紅布還止不住血呢。直到七手八腳的將她和男人反關在新房裡，還是罵，阿呀呀，這真是……。"她搖一搖頭，順下眼睛，不說了。

"後來怎麼樣呢？"四嬸還問。

"聽說第二天也沒有起來。"她抬起眼來說。

"後來呢？"

"後來？—— 起來了。她到年底就生了一個孩子，男的，新年就兩歲了。我在娘家這幾天，就有人到賀家墺去，回來說看見他們娘兒倆，母親也胖，兒子也胖；上頭又沒有婆婆；男人所有的是力氣，會做活；房子是自家的。—— 唉唉，她真是交了好運了。"

從此之後，四嬸也就不再提起祥林嫂。

但有一年的秋季，大約是得到祥林嫂好運的消息之後的又過了兩個新年，她竟又站在四叔家的堂前了。桌上放着一個荸薺式的圓籃，檐下一個小鋪蓋。她仍然頭上紮着白頭繩，烏裙，藍夾襖，月白背心，臉色青黃，只是兩頰上已經消失了血色，順着眼，眼角上帶些淚痕，眼光也沒有先前那樣精神了。而且仍然是衛老婆子領着，顯出慈悲模樣，絮絮的對四嬸說：

"……這實在是叫作'天有不測風雲'，她的男人是堅實人，誰知道年紀青青，就會斷送在傷寒上？本來已經好了的，吃了一碗冷飯，復發了。幸虧有兒子；她又能做，打柴摘茶養蠶都來得，本來還可以守着，誰知道那孩子又會給狼銜去的呢？春天快完了，村上倒反來了狼，誰料到？現在她只剩了一個光身了。大伯來收屋，又趕她。她真是走投無路了，只好來求老主人。好在她現在已經再沒有甚麼牽掛，太太家裡又湊巧要換人，所以我就領她來。—— 我想，熟門熟路，比生手實在好得多……。"

「我真傻，真的，」祥林嫂抬起她沒有神采的眼睛來，接着說。「我單知道下雪的時候野獸在山墺裡沒有食吃，會到村裡來；我不知道春天也會有。我一清早起來就開了門，拿小籃盛了一籃豆，叫我們的阿毛坐在門檻上剝豆去。他是很聽話的，我的話句句聽；他出去了。我就在屋後劈柴，淘米，米下了鍋，要蒸豆。我叫阿毛，沒有應，出去一看，只見豆撒得一地，沒有我們的阿毛了。他是不到別家去玩的；各處去一問，果然沒有。我急了，央人出去尋。直到下半天，尋來尋去尋到山墺裡，看見刺柴上掛着一隻他的小鞋。大家都說，糟了，怕是遭了狼了。再進去；他果然躺在草窠裡，肚裡的五臟已經都給吃空了，手上還緊緊的捏着那隻小籃呢。……」她接着但是嗚咽，說不出成句的話來。

四嬸起初還躊躇，待到聽完她自己的話，眼圈就有些紅了。她想了一想，便教拿圓籃和鋪蓋到下房去。衛老婆子仿佛卸了一肩重擔似的噓一口氣；祥林嫂比初來時候神氣舒暢些，不待指引，自己馴熟的安放了鋪蓋。她從此又在魯鎮做女工了。

大家仍然叫她祥林嫂。

然而這一回，她的境遇卻改變得非常大。上工之後的兩三天，主人們就覺得她手腳已沒有先前一樣靈活，記性也壞得多，死屍似的臉上又整日沒有笑影，四嬸的口氣上，已頗有些不滿了。當她初到的時候，四叔雖然照例皺過眉，但鑑於向來僱用女工之難，也就並不大反對，只是暗暗地告誡四嬸說，這種人雖然似乎很可憐，但是敗壞風俗的，用她幫忙還可以，祭祀時候可用不着她沾手，一切飯菜，只好自己做，否則，不乾不淨，祖宗是不吃的。

四叔家裡最重大的事件是祭祀，祥林嫂先前最忙的時候也就是祭祀，這回她卻清閒了。桌子放在堂中央，繫上桌幃，她還記得照舊的去分配酒杯和筷子。

“祥林嫂，你放着罷！我來擺。”四嬸慌忙的説。

她訕訕的縮了手，又去取燭台。

“祥林嫂，你放着罷！我來拿。”四嬸又慌忙的説。

她轉了幾個圓圈，終於沒有事情做，只得疑惑的走開。她在這一天可做的事是不過坐在灶下燒火。

鎮上的人們也仍然叫她祥林嫂，但音調和先前很不同；也還和她講話，但笑容卻冷冷的了。她全不理會那些事，只是直着眼睛，和大家講她自己日夜不忘的故事：

“我真傻，真的，”她説。“我單知道雪天是野獸在深山裡沒有食吃，會到村裡來；我不知道春天也會有。我一大早起來就開了門，拿小籃盛了一籃豆，叫我們的阿毛坐在門檻上剝豆去。他是很聽話的孩子，我的話句句聽；他就出去了。我就在屋後劈柴，淘米，米下了鍋，打算蒸豆。我叫，‘阿毛！’沒有應。出去一看，只見豆撒得滿地，沒有我們的阿毛了。各處去一問，都沒有。我急了，央人去尋去。直到下半天，幾個人尋到山墺裡，看見刺柴上掛着一隻他的小鞋。大家都説，完了，怕是遭了狼了。再進去；果然，他躺在草窠裡，肚裡的五臟已經都給吃空了，可憐他手裡還緊緊的捏着那隻小籃呢。……”她於是淌下眼淚來，聲音也嗚咽了。

這故事倒頗有效，男人聽到這裡，往往斂起笑容，沒趣的走了開去；女人們卻不獨寬恕了她似的，臉上立刻改換了鄙薄的神氣，還要陪出許多眼淚來。有些老女人沒有在街頭聽到她的話，便特意尋來，要聽她這一段悲慘的故事。直到她說到嗚咽，她們也就一齊流下那停在眼角上的眼淚，嘆息一番，滿足的去了，一面還紛紛的評論着。

她就只是反覆的向人說她悲慘的故事，常常引住了三五個人來聽她。但不久，大家也都聽得純熟了，便是最慈悲的唸佛的老太太們，眼裡也再不見有一點淚的痕跡。後來全鎮的人們幾乎都能背誦她的話，一聽到就煩厭得頭痛。

"我真傻，真的，" 她開首說。

"是的，你是單知道雪天野獸在深山裡沒有食吃，才會到村裡來的。" 他們立即打斷她的話，走開去了。

她張着口怔怔的站着，直着眼睛看他們，接着也就走了，似乎自己也覺得沒趣。但她還妄想，希圖從別的事，如小籃，豆，別人的孩子上，引出她的阿毛的故事來。倘一看見兩三歲的小孩子，她就說：

"唉唉，我們的阿毛如果還在，也就有這麼大了。……"

孩子看見她的眼光就吃驚，牽着母親的衣襟催她走。於是又只剩下她一個，終於沒趣的也走了。後來大家又都知道了她的脾氣，只要有孩子在眼前，便似笑非笑的先問她，道：

"祥林嫂，你們的阿毛如果還在，不是也就有這麼大了麼？"

她未必知道她的悲哀經大家咀嚼賞鑑了許多天，早已成為渣滓，只值得煩厭和唾棄；但從人們的笑影上，也仿佛覺得這又冷又尖，自己再沒有開口的必要了。她單是一瞥他們，並不回答一句話。

魯鎮永遠是過新年，臘月二十以後就忙起來了。四叔家裡這回須僱男短工，還是忙不過來，另叫柳媽做幫手，殺雞，宰鵝；然而柳媽是善女人，吃素，不殺生的，只肯洗器皿。祥林嫂除燒火之外，沒有別的事，卻閒着了，坐着只看柳媽洗器皿。微雪點點的下來了。

"唉唉，我真傻，" 祥林嫂看了天空，嘆息着，獨語似的說。

"祥林嫂，你又來了。" 柳媽不耐煩的看着她的臉，說。"我問你：你額角上的傷痕，不就是那時撞壞的麼？"

"唔唔。" 她含胡的回答。

"我問你：你那時怎麼後來竟依了呢？"

"我麼？……"

"你呀。我想：這總是你自己願意了，不然……。"

“阿阿，你不知道他力氣多麼大呀。”

“我不信。我不信你這麼大的力氣，真會拗他不過。你後來一定是自己肯了，倒推說他力氣大。”

“阿阿，你……你倒自己試試看。” 她笑了。

柳媽的打皺的臉也笑起來，使她蹙縮得像一個核桃；乾枯的小眼睛一看祥林嫂的額角，又釘住她的眼。祥林嫂似乎很局促了，立刻斂了笑容，旋轉眼光，自去看雪花。

“祥林嫂，你實在不合算。” 柳媽詭秘的説。“再一強，或者索性撞一個死，就好了。現在呢，你和你的第二個男人過活不到兩年，倒落了一件大罪名。你想，你將來到陰司去，那兩個死鬼的男人還要爭，你給了誰好呢？閻羅大王只好把你鋸開來，分給他們。我想，這真是……。”

她臉上就顯出恐怖的神色來，這是在山村裡所未曾知道的。

“我想，你不如及早抵當。你到土地廟裡去捐一條門檻，當作你的替身，給千人踏，萬人跨，贖了這一世的罪名，免得死了去受苦。”

她當時並不回答甚麼話，但大約非常苦悶了，第二天早上起來的時候，兩眼上便都圍着大黑圈。早飯之後，她便到鎮的西頭的土地廟裡去求捐門檻。廟祝起初執意不允許，直到她急得流淚，才勉強答應了。價目是大錢十二千。

她久已不和人們交口，因為阿毛的故事是早被大家厭棄了的；但自從和柳媽談了天，似乎又即傳揚開去，許多人都發生了新趣味，又來逗她説話了。至於題目，那自然是換了一個新樣，專在她額上的傷疤。

“祥林嫂，我問你：你那時怎麼竟肯了？” 一個説。

“唉，可惜，白撞了這一下。” 一個看着她的疤，應和道。

她大約從他們的笑容和聲調上，也知道是在嘲笑她，所以總是瞪着眼睛，不説一句話，後來連頭也不回了。她整日緊閉了嘴唇，頭上帶着大家以為恥辱的記號的那傷痕，默默的跑街，掃地，洗菜，淘米。快夠一年，她才從四嬸手裡支取了歷來積存的工錢，換算了十二元鷹洋，請假到鎮的西頭去。但不到一頓飯時候，她便回來，神氣很舒暢，眼光也分外有神，高興似的對四嬸説，自己已經在土地廟捐了門檻了。

冬至的祭祖時節，她做得更出力，看四嬸裝好祭品，和阿牛將桌子抬到堂屋中央，她便坦然的去拿酒杯和筷子。

“你放着罷，祥林嫂！”四嬸慌忙大聲説。

她像是受了炮烙似的縮手，臉色同時變作灰黑，也不再去取燭台，只是失神的站着。直到四叔上香的時候，教她走開，她才走開。這一回她的變化非常大，第二天，不但眼睛窈陷下去，連精神也更不濟了。而且很膽怯，不獨怕暗夜，怕黑影，即使看見人，雖是自己的主人，也總惴惴的，有如在白天出穴遊行的小鼠；否則呆坐着，直是一個木偶人。不半年，頭髮也花白起來了，記性尤其壞，甚而至於常常忘卻了去淘米。

“祥林嫂怎麼這樣了？倒不如那時不留她。”四嬸有時當面就這樣説，似乎是警告她。

然而她總如此，全不見有憐起來的希望。他們於是想打發她走了，教回到衛老婆子那裡去。但當我還在魯鎮的時候，不過單是這樣説；看現在的情狀，可見後來終於實行了。然而她是從四叔家出去就成了乞丐的呢，還是先到衛老婆子家然後再成乞丐的呢？那我可不知道。

我給那些因為在近旁而極響的爆竹聲驚醒，看見豆一般大的黃色的燈火光，接着又聽得畢畢剝剝的鞭炮，是四叔家正在“祝福”了；

知道已是五更將近時候。我在朦朧中，又隱約聽到遠處的爆竹聲聯綿不斷，似乎合成一天音響的濃雲，夾着團團飛舞的雪花，擁抱了全市鎮。我在這繁響的擁抱中，也懶散而且舒適，從白天以至初夜的疑慮，全給祝福的空氣一掃而空了，只覺得天地聖眾歆享了牲醴和香煙，都醉醺醺的在空中蹣跚，豫備給魯鎮的人們以無限的幸福。

一九二四年二月七日。

點 評

　　《祝福》屬於魯迅在“彷徨”名義下，開拓的有別於《吶喊》的另一個敘事世界。《吶喊》衝擊力強，《彷徨》反思性深，兩個集子用面對世界的不同眼光，構成魯迅審視現實人生的拱門雙柱。

　　《祝福》開頭就說“舊曆的年底畢竟最像年底”，在似乎同義反覆的無理之理中，製造語句的獨特性。有如李白《宣州謝朓樓餞別校書叔雲》開頭“棄我去者，昨日之日不可留；亂我心者，今日之日多煩憂”之以同義反覆製造獨特，然而更加質樸而沉重。由此展開年底的福禮氣氛，辛亥過去近十年，“五四”大潮正在奔湧，然而講理學的本家叔輩老監生魯四老爺大罵的“新黨”還是康有為，似乎歷史並沒有由於思潮推湧而邁步前進。這是魯迅從平常的鄉鎮，對革命、啟蒙的反思。魯四老爺的書房裝飾依然是壁上掛着朱拓的陳摶老祖寫的大“壽”字，對聯的上聯已經脫落，只留下聯“事理通達心氣和平”。案頭堆着似乎未必全的《康熙字典》，一部《近思錄集注》和一部《四書襯》。讀清人林慶銓《楹聯述錄》卷九可知：“‘品節詳明，德性堅定；事理通達，心氣和平’，此《四書》

注語也。近日書家以之書聯，甚見肅括。”這程朱理學肅括的對聯，已經半邊脫落，但依然是魯鎮福禮中的士紳精神所繫。“祝福”是古老的“臘祭百神”在紹興地區的遺俗，屬於居周禮“吉、凶、軍、賓、嘉”五禮之首的“吉禮”（祭祀）。范寅《越諺》卷中“風俗”類說：“祝福，歲暮謝年，謝神祖，名此。開春致祭曰‘作春福’。”這種年終祭祀百神，報謝一歲平安，祈求來年福祥的大典，一般在農曆十二月二十至三十夜間舉行。黃昏或拂曉前，於屋檐下橫擺八仙桌，供上元寶肉、魚、鵝等“三牲福禮”，橫七竪八地插上紅筷子。用竹籤插上神像，上書“南朝聖宗”或“黃山西南”，俗稱“祝福菩薩”。男子按輩分先後跪拜行禮，女人則應迴避。禮畢放鞭炮，焚化神紙，連雞、鵝舌頭也要挖出拋向空中，免得留下“口舌之災”。然後把福禮湯汁煮年糕或麵吃，謂之“散福”。

就是在如此古老遺存的歲時禮儀和抽刀難斷的士紳信仰的生存環境中，《祝福》寫了一個老中國婦女，一個進城打工仔的“先驅”帶有濃重命運感的悲劇，其獨具匠心之處，是通過歲時風俗背景的反襯，使“人”不再是孤立的“人”，使“風俗”不再是靜觀的“風俗”，而在二者的相互疊加和相互闡釋中展示了異常沉重的悲劇形態的“風俗與人”。這便形成了一種“複調小說”形態，一種諸多審美因素和文化因素的綜合功能構成。祥林嫂生活在兩個空間：農村與城鎮。自身的生存慾望和能力都強，初次進城，“她的做工卻絲毫沒有懈，食物不論，力氣是不惜的。人們都說魯四老爺家裡僱着了女工，實在比勤快的男人還勤快。到年底，掃塵，洗地，殺雞，宰鵝，徹夜的煮福禮，全是一人擔當，竟沒有添短工。然而她反滿足，口角邊漸漸的有了笑影，臉上也白胖了”。若用“幸福指數”作浮面的調查，祥林嫂此時是“幸福”的，幸福就這樣便宜。但在宗法體制的齒輪碾軋下，“便宜的幸福”不堪一擊。鄉下婆婆為了小叔婚姻聘禮，將她捉回像牲口一樣賣到深山野墺，魯四老爺只是吞吞吐吐地說了一句"可惡！然而……"，並不動用他的勢力對此人口買賣案作出干預。祥林嫂有祥林嫂的貞節觀和生存觀，在撞破頭顱進行反抗之後，終於服從命運的安排。"她到年底就生了一個孩子，男的，新年就兩歲了。我在娘家這幾天，就有人到賀家墺去，回來說看見他們娘兒倆，母親也胖，兒子也胖；上頭又沒有婆婆，男人所有的是力氣，會做活；房子是自家的。—— 唉唉，她真是交了好運了。"草根有草根的生命力，若用"幸福指數"作浮面的衡量，祥林嫂又"幸福"了。但她再次喪夫失子之後，就成了講理學人物眼中的不祥之物。民俗信仰給她帶來了更加沉重的精神磨壓力，柳媽是"善女人"，竟對她說出另一個未知的世界："你和你的第二個男人過活不到兩年，倒落了一件大罪名。你想，你將來到陰司去，那兩個死鬼的男人還要爭，你給了誰好呢？閻羅大王只好把你鋸開來，分給他們。"即便連到土地廟捐了"千人踏，萬人跨"的門檻作替身，典當人格獲取冥冥中的安寧，還是失去接觸福禮和祭器的"人"格，贖不回她在人間被當成異類、在陰司犯有鋸身分屍罪衍的悲劇命運。

　　至此祥林嫂的存在，只有二事：一是訴說不幸，逢人就講："我真傻，真的，我單知道下雪的時候野獸在山墺裡沒有食吃，會到村裡來；我不知道春天也會有。我一清早起來就開了門，拿小籃盛了一籃豆，叫我們的阿毛坐在門檻上剝豆去。他是很聽話的，我的話句句聽；他出去了。我就在屋後劈柴，淘米，米下了鍋，要蒸豆。我叫阿毛，沒有應，出去一看，只見豆撒得一地，沒有我們的阿毛了。他是不到別家去玩的；各處去一問，果然沒有。我急了，央人出去尋。直到下半天，尋來尋去尋到山墺裡，看見刺柴上掛着一隻他的小鞋。大家都說，糟了，怕是遭了狼了。再進去；他果然躺在

146

草窠裡，肚裡的五臟已經都給吃空了，手上還緊緊的捏着那隻小籃呢。……”反反覆覆，終至聽者覺得是反覆咀嚼的蔗渣。二是她對死後靈魂的迷惑，“這正好。你是識字的，又是出門人，見識得多。我正要問你一件事——就是一個人死了之後，究竟有沒有魂靈的？”物質和精神生活上的傷痕纍纍、血跡淋灕，使一個安分而蒙昧的老婦人即便淪為乞丐，卻像哲學家那樣追問人的本質，其生存的價值，其死後的安頓。

所謂“祝福”的文題，實際上也是正語反用，它與道學、世俗宗教信仰，以及神權、夫權相交織，於“祝福”中毀滅了“幸福指數”，製造了與福無緣的靈魂，形成了對撞，撞出了人生的悲劇與精神的悲劇。再醮寡婦要在陰間鋸成兩片，是作者小時聽到女工的談論。一九一五年紹興老岳廟失火後，竟有三名婦女認捐門檻，均可視為風俗題材的來源。

在酒樓上

　　我從北地向東南旅行，繞道訪了我的家鄉，就到 S 城。這城離我的故鄉不過三十里，坐了小船，小半天可到，我曾在這裡的學校裡當過一年的教員。深冬雪後，風景淒清，懶散和懷舊的心緒聯結起來，我竟暫寓在 S 城的洛思旅館裡了；這旅館是先前所沒有的。城圈本不大，尋訪了幾個以為可以會見的舊同事，一個也不在，早不知散到那裡去了；經過學校的門口，也改換了名稱和模樣，於我很生疏。不到兩個時辰，我的意興早已索然，頗悔此來為多事了。

　　我所住的旅館是租房不賣飯的，飯菜必須另外叫來，但又無味，入口如嚼泥土。窗外只有漬痕斑駁的牆壁，帖着枯死的莓苔；上面是鉛色的天，白皚皚的絕無精采，而且微雪又飛舞起來了。我午餐本沒有飽，又沒有可以消遣的事情，便很自然的想到先前有一家很熟識的小酒樓，叫一石居的，算來離旅館並不遠。我於是立即鎖了房門，出街向那酒樓去。其實也無非想姑且逃避客中的無聊，並不專為買醉。一石居是在的，狹小陰濕的店面和破舊的招牌都依舊；但從掌櫃以至堂倌卻已沒有一個熟人，我在這一石居中也完全成了生客。然而我終於跨上那走熟的屋角的扶梯去了，由此徑到小樓上。上面也依然是五張小板桌；獨有原是木櫺的後窗卻換嵌了玻璃。

　　“一斤紹酒。—— 菜？十個油豆腐，辣醬要多！”

　　我一面說給跟我上來的堂倌聽，一面向後窗走，就在靠窗的一張桌旁坐下了。樓上“空空如也”，任我揀得最好的坐位：可以眺望樓下的廢園。這園大概是不屬於酒家的，我先前也曾眺望過許多回，有時也在雪天裡。但現在從慣於北方的眼睛看來，卻很值得驚異了：幾株老梅竟鬥雪開着滿樹的繁花，仿佛毫不以深冬為意；倒塌的亭子邊還有一株山茶樹，從暗綠的密葉裡顯出十幾朵紅花來，赫赫的在雪中明得如火，憤怒而且傲慢，如蔑視遊人的甘心於遠行。我這時又忽地想到這裡積雪的滋潤，著物不去，晶瑩有光，不比朔雪的粉一般乾，大風一吹，便飛得滿空如煙霧。……

"客人，酒。……"

堂倌懶懶的說着，放下杯，筷，酒壺和碗碟，酒到了。我轉臉向了板桌，排好器具，斟出酒來。覺得北方固不是我的舊鄉，但南來又只能算一個客子，無論那邊的乾雪怎樣紛飛，這裡的柔雪又怎樣的依戀，於我都沒有甚麼關係了。我略帶些哀愁，然而很舒服的呷一口酒。酒味很純正；油豆腐也煮得十分好；可惜辣醬太淡薄，本來 S 城人是不懂得吃辣的。

大概是因為正在下午的緣故罷，這雖說是酒樓，卻毫無酒樓氣，我已經喝下三杯酒去了，而我以外還是四張空板桌。我看着廢園，漸漸的感到孤獨，但又不願有別的酒客上來。偶然聽得樓梯上腳步響，便不由的有些懊惱，待到看見是堂倌，才又安心了，這樣的又喝了兩杯酒。

我想，這回定是酒客了，因為聽得那腳步聲比堂倌的要緩得多。約略料他走完了樓梯的時候，我便害怕似的抬頭去看這無干的同伴，同時也就吃驚的站起來。我竟不料在這裡意外的遇見朋友了，—— 假如他現在還許我稱他為朋友。那上來的分明是我的舊同窗，也是做教員時代的舊同事，面貌雖然頗有些改變，但一見也就認識，獨有行動卻變得格外迂緩，很不像當年敏捷精悍的呂緯甫了。

"阿，—— 緯甫，是你麼？我萬想不到會在這裡遇見你。"

“阿阿，是你？我也萬想不到……”

我就邀他同坐，但他似乎略略躊躕之後，方才坐下來。我起先很以為奇，接着便有些悲傷，而且不快了。細看他相貌，也還是亂蓬蓬的鬚髮；蒼白的長方臉，然而衰瘦了。精神很沉靜，或者卻是頹唐；又濃又黑的眉毛底下的眼睛也失了精采，但當他緩緩的四顧的時候，卻對廢園忽地閃出我在學校時代常常看見的射人的光來。

“我們，” 我高興的，然而頗不自然的説，“我們這一別，怕有十年了罷。我早知道你在濟南，可是實在懶得太難，終於沒有寫一封信。……”

“彼此都一樣。可是現在我在太原了，已經兩年多，和我的母親。我回來接她的時候，知道你早搬走了，搬得很乾淨。”

“你在太原做甚麼呢？” 我問。

“教書，在一個同鄉的家裡。”

“這以前呢？”

“這以前麼？” 他從衣袋裡掏出一支煙捲來，點了火銜在嘴裡，看着噴出的煙霧，沉思似的説，“無非做了些無聊的事情，等於甚麼也沒有做。”

他也問我別後的景況；我一面告訴他一個大概，一面叫堂倌先取杯筷來，使他先喝着我的酒，然後再去添二斤。其間還點菜，我們先前原是毫不客氣的，但此刻卻推讓起來了，終於説不清那一樣是誰點的，就從堂倌的口頭報告上指定了四樣菜：茴香豆，凍肉，油豆腐，青魚乾。

“我一回來，就想到我可笑。” 他一手擎着煙捲，一隻手扶着酒杯，似笑非笑的向我説。“我在少年時，看見蜂子或蠅子停在一個地方，給甚麼來一嚇，即刻飛去了，但是飛了一個小圈子，便又回來停在原地點，便以為這實在很可笑，也可憐。可不料現在我自己也飛回來了，不過繞了一點小圈子。又不料你也回來了。你不能飛得更遠些麼？」

「這難說，大約也不外乎繞點小圈子罷。」我也似笑非笑的說。「但是你為甚麼飛回來的呢？」

「也還是為了無聊的事。」他一口喝乾了一杯酒，吸幾口煙，眼睛略為張大了。「無聊的。── 但是我們就談談罷。」

堂倌搬上新添的酒菜來，排滿了一桌，樓上又添了煙氣和油豆腐的熱氣，仿佛熱鬧起來了；樓外的雪也越加紛紛的下。

「你也許本來知道，」他接着說，「我曾經有一個小兄弟，是三歲上死掉的，就葬在這鄉下。我連他的模樣都記不清楚了，但聽母親說，是一個很可愛念的孩子，和我也很相投，至今她提起來還似乎要下淚。今年春天，一個堂兄就來了一封信，說他的墳邊已經漸漸的浸了水，不久怕要陷入河裡去了，須得趕緊去設法。母親一知道就很着急，幾乎幾夜睡不着，── 她又自己能看信的。然而我能有甚麼法子呢？沒有錢，沒有工夫：當時甚麼法也沒有。

「一直挨到現在，趁着年假的閒空，我才得回南給他來遷葬。」他又喝乾一杯酒，看着窗外，說，「這在那邊那裡能如此呢？積雪裡會有花，雪地下會不凍。就在前天，我在城裡買了一口小棺材，── 因為我豫料那地下的應該早已朽爛了，── 帶着棉絮和被褥，僱了四個土工，下鄉遷葬去。我當時忽而很高興，願意掘一回墳，願意一見我那曾經和我很親睦的小兄弟的骨殖：這些事我生平都沒有經歷過。到得墳地，果然，河水只是咬進來，離墳已不到二尺遠。可憐的墳，兩年沒有培土，也平下去了。我站在雪中，決然的指着他對土工說，'掘開來！'我實在是一個庸人，我這時覺得我的聲音有些希奇，這命令也是一個在我一生中最為偉大的命令。但土工們卻毫不駭怪，就動手掘下去了。待到掘着壙穴，我便過去看，果然，棺木已經快要爛盡了，只剩下一堆木絲和小木片。我的心顫動着，自去撥開這些，很小心的，要看一看我的小兄弟。然而出乎意外！被褥，衣服，骨骼，甚麼也沒有。我想，這些都消盡了，向來聽說最難爛的是頭髮，也許還有罷。我便伏下去，在該是枕頭所在的泥土裡仔仔細細的看，也沒有。蹤影全無！"

我忽而看見他眼圈微紅了，但立即知道是有了酒意。他總不很吃菜，單是把酒不停的喝，早喝了一斤多，神情和舉動都活潑起來，漸近於先前所見的呂緯甫了。我叫堂倌再添二斤酒，然後回轉身，也拿着酒杯，正對面默默的聽着。

"其實，這本已可以不必再遷，只要平了土，賣掉棺材，就此完事了的。我去賣棺材雖然有些離奇，但只要價錢極便宜，原舖子就許要，至少總可以撈回幾文酒錢來。但我不這樣，我仍然鋪好被褥，用棉花裹了些他先前身體所在的地方的泥土，包起來，裝在新棺材裡，運到我父親埋着的墳地上，在他墳旁埋掉了。因為外面用磚甃，昨天又忙了我大半天：監工。但這樣總算完結了一件事，足夠去騙騙我的母親，使她安心些。—— 阿阿，你這樣的看我，你怪我何以和先前太不相同了麼？是的，我也還記得我們同到城隍廟裡去拔掉神像的鬍子的時候，連日議論些改革中國的方法以至於打起來的時候。但我現在就是這樣子，敷敷衍衍，模模胡胡。我有時自己也想到，倘若先前的朋友看見我，怕會不認我做朋友了。—— 然而我現在就是這樣。"

他又掏出一支煙捲來，銜在嘴裡，點了火。

"看你的神情，你似乎還有些期望我，—— 我現在自然麻木得多了，但是有些事也還看得出。這使我很感激，然而也使我很不安：怕我終於辜負了至今還對我懷着好意的老朋友。……"他忽而停住了，吸幾口煙，才又慢慢的說，"正在今天，剛在我到這一石居來之前，也就做了一件無聊事，然而也是我自己願意做的。我先前的東邊的鄰居叫長富，是一個船戶。他有一個女兒叫阿順，你那時到我家裡來，也許見過的，但你一定沒有留心，因為那時她還小。後來她也長得並不好看，不過是平常的瘦瘦的瓜子臉，黃臉皮；獨有眼睛非常大，睫毛也很長，眼白又青得如夜的晴天，而且是北方的無風的晴天，這裡的就沒有那麼明淨了。她很能幹，十多歲沒了母親，招呼兩個小弟妹都靠她；又得服侍父親，事事都周到；也經濟，家計倒漸漸的穩當起來了。鄰居幾乎沒有一個不誇獎她，連長富也時常說些感激的話。這一次我動身回來的時候，我的母親又記得她了，老年人記性真長久。她說她曾經知道順姑因為看見誰的頭上戴着紅的剪絨花，自己也想有一朵，弄不到，哭了，哭了小半夜，就捱了她父親的一頓打，後來眼眶還紅腫了兩三天。這種剪絨花是外省的東西，S城裡尚且買不出，她那裡想得到手呢？趁我這一次回南的便，便叫我買兩朵去送她。

"我對於這差使倒並不以為煩厭，反而很喜歡；為阿順，我實在還有些願意出力的意思的。前年，我回來接我母親的時候，有一天，長富正在家，不知怎的我和他閒談起來了。他便要請我吃點心，蕎麥粉，並且告訴我所加的是白糖。你想，家裡能有白糖的船戶，可見決不是一個窮船戶了，所以他也吃得很闊綽。我被勸不過，答應了，但要求只要用小碗。他也很識世故，便囑咐阿順說，'他們文人，是不會吃東西的。你就用小碗，多加糖！' 然而等到調好端來的時候，仍然使我吃一嚇，是一大碗，足夠我吃一天。但是和長富吃的一碗比起來，我的也確乎算小碗。我生平沒有吃過蕎麥粉，這回一嘗，實在不可口，卻是非常甜。我漫然的吃了幾口，就想不吃了，然而無意中，忽然間看見阿順遠遠的站在屋角裡，就使我立刻消失了放下碗筷的勇氣。我看她的神情，是害怕而且希望，大約怕自己調得不好，願我們吃得有味。我知道如果剩下大半碗來，一定要使她很失望，而且很抱歉。我於是同時決心，放開喉嚨灌下去了，幾乎吃得和長富一樣快。

我由此才知道硬吃的苦痛，我只記得還做孩子時候的吃盡一碗拌着驅除蚘蟲藥粉的沙糖才有這樣難。然而我毫不抱怨，因為她過來收拾空碗時候的忍着的得意的笑容，已盡夠賠償我的苦痛而有餘了。所以我這一夜雖然飽脹得睡不穩，又做了一大串惡夢，也還是祝讚她一生幸福，願世界為她變好。然而這些意思也不過是我的那些舊日的夢的痕跡，即刻就自笑，接着也就忘卻了。

"我先前並不知道她曾經為了一朵剪絨花捱打，但因為母親一說起，便也記得了蕎麥粉的事，意外的勤快起來了。我先在太原城裡搜求了一遍，都沒有；一直到濟南……"

窗外沙沙的一陣聲響，許多積雪從被他壓彎了的一枝山茶樹上滑下去了，樹枝筆挺的伸直，更顯出烏油油的肥葉和血紅的花來。天空的鉛色來得更濃；小鳥雀啾唧的叫着，大概黃昏將近，地面又全罩了雪，尋不出甚麼食糧，都趕早回巢來休息了。

"一直到了濟南，"他向窗外看了一回，轉身喝乾一杯酒，又吸幾口煙，接着說。"我才買到剪絨花。我也不知道使她捱打的是不是這一種，總之是絨做的罷了。我也不知道她喜歡深色還是淺色，就買了一朵大紅的，一朵粉紅的，都帶到這裡來。

"就是今天午後，我一吃完飯，便去看長富，我為此特地耽擱了一天。他的家倒還在，只是看去很有些晦氣色了，但這恐怕不過是我自己的感覺。他的兒子和第二個女兒 —— 阿昭，都站在門口，大了。阿昭長得全不像她姊姊，簡直像一個鬼，但是看見我走向她家，便飛奔的逃進屋裡去。我就問那小子，知道長富不在家。'你的大姊呢？'他立刻瞪起眼睛，連聲問我尋她甚麼事，而且惡狠狠的似乎就要撲過來，咬我。我支吾着退走了，我現在是敷敷衍衍……

"你不知道，我可是比先前更怕去訪人了。因為我已經深知道自己之討厭，連自己也討厭，又何必明知故犯的去使人暗暗地不快呢？然而這回的差使是不能不辦妥的，所以想了一想，終於回到就在斜對門的柴店裡。店主的母親，老發奶奶，倒也還在，而且也還認識我，居然將我邀進店裡坐去了。我們寒暄幾句之後，我就說明了回到 S 城和尋長富的緣故。不料她嘆息說：

"'可惜順姑沒有福氣戴這剪絨花了。'

"她於是詳細的告訴我，說是 '大約從去年春天以來，她就見得黃瘦，後來忽而常常下淚了，問她緣故又不說；有時還整夜的哭，哭得長富也忍不住生氣，罵她年紀大了，發了瘋。可是一到秋初，起先不過小傷風，終於躺倒了，從此就起不來。直到嚥氣的前幾天，才肯對長富說，她早就像她母親一樣，不時的吐紅和流夜汗。但是瞞着，怕他因此要擔心。有一夜，她的伯伯長庚又來硬借錢，—— 這是常有的事，—— 她不給，長庚就冷笑着說：你不要驕氣，你的男人比我還不如！她從此就發了愁，又怕羞，不好問，只好哭。長富趕緊將她的男人怎樣的掙氣的話說給她聽，那裡還來得及？況且她也不信，反而說：好在我已經這樣，甚麼也不要緊了。'

"她還說，'如果她的男人真比長庚不如，那就真可怕呵！比不上一個偷雞賊，那是甚麼東西呢？然而他來送殮的時候，我是親眼看見他的，衣服很乾淨，人也體面；還眼淚汪汪的說，自己撑了半世小船，苦熬苦省的積起錢來聘了一個女人，偏偏又死掉了。可見他實在是一個好人，長庚說的全是謊。只可惜順姑竟會相信那樣的賊骨頭的謊話，白送了性命。—— 但這也不能去怪誰，只能怪順姑自己沒有這一份好福氣。'

"那倒也罷，我的事情又完了。但是帶在身邊的兩朵剪絨花怎麼辦呢？好，我就託她送了阿昭。這阿昭一見我就飛跑，大約將我當作一隻狼或是甚麼，我實在不願意去送她。—— 但是我也就送她了，對母親只要說阿順見了喜歡的了不得就是。這些無聊的事算甚麼？只要模模胡胡。模模胡胡的過了新年，仍舊教我的‘子曰詩云’去。”

“你教的是‘子曰詩云’麼？”我覺得奇異，便問。

“自然。你還以為教的是 ABCD 麼？我先是兩個學生，一個讀《詩經》，一個讀《孟子》。新近又添了一個，女的，讀《女兒經》。連算學也不教，不是我不教，他們不要教。”

“我實在料不到你倒去教這類的書，……”

“他們的老子要他們讀這些；我是別人，無乎不可的。這些無聊的事算甚麼？只要隨隨便便，……”

他滿臉已經通紅，似乎很有些醉，但眼光卻又消沉下去了。我微微的嘆息，一時沒有話可說。樓梯上一陣亂響，擁上幾個酒客來：當頭的是矮子，擁腫的圓臉；第二個是長的，在臉上很惹眼的顯出一個紅鼻子；此後還有人，一疊連的走得小樓都發抖。我轉眼去看呂緯甫，他也正轉眼來看我，我就叫堂倌算酒賬。

“你藉此還可以支持生活麼？”我一面準備走，一面問。

“是的。—— 我每月有二十元，也不大能夠敷衍。”

“那麼，你以後豫備怎麼辦呢？”

“以後？—— 我不知道。你看我們那時豫想的事可有一件如意？我現在甚麼也不知道，連明天怎樣也不知道，連後一分……”

堂倌送上賬來，交給我；他也不像初到時候的謙虛了，只向我看了一眼，便吸煙，聽憑我付了賬。

我們一同走出店門，他所住的旅館和我的方向正相反，就在門口分別了。我獨自向着自己的旅館走，寒風和雪片撲在臉上，倒覺得很爽快。見天色已是黃昏，和屋宇和街道都織在密雪的純白而不定的羅網裡。

一九二四年二月一六日。

點 評

　　《在酒樓上》帶着幾分懷舊情緒，尋找“舊日的夢的痕跡”，從而對辛亥革命以來的同輩知識者精神人生進行反思。行文寫道：“怕有十年了罷”，“可是現在我在太原了，已經兩年多，和我的母親。我回來接她的時候，知道你早搬走了，搬得很乾淨。”作者把自己經歷投射到呂緯甫身上。《詩經·小雅·大東》說：“東有啓明，西有長庚。”啓明是金星，長庚是水星。金在日西，故日將出則東見；水在日東，故日將沒則西見。啓明是周作人的筆名；魯迅則幼年時曾取名長庚，一九三一年以長庚為筆名。在这篇小説中，卻把一個偷雞賊稱為長庚。可見魯迅在解剖同輩知識者時，是將自己的枝枝節節也放進去，一同解剖的。

　　S 城，隱喻着魯迅家鄉紹興。陸游詠紹興，有“城中酒壚千百所，街南街北酒易賒”之句。魯迅到底沒有忘記“酒鄉情結”吧，何以在他彷徨期反思知識者心理行為歷程的第一篇小説，就把讀者請到“酒樓上”？中國詩學多與酒有難以理清的牽扯，風流倜儻的“李白斗酒詩百篇”不去説了，連頗講了一番道學的韓昌黎也説：“所以欲得酒，為文俟其醺”（《醉贈張秘書》）。一旦詩藉酒力，魯迅也讓他的呂緯甫先生一副頹唐相地談論如蜂子或蠅子“不過繞一點小圈子”的人生軌跡。酒之為用亦大矣，這種“蜂之圈”或“蠅之圈”，豈非是新舊文化交替時代某類人物的心理行為軌跡形而上的思考和隱喻？由此，作品滲透着悲涼的詩情。

　　全文的唯一亮色，是酒樓憑窗，可見廢園中“幾株老梅竟鬥雪開着滿樹的繁花，仿佛毫不以深冬為意；倒塌的亭子邊還有一株山茶樹，從暗綠的密葉裡顯出十幾朵紅花來，赫赫的在雪中明得如火，憤怒而且傲慢”。酒樓重逢十年前敏捷精悍的呂緯甫，如今卻行動格外迂緩，頹唐，眉宇眼睛也失了精采，只有瞥見廢園紅花，才忽地閃出同學少年常見的射人的光，"也還記得我們同到城隍廟裡去拔掉神像的鬍子的時候，連日議論些改革中國的方法以至於打起來的時候"。十年蹉跎，反抗神靈、改革社會的銳氣挫傷損耗，如今"無非做了些無聊的事情，等於甚麼也沒有做"。遵母命回鄉給三歲夭折的小兄弟遷葬，掘開河水侵蝕的墓地，棺木朽爛，骨殖無存。仍以被褥裹些泥土，裝在新棺材，運到我父親墳旁埋掉。又因母親記得鄰居長富的女兒阿順，曾看見誰的頭上戴着紅的剪絨花，自己也想有一朵，哭得眼眶紅腫兩三天。就特地從外省買兩朵剪絨花去送她，祝她一生幸福，願世界為她變好。但阿順由於偷雞賊長庚嘲笑她的未婚夫"比我還不如"，憂愁鬱悒而亡。只好將剪絨花和祝福，送給她鬼也似的妹妹阿昭。社會毀掉了一切美的事物，遂使呂緯甫心灰意冷，準備仍舊回去教"子曰詩云"，教學生讀《詩經》、《孟子》、《女兒經》，"連算學也不教，不是我不教，他們不要教"，以便每月得二十元敷衍人生，"我現在甚麼也不知道，連明天怎樣也不知道"。呂緯甫自嘲這是蒼蠅式的生存軌跡："我在少年時，看見蜂子或蠅子停在一個地方，給甚麼來一嚇，即刻飛去了，但是飛了一個小圈子，便又回來停在原地點，便以為這實在很可笑，也可憐。可不料現在我自己也飛回來了，不過繞了一點小圈子。"

"你不能飛得更遠些麼？"這是呂緯甫對敘事者發出的提問，也是魯迅對同輩知識者發出的提問。

肥　皂

四銘太太正在斜日光中背着北窗和她八歲的女兒秀兒糊紙錠，忽聽得又重又緩的布鞋底聲響，知道四銘進來了，並不去看他，只是糊紙錠。但那布鞋底聲卻愈響愈逼近，覺得終於停在她的身邊了，於是不免轉過眼去看，只見四銘就在她面前聳肩曲背的狠命掏着布馬掛底下的袍子的大襟後面的口袋。

他好容易曲曲折折的匯出手來，手裡就有一個小小的長方包，葵綠色的，一徑遞給四太太。她剛接到手，就聞到一陣似橄欖非橄欖的說不清的香味，還看見葵綠色的紙包上有一個金光燦爛的印子和許多細簇簇的花紋。秀兒即刻跳過來要搶着看，四太太趕忙推開她。

“上了街？……”她一面看，一面問。

“唔唔。”他看着她手裡的紙包，說。

於是這葵綠色的紙包被打開了，裡面還有一層很薄的紙，也是葵綠色，揭開薄紙，才露出那東西的本身來，光滑堅致，也是葵綠色，上面還有細簇簇的花紋，而薄紙原來卻是米色的，似橄欖非橄欖的說不清的香味也來得更濃了。

“唉唉，這實在是好肥皂。”她捧孩子似的將那葵綠色的東西送到鼻子下面去，嗅着說。

“唔唔，你以後就用這個……。”

她看見他嘴裡這麼說，眼光卻射在她的脖子上，便覺得顴骨以下的臉上似乎有些熱。她有時自己偶然摸到脖子上，尤其是耳朵後，指面上總感着些粗糙，本來早就知道是積年的老泥，但向來倒也並不很介意。現在在他的注視之下，對着這葵綠異香的洋肥皂，可不禁臉上有些發熱了，而且這熱又不絕的蔓延開去，即刻一徑到耳根。她於是就決定晚飯後要用這肥皂來拚命的洗一洗。

“有些地方，本來單用皂莢子是洗不乾淨的。” 她自對自的説。

“媽，這給我！” 秀兒伸手來搶葵綠紙；在外面玩耍的小女兒招兒也跑到了。四太太趕忙推開她們，裹好薄紙，又照舊包上葵綠紙，欠過身去擱在洗臉台上最高的一層格子上，看一看，翻身仍然糊紙錠。

“學程！” 四銘記起了一件事似的，忽而拖長了聲音叫，就在她對面的一把高背椅子上坐下了。

“學程！” 她也幫着叫。

她停下糊紙錠，側耳一聽，甚麼響應也沒有，又見他仰着頭焦急的等着，不禁很有些抱歉了，便盡力提高了喉嚨，尖利的叫：

“兒呀！”

這一叫確乎有效，就聽到皮鞋聲橐橐的近來，不一會，兒已站在她面前了，只穿短衣，肥胖的圓臉上亮晶晶的流着油汗。

“你在做甚麼？怎麼爹叫也不聽見？” 她譴責的説。

“我剛在練八卦拳……。” 他立即轉身向了四銘，筆挺的站着，看着他，意思是問他甚麼事。

“學程，我就要問你：‘惡毒婦’ 是甚麼？”

“‘惡毒婦’？……那是，‘很兇的女人’ 罷？……”

“胡説！胡鬧！” 四銘忽而怒得可觀。“我是 ‘女人’ 麼！？”

學程嚇得倒退了兩步，站得更挺了。他雖然有時覺得他走路很像上台的老生，卻從沒有將他當作女人看待，他知道自己答的很錯了。

“‘惡毒婦’ 是 ‘很兇的女人’，我倒不懂，得來請教你？—— 這不是中國話，是鬼子話，我對你説。這是甚麼意思，你懂麼？”

“我，……我不懂。”學程更加局促起來。

“嚇，我白化錢送你進學堂，連這一點也不懂。虧煞你的學堂還誇甚麼‘口耳並重’，倒教得甚麼也沒有。說這鬼話的人至多不過十四五歲，比你還小些呢，已經嘰嘰咕咕的能說了，你卻連意思也說不出，還有這臉說‘我不懂’！——現在就給我去查出來！”

學程在喉嚨底裡答應了一聲“是”，恭恭敬敬的退出去了。

“這真叫作不成樣子，”過了一會，四銘又慷慨的說，“現在的學生是。其實，在光緒年間，我就是最提倡開學堂的，可萬料不到學堂的流弊竟至於如此之大：甚麼解放咧，自由咧，沒有實學，只會胡鬧。學程呢，為他化了的錢也不少了，都白化。好容易給他進了中西折中的學堂，英文又專是‘口耳並重’的，你以為這該好了罷，哼，可是讀了一年，連‘惡毒婦’也不懂，大約仍然是唸死書。嚇，甚麼學堂，造就了些甚麼？我簡直說：應該統統關掉！”

“對咧，真不如統統關掉的好。”四太太糊着紙錠，同情的說。

“秀兒她們也不必進甚麼學堂了。‘女孩子，唸甚麼書？’九公公先前這樣說，反對女學的時候，我還攻擊他呢；可是現在看起來，究竟是老年人的話對。你想，女人一陣一陣的在街上走，已經很不雅觀的了，她們卻還要剪頭髮。我最恨的就是那些剪了頭髮的女學生，我簡直說，軍人土匪倒還情有可原，攪亂天下的就是她們，應該很嚴的辦一辦……。”

“對咧，男人都像了和尚還不夠，女人又來學尼姑了。”

“學程！”

學程正捧着一本小而且厚的金邊書快步進來，便呈給四銘，指着一處說：

“這倒有點像。這個……。”

四銘接來看時，知道是字典，但文字非常小，又是橫行的。他眉頭一皺，擎向窗口，細着眼睛，就學程所指的一行唸過去：

"'第十八世紀創立之共濟講社之稱'。—— 唔，不對。—— 這聲音是怎麼唸的？"他指着前面的"鬼子"字，問。

"惡特拂羅斯（Oddfellows）。"

"不對，不對，不是這個。"四銘又忽而憤怒起來了。"我對你説：那是一句壞話，罵人的話，罵我這樣的人的。懂了麼？查去！"

學程看了他幾眼，沒有動。

"這是甚麼悶胡盧，沒頭沒腦的？你也先得説説清，教他好用心的查去。"她看見學程為難，覺得可憐，便排解而且不滿似的説。

"就是我在大街上廣潤祥買肥皂的時候，"四銘呼出了一口氣，向她轉過臉去，説。"店裡又有三個學生在那裡買東西。我呢，從他們看起來，自然也怕太囉蘇一點了罷。我一氣看了六七樣，都要四角多，沒有買；看一角一塊的，又太壞，沒有甚麼香。我想，不如中通的好，便挑定了那綠的一塊，兩角四分。夥計本來是勢利鬼，眼睛生在額角上的，早就撅着狗嘴的了；可恨那學生這壞小子又都擠眉弄眼的説着鬼話笑。後來，我要打開來看一看才付錢：洋紙包着，怎麼斷得定貨色的好壞呢。誰知道那勢利鬼不但不依，還蠻不講理，説了許多可惡的廢話；壞小子們又附和着説笑。那一句是頂小的一個説的，而且眼睛看着我，他們就都笑起來了：可見一定是一句壞話。"他於是轉臉對着學程道，"你只要在'壞話類'裡去查去！"

學程在喉嚨底裡答應了一聲"是"，恭恭敬敬的退去了。

"他們還嚷甚麼'新文化新文化'，'化'到這樣了，還不夠？"他兩眼釘着屋樑，盡自説下去。"學生也沒有道德，社會上也沒有道德，再不想點法子來挽救，中國這才真個要亡了。—— 你想，那多麼可嘆？……"

"甚麼？"她隨口的問，並不驚奇。

"孝女。" 他轉眼對着她,鄭重的說。"就在大街上,有兩個討飯的。一個是姑娘,看去該有十八九歲了。—— 其實這樣的年紀,討飯是很不相宜的了,可是她還討飯。—— 和一個六七十歲的老的,白頭髮,眼睛是瞎的,坐在布店的檐下求乞。大家多說她是孝女,那老的是祖母。她只要討得一點甚麼,便都獻給祖母吃,自己情願餓肚皮。可是這樣的孝女,有人肯佈施麼?" 他射出眼光來釘住她,似乎要試驗她的識見。

她不答話,也只將眼光釘住他,似乎倒是專等他來說明。

"哼,沒有。" 他終於自己回答說。"我看了好半天,只見一個人給了一文小錢;其餘的圍了一大圈,倒反去打趣。還有兩個光棍,竟肆無忌憚的說:'阿發,你不要看得這貨色髒。你只要去買兩塊肥皂來,咯支咯支遍身洗一洗,好得很哩!' 哪,你想,這成甚麼話?"

"哼," 她低下頭去了,久之,才又懶懶的問,"你給了錢麼?"

"我麼?—— 沒有。一兩個錢,是不好意思拿出去的。她不是平常的討飯,總得……。"

"嗡。" 她不等說完話,便慢慢地站起來,走到廚下去。昏黃只顯得濃密,已經是晚飯時候了。

四銘也站起身,走出院子去。天色比屋子裡還明亮,學程就在牆角落上練習八卦拳:這是他的 "庭訓",利用晝夜之交的時間的經濟法,學程奉行了將近大半年了。他讚許似的微微點一點頭,便反背着兩手在空院子裡來回的踱方步。不多久,那惟一的盆景萬年青的闊葉又已消失在昏暗中,破絮一般的白雲間閃出星點,黑夜就從此開頭。四銘當這時候,便也不由的感奮起來,仿佛就要大有所為,與周圍的壞學生以及惡社會宣戰。他意氣漸漸勇猛,腳步愈跨愈大,布鞋底聲也愈走愈響,嚇得早已睡在籠子裡的母雞和小雞也都唧唧足足的叫起來了。

堂前有了燈光，就是號召晚餐的烽火，合家的人們便都齊集在中央的桌子周圍。燈在下橫；上首是四銘一人居中，也是學程一般肥胖的圓臉，但多兩撇細鬍子，在菜湯的熱氣裡，獨據一面，很像廟裡的財神。左橫是四太太帶着招兒；右橫是學程和秀兒一列。碗筷聲雨點似的響，雖然大家不言語，也就是很熱鬧的晚餐。

招兒帶翻了飯碗了，菜湯流得小半桌。四銘盡量的睜大了細眼睛瞪着看得她要哭，這才收回眼光，伸筷自去夾那早先看中了的一個菜心去。可是菜心已經不見了，他左右一瞥，就發見學程剛剛夾着塞進他張得很大的嘴裡去，他於是只好無聊的吃了一筷黃菜葉。

"學程，" 他看着他的臉說，"那一句查出了沒有？"

"那一句？ —— 那還沒有。"

"哼，你看，也沒有學問，也不懂道理，單知道吃！學學那個孝女罷，做了乞丐，還是一味孝順祖母，自己情願餓肚子。但是你們這些學生那裡知道這些，肆無忌憚，將來只好像那光棍……。"

"想倒想着了一個，但不知可是。—— 我想，他們說的也許是‘阿爾特膚爾’。"

"哦哦，是的！就是這個！他們說的就是這樣一個聲音：‘惡毒夫咧。’ 這是甚麼意思？你也就是他們這一黨：你知道的。"

"意思，—— 意思我不很明白。"

"胡說！瞞我。你們都是壞種！"

"‘天不打吃飯人’，你今天怎麼盡鬧脾氣，連吃飯時候也是打雞罵狗的。他們小孩子們知道甚麼。" 四太太忽而說。

"甚麼？" 四銘正想發話，但一回頭，看見她陷下的兩頰已經鼓起，而且很變了顏色，三角形的眼裡也發着可怕的光，便趕緊改口說，"我也沒有鬧甚麼脾氣，我不過教學程應該懂事些。"

"他那裡懂得你心裡的事呢。" 她可是更氣忿了。"他如果能懂事，早就點了燈籠火把，尋了那孝女來了。好在你已經給她買好了一塊肥皂在這裡，只要再去買一塊……"

"胡說！那話是那光棍説的。"

"不見得。只要再去買一塊，給她咯支咯支的遍身洗一洗，供起來，天下也就太平了。"

"甚麼話？那有甚麼相干？我因為記起了你沒有肥皂……"

"怎麼不相干？你是特誠買給孝女的，你咯支咯支的去洗去。我不配，我不要，我也不要沾孝女的光。"

"這真是甚麼話？你們女人……"四銘支吾着，臉上也像學程練了八卦拳之後似的流出油汗來，但大約大半也因為吃了太熱的飯。

"我們女人怎麼樣？我們女人，比你們男人好得多。你們男人不是罵十八九歲的女學生，就是稱讚十八九歲的女討飯：都不是甚麼好心思。'咯支咯支'，簡直是不要臉！"

"我不是已經説過了？那是一個光棍……"

"四翁！"外面的暗中忽然起了極響的叫喊。

"道翁麼？我就來！"四銘知道那是高聲有名的何道統，便遇赦似的，也高興的大聲説。"學程，你快點燈照何老伯到書房去！"

學程點了燭，引着道統走進西邊的廂房裡，後面還跟着卜薇園。

"失迎失迎，對不起。"四銘還嚼着飯，出來拱一拱手，説。"就在舍間用便飯，何如？……"

"已經偏過了。"薇園迎上去，也拱一拱手，説。"我們連夜趕來，就為了那移風文社的第十八屆徵文題目，明天不是'逢七'麼？"

"哦！今天十六？"四銘恍然的説。

"你看，多麼胡塗！"道統大嚷道。

"那麼，就得連夜送到報館去，要他明天一準登出來。"

"文題我已經擬下了。你看怎樣，用得用不得？"道統説着，就從手巾包裡挖出一張紙條來交給他。

四銘踱到燭台面前，展開紙條，一字一字的讀下去：

"'恭擬全國人民合詞籲請貴大總統特頒明令專重聖經崇祀孟母以挽頹風而存國粹文'。—— 好極好極。可是字數太多了罷？"

"不要緊的！"道統大聲說。"我算過了，還無須乎多加廣告費。但是詩題呢？"

"詩題麼？"四銘忽而恭敬之狀可掬了。"我倒有一個在這裡：孝女行。那是實事，應該表彰表彰她。我今天在大街上……"

"哦哦，那不行。"薇園連忙搖手，打斷他的話。"那是我也看見的。她大概是'外路人'，我不懂她的話，她也不懂我的話，不知道她究竟是那裡人。大家倒都說她是孝女；然而我問她可能做詩，她搖搖頭。要是能做詩，那就好了。"

"然而忠孝是大節，不會做詩也可以將就……。"

"那倒不然，而孰知不然！"薇園攤開手掌，向四銘連搖帶推的奔過去，力爭說。"要會做詩，然後有趣。"

"我們，"四銘推開他，"就用這個題目，加上說明，登報去。一來可以表彰表彰她；二來可以藉此針砭社會。現在的社會還成個甚麼樣子，我從旁考察了好半天，竟不見有甚麼人給一個錢，這豈不是全無心肝……"

"阿呀，四翁！"薇園又奔過來，"你簡直是在'對着和尚罵賊禿'了。我就沒有給錢，我那時恰恰身邊沒有帶着。"

"不要多心，薇翁。"四銘又推開他，"你自然在外，又作別論。你聽我講下去：她們面前圍了一大群人，毫無敬意，只是打趣。還有兩個光棍，那是更其肆無忌憚了，有一個簡直說，'阿發，你去買兩塊肥皂來，咯支咯支遍身洗一洗，好得很哩。'你想，這……"

"哈哈哈！兩塊肥皂！"道統的響亮的笑聲突然發作了，震得人耳朵的叫。"你買，哈哈，哈哈！"

"道翁，道翁，你不要這麼嚷。" 四銘吃了一驚，慌張的說。

"咯支咯支，哈哈！"

"道翁！" 四銘沉下臉來了，"我們講正經事，你怎麼只胡鬧，鬧得人頭昏。你聽，我們就用這兩個題目，即刻送到報館去，要他明天一準登出來。這事只好偏勞你們兩位了。"

"可以可以，那自然。" 薇園極口應承說。

"呵呵，洗一洗，咯支……唏唏……"

"道翁！！！" 四銘憤憤的叫。

道統給這一喝，不笑了。他們擬好了說明，薇園謄在信箋上，就和道統跑往報館去。四銘拿着燭台，送出門口，回到堂屋的外面，心裡就有些不安逸，但略一躊躕，也終於跨進門檻去了。他一進門，迎頭就看見中央的方桌中間放着那肥皂的葵綠色的小小的長方包，包中央的金印子在燈光下明晃晃的發閃，周圍還有細小的花紋。

秀兒和招兒都蹲在桌子下橫的地上玩；學程坐在右橫查字典。最後在離燈最遠的陰影裡的高背椅子上發見了四太太，燈光照處，見她死板板的臉上並不顯出甚麼喜怒，眼睛也並不看着甚麼東西。

"咯支咯支，不要臉不要臉……"

四銘微微的聽得秀兒在他背後說，回頭看時，甚麼動作也沒有了，只有招兒還用了她兩隻小手的指頭在自己臉上抓。

他覺得存身不住，便熄了燭，踱出院子去。他來回的踱，一不小心，母雞和小雞又唧唧足足的叫了起來，他立即放輕腳步，並且走遠些。經過許多時，堂屋裡的燈移到臥室裡去了。他看見一地月光，仿佛滿鋪了無縫的白紗，玉盤似的月亮現在白雲間，看不出一點缺。

他很有些悲傷，似乎也像孝女一樣，成了"無告之民"，孤苦零丁了。他這一夜睡得非常晚。

但到第二天的早晨，肥皂就被錄用了。這日他比平日起得遲，看見她已經伏在洗臉台上擦脖子，肥皂的泡沫就如大螃蟹嘴上的水泡一般，高高的堆在兩個耳朵後，比起先前用皂莢時候的只有一層極薄的白沫來，那高低真有霄壤之別了。從此之後，四太太的身上便總帶着些似橄欖非橄欖的説不清的香味；幾乎小半年，這才忽而換了樣，凡有聞到的都説那可似乎是檀香。

一九二四年三月二二日。

點 評

魯迅自述："從一九一八年五月起，《狂人日記》，《孔乙己》，《藥》等，陸續的出現了，算是顯示了'文學革命'的實績，又因那時的認為'表現的深切和格式的特別'，頗激動了一部分青年讀者的心。……以後雖然脱離了外國作家的影響，技巧稍為圓熟，刻劃也稍加深切，如《肥皂》，《離婚》等，但一面也減少了熱情，不為讀者們所注意了。"（《且介亭雜文二集·〈中國新文學大系〉小説二集序》）可見，他是把《肥皂》一類作品當作"技巧圓熟，刻劃深切"的標誌來對待的。所謂"脱離了外國作家的影響"，言外之意是更加主動和充分地調動其深厚的民族文化修養，包括對他喜歡的《儒林外史》"婉而多諷"的諷刺藝術的理解。實際上魯迅早在一九一四年就有意於寫《儒林外史》式的諷刺小説，他説："我總想把紹興社會黑暗的一角寫出來，可惜不能像吳氏那樣寫五河縣風俗一般的深刻。"又説："不能寫整個的，我就撿一點來寫。"（張宗祥：《我所知道的魯迅》）時隔十年，他是否想在《肥皂》一類作品中圓上自己的夢？

這篇小説採用了"意象敘事"的手法，一開頭就寫四銘邁着又重又緩的腳步，停在太太的身後，"他好容易曲曲折折的匯出手來，手裡就有一個小小的長方包，葵綠色的，一徑遞給四太太。她剛接到手，就聞到一陣似橄欖非橄欖的説不清的香味，還看見葵綠色的紙包上有一個金光燦爛的印子和許多細簇簇的花紋"。對於這個"肥皂意象"，作品是將之包裹在"有一個金光燦爛的印子和許多細簇簇的花紋"的紙中的，然後通過撲朔迷離的行文運筆，東掀一角、西戳一洞地暴露其藏得很深的真面目。掀開紙包的功夫，採取推磨戰術，先是夫婦一同欣賞肥皂，再是四銘讓兒子查英文字典，想瞭解街頭學生用"鬼子話"罵他的意思。又乘機指責新學堂，"女人一陣一陣的在街上走，已經很不雅觀的了，她們卻還要剪頭髮。我最恨的就是那些剪了頭髮的女學生，我簡直説，軍人土匪倒還情有可原，攪亂天下的就是她們，應該很嚴的辦一辦"，"他們還嚷甚麼'新文化新文化'，'化'到這樣了，還不夠？"一副道貌岸然的樣子，這就是包裹肥皂的紙上金印和花紋了。反現代的人物，卻要借用屬於現代"肥皂"和"英文字典"來為自己解套，為自己疏導壓抑着的潛隱的性意識，這種人格低賤的分裂，意味着歷史的悖謬。

四銘包裹着潛隱的性心理的這層紙的掀開，是由於不明原由，查不出罵人的鬼子話的意思，在太太逼問下，四銘才説出在買肥皂時，七挑八揀，惹得店夥計撅着狗嘴，學生罵出鬼子話；再經追問，才供出大街上十八九歲孝女討飯給白髮瞎眼的老祖母吃。有兩個光棍竟説："不要看得這貨色髒。你只要去買兩塊肥皂來，咯支咯支遍身洗一洗，好得很哩！"這算是開始觸及四銘買肥皂的動機，但隨之退出來寫兒子在牆角落上練習八卦拳，闔家掌燈吃晚飯。碗筷聲雨點似的響，也就是很熱鬧的晚餐。由於四銘早就看中的菜心被兒子搶先夾到嘴裡，他就發起老爺脾氣："學學那個孝女罷，做了乞丐，還是一味孝順祖母，自己情願餓肚子。但是你們這些學生那裡知道這些，肆無忌憚，將來只好像那光棍。"惹得看透他的心思的太太發火："你是特誠買給孝女的，你咯支咯支的去洗去。我不配，我不要，我也不要沾孝女的光。"事態似乎不可收拾，但行文卻插入何道統、卜薇園來訪，商議移風文社的徵文題目，初擬"恭擬全國人民合詞籲請貴大總統特頒明令專重聖經崇祀孟母以挽頹風而存國粹文"，四銘則提出"孝女行"，又提及街頭光棍的話："你去買兩塊肥皂來，咯支咯支遍身洗一洗。"引爆了"咯支咯支，哈哈"的震耳欲聾的笑聲。送走客人後，四銘還擔心太太說他"咯支咯支，不要臉"，到第二天的早晨，看見肥皂就被錄用了，太太脖子上肥皂泡沫就如大螃蟹嘴上的水泡一般，高高的堆在兩個耳朵後，才算放心。

　　除了意象敘事之外，《肥皂》的另一個敘事特點是"潛意識轉移"。四銘道貌岸然地聲稱要表彰孝女，卻心存買塊肥皂給她"咯支咯支"，這種"咯支咯支"的潛意識礙於社會風俗和個人身份，只好轉移到太太身上，如此既潛藏又轉移的刻劃，是婉而多諷的。其中寫為兒子夾走菜心而發怒的那一幕，與《中國小說史略》引《儒林外史》第四回，守孝的范進到知縣府上赴宴，不用銀杯、象牙箸，換了磁杯、竹箸，一副"居喪盡禮"的做派，知縣看見他在燕窩碗裡揀了一個大蝦圓子送在嘴裡，方才放心，其間的諷刺手法存在着滋味相通之處。值得注意的，還有魯迅自述技巧圓熟、深切，只提《肥皂》、《離婚》，卻不提及影響更著的《祝福》、《傷逝》、《在酒樓上》、《孤獨者》，其間的審美心態另有意味。

長 明 燈

　　春陰的下午，吉光屯唯一的茶館子裡的空氣又有些緊張了，人們的耳朵裡，仿佛還留着一種微細沉實的聲息——

　　"熄掉他罷！"

　　但當然並不是全屯的人們都如此。這屯上的居民是不大出行的，動一動就須查黃曆，看那上面是否寫着 "不宜出行"；倘沒有寫，出去也須先走喜神方，迎吉利。不拘禁忌地坐在茶館裡的不過幾個以豁達自居的青年人，但在蟄居人的意中卻以為個個都是敗家子。

　　現在也無非就是這茶館裡的空氣有些緊張。

　　"還是這樣麼？" 三角臉的拿起茶碗，問。

　　"聽說，還是這樣，" 方頭說，"還是盡說 '熄掉他熄掉他'。眼光也越加發閃了。見鬼！這是我們屯上的一個大害，你不要看得微細。我們倒應該想個法子來除掉他！"

　　"除掉他，算甚麼一回事。他不過是一個……。甚麼東西！造廟的時候，他的祖宗就捐過錢，現在他卻要來吹熄長明燈。這不是不肖子孫？我們上縣去，送他忤逆！" 闊亭捏了拳頭，在桌上一擊，慷慨地說。一隻斜蓋着的茶碗蓋子也嚄的一聲，翻了身。

　　"不成。要送忤逆，須是他的父母，母舅……" 方頭說。

　　"可惜他只有一個伯父……" 闊亭立刻頹唐了。

　　"闊亭！" 方頭突然叫道。"你昨天的牌風可好？"

　　闊亭睜着眼看了他一會，沒有便答；胖臉的莊七光已經放開喉嚨嚷起來了：

"吹熄了燈，我們的吉光屯還成甚麼吉光屯，不就完了麼？老年人不都說麼：這燈還是梁武帝點起的，一直傳下來，沒有熄過；連長毛造反的時候也沒有熄過⋯⋯。你看，嘖，那火光不是綠瑩瑩的麼？外路人經過這裡的都要看一看，都稱讚⋯⋯。嘖，多麼好⋯⋯。他現在這麼胡鬧，甚麼意思？⋯⋯"

"他不是發了瘋麼？你還沒有知道？"方頭帶些藐視的神氣說。

"哼，你聰明！"莊七光的臉上就走了油。

"我想：還不如用老法子騙他一騙，"灰五嬸，本店的主人兼工人，本來是旁聽着的，看見形勢有些離了她專注的本題了，便趕忙來岔開紛爭，拉到正經事上去。

"甚麼老法子？"莊七光詫異地問。

"他不是先就發過一回瘋麼，和現在一模一樣。那時他的父親還在，騙了他一騙，就治好了。"

"怎麼騙？我怎麼不知道？"莊七光更其詫異地問。

"你怎麼會知道？那時你們都還是小把戲呢，單知道喝奶拉矢。便是我，那時也不這樣。你看我那時的一雙手呵，真是粉嫩粉嫩⋯⋯"

"你現在也還是粉嫩粉嫩⋯⋯"方頭說。

"放你媽的屁！"灰五嬸怒目地笑了起來，"莫胡說了。我們講正經話。他那時也還年青哩；他的老子也就有些瘋的。聽說：有一天他的祖父帶他進社廟去，教他拜社老爺，瘟將軍，王靈官老爺，他就害怕了，硬不拜，跑了出來，從此便有些怪。後來就像現在一樣，一見人總和他們商量吹熄正殿上的長明燈。他說熄了便再不會有蝗蟲和病痛，真是像一件天大的正事似的。大約那是邪祟附了體，怕見正路神道了。要是我們，會怕見社老爺麼？你們的茶不冷了麼？對一點熱水罷。好，他後來就自己闖進去，要去吹。他的老子又太疼愛他，不肯將他鎖起來。呵，後來不是全屯動了公憤，和他老子去吵鬧了麼？可是，沒有辦法，—— 幸虧我家的死鬼❶那時還在，給想了一個法：將長明燈用厚棉被一圍，漆漆黑黑地，領他去看，說是已經吹熄了。"

"唉唉，這真虧他想得出。" 三角臉吐一口氣，說，不勝感服之至似的。

"費甚麼這樣的手腳，" 闊亭憤憤地說，"這樣的東西，打死了就完了，嚇！"

"那怎麼行？" 她吃驚地看着他，連忙搖手道，"那怎麼行！他的祖父不是捏過印靶子❷的麼？"

闊亭們立刻面面相覷，覺得除了 "死鬼" 的妙法以外，也委實無法可想了。

"後來就好了的！" 她又用手背抹去一些嘴角上的白沫，更快地說，"後來全好了的！他從此也就不再走進廟門去，也不再提起甚麼來，許多年。不知道怎麼這回看了賽會之後不多幾天，又瘋了起來了。哦，同先前一模一樣。午後他就走過這裡，一定又上廟裡去了。你們和四爺商量商量去，還是再騙他一騙好。那燈不是梁五弟點起來的麼？不是說，那燈一滅，這裡就要變海，我們就都要變泥鰍麼？你們快去和四爺商量商量罷，要不……"

"我們還是先到廟前去看一看，" 方頭說着，便軒昂地出了門。

闊亭和莊七光也跟着出去了。三角臉走得最後，將到門口，回過頭來說道：

"這回就記了我的賬！入他……。"

灰五嬸答應着，走到東牆下拾起一塊木炭來，就在牆上畫有一個

---

❶ 該屯的粗女人有時以此稱自己的亡夫。—— 作者原注。

❷ 做過實缺官的意思。—— 作者原注。

小三角形和一串短短的細線的下面，劃添了兩條線。

　　他們望見社廟的時候，果然一併看到了幾個人：一個正是他，兩個是閒看的，三個是孩子。

　　但廟門卻緊緊地關着。

　　"好！廟門還關着。"闊亭高興地說。

　　他們一走近，孩子們似乎也都膽壯，圍近去了。本來對了廟門立着的他，也轉過臉來對他們看。

　　他也還如平常一樣，黃的方臉和藍布破大衫，只在濃眉底下的大而且長的眼睛中，略帶些異樣的光閃，看人就許多工夫不眨眼，並且總含着悲憤疑懼的神情。短的頭髮上粘着兩片稻草葉，那該是孩子暗暗地從背後給他放上去的，因為他們向他頭上一看之後，就都縮了頸子，笑着將舌頭很快地一伸。

　　他們站定了，各人都互看着別個的臉。

　　"你幹甚麼？"但三角臉終於走上一步，詰問了。

　　"我叫老黑開門，"他低聲，溫和地說。"就因為那一盞燈必須吹熄。你看，三頭六臂的藍臉，三隻眼睛，長帽，半個的頭，牛頭和豬牙齒，都應該吹熄……吹熄。吹熄，我們就不會有蝗蟲，不會有豬嘴瘟……。"

　　"唏唏，胡鬧！"闊亭輕蔑地笑了出來，"你吹熄了燈，蝗蟲會還要多，你就要生豬嘴瘟！"

　　"唏唏！"莊七光也陪着笑。

　　一個赤膊孩子擎起他玩弄着的葦子，對他瞄準着，將櫻桃似的小口一張，道：

　　"吧！"

　　"你還是回去罷！倘不，你的伯伯會打斷你的骨頭！燈麼，我替你吹。你過幾天來看就知道。" 闊亭大聲説。

他兩眼更發出閃閃的光來，釘一般看定闊亭的眼，使闊亭的眼光趕緊辟易了。

"你吹？" 他嘲笑似的微笑，但接着就堅定地説，"不能！不要你們。我自己去熄，此刻去熄！"

闊亭便立刻頹唐得酒醒之後似的無力；方頭卻已站上去了，慢慢地説道：

"你是一向懂事的，這一回可是太胡塗了。讓我來開導你罷，你也許能夠明白。就是吹熄了燈，那些東西不是還在麼？不要這麼傻頭傻腦了，還是回去！睡覺去！"

"我知道的，熄了也還在。" 他忽又現出陰鷙的笑容，但是立即收斂了，沉實地説道，"然而我只能姑且這麼辦。我先來這麼辦，容易些。我就要吹熄他，自己熄！" 他説着，一面就轉過身去竭力地推廟門。

"喂！" 闊亭生氣了，"你不是這裡的人麼？你一定要我們大家變泥鰍麼？回去！你推不開的，你沒有法子開的！吹不熄的！還是回去好！"

"我不回去！我要吹熄他！"

"不成！你沒法開！"

"…………"

"你沒法開！"

"那麼，就用別的法子來。" 他轉臉向他們一瞥，沉靜地説。

"哼，看你有甚麼別的法。"

"…………"

"看你有甚麼別的法！"

"我放火。"

"甚麼？"闊亭疑心自己沒有聽清楚。

"我放火！"

沉默像一聲清磬，搖曳着尾聲，周圍的活物都在其中凝結了。但不一會，就有幾個人交頭接耳，不一會，又都退了開去；兩三人又在略遠的地方站住了。廟後門的牆外就有莊七光的聲音喊道：

"老黑呀，不對了！你廟門要關得緊！老黑呀，你聽清了麼？關得緊！我們去想了法子就來！"

但他似乎並不留心別的事，只閃爍着狂熱的眼光，在地上，在空中，在人身上，迅速地搜查，仿佛想要尋火種。

方頭和闊亭在幾家的大門裡穿梭一般出入了一通之後，吉光屯全局頓然擾動了。許多人們的耳朵裡，心裡，都有了一個可怕的聲音："放火！"但自然還有多少更深的蟄居人的耳朵裡心裡是全沒有。然而全屯的空氣也就緊張起來，凡有感得這緊張的人們，都很不安，仿佛自己就要變成泥鰍，天下從此毀滅。他們自然也隱約知道毀滅的不過是吉光屯，但也覺得吉光屯似乎就是天下。

這事件的中樞，不久就湊在四爺的客廳上了。坐在首座上的是年高德韶的郭老娃，臉上已經皺得如風乾的香橙，還要用手捋着下頦上的白鬍鬚，似乎想將他們拔下。

"上半天，"他放鬆了鬍子，慢慢地說，"西頭，老富的中風，他的兒子，就說是：因為，社神不安，之故。這樣一來，將來，萬一有，甚麼，雞犬不寧，的事，就難免要到，府上……是的，都要來到府上，麻煩。"

"是麼，"四爺也捋着上唇的花白的鮎魚鬚，卻悠悠然，仿佛全不在意模樣，說，"這也是他父親的報應呵。他自己在世的時候，不就是不相信菩薩麼？我那時就和他不合，可是一點也奈何他不得。現在，叫我還有甚麼法？」

「我想，只有，一個。是的，有一個。明天，捆上城去，給他在那個，那個城隍廟裡，擱一夜，是的，擱一夜，趕一趕，邪祟。」

闊亭和方頭以守護全屯的勞績，不但第一次走進這一個不易瞻仰的客廳，並且還坐在老娃之下和四爺之上，而且還有茶喝。他們跟着老娃進來，報告之後，就只是喝茶，喝乾之後，也不開口，但此時闊亭忽然發表意見了：

「這辦法太慢！他們兩個還管着呢。最要緊的是馬上怎麼辦。如果真是燒將起來……」

郭老娃嚇了一跳，下巴有些發抖。

「如果真是燒將起來……」方頭搶着說。

「那麼，」闊亭大聲道，「就糟了！」

一個黃頭髮的女孩子又來沖上茶。闊亭便不再說話，立即拿起茶來喝。渾身一抖，放下了，伸出舌尖來舐了一舐上嘴唇，揭去碗蓋噓噓地吹着。

「真是拖累煞人！」四爺將手在桌上輕輕一拍，「這種子孫，真該死呵！唉！」

「的確，該死的。」闊亭抬起頭來了，「去年，連各莊就打死一個：這種子孫。大家一口咬定，說是同時同刻，大家一齊動手，分不出打第一下的是誰，後來甚麼事也沒有。」

「那又是一回事。」方頭說，「這回，他們管着呢。我們得趕緊想法子。我想……」

老娃和四爺都肅然地看着他的臉。

「我想：倒不如姑且將他關起來。」

「那倒也是一個妥當的辦法。」四爺微微地點一點頭。

「妥當！」闊亭說。

“那倒，確是，一個妥當的，辦法。”老娃説，“我們，現在，就將他，拖到府上來。府上，就趕快，收拾出，一間屋子來。還，準備着，鎖。”

“屋子？”四爺仰了臉，想了一會，説，“舍間可是沒有這樣的閒房。他也説不定甚麼時候才會好⋯⋯”

“就用，他，自己的⋯⋯”老娃説。

“我家的六順，”四爺忽然嚴肅而且悲哀地説，聲音也有些發抖了。“秋天就要娶親⋯⋯。你看，他年紀這麼大了，單知道發瘋，不肯成家立業。舍弟也做了一世人，雖然也不大安分，可是香火總歸是絕不得的⋯⋯。”

“那自然！”三個人異口同音地説。

“六順生了兒子，我想第二個就可以過繼給他。但是，—— 別人的兒子，可以白要的麼？”

“那不能！”三個人異口同音地説。

“這一間破屋，和我是不相干；六順也不在乎此。可是，將親生的孩子白白給人，做母親的怕不能就這麼鬆爽罷？”

“那自然！”三個人異口同音地説。

四爺沉默了。三個人交互看着別人的臉。

“我是天天盼望他好起來，”四爺在暫時靜穆之後，這才緩緩地説，“可是他總不好。也不是不好，是他自己不要好。無法可想，就照這一位所説似的關起來，免得害人，出他父親的醜，也許倒反好，倒是對得起他的父親⋯⋯。”

“那自然，”闊亭感動的説，“可是，房子⋯⋯”

“廟裡就沒有閒房？⋯⋯”四爺慢騰騰地問道。

“有！”闊亭恍然道，“有！進大門的西邊那一間就空着，又只有一個小方窗，粗木直柵的，決計挖不開。好極了！”

178

老娃和方頭也頓然都顯了歡喜的神色；闊亭吐一口氣，尖着嘴唇就喝茶。

未到黃昏時分，天下已經泰平，或者竟是全都忘卻了，人們的臉上不特已不緊張，並且早褪盡了先前的喜悅的痕跡。在廟前，人們的足跡自然比平日多，但不久也就稀少了。只因為關了幾天門，孩子們不能進去玩，便覺得這一天在院子裡格外玩得有趣，吃過了晚飯，還有幾個跑到廟裡去遊戲，猜謎。

"你猜。" 一個最大的説，"我再説一遍：

　　白篷船，紅划楫，

　　搖到對岸歇一歇，

　　點心吃一些，

　　戲文唱一齣。"

"那是甚麼呢？'紅划楫'的。" 一個女孩説。

"我説出來罷，那是……"

"慢一慢！" 生癩頭瘡的説，"我猜着了：航船。"

"航船。" 赤膊的也道。

"哈，航船？" 最大的道，"航船是搖櫓的。他會唱戲文麼？你們猜不着。我説出來罷……"

"慢一慢，" 癩頭瘡還説。

"哼，你猜不着。我説出來罷，那是：鵝。"

"鵝！" 女孩笑着説，"紅划楫的。"

"怎麼又是白篷船呢？" 赤膊的問。

"我放火！"

孩子們都吃驚，立時記起他來，一齊注視西廂房，又看見一隻手扳着木柵，一隻手撕着木皮，其間有兩隻眼睛閃閃地發亮。

沉默只一瞬間，癩頭瘡忽而發一聲喊，拔步就跑；其餘的也都笑着嚷着跑出去了。赤膊的還將葦子向後一指，從喘吁吁的櫻桃似的小嘴唇裡吐出清脆的一聲道：

　　"吧！"

　　從此完全靜寂了，暮色下來，綠瑩瑩的長明燈更其分明地照出神殿，神龕，而且照到院子，照到木柵裡的昏暗。

　　孩子們跑出廟外也就立定，牽着手，慢慢地向自己的家走去，都笑吟吟地，合唱着隨口編派的歌：

　　　"白篷船，對岸歇一歇。

　　　此刻熄，自己熄。

　　　戲文唱一齣。

　　　我放火！哈哈哈！

　　　火火火，點心吃一些。

　　　戲文唱一齣。

　　　……………

　　　………

　　　…"

一九二五年三月一日。

點　評

　　《長明燈》和《狂人日記》都寫反叛傳統現實的癲狂人物，寫作時間卻相隔七年。寫作風格也從紊亂的內心直白，轉向陰沉的社會剖析。瘋子的描寫，聚焦於他的眼光："黃的方臉和藍布破大衫，只在濃眉底下的大而且長的眼睛中，略帶些異樣的光閃，看人就許多工夫不眨眼，並且總含着悲憤疑懼的神情。"用這種陰鷙而沉實的眼光和笑容，諦視吉光屯的形形色色，諦視那些三頭六臂的藍臉，三隻眼睛，長帽，半個的頭，牛頭和豬牙齒，其反叛的意志是堅忍的。

長明燈是佛教寶器，如唐人高邁《長明燈頌》序云："佛所以有然（燃）燈名，法所以有傳燈義。大抵長明燈，是其蘊乎！"頌曰："見外燈長明，見內燈長明。萬惡自光中滅，萬善自光中生。"唐人劉餗《隋唐嘉話》卷下則記載長明燈久傳不熄的奇跡："江寧縣寺有晉長明燈，歲久，火色變青而不熱。隋文帝平陳，已訝其古，至今猶存。"孟棨《本事詩·徵異第五》卻在長明燈前演繹了一則詩壇佳話："宋考功（之問）以事累貶黜，後放還，至江南。遊靈隱寺，夜月極明。長廊吟行，且為詩曰：'鷲嶺鬱岧嶢，龍宮隱寂寥。'第二聯搜奇思，終不如意。有老僧點長明燈，坐大禪床，問曰：'少年夜夕久不寐，而吟諷甚苦，何邪？'之問答曰：'弟子業詩，適偶欲題此寺，而興思不屬。'僧曰：'試吟上聯。'即吟與聽之，再三吟諷，因曰：'何不云：樓觀滄海日，門聽浙江潮？'之問愕然，訝其遒麗。又續終篇曰：'桂子月中落，天香雲外飄。捫蘿登塔遠，刳木取泉遙。霜薄花更發，冰輕葉未凋。待入天台路，看余度石橋。'僧所贈句，乃為一篇之警策。遲明更訪之，則不復見矣。寺僧有知者，曰：'此駱賓王也。'之問詰之，曰當敬業之敗，與賓王俱逃，捕之不獲。將帥慮失大魁，得不測罪，時死者數萬人，因求戮類二人者，函首以獻。後雖知不死，不敢捕送，故敬業得為衡山僧，年九十餘乃卒。（出趙魯《遊南嶽記》。）賓王亦落髮，遍遊名山，至靈隱，以週歲卒。當時雖敗，且以匡復為名，故人多護脫之。"這些都是從正面落墨，為長明燈唱頌歌的。

這篇小說卻是反面着墨，批判"吉光"綠光下的社會愚昧、勢利、麻木。吉光屯的居民出行須查黃曆，須先走喜神方，迎吉利。尤其是那盞長明燈"還是梁武帝點起的，一直傳下來，沒有熄過"，是全屯得名的標誌。儘管茶館混混們嗜賭調情，覬覦房產，無所不為，一聽說瘋子要吹熄長明燈，就哄傳着："那燈不是梁五弟點起來的麼？不是說，那燈一滅，這裡就要變海，我們就都要變泥鰍麼？"於是與宗族勢力相勾結，紛紛議論要告瘋子忤逆，將他送官，或將他打死，最終將他關進廟裡空房。這就是魯迅作品常見的"獨異個人"和"庸眾"的對立。

　　值得注意的是，魯迅作品常常有兒童身影的介入，即便寫瘋狂人物，也莫能外。《狂人日記》結尾，呼喚着"救救孩子"；《長明燈》結尾，又寫孩子們在關押瘋子的廟裡遊戲猜謎，他們問"他會唱戲文麼？"瘋子卻手扳木柵，高呼"我放火！"赤膊小孩將葦子向他一指，清脆地發出"吧！"的槍聲，合唱着隨口編派的歌"白篷船，對岸歇一歇。此刻熄，自己熄。戲文唱一齣。我放火！哈哈哈！火火火，點心吃一些。戲文唱一齣。……"說笑着回家。歌中雖然編進瘋子的音符，但已化在童謠、猜謎、遊戲之中，"白篷船，紅划楫，搖到對岸歇一歇，點心吃一些，戲文唱一齣"的謎底是"鵝"，而謎語的碎片與瘋子的言語攪成一片，難以剝離。魯迅說過："童年的情形，便是將來的命運"；"看十來歲的孩子，便可以逆料二十年後中國的情形"。倘若不經深度思想啟蒙，瘋子的叛逆還會在吉光屯的陋俗中淹沒，連同孩子也不能倖免。這就是小說將結尾時如此寫的深意所在："暮色下來，綠瑩瑩的長明燈更其分明地照出神殿、神龕，而且照到院子，照到木柵裡的昏暗。"

示　眾

　　首善之區的西城的一條馬路上，這時候甚麼擾攘也沒有。火焰焰的太陽雖然還未直照，但路上的沙土仿佛已是閃爍地生光；酷熱滿和在空氣裡面，到處發揮着盛夏的威力。許多狗都拖出舌頭來，連樹上的烏老鴉也張着嘴喘氣，—— 但是，自然也有例外的。遠處隱隱有兩個銅盞相擊的聲音，使人憶起酸梅湯，依稀感到涼意，可是那懶懶的單調的金屬音的間作，卻使那寂靜更其深遠了。

　　只有腳步聲，車夫默默地前奔，似乎想趕緊逃出頭上的烈日。

　　“熱的包子咧！剛出屜的……。”

　　十一二歲的胖孩子，細着眼睛，歪了嘴在路旁的店門前叫喊。聲音已經嘶嗄了，還帶些睡意，如給夏天的長日催眠。他旁邊的破舊桌子上，就有二三十個饅頭包子，毫無熱氣，冷冷地坐着。

　　“荷阿！饅頭包子咧，熱的……。”

　　像用力擲在牆上而反撥過來的皮球一般，他忽然飛在馬路的那邊了。在電杆旁，和他對面，正向着馬路，其時也站定了兩個人：一個是淡黃制服的掛刀的面黃肌瘦的巡警，手裡牽着繩頭，繩的那頭就拴在別一個穿藍布大衫上罩白背心的男人的臂膊上。這男人戴一頂新草帽，帽檐四面下垂，遮住了眼睛的一帶。但胖孩子身體矮，仰起臉來看時，卻正撞見這人的眼睛了。那眼睛也似乎正在看他的腦殼。他連忙順下眼，去看白背心，只見背心上一行一行地寫着些大大小小的甚麼字。

剎時間，也就圍滿了大半圈的看客。待到增加了禿頭的老頭子之後，空缺已經不多，而立刻又被一個赤膊的紅鼻子胖大漢補滿了。這胖子過於橫闊，佔了兩人的地位，所以續到的便只能屈在第二層，從前面的兩個脖子之間伸進腦袋去。

禿頭站在白背心的略略正對面，彎了腰，去研究背心上的文字，終於讀起來：

"嗡，都，哼，八，而，……"

胖孩子卻看見那白背心正研究着這發亮的禿頭，他也便跟着去研究，就只見滿頭光油油的，耳朵左近還有一片灰白色的頭髮，此外也不見得有怎樣新奇。但是後面的一個抱着孩子的老媽子卻想乘機擠進來了；禿頭怕失了位置，連忙站直，文字雖然還未讀完，然而無可奈何，只得另看白背心的臉：草帽簷下半個鼻子，一張嘴，尖下巴。

又像用了力擲在牆上而反撥過來的皮球一般，一個小學生飛奔上來，一手按住了自己頭上的雪白的小布帽，向人叢中直鑽進去。但他鑽到第三 —— 也許是第四 —— 層，竟遇見一件不可動搖的偉大的東西了，抬頭看時，藍褲腰上面有一座赤條條的很闊的背脊，背脊上還有汗正在流下來。他知道無可措手，只得順着褲腰右行，幸而在盡頭發見了一條空處，透着光明。他剛剛低頭要鑽的時候，只聽得一聲"甚麼"，那褲腰以下的屁股向右一歪，空處立刻閉塞，光明也同時不見了。

但不多久，小學生卻從巡警的刀旁邊鑽出來了。他詫異地四顧：外面圍着一圈人，上首是穿白背心的，那對面是一個赤膊的胖小孩，胖小孩後面是一個赤膊的紅鼻子胖大漢。他這時隱約悟出先前的偉大的障礙物的本體了，便驚奇而且佩服似的只望着紅鼻子。胖小孩本是注視着小學生的臉的，於是也不禁依了他的眼光，回轉頭去了，在那裡是一個很胖的奶子，奶頭四近有幾枝很長的毫毛。

"他，犯了甚麼事啦？……"

大家都愕然看時，是一個工人似的粗人，正在低聲下氣地請教那禿頭老頭子。

禿頭不作聲，單是睜起了眼睛看定他。他被看得順下眼光去，過一會再看時，禿頭還是睜起了眼睛看定他，而且別的人也似乎都睜了眼睛看定他。他於是仿佛自己就犯了罪似的局促起來，終至於慢慢退後，溜出去了。一個挾洋傘的長子就來補了缺；禿頭也旋轉臉去再看白背心。

長子彎了腰，要從垂下的草帽檐下去賞識白背心的臉，但不知道為甚麼忽又站直了。於是他背後的人們又須竭力伸長了脖子；有一個瘦子竟至於連嘴都張得很大，像一條死鱸魚。

巡警，突然間，將腳一提，大家又愕然，趕緊都看他的腳；然而他又放穩了，於是又看白背心。長子忽又彎了腰，還要從垂下的草帽檐下去窺測，但即刻也就立直，擎起一隻手來拚命搔頭皮。

禿頭不高興了，因為他先覺得背後有些不太平，接着耳朵邊就有唧咕唧咕的聲響。他雙眉一鎖，回頭看時，緊挨他右邊，有一隻黑手拿着半個大饅頭正在塞進一個貓臉的人的嘴裡去。他也就不說甚麼，自去看白背心的新草帽了。

忽然，就有暴雷似的一擊，連橫闊的胖大漢也不免向前一蹌踉。同時，從他肩膊上伸出一隻胖得不相上下的臂膊來，展開五指，拍的一聲正打在胖孩子的臉頰上。

"好快活！你媽的……"同時，胖大漢後面就有一個彌勒佛似的更圓的胖臉這麼説。

胖孩子也蹌踉了四五步，但是沒有倒，一手按着臉頰，旋轉身，就想從胖大漢的腿旁的空隙間鑽出去。胖大漢趕忙站穩，並且將屁股一歪，塞住了空隙，恨恨地問道：

"甚麼？"

胖孩子就像小鼠子落在捕機裡似的，倉皇了一會，忽然向小學生那一面奔去，推開他，衝出去了。小學生也返身跟出去了。

"嚇，這孩子……。" 總有五六個人都這樣說。

待到重歸平靜，胖大漢再看白背心的臉的時候，卻見白背心正在仰面看他的胸脯；他慌忙低頭也看自己的胸脯時，只見兩乳之間的窪下的坑裡有一片汗，他於是用手掌拂去了這些汗。

然而形勢似乎總不甚太平了。抱着小孩的老媽子因為在騷擾時四顧，沒有留意，頭上梳着的喜鵲尾巴似的 "蘇州俏" 便碰了站在旁邊的車夫的鼻樑。車夫一推，卻正推在孩子上；孩子就扭轉身去，向着圈外，嚷着要回去了。老媽子先也略略一蹌踉，但便即站定，旋轉孩子來使他正對白背心，一手指點着，說道：

"阿，阿，看呀！多麼好看哪！……"

空隙間忽而探進一個戴硬草帽的學生模樣的頭來，將一粒瓜子之類似的東西放在嘴裡，下顎向上一磕，咬開，退出去了。這地方就補上了一個滿頭油汗而粘着灰土的橢圓臉。

挾洋傘的長子也已經生氣，斜下了一邊的肩膊，皺眉疾視着肩後的死鱸魚。大約從這麼大的大嘴裡呼出來的熱氣，原也不易招架的，而況又在盛夏。禿頭正仰視那電杆上釘着的紅牌上的四個白字，仿佛很覺得有趣。胖大漢和巡警都斜了眼研究着老媽子的鈎刀般的鞋尖。

"好！"

甚麼地方忽有幾個人同聲喝采。都知道該有甚麼事情起來了，一切頭便全數回轉去。連巡警和他牽着的犯人也都有些搖動了。

"剛出屜的包子咧！荷阿，熱的……。"

路對面是胖孩子歪着頭，磕睡似的長呼；路上是車夫們默默地前奔，似乎想趕緊逃出頭上的烈日。大家都幾乎失望了，幸而放出眼光去四處搜索，終於在相距十多家的路上，發見了一輛洋車停放着，一個車夫正在爬起來。

圓陣立刻散開，都錯錯落落地走過去。胖大漢走不到一半，就歇在路邊的槐樹下；長子比禿頭和橢圓臉走得快，接近了。車上的坐客依然坐着，車夫已經完全爬起，但還在摩自己的膝髁。周圍有五六個人笑嘻嘻地看他們。

"成麼？"車夫要來拉車時，坐客便問。

他只點點頭，拉了車就走；大家就惘惘然目送他。起先還知道那一輛是曾經跌倒的車，後來被別的車一混，知不清了。

馬路上就很清閒，有幾隻狗伸出了舌頭喘氣；胖大漢就在槐陰下看那很快地一起一落的狗肚皮。

老媽子抱了孩子從屋檐陰下躦過去了。胖孩子歪着頭，擠細了眼睛，拖長聲音，磕睡地叫喊——

"熱的包子咧！荷阿！……剛出屜的……。"

一九二五年三月一八日。

點 評

小說到了"五四"，在多方探索中確乎難以成法規範之。一幅首善之區圍觀示眾的街頭速寫，渾無情節，也難以說有集中筆墨描寫之的人物，毋寧說它的主角是某個對刑事慘劇麻木不仁的"幽靈"。首善之區的西城，是魯迅寓居的紹興會館的活動範圍，所寫的盛夏街面的酷暑，不是曾經者是寫不出來的。但示眾場景的行文是異常冷雋的，作者是深度地從字面隱退了。看客熱鬧非常：

"刹時間，也就圍滿了大半圈的看客。待到增加了禿頭的老頭子之後，空缺已經不多，而立刻又被一個赤膊的紅鼻子胖大漢補滿了。"連犯人"他，犯了甚麼事啦？……"都沒有弄清楚，就圍上一層層的人群，"背後的人們又須竭力伸長了脖子；有一個瘦子竟至於連嘴都張得很大，像一條死鱸魚"。頭上梳着喜鵲尾巴似的"蘇州俏"的老媽子抱着孩子，指點着犯人說："阿，阿，看呀！多麼好看哪！……""好！"甚麼地方忽有幾個人同聲喝采。原來是不遠處一個車夫從車上摔下來，分散大夥的注意力。對於如此場面，作者憂憤瀰漫，似乎字裡行間都隱埋着深長的嘆息，直到結尾人散街空，還足以使讀者掩卷怔忡，茫茫然對國民精神狀態產生沉鬱的玄思。作者是在解剖國民性麼？也許是，他解剖於不見解剖刀之形跡處。

示眾這種以侮辱犯人的人格而對眾人發出警示的刑罰，起源甚早。《吳越春秋·越王無余外傳》記載，在上古三代就有了："禹三年服畢，哀民，不得已，即天子之位。三載考功，五年政定，周行天下，歸還大越。登茅山以朝四方群臣，觀示中州諸侯，防風後至，斬以示眾，示天下悉屬禹也。"在明代，示眾發展成苦刑。《草木子》記朱元璋嚴於吏治，凡守令貪酷者，許民赴京陳訴。贓至六十兩以上者，梟首示眾，仍剝皮實草。府、州、縣、衛之左特立一廟，以祀土地，為剝皮之場，名曰皮場廟。官府公座旁，各懸一剝皮實草之袋，使之觸目警心。明清小說寫"梟首示眾"之處甚多。《儒林外史》第四回記述高要縣早堂，帶進來一個偷雞的積賊。知縣怒斥一番，取過朱筆來，在他臉上寫了"偷雞賊"三個字，取一面枷枷了。把他偷的雞，頭向後，尾向前，捆在他頭上，枷了出去。才出得縣門，那雞屁股裡刮喇的一聲，屙出一拋稀屎來，從額顱上淌到鼻子上，鬍子沾成一片，滴到枷上。兩邊看的人多笑。又帶進一個以五十斤牛肉行賄的老師夫，縣令大罵一頓“大膽狗奴”，重責三十板。取一面大枷，把那五十斤牛肉，都堆在枷上，臉和頸子箍的緊緊的，只剩得兩個眼睛，在縣前示眾。天氣又熱，枷到第二日，牛肉生蛆，第三日，嗚呼死了。

　　然而，魯迅是面對現實的示眾場面，更為刻骨銘心的是那些圍觀的看客。在魯迅背上猛推一把，促使他毅然棄醫從文的是幻燈片上的示眾場面。《吶喊·自序》回憶：日俄戰爭時，仙台醫專課堂上放映戰事畫片，常有同學們拍手喝采。有一回，畫片上竟然綁着替俄國做偵探的中國人，正要被日軍砍下頭顱來示眾，而圍着賞鑑這示眾的盛舉的許多中國人，體格強壯，神情麻木。於是魯迅“覺得醫學並非一件緊要事，凡是愚弱的國民，即使體格如何健全，如何茁壯，也只能做毫無意義的示眾的材料和看客，病死多少是不必以為不幸的。所以我們的第一要著，是在改變他們的精神，而善於改變精神的是，我那時以為當然要推文藝，於是想提倡文藝運動了”。“五四”新文化運動以後，一九二三年十二月在《娜拉走後怎樣》的講演中說：“群眾，—— 尤其是中國的，—— 永遠是戲劇的看客。犧牲上場，如果顯得慷慨，他們就看了悲壯劇；如果顯得觳觫，他們就看了滑稽劇。北京的羊肉舖前常有幾個人張着嘴看剝羊，仿佛頗愉快，人的犧牲能給與他們的益處，也不過如此。而況事後走不幾步，他們並這一點愉快也就忘卻了。”他感慨：“可惜中國太難改變了，即使搬動一張桌子，改裝一個火爐，幾乎也要血；而且即使有了血，也未必一定能搬動，能改裝。不是很大的鞭子打在背上，中國自己是不肯動彈的。我想這鞭子總要來，好壞是別一問題，然而總要打到的。但是從那裡來，怎麼地來，我也是不能確切地知道。”因而他認為改造國民性，是“深沉的韌性的戰鬥”。

孤 獨 者

一

我和魏連殳相識一場，回想起來倒也別致，竟是以送殮始，以送殮終。

那時我在 S 城，就時時聽到人們提起他的名字，都說他很有些古怪：所學的是動物學，卻到中學堂去做歷史教員；對人總是愛理不理的，卻常喜歡管別人的閒事；常說家庭應該破壞，一領薪水卻一定立即寄給他的祖母，一日也不拖延。此外還有許多零碎的話柄；總之，在 S 城裡也算是一個給人當作談助的人。有一年的秋天，我在寒石山的一個親戚家裡閒住；他們就姓魏，是連殳的本家。但他們卻更不明白他，仿佛將他當作一個外國人看待，說是"同我們都異樣的"。

這也不足為奇，中國的興學雖說已經二十年了，寒石山卻連小學也沒有。全山村中，只有連殳是出外遊學的學生，所以從村人看來，他確是一個異類；但也很妒羨，說他掙得許多錢。

到秋末，山村中痢疾流行了；我也自危，就想回到城中去。那時聽說連殳的祖母就染了病，因為是老年，所以很沉重；山中又沒有一個醫生。所謂他的家屬者，其實就只有一個這祖母，僱一名女工簡單地過活；他幼小失了父母，就由這祖母撫養成人的。聽說她先前也曾經吃過許多苦，現在可是安樂了。但因為他沒有家小，家中究竟非常寂寞，這大概也就是大家所謂異樣之一端罷。

寒石山離城是旱道一百里，水道七十里，專使人叫連殳去，往返至少就得四天。山村僻陋，這些事便算大家都要打聽的大新聞，第二天便轟傳她病勢已經極重，專差也出發了；可是到四更天竟嚥了氣，最後的話，是："為甚麼不肯給我會一會連殳的呢？……"

族長，近房，他的祖母的母家的親丁，閒人，聚集了一屋子，豫計連殳的到來，應該已是入殮的時候了。壽材壽衣早已做成，都無須籌畫；他們的第一大問題是在怎樣對付這"承重孫"，因為逆料他關於一切喪葬儀式，是一定要改變新花樣的。聚議之後，大概商定了三大條件，要他必行。一是穿白，二是跪拜，三是請和尚道士做法事。總而言之：是全都照舊。

他們既經議妥，便約定在連殳到家的那一天，一同聚在廳前，排成陣勢，互相策應，並力作一回極嚴厲的談判。村人們都嚥着唾沫，新奇地聽候消息；他們知道連殳是"吃洋教"的"新黨"，向來就不講甚麼道理，兩面的爭鬥，大約總要開始的，或者還會釀成一種出人意外的奇觀。

傳說連殳的到家是下午，一進門，向他祖母的靈前只是彎了一彎腰。族長們便立刻照豫定計畫進行，將他叫到大廳上，先說過一大篇冒頭，然後引入本題，而且大家此唱彼和，七嘴八舌，使他得不到辯駁的機會。但終於話都說完了，沉默充滿了全廳，人們全數悚然地緊看着他的嘴。只見連殳神色也不動，簡單地回答道：

"都可以的。"

這又很出於他們的意外，大家的心的重擔都放下了，但又似乎反加重，覺得太"異樣"，倒很有些可慮似的。打聽新聞的村人們也很失望，口口相傳道，"奇怪！他說'都可以'哩！我們看去罷！"都可以就是照舊，本來是無足觀了，但他們也還要看，黃昏之後，便欣欣然聚滿了一堂前。

我也是去看的一個，先送了一份香燭；待到走到他家，已見連殳在給死者穿衣服了。原來他是一個短小瘦削的人，長方臉，蓬鬆的頭髮和濃黑的鬚眉佔了一臉的小半，只見兩眼在黑氣裡發光。那穿衣也穿得真好，井井有條，仿佛是一個大殮的專家，使旁觀者不覺嘆服。寒石山老例，當這些時候，無論如何，母家的親丁是總要挑剔的；他卻只是默默地，遇見怎麼挑剔便怎麼改，神色也不動。站在我前面的一個花白頭髮的老太太，便發出羨慕感嘆的聲音。

其次是拜；其次是哭，凡女人們都唸唸有詞。其次入棺；其次又是拜；又是哭，直到釘好了棺蓋。沉靜了一瞬間，大家忽而擾動了，很有驚異和不滿的形勢。我也不由的突然覺到：連殳就始終沒有落過一滴淚，只坐在草薦上，兩眼在黑氣裡閃閃地發光。

大殮便在這驚異和不滿的空氣裡面完畢。大家都怏怏地，似乎想走散，但連殳卻還坐在草薦上沉思。忽然，他流下淚來了，接着就失聲，立刻又變成長嚎，像一匹受傷的狼，當深夜在曠野中嗥叫，慘傷裡夾雜着憤怒和悲哀。這模樣，是老例上所沒有的，先前也未曾豫防到，大家都手足無措了，遲疑了一會，就有幾個人上前去勸止他，愈去愈多，終於擠成一大堆。但他卻只是兀坐着號咷，鐵塔似的動也不動。

大家又只得無趣地散開；他哭着，哭着，約有半點鐘，這才突然停了下來，也不向弔客招呼，徑自往家裡走。接着就有前去窺探的人來報告：他走進他祖母的房裡，躺在床上，而且，似乎就睡熟了。

隔了兩日，是我要動身回城的前一天，便聽到村人都遭了魔似的發議論，說連殳要將所有的器具大半燒給他祖母，餘下的便分贈生時侍奉，死時送終的女工，並且連房屋也要無期地借給她居住了。親戚本家都說到舌敝唇焦，也終於阻當不住。

恐怕大半也還是因為好奇心，我歸途中經過他家的門口，便又順便去弔慰。他穿了毛邊的白衣出見，神色也還是那樣，冷冷的。我很勸慰了一番；他卻除了唯唯諾諾之外，只回答了一句話，是：

"多謝你的好意。"

二

我們第三次相見就在這年的冬初，S城的一個書舖子裡，大家同時點了一點頭，總算是認識了。但使我們接近起來的，是在這年底我失了職業之後。從此，我便常常訪問連殳去。一則，自然是因為無聊賴；二則，因為聽人說，他倒很親近失意的人的，雖然素性這麼冷。但是世事升沉無定，失意人也不會長是失意人，所以他也就很少長久的朋友。這傳說果然不虛，我一投名片，他便接見了。兩間連通的客廳，並無甚麼陳設，不過是桌椅之外，排列些書架，大家雖說他是一個可怕的"新黨"，架上卻不很有新書。他已經知道我失了職業；但套話一說就完，主客便只好默默地相對，逐漸沉悶起來。我只見他很快地吸完一枝煙，煙蒂要燒着手指了，才拋在地面上。

"吸煙罷。"他伸手取第二枝煙時，忽然說。

我便也取了一枝，吸着，講些關於教書和書籍的，但也還覺得沉悶。我正想走時，門外一陣喧嚷和腳步聲，四個男女孩子闖進來了。大的八九歲，小的四五歲，手臉和衣服都很髒，而且醜得可以。但是連殳的眼裡卻即刻發出歡喜的光來了，連忙站起，向客廳間壁的房裡走，一面說道：

"大良，二良，都來！你們昨天要的口琴，我已經買來了。"

孩子們便跟着一齊擁進去，立刻又各人吹着一個口琴一擁而出，一出客廳門，不知怎的便打將起來。有一個哭了。

"一人一個，都一樣的。不要爭呵！"他還跟在後面囑咐。

"這麼多的一群孩子都是誰呢？"我問。

“是房主人的。他們都沒有母親，只有一個祖母。”

“房東只一個人麼？”

“是的。他的妻子大概死了三四年了罷，沒有續娶。—— 否則，便要不肯將餘屋租給我似的單身人。” 他說着，冷冷地微笑了。

我很想問他何以至今還是單身，但因為不很熟，終於不好開口。

只要和連殳一熟識，是很可以談談的。他議論非常多，而且往往頗奇警。使人不耐的倒是他的有些來客，大抵是讀過《沉淪》的罷，時常自命為 “不幸的青年” 或是 “零餘者”，螃蟹一般懶散而驕傲地堆在大椅子上，一面唉聲嘆氣，一面皺着眉頭吸煙。還有那房主的孩子們，總是互相爭吵，打翻碗碟，硬討點心，亂得人頭昏。但連殳一見他們，卻再不像平時那樣的冷冷的了，看得比自己的性命還寶貴。聽說有一回，三良發了紅斑痧，竟急得他臉上的黑氣愈見其黑了；不料那病是輕的，於是後來便被孩子們的祖母傳作笑柄。

“孩子總是好的。他們全是天真……。” 他似乎也覺得我有些不耐煩了，有一天特地乘機對我說。

“那也不盡然。” 我只是隨便回答他。

“不。大人的壞脾氣，在孩子們是沒有的。後來的壞，如你平日所攻擊的壞，那是環境教壞的。原來卻並不壞，天真……。我以為中國的可以希望，只在這一點。”

“不。如果孩子中沒有壞根苗，大起來怎麼會有壞花果？譬如一粒種子，正因為內中本含有枝葉花果的胚，長大時才能夠發出這些東西來。何嘗是無端……。”我因為閒着無事，便也如大人先生們一下野，就要吃素談禪一樣，正在看佛經。佛理自然是並不懂得的，但竟也不自檢點，一味任意地說。

然而連殳氣忿了，只看了我一眼，不再開口。我也猜不出他是無話可說呢，還是不屑辯。但見他又顯出許久不見的冷冷的態度來，默默地連吸了兩枝煙；待到他再取第三枝時，我便只好逃走了。

這仇恨是歷了三月之久才消釋的。原因大概是一半因為忘卻，一半則他自己竟也被 "天真" 的孩子所仇視了，於是覺得我對於孩子的冒瀆的話倒也情有可原。但這不過是我的推測。其時是在我的寓裡的酒後，他似乎微露悲哀模樣，半仰着頭道：

"想起來真覺得有些奇怪。我到你這裡來時，街上看見一個很小的小孩，拿了一片蘆葉指着我道：殺！他還不很能走路……。"

"這是環境教壞的。"

我即刻很後悔我的話。但他卻似乎並不介意，只竭力地喝酒，其間又竭力地吸煙。

"我倒忘了，還沒有問你，" 我便用別的話來支梧，"你是不大訪問人的，怎麼今天有這興致來走走呢？我們相識有一年多了，你到我這裡來卻還是第一回。"

"我正要告訴你呢：你這幾天切莫到我寓裡來看我了。我的寓裡正有很討厭的一大一小在那裡，都不像人！"

"一大一小？這是誰呢？" 我有些詫異。

"是我的堂兄和他的小兒子。哈哈，兒子正如老子一般。"

"是上城來看你，帶便玩玩的罷？"

"不。說是來和我商量，就要將這孩子過繼給我的。"

"呵！過繼給你？" 我不禁驚叫了，"你不是還沒有娶親麼？"

"他們知道我不娶的了。但這都沒有甚麼關係。他們其實是要過繼給我那一間寒石山的破屋子。我此外一無所有，你是知道的；錢一到手就化完。只有這一間破屋子。他們父子的一生的事業是在逐出那一個借住着的老女工。"

他那詞氣的冷峭，實在又使我悚然。但我還慰解他說：

"我看你的本家也還不至於此。他們不過思想略舊一點罷了。譬如，你那年大哭的時候，他們就都熱心地圍着使勁來勸你……。"

"我父親死去之後，因為奪我屋子，要我在筆據上畫花押，我大哭着的時候，他們也是這樣熱心地圍着使勁來勸我……。" 他兩眼向上凝視，仿佛要在空中尋出那時的情景來。

"總而言之：關鍵就全在你沒有孩子。你究竟為甚麼老不結婚的呢？" 我忽而尋到了轉舵的話，也是久已想問的話，覺得這時是最好的機會了。

他詫異地看着我，過了一會，眼光便移到他自己的膝髁上去了，於是就吸煙，沒有回答。

三

但是，雖在這一種百無聊賴的境地中，也還不給連殳安住。漸漸地，小報上有匿名人來攻擊他，學界上也常有關於他的流言，可是這已經並非先前似的單是話柄，大概是於他有損的了。我知道這是他近來喜歡發表文章的結果，倒也並不介意。S城人最不願意有人發些沒有顧忌的議論，一有，一定要暗暗地來叮他，這是向來如此的，連殳自己也知道。但到春天，忽然聽說他已被校長辭退了。這卻使我覺得有些兀突；其實，這也是向來如此的，不過因為我希望着自己認識的人能夠倖免，所以就以為兀突罷了，S城人倒並非這一回特別惡。

其時我正忙着自己的生計，一面又在接洽本年秋天到山陽去當教員的事，竟沒有工夫去訪問他。待到有些餘暇的時候，離他被辭退那時大約快有三個月了，可是還沒有發生訪問連殳的意思。有一天，我路過大街，偶然在舊書攤前停留，卻不禁使我覺到震悚，因為在那裡陳列着的一部汲古閣初印本《史記索隱》，正是連殳的書。他喜歡書，但不是藏書家，這種本子，在他是算作貴重的善本，非萬不得已，不肯輕易變賣的。難道他失業剛才兩三月，就一貧至此麼？雖然他向來一有錢即隨手散去，沒有甚麼貯蓄。於是我便決意訪問連殳去，順便在街上買了一瓶燒酒，兩包花生米，兩個熏魚頭。

他的房門關閉着，叫了兩聲，不見答應。我疑心他睡着了，更加大聲地叫，並且伸手拍着房門。

"出去了罷！"大良們的祖母，那三角眼的胖女人，從對面的窗口探出她花白的頭來了，也大聲説，不耐煩似的。

"那裡去了呢？"我問。

"那裡去了？誰知道呢？—— 他能到那裡去呢，你等着就是，一會兒總會回來的。"

我便推開門走進他的客廳去。真是 "一日不見，如隔三秋"，滿眼是淒涼和空空洞洞，不但器具所餘無幾了，連書籍也只剩了在 S 城決沒有人會要的幾本洋裝書。屋中間的圓桌還在，先前曾經常常圍繞着憂鬱慷慨的青年，懷才不遇的奇士和腌臢吵鬧的孩子們的，現在卻見得很閒靜，只在面上蒙着一層薄薄的灰塵。我就在桌上放了酒瓶和紙包，拖過一把椅子來，靠桌旁對着房門坐下。

的確不過是 "一會兒"，房門一開，一個人悄悄地陰影似的進來了，正是連殳。也許是傍晚之故罷，看去仿佛比先前黑，但神情卻還是那樣。

"阿！你在這裡？來得多久了？"他似乎有些喜歡。

"並沒有多久。"我説，"你到那裡去了？"

"並沒有到那裡去，不過隨便走走。"

他也拖過椅子來，在桌旁坐下；我們便開始喝燒酒，一面談些關於他的失業的事。但他卻不願意多談這些；他以為這是意料中的事，也是自己時常遇到的事，無足怪，而且無可談的。他照例只是一意喝燒酒，並且依然發些關於社會和歷史的議論。不知怎地我此時看見空空的書架，也記起汲古閣初印本的《史記索隱》，忽而感到一種淡漠的孤寂和悲哀。

"你的客廳這麼荒涼……。近來客人不多了麼？"

"沒有了。他們以為我心境不佳，來也無意味。心境不佳，實在是可以給人們不舒服的。冬天的公園，就沒有人去……。"他連喝兩口酒，默默地想着，突然，仰起臉來看着我問道，"你在圖謀的職業也還是毫無把握罷？……"

我雖然明知他已經有些酒意，但也不禁憤然，正想發話，只見他側耳一聽，便抓起一把花生米，出去了。門外是大良們笑嚷的聲音。

但他一出去，孩子們的聲音便寂然，而且似乎都走了。他還追上去，說些話，卻不聽得有回答。他也就陰影似的悄悄地回來，仍將一把花生米放在紙包裡。

"連我的東西也不要吃了。"他低聲，嘲笑似的說。

"連殳，"我很覺得悲涼，卻強裝着微笑，說，"我以為你太自尋苦惱了。你看得人間太壞……。"

他冷冷的笑了一笑。

"我的話還沒有完哩。你對於我們，偶而來訪問你的我們，也以為因為閒着無事，所以來你這裡，將你當作消遣的資料的罷？"

"並不。但有時也這樣想。或者尋些談資。"

"那你可錯誤了。人們其實並不這樣。你實在親手造了獨頭繭，將自己裹在裡面了。你應該將世間看得光明些。"我嘆惜着說。

"也許如此罷。但是，你說：那絲是怎麼來的？—— 自然，世上也盡有這樣的人，譬如，我的祖母就是。我雖然沒有分得她的血液，卻也許會繼承她的運命。然而這也沒有甚麼要緊，我早已豫先一起哭過了……。"

我即刻記起他祖母大殮時候的情景來，如在眼前一樣。

“我總不解你那時的大哭……。”於是鶻突地問了。

“我的祖母入殮的時候罷？是的，你不解的。”他一面點燈，一面冷靜地說，“你的和我交往，我想，還正因為那時的哭哩。你不知道，這祖母，是我父親的繼母；他的生母，他三歲時候就死去了。”他想着，默默地喝酒，吃完了一個熏魚頭。

“那些往事，我原是不知道的。只是我從小時候就覺得不可解。那時我的父親還在，家景也還好，正月間一定要懸掛祖像，盛大地供養起來。看着這許多盛裝的畫像，在我那時似乎是不可多得的眼福。但那時，抱着我的一個女工總指了一幅像說：‘這是你自己的祖母。拜拜罷，保祐你牛龍活虎似的大得快。’我真不懂得我明明有着　個祖母，怎麼又會有甚麼‘自己的祖母’來。可是我愛這‘自己的祖母’，她不比家裡的祖母一般老；她年青，好看，穿着描金的紅衣服，戴着珠冠，和我母親的像差不多。我看她時，她的眼睛也注視我，而且口角上漸漸增多了笑影：我知道她一定也是極其愛我的。

“然而我也愛那家裡的，終日坐在窗下慢慢地做針線的祖母。雖然無論我怎樣高興地在她面前玩笑，叫她，也不能引她歡笑，常使我覺得冷冷地，和別人的祖母們有些不同。但我還愛她。可是到後來，我逐漸疏遠她了；這也並非因為年紀大了，已經知道她不是我父親的生母的緣故，倒是看久了終日終年的做針線，機器似的，自然免不了要發煩。但她卻還是先前一樣，做針線；管理我，也愛護我，雖然少見笑容，卻也不加呵斥。直到我父親去世，還是這樣；後來呢，我們幾乎全靠她做針線過活了，自然更這樣，直到我進學堂……。”

燈火銷沉下去了，煤油已經將涸，他便站起，從書架下摸出一個小小的洋鐵壺來添煤油。

“只這一月裡，煤油已經漲價兩次了……。”他旋好了燈頭，慢慢地說。“生活要日見其困難起來。──她後來還是這樣，直到我畢業，有了事做，生活比先前安定些；恐怕還直到她生病，實在打熬不住了，只得躺下的時候罷……。

"她的晚年，據我想，是總算不很辛苦的，享壽也不小了，正無須我來下淚。況且哭的人不是多着麼？連先前竭力欺凌她的人們也哭，至少是臉上很慘然。哈哈！……可是我那時不知怎地，將她的一生縮在眼前了，親手造成孤獨，又放在嘴裡去咀嚼的人的一生。而且覺得這樣的人還很多哩。這些人們，就使我要痛哭，但大半也還是因為我那時太過於感情用事……。

"你現在對於我的意見，就是我先前對於她的意見。然而我的那時的意見，其實也不對的。便是我自己，從略知世事起，就的確逐漸和她疏遠起來了……。"

他沉默了，指間夾着煙捲，低了頭，想着。燈火在微微地發抖。

"呵，人要使死後沒有一個人為他哭，是不容易的事呵。"他自言自語似的說；略略一停，便仰起臉來向我道，"想來你也無法可想。我也還得趕緊尋點事情做……。"

"你再沒有可託的朋友了麼？"我這時正是無法可想，連自己。

"那倒大概還有幾個的，可是他們的境遇都和我差不多……。"

我辭別連殳出門的時候，圓月已經升在中天了，是極靜的夜。

四

山陽的教育事業的狀況很不佳。我到校兩月，得不到一文薪水，只得連煙捲也節省起來。但是學校裡的人們，雖是月薪十五六元的小職員，也沒有一個不是樂天知命的，仗着逐漸打熬成功的銅筋鐵骨，面黃肌瘦地從早辦公一直到夜，其間看見名位較高的人物，還得恭恭敬敬地站起，實在都是不必"衣食足而知禮節"的人民。我每看見這情狀，不知怎的總記起連殳臨別託付我的話來。他那時生計更其不堪了，窘相時時顯露，看去似乎已沒有往時的深沉，知道我就要動身，深夜來訪，遲疑了許久，才吞吞吐吐地說道：

"不知道那邊可有法子想？——便是鈔寫，一月二三十塊錢的也可以的。我……。"

我很詫異了，還不料他竟肯這樣的遷就，一時說不出話來。

"我……，我還得活幾天……。"

"那邊去看一看，一定竭力去設法罷。"

這是我當日一口承當的答話，後來常常自己聽見，眼前也同時浮出連殳的相貌，而且吞吞吐吐地說道"我還得活幾天"。到這些時，我便設法向各處推薦一番；但有甚麼效驗呢，事少人多，結果是別人給我幾句抱歉的話，我就給他幾句抱歉的信。到一學期將完的時候，那情形就更加壞了起來。那地方的幾個紳士所辦的《學理週報》上，竟開始攻擊我了，自然是決不指名的，但措辭很巧妙，使人一見就覺得我是在挑剔學潮，連推薦連殳的事，也算是呼朋引類。

我只好一動不動，除上課之外，便關起門來躲着，有時連煙捲的煙鑽出窗隙去，也怕犯了挑剔學潮的嫌疑。連殳的事，自然更是無從說起了。這樣地一直到深冬。

下了一天雪，到夜還沒有止，屋外一切靜極，靜到要聽出靜的聲音來。我在小小的燈火光中，閉目枯坐，如見雪花片片飄墜，來增補這一望無際的雪堆；故鄉也準備過年了，人們忙得很；我自己還是一個兒童，在後園的平坦處和一夥小朋友塑雪羅漢。雪羅漢的眼睛是用兩塊小炭嵌出來的，顏色很黑，這一閃動，便變了連殳的眼睛。

"我還得活幾天！"仍是這樣的聲音。

"為甚麼呢？"我無端地這樣問，立刻連自己也覺得可笑了。

這可笑的問題使我清醒，坐直了身子，點起一枝煙捲來；推窗一望，雪果然下得更大了。聽得有人叩門；不一會，一個人走進來，但是聽熟的客寓雜役的腳步。他推開我的房門，交給我一封六寸多長的信，字跡很潦草，然而一瞥便認出 "魏緘" 兩個字，是連殳寄來的。

這是從我離開 S 城以後他給我的第一封信。我知道他疏懶，本不以杳無消息為奇，但有時也頗怨他的不給一點消息。待到接了這信，可又無端地覺得奇怪了，慌忙拆開來。裡面也用了一樣潦草的字體，寫着這樣的話：

"申飛……。

"我稱你甚麼呢？我空着。你自己願意稱甚麼，你自己添上去罷。我都可以的。

"別後共得三信，沒有覆。這原因很簡單：我連買郵票的錢也沒有。

"你或者願意知道些我的消息，現在簡直告訴你罷：我失敗了。先前，我自以為是失敗者，現在知道那並不，現在才真是失敗者了。先前，還有人願意我活幾天，我自己也還想活幾天的時候，活不下去；現在，大可以無須了，然而要活下去……。

"然而就活下去麼？

"願意我活幾天的，自己就活不下去。這人已被敵人誘殺了。誰殺的呢？誰也不知道。

"人生的變化多麼迅速呵！這半年來，我幾乎求乞了，實際，也可以算得已經求乞。然而我還有所為，我願意為此求乞，為此凍餒，為此寂寞，為此辛苦。但滅亡是不願意的。你看，有一個願意我活幾天的，那力量就這麼大。然而現在是沒有了，連這一個也沒有了。同時，我自己也覺得不配活下去；別人呢？也不配的。同時，我自己又覺得偏要為不願意我活下去的人們而活下去；好在願意我好好地活下去的已經沒有了，再沒有誰痛心。使

202

這樣的人痛心，我是不願意的。然而現在是沒有了，連這一個也沒有了。快活極了，舒服極了；我已經躬行我先前所憎惡，所反對的一切，拒斥我先前所崇仰，所主張的一切了。我已經真的失敗，——然而我勝利了。

"你以為我發了瘋麼？你以為我成了英雄或偉人了麼？不，不的。這事情很簡單；我近來已經做了杜師長的顧問，每月的薪水就有現洋八十元了。

"申飛……。

"你將以我為甚麼東西呢，你自己定就是，我都可以的。

"你大約還記得我舊時的客廳罷，我們在城中初見和將別時候的客廳。現在我還用着這客廳。這裡有新的賓客，新的饋贈，新的頌揚，新的鑽營，新的磕頭和打拱，新的打牌和猜拳，新的冷眼和惡心，新的失眠和吐血……。

"你前信說你教書很不如意。你願意也做顧問麼？可以告訴我，我給你辦。其實是做門房也不妨，一樣地有新的賓客和新的饋贈，新的頌揚……。

"我這裡下大雪了。你那裡怎樣？現在已是深夜，吐了兩口血，使我清醒起來。記得你竟從秋天以來陸續給了我三封信，這是怎樣的可以驚異的事呵。我必須寄給你一點消息，你或者不至於倒抽一口冷氣罷。

"此後，我大約不再寫信的了，我這習慣是你早已知道的。何時回來呢？倘早，當能相見。——但我想，我們大概究竟不是一路的；那麼，請你忘記我罷。我從我的真心感謝你先前常替我籌劃生計。但是現在忘記我罷；我現在已經'好'了。

連殳。十二月十四日。"

這雖然並不使我"倒抽一口冷氣"，但草草一看之後，又細看了一遍，卻總有些不舒服，而同時可又夾雜些快意和高興；又想，他的生計總算已經不成問題，我的擔子也可以放下了，雖然在我這一面始終不過是無法可想。忽而又想寫一封信回答他，但又覺得沒有話說，於是這意思也立即消失了。

我的確漸漸地在忘卻他。在我的記憶中，他的面貌也不再時常出現。但得信之後不到十天，S城的學理七日報社忽然接續着郵寄他們的《學理七日報》來了。我是不大看這些東西的，不過既經寄到，也就隨手翻翻。這卻使我記起連殳來，因為裡面常有關於他的詩文，如《雪夜謁連殳先生》，《連殳顧問高齋雅集》等等；有一回，《學理閒譚》裡還津津地敍述他先前所被傳為笑柄的事，稱作"逸聞"，言外大有"且夫非常之人，必能行非常之事"的意思。

不知怎地雖然因此記起，但他的面貌卻總是逐漸模胡；然而又似乎和我日加密切起來，往往無端感到一種連自己也莫明其妙的不安和極輕微的震顫。幸而到了秋季，這《學理七日報》就不寄來了；山陽的《學理週刊》上卻又按期登起一篇長論文：《流言即事實論》。裡面還說，關於某君們的流言，已在公正士紳間盛傳了。這是專指幾個人的，有我在內；我只好極小心，照例連吸煙捲的煙也謹防飛散。小心是一種忙的苦痛，因此會百事俱廢，自然也無暇記得連殳。總之：我其實已經將他忘卻了。

但我也終於敷衍不到暑假，五月底，便離開了山陽。

五

從山陽到歷城，又到太谷，一總轉了大半年，終於尋不出甚麼事情做，我便又決計回S城去了。到時是春初的下午，天氣欲雨不雨，一切都罩在灰色中；舊寓裡還有空房，仍然住下。在道上，就想起連

204

殳的了，到後，便決定晚飯後去看他。我提着兩包聞喜名產的煮餅，走了許多潮濕的路，讓道給許多攔路高臥的狗，這才總算到了連殳的門前。裡面仿佛特別明亮似的。我想，一做顧問，連寓裡也格外光亮起來了，不覺在暗中一笑。但仰面一看，門旁卻白白的，分明帖着一張斜角紙。我又想，大良們的祖母死了罷；同時也跨進門，一直向裡面走。

微光所照的院子裡，放着一具棺材，旁邊站一個穿軍衣的兵或是馬弁，還有·個和他談話的，看時卻是大良的祖母；另外還閒站着幾個短衣的粗人。我的心即刻跳起來了。她也轉過臉來凝視我。

"阿呀！您回來了？何不早幾天……。" 她忽而大叫起來。

"誰……誰沒有了？" 我其實是已經大概知道的了，但還是問。

"魏大人，前天沒有的。"

我四顧，客廳裡暗沉沉的，大約只有一盞燈；正屋裡卻掛着白的孝幃，幾個孩子聚在屋外，就是大良二良們。

"他停在那裡，" 大良的祖母走向前，指着說，"魏大人恭喜之後，我把正屋也租給他了；他現在就停在那裡。"

孝幃上沒有別的，前面是一張條桌，一張方桌；方桌上擺着十來碗飯菜。我剛跨進門，當面忽然現出兩個穿白長衫的來攔住了，瞪了死魚似的眼睛，從中發出驚疑的光來，釘住了我的臉。我慌忙說明我和連殳的關係，大良的祖母也來從旁證實，他們的手和眼光這才逐漸弛緩下去，默許我近前去鞠躬。

我一鞠躬，地下忽然有人嗚嗚的哭起來了，定神看時，一個十多歲的孩子伏在草薦上，也是白衣服，頭髮剪得很光的頭上還絡着一大綹苧麻絲。

我和他們寒暄後，知道一個是連殳的從堂兄弟，要算最親的了；一個是遠房姪子。我請求看一看故人，他們卻竭力攔阻，說是 "不敢當"的。然而終於被我說服了，將孝幃揭起。

這回我會見了死的連殳。但是奇怪！他雖然穿一套皺的短衫褲，大襟上還有血跡，臉上也瘦削得不堪，然而面目卻還是先前那樣的面目，寧靜地閉着嘴，合着眼，睡着似的，幾乎要使我伸手到他鼻子前面，去試探他可是其實還在呼吸着。

一切是死一般靜，死的人和活的人。我退開了，他的從堂兄弟卻又來周旋，說"舍弟"正在年富力強，前程無限的時候，竟遽爾"作古"了，這不但是"衰宗"不幸，也太使朋友傷心。言外頗有替連殳道歉之意；這樣地能說，在山鄉中人是少有的。但此後也就沉默了，一切是死一般靜，死的人和活的人。

我覺得很無聊，怎樣的悲哀倒沒有，便退到院子裡，和大良們的祖母閒談起來。知道入殮的時候是臨近了，只待壽衣送到；釘棺材釘時，"子午卯酉"四生肖是必須躲避的。她談得高興了，說話滔滔地泉流似的湧出，說到他的病狀，說到他生時的情景，也帶些關於他的批評。

"你可知道魏大人自從交運之後，人就和先前兩樣了，臉也抬高起來，氣昂昂的。對人也不再先前那麼迂。你知道，他先前不是像一個啞子，見我是叫老太太的麼？後來就叫'老傢伙'。唉唉，真是有趣。人送他仙居術，他自己是不吃的，就摔在院子裡，—— 就是這地方，—— 叫道，'老傢伙，你吃去罷。'他交運之後，人來人往，我把正屋也讓給他住了，自己便搬在這廂房裡。他也真是一走紅運，就與眾不同，我們就常常這樣說笑。要是你早來一個月，還趕得上看這裡的熱鬧，三日兩頭的猜拳行令，說的說，笑的笑，唱的唱，做詩的做詩，打牌的打牌……。

"他先前怕孩子們比孩子們見老子還怕，總是低聲下氣的。近來可也兩樣了，能說能鬧，我們的大良們也很喜歡和他玩，一有空，便都到他的屋裡去。他也用種種方法逗着玩；要他買東西，他就要孩子裝一聲狗叫，或者磕一個響頭。哈哈，真是過得熱鬧。前兩月二良要他買鞋，還磕了三個響頭哩，哪，現在還穿着，沒有破呢。"

一個穿白長衫的人出來了，她就住了口。我打聽連殳的病症，她卻不大清楚，只說大約是早已瘦了下去的罷，可是誰也沒理會，因為他總是高高興興的。到一個多月前，這才聽到他吐過幾回血，但似乎也沒有看醫生；後來躺倒了；死去的前三天，就啞了喉嚨，說不出一句話。十三大人從寒石山路遠迢迢地上城來，問他可有存款，他一聲也不響。十三大人疑心他裝出來的，也有人說有些生癆病死的人是要說不出話來的，誰知道呢……。

"可是魏大人的脾氣也太古怪，"她忽然低聲說，"他就不肯積蓄一點，水似的化錢。十三大人還疑心我們得了甚麼好處。有甚麼屁好處呢？他就冤裡冤枉胡裡胡塗地化掉了。譬如買東西，今天買進，明天又賣出，弄破，真不知道是怎麼一回事。待到死了下來，甚麼也沒有，都糟掉了。要不然，今天也不至於這樣地冷靜……。

"他就是胡鬧，不想辦一點正經事。我是想到過的，也勸過他。這麼年紀了，應該成家；照現在的樣子，結一門親很容易；如果沒有門當戶對的，先買幾個姨太太也可以：人是總應該像個樣子的。可是他一聽到就笑起來，說道，'老傢伙，你還是總替別人惦記着這等事麼？'你看，他近來就浮而不實，不把人的好話當好話聽。要是早聽了我的話，現在何至於獨自冷清清地在陰間摸索，至少，也可以聽到幾聲親人的哭聲……。"

一個店夥背了衣服來了。三個親人便檢出裡衣，走進幃後去。不多久，孝幃揭起了，裡衣已經換好，接着是加外衣。這很出我意外。一條土黃的軍褲穿上了，嵌着很寬的紅條，其次穿上去的是軍衣，金閃閃的肩章，也不知道是甚麼品級，那裡來的品級。到入棺，是連殳很不妥帖地躺着，腳邊放一雙黃皮鞋，腰邊放一柄紙糊的指揮刀，骨瘦如柴的灰黑的臉旁，是一頂金邊的軍帽。

三個親人扶着棺沿哭了一場，止哭拭淚；頭上絡麻線的孩子退出去了，三良也避去，大約都是屬“子午卯酉”之一的。

粗人打起棺蓋來，我走近去最後看一看永別的連殳。

他在不妥帖的衣冠中，安靜地躺着，合了眼，閉着嘴，口角間仿佛含着冰冷的微笑，冷笑着這可笑的死屍。

敲釘的聲音一響，哭聲也同時迸出來。這哭聲使我不能聽完，只好退到院子裡；順腳一走，不覺出了大門了。潮濕的路極其分明，仰看太空，濃雲已經散去，掛着一輪圓月，散出冷靜的光輝。

我快步走着，仿佛要從一種沉重的東西中衝出，但是不能夠。耳朵中有甚麼掙扎着，久之，久之，終於掙扎出來了，隱約像是長嗥，像一匹受傷的狼，當深夜在曠野中嗥叫，慘傷裡夾雜着憤怒和悲哀。

我的心地就輕鬆起來，坦然地在潮濕的石路上走，月光底下。

一九二五年十月十七日畢。

點 評

《孤獨者》是魯迅筆下沉甸甸的傑作。一落筆就很冷峻：“我和魏連殳相識一場，回想起來倒也別致，竟是以送殮始，以送殮終。”行文所謂“親手造成孤獨，又放在嘴裡去咀嚼的人的一生”，可以看作本篇的解題。正如《在酒樓上》採用了魯迅的小名、筆名、行跡，此篇也用了魯迅自己的容貌來形容魏連殳：“原來他是一個短小瘦削的人，長方臉，蓬鬆的頭髮和濃黑的鬚眉佔了一臉的小半，只見兩眼在黑氣裡發光。"連魯迅故鄉紹興、山陰，也變通為 S 城、山陽。將故鄉一分為二，以便一人在 S 城，一人在山陽，蕩開一定距離，咀嚼着魏連殳的生命和靈魂。"那地方的幾個紳士所辦的《學理週報》上，竟開始攻擊我了，自然是決不指名的，但措辭很巧妙，使人一見就覺得我是在挑剔學潮，連推薦連殳的事，也算是呼朋引類。"這也隱喻着現代評論派對他的攻擊。由此不難推想，魯迅是將自己的枝枝節節與小說中人，攪拌在一起，從而對"五四"一代的同輩知識者的思想生命，進行深層的解剖和反思。尤為值得注意的是，胡適一九一八年發表《易卜生主義》，裡面引用易卜生《國民公敵》的話："世界上最強有力的人就是那個最孤獨的人。"本篇實際上也是對風行數年的易卜生主義的深度反思。

魏連殳是"吃洋教"的"新黨"，被人視為"確是一個異類"。他看見小孩，眼裡會即刻發出歡喜的光，看得比自己的性命還寶貴，與房主的孩子們，總是互相爭吵，打翻碗碟，硬討點心，亂得人頭昏。他認為"孩子總是好的。他們全是天真"，"我以為中國的可以希望，只在這一點"。魏連殳有些來客，大抵是讀過《沉淪》的，自命為"不幸的青年"或"零餘者"，螃蟹一般懶散而驕傲地堆在大椅子上，一面唉聲嘆氣，一面皺着眉頭吸煙。只是後來"街上看見一個很小的小孩，拿了一片蘆葉指着我道：殺！他還不很能走路"，才產生一些疑惑。這個細節在《長明燈》中也出現過。可知早在寫《孤獨者》的一九二五年，魯迅就對自己信奉的進化論和"五四"思潮，開始進行反思。

小說將考察魏連殳的思想曲線，納入"以送殮始，以送殮終"的敘事框架之中。一是魏連殳參與其繼祖母的入殮儀式，對族長族人、祖母娘家親戚籌劃好的穿白戴孝、跪拜及請和尚道士做法事，毫無異詞。而且仿佛是一個大殮的專家，孝服，跪拜，入棺，行禮如儀。但他始終沒有落過一滴淚，只坐在草薦上，兩眼在黑氣裡閃閃地發光。大殮完畢，眾人走散，他忽然流淚失聲，"立刻又變成長嚎，像一匹受傷的狼，當深夜在曠野中嚎叫，慘傷裡夾雜着憤怒和悲哀"。這種面對死亡的沉默和慘嚎，乃是對人的生存和死亡的意義的咀嚼和摔碎。其後，魏連殳失業，典書度日，先前圍繞着他的憂鬱慷慨的青年，懷才不遇的奇士和腌臢吵鬧的孩子們，紛紛離去，生活沉浸在一種淡漠的孤寂和悲哀之中，有如"親手造了獨頭繭，將自己裹在裡面了"。這樣孤獨的魏連殳，怎麼能說是"世界上最強的人"呢？他只有一句"我還得活幾天"，這是魏連殳求生意志的宣言，在行文中反覆鳴響。在走投無路之際，他當了軍閥杜師長的顧問，月薪現洋八十元，"這裡有新的賓客，新的饋贈，新的頌揚，新的鑽營，新的磕頭和打拱，新的打牌和猜拳，新的冷眼和惡心，新的失眠和吐血……"。但榮華富貴是以放棄先前信仰，出賣人生價值為代價的，勝利意味着失敗："我已經躬行我先前所憎惡，所反對的一切，拒斥我先前所崇仰，所主張的一切了。我已經真的失敗，—— 然而我勝利了。"這就是魏連殳無可奈何的對人的生存和死亡的意義的咀嚼和摔碎。

二是魏連殳得肺癆病死入殮之時，"我"適好失業回鄉，登門拜訪。只看見他的屍體在不妥帖的衣冠中，安靜地躺着，合了眼，閉着嘴，口角間仿佛含着冰冷的微笑，冷笑着這可笑的死屍。儘管也有先前冷落他的世俗老婆子在絮說着："他也真是一走紅運，就與眾不同，我們就常常這樣說笑。要是你早來一個月，還趕得上看這裡的熱鬧，三日兩頭的猜拳行令，說的說，笑的笑，唱的唱，做詩的做詩，打牌的打牌……。"這是一種曲意逢迎的"反祥林嫂式"的絮說，與魏連殳是隔膜的。於是"我"只好快步走出他的靈堂，"仿佛要從一種沉重的東西中衝出，但是不能夠。耳朵中有甚麼掙扎着，久之，久之，終於掙扎出來了，隱約像是長嗥，像一匹受傷的狼，當深夜在曠野中嗥叫，慘傷裡夾雜着憤怒和悲哀"。

全篇的主旋律是"隱約像是長嗥，像一匹受傷的狼，當深夜在曠野中嗥叫，慘傷裡夾雜着憤怒和悲哀"。一種創痕纍纍的生命個體，在向曠野發出"天問式"的絕叫，不知叫聲中夾雜着火焰，還是夾雜着鮮血，令你讀之不能不動容。馬敘倫在 1948 年出版的《石屋餘瀋》中説："俗以送殮為敬死安生。"但是這位孤獨者的野狼般的曠野長嗥，是不能使死者敬、生者安的，它以富有衝擊力的語言聲音，喚起對知識者思想蛻變的反思，對生與死價值的反思，對"孤獨"的反思。瞿秋白《〈魯迅雜感選集〉序言》説："魯迅是萊謨斯，是野獸的奶汁所餵養大的，是封建宗法社會的逆子，是紳士階級的貳臣，而同時也是一些浪漫諦克的革命家的諍友！他從他自己的道路回到了狼的懷抱。"可見那聲曠野狼嚎，蘊含着魯迅的生命意識。魯迅的語言好生了得，比如這一小段："下了一天雪，到夜還沒有止，屋外一切靜極，靜到要聽出靜的聲音來。我在小小的燈火光中，閉目枯坐，如見雪花片片飄墜，來增補這一望無際的雪堆；故鄉也準備過年了，人們忙得很；我自己還是一個兒童，在後園的平坦處和一夥小朋友塑雪羅漢。雪羅漢的眼睛是用兩塊小炭嵌出來的，顏色很黑，這一閃動，便變了連殳的眼睛。"形容"靜極"，竟然是"靜到要聽出靜的聲音"，靜的聲音是甚麼？簡直匪夷所思。而意識朦朧中的雪羅漢用兩塊小炭嵌出的黑眼睛，竟然閃變成魏連殳的眼睛，既有意識流的跳躍，又有蒙太奇的靈動。

傷　逝

如果我能夠，我要寫下我的悔恨和悲哀，為子君，為自己。

會館裡的被遺忘在偏僻裡的破屋是這樣地寂靜和空虛。時光過得真快，我愛子君，仗着她逃出這寂靜和空虛，已經滿一年了。事情又這麼不湊巧，我重來時，偏偏空着的又只有這一間屋。依然是這樣的破窗，這樣的窗外的半枯的槐樹和老紫藤，這樣的窗前的方桌，這樣的敗壁，這樣的靠壁的板床。深夜中獨自躺在床上，就如我未曾和子君同居以前一般，過去一年中的時光全被消滅，全未有過，我並沒有曾經從這破屋子搬出，在吉兆胡同創立了滿懷希望的小小的家庭。

不但如此。在一年之前，這寂靜和空虛是並不這樣的，常常含着期待；期待子君的到來。在久待的焦躁中，一聽到皮鞋的高底尖觸着磚路的清響，是怎樣地使我驟然生動起來呵！於是就看見帶着笑渦的蒼白的圓臉，蒼白的瘦的臂膊，布的有條紋的衫子，玄色的裙。她又帶了窗外的半枯的槐樹的新葉來，使我看見，還有掛在鐵似的老幹上的一房一房的紫白的藤花。

然而現在呢，只有寂靜和空虛依舊，子君卻決不再來了，而且永遠，永遠地！……

子君不在我這破屋裡時，我甚麼也看不見。在百無聊賴中，隨手抓過一本書來，科學也好，文學也好，橫豎甚麼都一樣；看下去，看下去，忽而自己覺得，已經翻了十多頁了，但是毫不記得書上所說的事。只是耳朵卻分外地靈，仿佛聽到大門外一切往來的履聲，從中便有子君的，而且橐橐地逐漸臨近，—— 但是，往往又逐漸渺茫，終於消失在別的步聲的雜沓中了。我憎惡那不像子君鞋聲的穿布底鞋的長班的兒子，我憎惡那太像子君鞋聲的常常穿着新皮鞋的鄰院的搽雪花膏的小東西！

莫非她翻了車麼？莫非她被電車撞傷了麼？……

我便要取了帽子去看她，然而她的胞叔就曾經當面罵過我。

驀然，她的鞋聲近來了，一步響於一步，迎出去時，卻已經走過紫藤棚下，臉上帶着微笑的酒窩。她在她叔子的家裡大約並未受氣；我的心寧帖了，默默地相視片時之後，破屋裡便漸漸充滿了我的語聲，談家庭專制，談打破舊習慣，談男女平等，談伊孛生，談泰戈爾，談雪萊……。她總是微笑點頭，兩眼裡瀰漫着稚氣的好奇的光澤。壁上就釘着一張銅板的雪萊半身像，是從雜誌上裁下來的，是他的最美的一張像。當我指給她看時，她卻只草草一看，便低了頭，似乎不好意思了。這些地方，子君就大概還未脫盡舊思想的束縛，——我後來也想，倒不如換一張雪萊淹死在海裡的記念像或是伊孛生的罷；但也終於沒有換，現在是連這一張也不知那裡去了。

"我是我自己的，他們誰也沒有干涉我的權利！"

這是我們交際了半年，又談起她在這裡的胞叔和在家的父親時，她默想了一會之後，分明地，堅決地，沉靜地說了出來的話。其時是我已經說盡了我的意見，我的身世，我的缺點，很少隱瞞；她也完全瞭解的了。這幾句話很震動了我的靈魂，此後許多天還在耳中發響，而且說不出的狂喜，知道中國女性，並不如厭世家所說那樣的無法可施，在不遠的將來，便要看見輝煌的曙色的。

送她出門，照例是相離十多步遠；照例是那鮎魚鬚的老東西的臉又緊帖在髒的窗玻璃上了，連鼻尖都擠成一個小平面；到外院，照例又是明晃晃的玻璃窗裡的那小東西的臉，加厚的雪花膏。她目不邪視地驕傲地走了，沒有看見；我驕傲地回來。

"我是我自己的，他們誰也沒有干涉我的權利！"這徹底的思想就在她的腦裡，比我還透澈，堅強得多。半瓶雪花膏和鼻尖的小平面，於她能算甚麼東西呢？

我已經記不清那時怎樣地將我的純真熱烈的愛表示給她。豈但現在，那時的事後便已模胡，夜間回想，早只剩了一些斷片了；同居以後一兩月，便連這些斷片也化作無可追蹤的夢影。我只記得那時以前的十幾天，曾經很仔細地研究過表示的態度，排列過措辭的先後，以及倘或遭了拒絕以後的情形。可是臨時似乎都無用，在慌張中，身不由己地竟用了在電影上見過的方法了。後來一想到，就使我很愧恧，但在記憶上卻偏只有這一點永遠留遺，至今還如暗室的孤燈一般，照見我含淚握着她的手，一條腿跪了下去……。

不但我自己的，便是子君的言語舉動，我那時就沒有看得分明；僅知道她已經允許我了。但也還仿佛記得她臉色變成青白，後來又漸漸轉作緋紅，—— 沒有見過，也沒有再見的緋紅；孩子似的眼裡射出悲喜，但是夾着驚疑的光，雖然力避我的視線，張皇地似乎要破窗飛去。然而我知道她已經允許我了，沒有知道她怎樣說或是沒有說。

她卻是甚麼都記得：我的言辭，竟至於讀熟了的一般，能夠滔滔背誦；我的舉動，就如有一張我所看不見的影片掛在眼下，敍述得如生，很細微，自然連那使我不願再想的淺薄的電影的一閃。夜闌人靜，是相對溫習的時候了，我常是被質問，被考驗，並且被命複述當時的言語，然而常須由她補足，由她糾正，像一個丁等的學生。

這溫習後來也漸漸稀疏起來。但我只要看見她兩眼注視空中，出神似的凝想着，於是神色越加柔和，笑窩也深下去，便知道她又在自修舊課了，只是我很怕她看到我那可笑的電影的一閃。但我又知道，她一定要看見，而且也非看不可的。

然而她並不覺得可笑。即使我自己以為可笑，甚而至於可鄙的，她也毫不以為可笑。這事我知道得很清楚，因為她愛我，是這樣地熱烈，這樣地純真。

去年的暮春是最為幸福，也是最為忙碌的時光。我的心平靜下去了，但又有別一部分和身體一同忙碌起來。我們這時才在路上同行，也到過幾回公園，最多的是尋住所。我覺得在路上時時遇到探索，譏笑，猥褻和輕蔑的眼光，一不小心，便使我的全身有些瑟縮，只得即刻提起我的驕傲和反抗來支持。她卻是大無畏的，對於這些全不關心，只是鎮靜地緩緩前行，坦然如入無人之境。

尋住所實在不是容易事，大半是被託辭拒絕，小半是我們以為不相宜。起先我們選擇得很苛酷，—— 也非苛酷，因為看去大抵不像是我們的安身之所；後來，便只要他們能相容了。看了二十多處，這才得到可以暫且敷衍的處所，是吉兆胡同一所小屋裡的兩間南屋；主人是一個小官，然而倒是明白人，自住着正屋和廂房。他只有夫人和一個不到週歲的女孩子，僱一個鄉下的女工，只要孩子不啼哭，是極其安閒幽靜的。

我們的傢具很簡單，但已經用去了我的籌來的款子的大半；子君還賣掉了她唯一的金戒指和耳環。我攔阻她，還是定要賣，我也就不再堅持下去了；我知道不給她加入一點股份去，她是住不舒服的。

和她的叔子，她早經鬧開，至於使他氣憤到不再認她做姪女；我也陸續和幾個自以為忠告，其實是替我擔怯，或者竟是嫉妒的朋友絕了交。然而這倒很清靜。每日辦公散後，雖然已近黃昏，車夫又一定走得這樣慢，但究竟還有二人相對的時候。我們先是沉默的相視，接着是放懷而親密的交談，後來又是沉默。大家低頭沉思着，卻並未想着甚麼事。我也漸漸清醒地讀遍了她的身體，她的靈魂，不過三星期，我似乎於她已經更加瞭解，揭去許多先前以為瞭解而現在看來卻是隔膜，即所謂真的隔膜了。

子君也逐日活潑起來。但她並不愛花，我在廟會時買來的兩盆小草花，四天不澆，枯死在壁角了，我又沒有照顧一切的閒暇。然而她愛動物，也許是從官太太那裡傳染的罷，不一月，我們的眷屬便驟然加得很多，四隻小油雞，在小院子裡和房主人的十多隻在一同走。但她們卻認識雞的相貌，各知道那一隻是自家的。還有一隻花白的叭兒狗，從廟會買來，記得似乎原有名字，子君卻給它另起了一個，叫作阿隨。我就叫它阿隨，但我不喜歡這名字。

這是真的，愛情必須時時更新，生長，創造。我和子君說起這，她也領會地點點頭。

唉唉，那是怎樣的寧靜而幸福的夜呵！

安寧和幸福是要凝固的，永久是這樣的安寧和幸福。我們在會館裡時，還偶有議論的衝突和意思的誤會，自從到吉兆胡同以來，連這一點也沒有了；我們只在燈下對坐的懷舊譚中，回味那時衝突以後的和解的重生一般的樂趣。

子君竟胖了起來，臉色也紅活了；可惜的是忙。管了家務便連談天的工夫也沒有，何況讀書和散步。我們常說，我們總還得僱一個女工。

這就使我也一樣地不快活，傍晚回來，常見她包藏着不快活的顏色，尤其使我不樂的是她要裝作勉強的笑容。幸而探聽出來了，也還是和那小官太太的暗鬥，導火線便是兩家的小油雞。但又何必硬不告訴我呢？人總該有一個獨立的家庭。這樣的處所，是不能居住的。

我的路也鑄定了，每星期中的六天，是由家到局，又由局到家。在局裡便坐在辦公桌前鈔，鈔，鈔些公文和信件；在家裡是和她相對或幫她生白爐子，煮飯，蒸饅頭。我的學會了煮飯，就在這時候。

但我的食品卻比在會館裡時好得多了。做菜雖不是子君的特長，然而她於此卻傾注着全力；對於她的日夜的操心，使我也不能不一同操心，來算作分甘共苦。況且她又這樣地終日汗流滿面，短髮都粘在腦額上；兩隻手又只是這樣地粗糙起來。

況且還要飼阿隨，飼油雞，……都是非她不可的工作。

我曾經忠告她：我不吃，倒也罷了；卻萬不可這樣地操勞。她只看了我一眼，不開口，神色卻似乎有點悽然；我也只好不開口。然而她還是這樣地操勞。

我所豫期的打擊果然到來。雙十節的前一晚，我呆坐着，她在洗碗。聽到打門聲，我去開門時，是局裡的信差，交給我一張油印的紙條。我就有些料到了，到燈下去一看，果然，印着的就是：

> 奉
> 局長諭史涓生着毋庸到局辦事
> 　　　　秘書處啟　　十月九號

這在會館裡時，我就早已料到了；那雪花膏便是局長的兒子的賭友，一定要去添些謠言，設法報告的。到現在才發生效驗，已經要算是很晚的了。其實這在我不能算是一個打擊，因為我早就決定，可以給別人去鈔寫，或者教讀，或者雖然費力，也還可以譯點書，況且《自由之友》的總編輯便是見過幾次的熟人，兩月前還通過信。但我的心卻跳躍着。那麼一個無畏的子君也變了色，尤其使我痛心；她近來似乎也較為怯弱了。

"那算甚麼。哼，我們幹新的。我們⋯⋯。"她說。

她的話沒有說完；不知怎地，那聲音在我聽去卻只是浮浮的；燈光也覺得格外黯淡。人們真是可笑的動物，一點極微末的小事情，便會受着很深的影響。我們先是默默地相視，逐漸商量起來，終於決定將現有的錢竭力節省，一面登"小廣告"去尋求鈔寫和教讀，一面寫信給《自由之友》的總編輯，說明我目下的遭遇，請他收用我的譯本，給我幫一點艱辛時候的忙。

"說做，就做罷！來開一條新的路！"

我立刻轉身向了書案，推開盛香油的瓶子和醋碟，子君便送過那黯淡的燈來。我先擬廣告；其次是選定可譯的書，遷移以來未曾翻閱過，每本的頭上都滿漫着灰塵了；最後才寫信。

我很費躊躕，不知道怎樣措辭好，當停筆凝思的時候，轉眼去一瞥她的臉，在昏暗的燈光下，又很見得悽然。我真不料這樣微細的小事情，竟會給堅決的，無畏的子君以這麼顯著的變化。她近來實在變得很怯弱了，但也並不是今夜才開始的。我的心因此更繚亂，忽然有安寧的生活的影像 —— 會館裡的破屋的寂靜，在眼前一閃，剛剛想定睛凝視，卻又看見了昏暗的燈光。

許久之後，信也寫成了，是一封頗長的信；很覺得疲勞，仿佛近來自己也較為怯弱了。於是我們決定，廣告和發信，就在明日一同實行。大家不約而同地伸直了腰肢，在無言中，似乎又都感到彼此的堅忍崛強的精神，還看見從新萌芽起來的將來的希望。

外來的打擊其實倒是振作了我們的新精神。局裡的生活，原如鳥販子手裡的禽鳥一般，僅有一點小米維繫殘生，決不會肥胖；日子一久，只落得麻痺了翅子，即使放出籠外，早已不能奮飛。現在總算脫出這牢籠了，我從此要在新的開闊的天空中翱翔，趁我還未忘卻了我的翅子的扇動。

小廣告是一時自然不會發生效力的；但譯書也不是容易事，先前看過，以為已經懂得的，一動手，卻疑難百出了，進行得很慢。然而我決計努力地做，一本半新的字典，不到半月，邊上便有了一大片烏黑的指痕，這就證明着我的工作的切實。《自由之友》的總編輯曾經說過，他的刊物是決不會埋沒好稿子的。

可惜的是我沒有一間靜室，子君又沒有先前那麼幽靜，善於體帖了，屋子裡總是散亂着碗碟，瀰漫着煤煙，使人不能安心做事，但是這自然還只能怨我自己無力置一間書齋。然而又加以阿隨，加以油雞們。加以油雞又大起來了，更容易成為兩家爭吵的引線。

加以每日的“川流不息”的吃飯；子君的功業，仿佛就完全建立在這吃飯中。吃了籌錢，籌來吃飯，還要餵阿隨，飼油雞；她似乎將先前所知道的全都忘掉了，也不想到我的構思就常常為了這催促吃飯而打斷。即使在坐中給看一點怒色，她總是不改變，仍然毫無感觸似的大嚼起來。

使她明白了我的作工不能受規定的吃飯的束縛，就費去五星期。她明白之後，大約很不高興罷，可是沒有說。我的工作果然從此較為迅速地進行，不久就共譯了五萬言，只要潤色一回，便可以和做好的兩篇小品，一同寄給《自由之友》去。只是吃飯卻依然給我苦惱。菜冷，是無妨的，然而竟不夠；有時連飯也不夠，雖然我因為終日坐在家裡用腦，飯量已經比先前要減少得多。這是先去餵了阿隨了，有時還並那近來連自己也輕易不吃的羊肉。她說，阿隨實在瘦得太可憐，房東太太還因此嗤笑我們了，她受不住這樣的奚落。

於是吃我殘飯的便只有油雞們。這是我積久才看出來的，但同時也如赫胥黎的論定"人類在宇宙間的位置"一般，自覺了我在這裡的位置：不過是叭兒狗和油雞之間。

後來，經多次的抗爭和催逼，油雞們也逐漸成為餚饌，我們和阿隨都享用了十多日的鮮肥；可是其實都很瘦，因為它們早已每日只能得到幾粒高粱了。從此便清靜得多。只有子君很頹唐，似乎常覺得悽苦和無聊，至於不大願意開口。我想，人是多麼容易改變呵！

但是阿隨也將留不住了。我們已經不能再希望從甚麼地方會有來信，子君也早沒有一點食物可以引它打拱或直立起來。冬季又逼近得這麼快，火爐就要成為很大的問題；它的食量，在我們其實早是一個極易覺得的很重的負擔。於是連它也留不住了。

倘使插了草標到廟市去出賣，也許能得幾文錢罷，然而我們都不能，也不願這樣做。終於是用包袱蒙着頭，由我帶到西郊去放掉了，還要追上來，便推在一個並不很深的土坑裡。

我一回寓，覺得又清靜得多多了；但子君的悽慘的神色，卻使我很吃驚。那是沒有見過的神色，自然是為阿隨。但又何至於此呢？我還沒有說起推在土坑裡的事。

到夜間，在她的悽慘的神色中，加上冰冷的分子了。

"奇怪。——子君，你怎麼今天這樣兒了？"我忍不住問。

"甚麼？"她連看也不看我。

“你的臉色……。”

“沒有甚麼，—— 甚麼也沒有。”

我終於從她言動上看出，她大概已經認定我是一個忍心的人。其實，我一個人，是容易生活的，雖然因為驕傲，向來不與世交來往，遷居以後，也疏遠了所有舊識的人，然而只要能遠走高飛，生路還寬廣得很。現在忍受着這生活壓迫的苦痛，大半倒是為她，便是放掉阿隨，也何嘗不如此。但子君的識見卻似乎只是淺薄起來，竟至於連這一點也想不到了。

我揀了一個機會，將這些道理暗示她；她領會似的點頭。然而看她後來的情形，她是沒有懂，或者是並不相信的。

天氣的冷和神情的冷，逼迫我不能在家庭中安身。但是，往那裡去呢？大道上，公園裡，雖然沒有冰冷的神情，冷風究竟也刺得人皮膚欲裂。我終於在通俗圖書館裡覓得了我的天堂。

那裡無須買票；閱書室裡又裝着兩個鐵火爐。縱使不過是燒着不死不活的煤的火爐，但單是看見裝着它，精神上也就總覺得有些溫暖。書卻無可看：舊的陳腐，新的是幾乎沒有的。

好在我到那裡去也並非為看書。另外時常還有幾個人，多則十餘人，都是單薄衣裳，正如我，各人看各人的書，作為取暖的口實。這於我尤為合式。道路上容易遇見熟人，得到輕蔑的一瞥，但此地卻決無那樣的橫禍，因為他們是永遠圍在別的鐵爐旁，或者靠在自家的白爐邊的。

那裡雖然沒有書給我看，卻還有安閒容得我想。待到孤身枯坐，回憶從前，這才覺得大半年來，只為了愛，—— 盲目的愛，—— 而將別的人生的要義全盤疏忽了。第一，便是生活。人必生活着，愛才有所附麗。世界上並非沒有為了奮鬥者而開的活路；我也還未忘卻翅子的扇動，雖然比先前已經頹唐得多……。

屋子和讀者漸漸消失了，我看見怒濤中的漁夫，戰壕中的兵士，摩托車中的貴人，洋場上的投機家，深山密林中的豪傑，講台上的教授，昏夜的運動者和深夜的偷兒……。子君，——不在近旁。她的勇氣都失掉了，只為着阿隨悲憤，為着做飯出神；然而奇怪的是倒也並不怎樣瘦損……。

冷了起來，火爐裡的不死不活的幾片硬煤，也終於燒盡了，已是閉館的時候。又須回到吉兆胡同，領略冰冷的顏色去了。近來也間或遇到溫暖的神情，但這卻反而增加我的苦痛。記得有一夜，子君的眼裡忽而又發出久已不見的稚氣的光來，笑着和我談到還在會館時候的情形，時時又很帶些恐怖的神色。我知道我近來的超過她的冷漠，已經引起她的憂疑來，只得也勉力談笑，想給她一點慰藉。然而我的笑貌一上臉，我的話一出口，卻即刻變為空虛，這空虛又即刻發生反響，回向我的耳目裡，給我一個難堪的惡毒的冷嘲。

子君似乎也覺得的，從此便失掉了她往常的麻木似的鎮靜，雖然竭力掩飾，總還是時時露出憂疑的神色來，但對我卻溫和得多了。

我要明告她，但我還沒有敢，當決心要說的時候，看見她孩子一般的眼色，就使我只得暫且改作勉強的歡容。但是這又即刻來冷嘲我，並使我失卻那冷漠的鎮靜。

她從此又開始了往事的溫習和新的考驗，逼我做出許多虛偽的溫存的答案來，將溫存示給她，虛偽的草稿便寫在自己的心上。我的心漸被這些草稿填滿了，常覺得難於呼吸。我在苦惱中常常想，說真實自然須有極大的勇氣的；假如沒有這勇氣，而苟安於虛偽，那也便是不能開闢新的生路的人。不獨不是這個，連這人也未嘗有！

子君有怨色，在早晨，極冷的早晨，這是從未見過的，但也許是從我看來的怨色。我那時冷冷地氣憤和暗笑了；她所磨練的思想和豁達無畏的言論，到底也還是一個空虛，而對於這空虛卻並未自覺。她早已甚麼書也不看，已不知道人的生活的第一着是求生，向着這求生的道路，是必須攜手同行，或奮身孤往的了，倘使只知道捶着一個人的衣角，那便是雖戰士也難於戰鬥，只得一同滅亡。

我覺得新的希望就只在我們的分離；她應該決然捨去，——我也突然想到她的死，然而立刻自責，懺悔了。幸而是早晨，時間正多，我可以說我的真實。我們的新的道路的開闢，便在這一遭。

我和她閒談，故意地引起我們的往事，提到文藝，於是涉及外國的文人，文人的作品：《諾拉》，《海的女人》。稱揚諾拉的果決……。也還是去年在會館的破屋裡講過的那些話，但現在已經變成空虛，從我的嘴傳入自己的耳中，時時疑心有一個隱形的壞孩子，在背後惡意地刻毒地學舌。

她還是點頭答應着傾聽，後來沉默了。我也就斷續地說完了我的話，連餘音都消失在虛空中了。

"是的。"她又沉默了一會，說，"但是，……涓生，我覺得你近來很兩樣了。可是的？你，——你老實告訴我。"

我覺得這似乎給了我當頭一擊，但也立即定了神，說出我的意見和主張來：新的路的開闢，新的生活的再造，為的是免得一同滅亡。

臨末，我用了十分的決心，加上這幾句話：

"……況且你已經可以無須顧慮，勇往直前了。你要我老實說；是的，人是不該虛偽的。我老實說罷：因為，因為我已經不愛你了！但這於你倒好得多，因為你更可以毫無掛念地做事……。"

我同時豫期着大的變故的到來，然而只有沉默。她臉色陡然變成灰黃，死了似的；瞬間便又蘇生，眼裡也發了稚氣的閃閃的光澤。這眼光射向四處，正如孩子在飢渴中尋求着慈愛的母親，但只在空中尋求，恐怖地迴避着我的眼。

我不能看下去了，幸而是早晨，我冒着寒風徑奔通俗圖書館。

在那裡看見《自由之友》，我的小品文都登出了。這使我一驚，仿佛得了一點生氣。我想，生活的路還很多，—— 但是，現在這樣也還是不行的。

我開始去訪問久已不相聞問的熟人，但這也不過一兩次；他們的屋子自然是暖和的，我在骨髓中卻覺得寒冽。夜間，便蜷伏在比冰還冷的冷屋中。

冰的針刺着我的靈魂，使我永遠苦於麻木的疼痛。生活的路還很多，我也還沒有忘卻翅子的扇動，我想。—— 我突然想到她的死，然而立刻自責，懺悔了。

在通俗圖書館裡往往瞥見一閃的光明，新的生路橫在前面。她勇猛地覺悟了，毅然走出這冰冷的家，而且，—— 毫無怨恨的神色。我便輕如行雲，漂浮空際，上有蔚藍的天，下是深山大海，廣廈高樓，戰場，摩托車，洋場，公館，晴明的鬧市，黑暗的夜……。

而且，真的，我豫感得這新生面便要來到了。

我們總算度過了極難忍受的冬天，這北京的冬天；就如蜻蜓落在惡作劇的壞孩子的手裡一般，被繫着細線，盡情玩弄，虐待，雖然幸而沒有送掉性命，結果也還是躺在地上，只爭着一個遲早之間。

寫給《自由之友》的總編輯已經有三封信，這才得到回信，信封裡只有兩張書券：兩角的和三角的。我卻單是催，就用了九分的郵票，一天的飢餓，又都白捱給於己一無所得的空虛了。

然而覺得要來的事，卻終於來到了。

這是冬春之交的事，風已沒有這麼冷，我也更久地在外面徘徊；待到回家，大概已經昏黑。就在這樣一個昏黑的晚上，我照常沒精打采地回來，一看見寓所的門，也照常更加喪氣，使腳步放得更緩。但終於走進自己的屋子裡了，沒有燈火；摸火柴點起來時，是異樣的寂寞和空虛！

正在錯愕中，官太太便到窗外來叫我出去。

"今天子君的父親來到這裡，將她接回去了。" 她很簡單地說。

這似乎又不是意料中的事，我便如腦後受了一擊，無言地站着。

"她去了麼？" 過了些時，我只問出這樣一句話。

"她去了。"

"她，—— 她可說甚麼？"

"沒說甚麼。單是託我見你回來時告訴你，說她去了。"

我不信；但是屋子裡是異樣的寂寞和空虛。我遍看各處，尋覓子君；只見幾件破舊而黯淡的傢具，都顯得極其清疏，在證明着它們毫無隱匿一人一物的能力。我轉念尋信或她留下的字跡，也沒有；只是鹽和乾辣椒，麵粉，半株白菜，卻聚集在一處了，旁邊還有幾十枚銅元。這是我們兩人生活材料的全副，現在她就鄭重地將這留給我一個人，在不言中，教我藉此去維持較久的生活。

我似乎被周圍所排擠，奔到院子中間，有昏黑在我的周圍；正屋的紙窗上映出明亮的燈光，他們正在逗着孩子玩笑。我的心也沉靜下來，覺得在沉重的迫壓中，漸漸隱約地現出脫走的路徑：深山大澤，洋場，電燈下的盛筵，壕溝，最黑最黑的深夜，利刃的一擊，毫無聲響的腳步……。

心地有些輕鬆，舒展了，想到旅費，並且噓一口氣。

躺着，在合着的眼前經過的豫想的前途，不到半夜已經現盡；暗中忽然仿佛看見一堆食物，這之後，便浮出一個子君的灰黃的臉來，睜了孩子氣的眼睛，懇託似的看着我。我一定神，甚麼也沒有了。

但我的心卻又覺得沉重。我為甚麼偏不忍耐幾天，要這樣急急地告訴她真話的呢？現在她知道，她以後所有的只是她父親——兒女的債主——的烈日一般的嚴威和旁人的賽過冰霜的冷眼。此外便是虛空。負着虛空的重擔，在嚴威和冷眼中走着所謂人生的路，這是怎麼可怕的事呵！而況這路的盡頭，又不過是——連墓碑也沒有的墳墓。

我不應該將真實說給子君，我們相愛過，我應該永久奉獻她我的說謊。如果真實可以寶貴，這在子君就不該是一個沉重的空虛。謊語當然也是一個空虛，然而臨末，至多也不過這樣地沉重。

我以為將真實說給子君，她便可以毫無顧慮，堅決地毅然前行，一如我們將要同居時那樣。但這恐怕是我錯誤了。她當時的勇敢和無畏是因為愛。

我沒有負着虛偽的重擔的勇氣，卻將真實的重擔卸給她了。她愛我之後，就要負了這重擔，在嚴威和冷眼中走着所謂人生的路。

我想到她的死……。我看見我是一個卑怯者，應該被擯於強有力的人們，無論是真實者，虛偽者。然而她卻自始至終，還希望我維持較久的生活……。

我要離開吉兆胡同，在這裡是異樣的空虛和寂寞。我想，只要離開這裡，子君便如還在我的身邊；至少，也如還在城中，有一天，將要出乎意表地訪我，像住在會館時候似的。

然而一切請託和書信，都是一無反響；我不得已，只好訪問一個久不問候的世交去了。他是我伯父的幼年的同窗，以正經出名的拔貢，寓京很久，交遊也廣闊的。

大概因為衣服的破舊罷，一登門便很遭門房的白眼。好容易才相見，也還相識，但是很冷落。我們的往事，他全都知道了。

"自然，你也不能在這裡了，"他聽了我託他在別處覓事之後，冷冷地說，"但那裡去呢？很難。—— 你那，甚麼呢，你的朋友罷，子君，你可知道，她死了。"

我驚得沒有話。

"真的？"我終於不自覺地問。

"哈哈。自然真的。我家的王升的家，就和她家同村。"

"但是，—— 不知道是怎麼死的？"

"誰知道呢。總之是死了就是了。"

我已經忘卻了怎樣辭別他，回到自己的寓所。我知道他是不說謊話的；子君總不會再來的了，像去年那樣。她雖是想在嚴威和冷眼中負着虛空的重擔來走所謂人生的路，也已經不能。她的命運，已經決定她在我所給與的真實 —— 無愛的人間死滅了！

自然，我不能在這裡了；但是，"那裡去呢？"

四圍是廣大的空虛，還有死的寂靜。死於無愛的人們的眼前的黑暗，我仿佛一一看見，還聽得一切苦悶和絕望的掙扎的聲音。

我還期待着新的東西到來，無名的，意外的。但一天一天，無非是死的寂靜。

我比先前已經不大出門，只坐臥在廣大的空虛裡，一任這死的寂靜侵蝕着我的靈魂。死的寂靜有時也自己戰慄，自己退藏，於是在這絕續之交，便閃出無名的，意外的，新的期待。

一天是陰沉的上午，太陽還不能從雲裡面掙扎出來，連空氣都疲乏着。耳中聽到細碎的步聲和咻咻的鼻息，使我睜開眼。大致一看，屋子裡還是空虛；但偶然看到地面，卻盤旋着一匹小小的動物，瘦弱的，半死的，滿身灰土的……。

我一細看，我的心就一停，接着便直跳起來。

那是阿隨。它回來了。

我的離開吉兆胡同，也不單是為了房主人們和他家女工的冷眼，大半就為着這阿隨。但是，"那裡去呢？"新的生路自然還很多，我約略知道，也間或依稀看見，覺得就在我面前，然而我還沒有知道跨進那裡去的第一步的方法。

　　經過許多回的思量和比較，也還只有會館是還能相容的地方。依然是這樣的破屋，這樣的板床，這樣的半枯的槐樹和紫藤，但那時使我希望，歡欣，愛，生活的，卻全都逝去了，只有一個虛空，我用真實去換來的虛空存在。

　　新的生路還很多，我必須跨進去，因為我還活着。但我還不知道怎樣跨出那第一步。有時，仿佛看見那生路就像一條灰白的長蛇，自己蜿蜒地向我奔來，我等着，等着，看看臨近，但忽然便消失在黑暗裡了。

　　初春的夜，還是那麼長。長久的枯坐中記起上午在街頭所見的葬式，前面是紙人紙馬，後面是唱歌一般的哭聲。我現在已經知道他們的聰明了，這是多麼輕鬆簡截的事。

　　然而子君的葬式卻又在我的眼前，是獨自負着虛空的重擔，在灰白的長路上前行，而又即刻消失在周圍的嚴威和冷眼裡了。

　　我願意真有所謂鬼魂，真有所謂地獄，那麼，即使在孽風怒吼之中，我也將尋覓子君，當面說出我的悔恨和悲哀，祈求她的饒恕；否則，地獄的毒焰將圍繞我，猛烈地燒盡我的悔恨和悲哀。

　　我將在孽風和毒焰中擁抱子君，乞她寬容，或者使她快意……。

　　但是，這卻更虛空於新的生路；現在所有的只是初春的夜，竟還是那麼長。我活着，我總得向着新的生路跨出去，那第一步，—— 卻不過是寫下我的悔恨和悲哀，為子君，為自己。

我仍然只有唱歌一般的哭聲，給子君送葬，葬在遺忘中。

我要遺忘；我為自己，並且要不再想到這用了遺忘給子君送葬。

我要向着新的生路跨進第一步去，我要將真實深深地藏在心的創傷中，默默地前行，用遺忘和說謊做我的前導……。

一九二五年十月二十一日畢。

點 評

《傷逝》寫到"會館裡的被遺忘在偏僻裡的破屋"，令人聯想到魯迅一九一二年五月至一九一九年十一月居住的北京宣武門外南半截胡同的紹興會館，前四年住其中的藤花館，其後移入補樹書屋，"依然是這樣的破窗，這樣的窗外的半枯的槐樹和老紫藤，這樣的窗前的方桌，這樣的敗壁，這樣的靠壁的板床"。由此而思考北京的會館文化是可以的，甚至説，認為魯迅是以自己的全心身，包括自己曾經的居住環境，沉浸於對更年輕一代知識者的思想文化的反思，也是可以。卻不能把這篇純粹虛構的故事安在魯迅頭上，魯迅一九二六年十二月二十九日致韋素園函説："我還聽到一種傳説，説《傷逝》是我自己的事，因為沒有經驗，是寫不出這樣的小説的。哈哈，做人真愈做愈難了。"

理解本篇精神的鑰匙，當從一九二三年十二月二十六日魯迅在北京女子高等師範學校文藝會的講演《娜拉走後怎樣》中去尋找。魯迅説："人生最苦痛的是夢醒了無路可以走"，"所以為娜拉計，錢，—— 高雅的説罷，就是經濟，是最要緊的了。自由固不是錢所能買到的，但能夠為錢而賣掉。人類有一個大缺點，就是常常要飢餓。為補救這缺點起見，為準備不做傀儡起見，在目下的社會裡，經濟權就見得最要緊了。"魯迅是在當時的"易卜生《傀儡家庭》熱"中，顯示了超越"熱點"的深刻性的，他看到了中國社會改革是一個系統工程，極其艱難："可惜中國太難改變了，即使搬動一張桌子，改裝一個火爐，幾乎也要血；而且即使有了血，也未必一定能搬動，能改裝。不是很大的鞭子打在背上，中國自己是不肯動彈的。"此篇寫下代知識者，較之《在酒樓上》、《孤獨者》寫同代知識者之憤激，其情感色彩似乎增加了幾分"期待中的柔和"。

傷逝悼亡，是古代詩歌中相當感人的類型，歷代不絕於書。清人趙翼《陔餘叢考》卷二十四說："壽詩、輓詩、悼亡詩，惟悼亡詩最古。潘岳、孫楚皆有悼亡詩載入《文選》。《南史》：宋文帝時，袁皇后崩，上令顏延之為哀策，上自益'撫存悼亡，感今懷昔'八字，此'悼亡'之名所始也。"其實晉朝潘岳早就作有《悼亡詩三首》："撫衿長嘆息，不覺涕沾胸。沾胸安能已，悲懷從中起。"鮑照《傷逝賦》又說："共甘苦其幾人？曾無得而偕老。拂埃琴而抽思……夫何怨乎天道！"庾信《周趙國公夫人紇豆陵氏墓誌銘》又說："孫子荊之傷逝，怨起秋風；潘安仁之悼亡，悲深長簟。"唐人韋應物也有《傷逝》："染白一為黑，焚木盡成灰。念我室中人，逝去亦不回。結髮二十載，賓敬如始來。提攜屬時屯，契闊憂患災……一旦入閨門，四屋滿塵埃。斯人既已矣，觸物但傷摧。"明清時代，此類詩歌甚多，吐露着纏綿哀傷的私人感情。

魯迅是寫小說善於開宗明義的高手，本篇一開頭就說"如果我能夠，我要寫下我的悔恨和悲哀，為子君，為自己"，為全篇定下了哀婉的懺悔格調。哀婉源自對青年知識者的青春禮讚，以及對青春失落的哀傷。他用了手記的內視角潛入其中，涓生幸福地憶述他們的熱戀方式："破屋裡便漸漸充滿了我的語聲，談家庭專制，談打破舊習慣，談男女平等，談伊孛生，談泰戈爾，談雪萊……。她總是微笑點頭，兩眼裡瀰漫着稚氣的好奇的光澤。壁上就釘着一張銅板的雪萊半身像，是從雜誌上裁下來的，是他的最美的一張像。當我指給她看時，她卻只草草一看，便低了頭，似乎不好意思了。這些地方，子君就大概還未脫盡舊思想的束縛，——我後來也想，倒不如換一張雪萊淹死在海裡的記念像或是伊孛生的罷。"稚氣好奇、點頭微笑、欲看還羞，只有對青年人懷有一份關愛，才能寫得如此婉曲入微。卻於此爆出了子君的易卜生、雪萊式的，衝破胞叔和父親的舊家庭勢力的個性解放宣言："我是我自己的，他們誰也沒有干涉我的權利！"她拒絕了家族的反對，與"我"賃居吉兆胡同一所小屋，一室相對，只在燈下對坐而作懷舊譚，幸福寧靜而凝固。人總該有一個獨立的家庭。

關愛是關愛，但《傷逝》比當時鋪天蓋地的自由戀愛小說寫得深沉，唯此深沉，才是深刻的關愛。其中剔出了一種"被繫住的蜻蜓的哲學"："就如蜻蜓落在惡作劇的壞孩子的手裡一般，被繫着細線，盡情玩弄，虐待，雖然幸而沒有送掉性命，結果也還是躺在地上，只爭着一個遲早之間。"這條擺脫不掉的細線，就是社會習俗、宗法勢力、經濟體制，左右着青年知識者的命運。人被社會模塑，清新稚嫩的子君被模塑為缺乏謀生能力的"內子"角色："然而她愛動物，也許是從官太太那裡傳染的罷，不一月，我們的眷屬便驟然加得很多，四隻小油雞，在小院子裡和房主人的十多隻在一同走。但她們卻認識雞的相貌，各知道那一隻是自家的。還有一隻花白的叭兒狗，從廟會買來，記得似乎原有名字，子君卻給它另起了一個，叫作阿隨。"這就是魯迅的深刻性，社會編織成涓生、子君的小家庭的一切可能性和不可能性，誰也不能逃遁。魯迅將小油雞、叭兒狗寫進來，是真正的社會觀察者和小說藝術家的功力的體現，不然就是空空洞洞的談情說愛了。涓生作為新生代的知識者，何嘗不懂得"愛情必須時時更新，生長，創造"？但他的經濟來源就是在局裡抄公文和信件；在家裡是幫子君生白爐子，煮飯，蒸饅頭。只要與局長兒子是賭友的"雪花膏"花花公子，造些謠言，他就失去飯碗。他到處尋找抄寫和教讀的職業，想依憑賣文和翻譯，"開一條新的路"。用了五星期譯了五萬言，做好的兩篇小品，但等了幾個月才收到五角錢的兩張書券，代為稿費。這就使得涓生想起赫胥黎說的"人類在宇宙間的位置"，掂量自己在家庭中的位置：不過是叭兒狗和油雞之間。為了就饑荒，只好宰了油雞，扔了叭兒狗阿隨，也傷了子君的心。可見魯迅在這個新式小家庭中，安置了油雞和叭兒狗，實在是當時人所不能的老辣的構思。

忍不了家庭的冷漠和天氣的寒冷，涓生找到通俗圖書館讀書取暖，孤身枯坐，警覺於因盲目的愛，疏忽了人生要義：人必生活着，愛才有所附麗，二者比較，第一是生活。生活之路何在？看見怒濤中的漁夫，戰壕中的兵士，摩托車中的貴人，洋場上的投機家，深山密林中的豪傑，講台上的教授，昏夜的運動者和深夜的偷兒……一切都是空幻。因而鼓起勇氣說出新的希望就只在我們的分離，鼓勵子君再來一個娜拉式的果決，免得一同滅亡。因為我已經不愛你了！於是子君被父親接回鄉下，在舊家庭的嚴威和黑暗中走到生命的盡頭，走到連墓碑也沒有的墳墓，死於無愛的人們的眼前的黑暗。誰想到，瘦弱的、半死的、滿身灰土的叭兒狗阿隨，咻咻地回來了。如此敘事筆墨，是令人心弦顫抖的。至於涓生要向着新的生路跨出第一步去，卻仿佛看見那生路就像一條灰白的長蛇，自己蜿蜒地奔來，到了臨近，卻忽然消失在黑暗裡了。小說並沒有提供解決問題的答案，它提出問題，發掘癥結，作為激發人們進行制度反思的當頭棒喝，這就是思想家的小說。

離　婚

"阿阿，木叔！新年恭喜，發財發財！"

"你好，八三！恭喜恭喜！……"

"唉唉，恭喜！愛姑也在這裡……"

"阿阿，木公公！……"

莊木三和他的女兒 —— 愛姑 —— 剛從木蓮橋頭跨下航船去，船裡面就有許多聲音一齊嗡的叫了起來，其中還有幾個人捏着拳頭打拱；同時，船旁的坐板也空出四人的坐位來了。莊木三一面招呼，一面就坐，將長煙管倚在船邊；愛姑便坐在他左邊，將兩隻鈎刀樣的腳正對着八三擺成一個 "八" 字。

"木公公上城去？" 一個蟹殼臉的問。

"不上城，" 木公公有些頹唐似的，但因為紫糖色臉上原有許多皺紋，所以倒也看不出甚麼大變化，"就是到龐莊去走一遭。"

合船都沉默了，只是看他們。

"也還是為了愛姑的事麼？" 好一會，八三質問了。

"還是為她。……這真是煩死我了，已經鬧了整三年，打過多少回架，說過多少回和，總是不落局……。"

"這回還是到慰老爺家裡去？……"

"還是到他家。他給他們說和也不止一兩回了，我都不依。這倒沒有甚麼。這回是他家新年會親，連城裡的七大人也在……。"

"七大人？" 八三的眼睛睜大了。"他老人家也出來說話了麼？……那是……。其實呢，去年我們將他們的灶都拆掉了，總算已經出了一口惡氣。況且愛姑回到那邊去，其實呢，也沒有甚麼味兒……。"他於是順下眼睛去。

"我倒並不貪圖回到那邊去，八三哥！"愛姑憤憤地昂起頭，說，"我是賭氣。你想，'小畜生'姘上了小寡婦，就不要我，事情有這麼容易的？'老畜生'只知道幫兒子，也不要我，好容易呀！七大人怎樣？難道和知縣大老爺換帖，就不說人話了麼？他不能像慰老爺似的不通，只說是'走散好走散好'。我倒要對他說說我這幾年的艱難，且看七大人說誰不錯！"

八三被說服了，再開不得口。

只有潺潺的船頭激水聲；船裡很靜寂。莊木三伸手去摸煙管，裝上煙。

斜對面，挨八三坐着的一個胖子便從肚兜裡掏出一柄打火刀，打着火線，給他按在煙斗上。

"對對。" ❶木三點頭說。

"我們雖然是初會，木叔的名字卻是早已知道的。"胖子恭敬地說。"是的，這裡沿海三六十八村，誰不知道？施家的兒子姘上了寡婦，我們也早知道。去年木叔帶了六位兒子去拆平了他家的灶，誰不說應該？……你老人家是高門大戶都走得進的，腳步開闊，怕他們甚的！……"

"你這位阿叔真通氣，"愛姑高興地說，"我雖然不認識你這位阿叔是誰。"

"我叫汪得貴。"胖子連忙說。

"要撤掉我，是不行的。七大人也好，八大人也好。我總要鬧得他

---

❶ "對對"是"對不起對不起"之略，或"得罪得罪"的合音：未詳。——作者原注。

們家敗人亡！慰老爺不是勸過我四回麼？連爹也看得賠貼的錢有點頭昏眼熱了……。"

"你這媽的！"木三低聲說。

"可是我聽說去年年底施家送給慰老爺一桌酒席哩，八公公。"蟹殼臉道。

"那不礙事。"汪得貴說，"酒席能塞得人發昏麼？酒席如果能塞得人發昏，送大菜又怎樣？他們知書識理的人是專替人家講公道話的，譬如，一個人受眾人欺侮，他們就出來講公道話，倒不在乎有沒有酒喝。去年年底我們敝村的榮大爺從北京回來，他見過大場面的，不像我們鄉下人一樣。他就說，那邊的第一個人物要算光太太，又硬……。"

"汪家匯頭的客人上岸哩！"船家大聲叫着，船已經要停下來。

"有我有我！"胖子立刻一把取了煙管，從中艙一跳，隨着前進的船走在岸上了。

"對對！"他還向船裡面的人點頭，說。

船便在新的靜寂中繼續前進；水聲又很聽得出了，潺潺的。八三開始打磕睡了，漸漸地向對面的鈎刀式的腳張開了嘴。前艙中的兩個老女人也低聲哼起佛號來，她們擷着唸珠，又都看愛姑，而且互視，努嘴，點頭。

愛姑瞪着眼看定篷頂，大半正在懸想將來怎樣鬧得他們家敗人亡；"老畜生"，"小畜生"，全都走投無路。慰老爺她是不放在眼裡的，見過兩回，不過一個團頭團腦的矮子：這種人本村裡就很多，無非臉色比他紫黑些。

莊木三的煙早已吸到底，火逼得斗底裡的煙油吱吱地叫了，還吸着。他知道一過汪家匯頭，就到龐莊；而且那村口的魁星閣也確乎已經望得見。龐莊，他到過許多回，不足道的，以及慰老爺。他還記得女兒的哭回來，他的親家和女婿的可惡，後來給他們怎樣地吃虧。想到這裡，過去的情景便在眼前展開，一到懲治他親家這一局，他向來是要冷冷地微笑的，但這回卻不，不知怎的忽而橫梗着一個胖胖的七大人，將他腦裡的局面擠得擺不整齊了。

船在繼續的寂靜中繼續前進；獨有唸佛聲卻宏大起來；此外一切，都似乎陪着木叔和愛姑一同浸在沉思裡。

“木叔，你老上岸罷，龐莊到了。”

木三他們被船家的聲音警覺時，面前已是魁星閣了。

他跳上岸，愛姑跟着，經過魁星閣下，向着慰老爺家走。朝南走過三十家門面，再轉一個彎，就到了，早望見門口一列地泊着四隻烏篷船。

他們跨進黑油大門時，便被邀進門房去；大門後已經坐滿着兩桌船夫和長年。愛姑不敢看他們，只是溜了一眼，倒也並不見有“老畜生”和“小畜生”的蹤跡。

當工人搬出年糕湯來時，愛姑不由得越加局促不安起來了，連自己也不明白為甚麼。“難道和知縣大老爺換帖，就不說人話麼？”她想。“知書識理的人是講公道話的。我要細細地對七大人說一說，從十五歲嫁過去做媳婦的時候起……。”

她喝完年糕湯；知道時機將到。果然，不一會，她已經跟着一個長年，和她父親經過大廳，又一彎，跨進客廳的門檻去了。

客廳裡有許多東西，她不及細看；還有許多客，只見紅青緞子馬掛發閃。在這些中間第一眼就看見一個人，這一定是七大人了。雖然也是團頭團腦，卻比慰老爺們魁梧得多；大的圓臉上長着兩條細眼和漆黑的細鬍鬚；頭頂是禿的，可是那腦殼和臉都很紅潤，油光光地發亮。愛姑很覺得稀奇，但也立刻自己解釋明白了：那一定是擦着豬油的。

“這就是‘屁塞’，就是古人大殮的時候塞在屁股眼裡的。”七大人正拿着一條爛石似的東西，說着，又在自己的鼻子旁擦了兩擦，接着道，“可惜是‘新坑’。倒也可以買得，至遲是漢。你看，這一點是‘水銀浸’……。”

“水銀浸”周圍即刻聚集了幾個頭，一個自然是慰老爺；還有幾位少爺們，因為被威光壓得像瘟臭蟲了，愛姑先前竟沒有見。

她不懂後一段話；無意，而且也不敢去研究甚麼“水銀浸”，便偷空向四處一看望，只見她後面，緊挨着門旁的牆壁，正站着“老畜生”和“小畜生”。雖然只一瞥，但較之半年前偶然看見的時候，分明都見得蒼老了。

接着大家就都從“水銀浸”周圍散開；慰老爺接過“屁塞”，坐下，用指頭摩挲着，轉臉向莊木三說話。

“就是你們兩個麼？”

“是的。”

“你的兒子一個也沒有來？”

“他們沒有工夫。”

“本來新年正月又何必來勞動你們。但是，還是只為那件事，……我想，你們鬧得夠了。不是已經有兩年多了麼？我想，冤仇是宜解不宜結的。愛姑既然丈夫不對，公婆不喜歡……。也還是照先前說過那樣：走散的好。我沒有這麼大面子，說不通。七大人是最愛講公道話的，你們也知道。現在七大人的意思也這樣：和我一樣。可是七大人說，兩面都認點晦氣罷，叫施家再添十塊錢：九十元！”

“…………”

“九十元！你就是打官司打到皇帝伯伯跟前，也沒有這麼便宜。這話只有我們的七大人肯說。”

七大人睜起細眼，看着莊木三，點點頭。

愛姑覺得事情有些危急了，她很怪平時沿海的居民對他都有幾分懼怕的自己的父親，為甚麼在這裡竟説不出話。她以為這是大可不必的；她自從聽到七大人的一段議論之後，雖不很懂，但不知怎的總覺得他其實是和藹近人，並不如先前自己所揣想那樣的可怕。

　　"七大人是知書識理，頂明白的；"她勇敢起來了。"不像我們鄉下人。我是有冤無處訴；倒正要找七大人講講。自從我嫁過去，真是低頭進，低頭出，一禮不缺。他們就是專和我作對，一個個都像個'氣殺鍾馗'。那年的黃鼠狼咬死了那匹大公雞，那裡是我沒有關好嗎？那是那隻殺頭癩皮狗偷吃糠拌飯，拱開了雞櫥門。那'小畜生'不分青紅皂白，就夾臉一嘴巴……。"

　　七大人對她看了一眼。

　　"我知道那是有緣故的。這也逃不出七大人的明鑑；知書識理的人甚麼都知道。他就是着了那濫婊子的迷，要趕我出去。我是三茶六禮定來的，花轎抬來的呵！那麼容易嗎？……我一定要給他們一個顏色看，就是打官司也不要緊。縣裡不行，還有府裡呢……。"

　　"那些事是七大人都知道的。"慰老爺仰起臉來説。"愛姑，你要是不轉頭，沒有甚麼便宜的。你就總是這模樣。你看你的爹多多少少明白；你和你的弟兄都不像他。打官司打到府裡，難道官府就不會問問七大人麼？那時候是，'公事公辦'，那是，……你簡直……。"

　　"那我就拚出一條命，大家家敗人亡。"

　　"那倒並不是拚命的事，"七大人這才慢慢地説了。"年紀青青。一個人總要和氣些：'和氣生財'。對不對？我一添就是十塊，那簡直已經是'天外道理'了。要不然，公婆説'走！'就得走。莫説府裡，就是上海北京，就是外洋，都這樣。你要不信，他就是剛從北京洋學堂裡回來的，自己問他去。"於是轉臉向着一個尖下巴的少爺道，"對不對？"

"的的確確。"尖下巴少爺趕忙挺直了身子,必恭必敬地低聲說。

愛姑覺得自己是完全孤立了;爹不說話,弟兄不敢來,慰老爺是原本幫他們的,七大人又不可靠,連尖下巴少爺也低聲下氣地像一個癟臭蟲,還打"順風鑼"。但她在胡裡胡塗的腦中,還仿佛決定要作一回最後的奮鬥。

"怎麼連七大人……。"她滿眼發了驚疑和失望的光。"是的……。我知道,我們粗人,甚麼也不知道。就怨我爹連人情世故都不知道,老發昏了。就專憑他們'老畜生''小畜生'擺佈;他們會報喪似的急急忙忙鑽狗洞,巴結人……。"

"七大人看看,"默默地站在她後面的"小畜生"忽然說話了。"她在大人面前還是這樣。那在家裡是,簡直鬧得六畜不安。叫我爹是'老畜生',叫我是口口聲聲'小畜生','逃生子' ❶。"

"那個'娘濫十十萬人生'的叫你'逃生子'?"愛姑回轉臉去大聲說,便又向着七大人道,"我還有話要當大眾面前說說哩。他那裡有好聲好氣呵,開口'賤胎',閉口'娘殺'。自從結識了那婊子,連我的祖宗都入起來了。七大人,你給我批評批評,這……。"

她打了一個寒噤,連忙住口,因為她看見七大人忽然兩眼向上一翻,圓臉一仰,細長鬍子圍着的嘴裡同時發出一種高大搖曳的聲音來了。

"來～～兮!"七大人說。

她覺得心臟一停,接着便突突地亂跳,似乎大勢已去,局面都變了;仿佛失足掉在水裡一般,但又知道這實在是自己錯。

立刻進來一個藍袍子黑背心的男人,對七大人站定,垂手挺腰,像一根木棍。

---

❶ 私生兒。——作者原注。

全客廳裡是"鴉雀無聲"。七大人將嘴一動，但誰也聽不清說甚麼。然而那男人，卻已經聽到了，而且這命令的力量仿佛又已鑽進了他的骨髓裡，將身子牽了兩牽，"毛骨聳然"似的；一面答應道：

"是。"他倒退了幾步，才翻身走出去。

愛姑知道意外的事情就要到來，那事情是萬料不到，也防不了的。她這時才又知道七大人實在威嚴，先前都是自己的誤解，所以太放肆，太粗鹵了。她非常後悔，不由的自己說：

"我本來是專聽七大人吩咐……。"

全客廳裡是"鴉雀無聲"。她的話雖然微細得如絲，慰老爺卻像聽到霹靂似的了；他跳了起來。

"對呀！七大人也真公平；愛姑也真明白！"他誇讚着，便向莊木三，"老木，那你自然是沒有甚麼說的了，她自己已經答應。我想你紅綠帖是一定已經帶來了的，我通知過你。那麼，大家都拿出來……。"

愛姑見她爹便伸手到肚兜裡去掏東西；木棍似的那男人也進來了，將小烏龜模樣的一個漆黑的扁的小東西遞給七大人。愛姑怕事情有變故，連忙去看莊木三，見他已經在茶几上打開一個藍布包裹，取出洋錢來。

七大人也將小烏龜頭拔下，從那身子裡面倒一點東西在掌心上；木棍似的男人便接了那扁東西去。七大人隨即用那一隻手的一個指頭蘸着掌心，向自己的鼻孔裡塞了兩塞，鼻孔和人中立刻黃焦焦了。他皺着鼻子，似乎要打噴嚏。

莊木三正在數洋錢。慰老爺從那沒有數過的一疊裡取出一點來，交還了"老畜生"；又將兩份紅綠帖子互換了地方，推給兩面，嘴裡說道：

"你們都收好。老木，你要點清數目呀。這不是好當玩意兒的，銀錢事情……。"

"呃啾"的一聲響，愛姑明知道是七大人打噴嚏了，但不由得轉過眼去看。只見七大人張着嘴，仍舊在那裡皺鼻子，一隻手的兩個指頭卻撮着一件東西，就是那"古人大殮的時候塞在屁股眼裡的"，在鼻子旁邊摩擦着。

好容易，莊木三點清了洋錢；兩方面各將紅綠帖子收起，大家的腰骨都似乎直得多，原先收緊着的臉相也寬懈下來，全客廳頓然見得一團和氣了。

"好！事情是圓功了。"慰老爺看見他們兩面都顯出告別的神氣，便吐一口氣，說。"那麼，嗡，再沒有甚麼別的了。恭喜大吉，總算解了一個結。你們要走了麼？不要走，在我們家裡喝了新年喜酒去：這是難得的。"

"我們不喝了。存着，明年再來喝罷。"愛姑說。

"謝謝慰老爺。我們不喝了。我們還有事情……。"莊木三，"老畜生"和"小畜生"，都說着，恭恭敬敬地退出去。

"唔？怎麼？不喝一點去麼？"慰老爺還注視着走在最後的愛姑，說。

"是的，不喝了。謝謝慰老爺。"

一九二五年十一月六日。

點 評

《離婚》其實應該改題為"愛姑罵堂"，此前的小說未見有如此村話滿嘴、忌憚渾無者，唯戲曲中"禰衡擊鼓罵曹"，話本中"快嘴李翠蓮"，差可比擬。在愛姑的野性面前，男權社會的禮數說教，都被撕得粉碎。《儀禮·喪服》疏，説丈夫休妻的"七出"條目是："一、無子，二、淫洗，三、不事舅姑（公婆），四、口舌，五、盜竊，六、妒忌，七、惡疾。"本篇士紳認為説"丈夫不對（付），公婆不喜歡"就得走人，乃根據七出條目。但是愛姑為了從夫家爭個公道，鬧了整三年，打過多少回架，説過多少回和，總是不落局。去年父親還帶了六位兄弟拆平了夫家的灶，"我就拚出一條命，大家家敗人亡。"

小説寫得火花四濺，一開頭就是喧耳嘈雜的抱拳打拱的問候聲，可見愛姑的娘家也是這裡沿海三六十八村叫得響的："莊木三和他的女兒——愛姑——剛從木蓮橋頭跨下航船去，船裡面就有許多聲音一齊嗡的叫了起來，其中還有幾個人捏着拳頭打拱；同時，船旁的坐板也空出四人的坐位來了。莊木三一面招呼，一面就坐，將長煙管倚在船邊；愛姑便坐在他左邊，將兩隻鉤刀樣的腳正對着八三擺成一個'八'字。"這裡用腳的擺放姿勢作為點睛之筆，兩個人被讓出四個座位來坐，年輕婦女將鉤刀腳"八"字形地對着略長的男人。這種坐姿如古人所説的"箕踞"，"伸其兩腳而坐，其形似箕"，朱熹説："箕踞非禮。"《史記·張耳陳餘列傳》記載："漢七年，高祖從平城過趙，趙王朝夕袒韝蔽，自上食，禮甚卑，有子婿禮。高祖箕踞罵（罵），甚慢易之。"那是有點霸氣和無賴氣的。可能因為愛姑有六個兄弟一個姑娘，人多勢眾，家裡又把她當作掌上珠，造成如此野性不馴。

這次非同一般，要到龐莊慰老爺家討個説法，慰家新年會親，連城裡的七大人也在。鄉下有一種世俗信仰：酒席如果能塞得人發昏，送大菜又怎樣？他們知書識理的人是專替人家講公道話的，譬如，一個人受眾人欺侮，他們就出來講公道話，倒不在乎有沒有酒喝。於是在航船上愛姑開口就很放肆："你想，'小畜生'姘上了小寡婦，就不要我，事情有這麼容易的？'老畜生'只知道幫兒子，也不要我，好容易呀！七大人怎樣？難道和知縣大老爺換帖，就不說人話了麼？他不能像慰老爺似的不通，只說是'走散好走散好'。我倒要對他說說我這幾年的艱難，且看七大人說誰不錯！"「七大人也好，八大人也好。我總要鬧得他們家敗人亡！慰老爺不是勸過我四回麼？連爹也看得賠貼的錢有點頭昏眼熱了……。」不僅是公公、丈夫被罵為"畜生"，連官府人物和自己的爹都罵在內。船繼續行駛，坐在對面的八三開始打磕睡了，漸漸地向對面的鈎刀式的腳張開了嘴。前艙中的兩個老女人也低聲哼起佛號來，她們擷着唸珠，又都看愛姑，而且互視，努嘴，點頭。

《離婚》描寫的場所，大體有二：在航船上；在廳堂中。航船上，遵循鄉間的倫理；廳堂中，遵循士紳官場的倫理。愛姑在這裡不能肆無忌憚地箕踞雙腳如"八"字了。一進慰家黑油大門就是另一個氣場，愛姑看見坐滿着兩桌船夫和長年，就不由得局促不安起來了，連自己也不明白為甚麼。客廳裡，只見紅青緞子馬掛發閃。中間第一眼就看見一個人，這一定是七大人了。雖然也是團頭團腦，卻比慰老爺們魁梧得多；大的圓臉上長着兩條細眼和漆黑的細鬍鬚；頭頂是禿的，可是那腦殼和臉都很紅潤，油光光地發亮。愛姑很覺得稀奇，但也立刻自己解釋明白了：那一定是擦着豬油的。雖然還是用鄉姑見識打比方，但廳堂空間已定好秩序，舉止如儀。七大人正拿着一條爛石似的東西，在自己的鼻子旁擦了兩擦，說："這就是'屁塞'，就是古人大殮的時候塞在屁股眼裡的。可惜是'新坑'。倒也可以買得，至遲是漢。你看，這一點是'水銀浸'……。"這些舉止言論，已在愛姑的知識之外，因而具有神秘的威懾功能。七大人故弄玄虛的"屁塞"，輕而易舉地打翻了愛姑的"鈎刀腳"，這就是中國鄉村社會權力結構的"無陣之陣"。

慰老爺的調解是在秩序性的威懾氣場中展開的：“我想，冤仇是宜解不宜結的。愛姑既然丈夫不對，公婆不喜歡……。也還是照先前說過那樣：走散的好。我沒有這麼大面子，説不通。七大人是最愛講公道話的，你們也知道。現在七大人的意思也這樣：和我一樣。可是七大人説，兩面都認點晦氣罷，叫施家再添十塊錢：九十元！”愛姑是這個氣場中孤立無援的異端，她見父親也軟下來，還想堅持鄉間倫理，就勇敢地站出來要七大人評理：“自從我嫁過去，真是低頭進，低頭出，一禮不缺。他們就是專和我作對，一個個都像個‘氣殺鍾馗’。那年的黃鼠狼咬死了那匹大公雞，那裡是我沒有關好嗎？那是那隻殺頭癩皮狗偷吃糠拌飯，拱開了雞櫥門。那‘小畜生’不分青紅皂白，就夾臉一嘴巴……。”“他就是着了那濫婊子的迷，要趕我出去。我是三茶六禮定來的，花轎抬來的呵！那麼容易嗎？……我一定要給他們一個顏色看，就是打官司也不要緊。縣裡不行，還有府裡呢……。”“是的……。我知道，我們粗人，甚麼也不知道。就怨我爹連人情世故都不知道，老發昏了。就專憑他們‘老畜生’‘小畜生’擺佈；他們會報喪似的急急忙忙鑽狗洞，巴結人……。”又是無大無小、無高無低，連公公、丈夫、父親都加以貶斥，連慰老爺、七大人都也成了“報喪似的急急忙忙鑽狗洞，巴結人”的對象，並不忌諱新年説“報喪”。

　　即便愛姑連珠炮似的滿口村話，她也已是嘴硬而心虛。看見七大人忽然兩眼向上一翻，圓臉一仰，細長鬍子圍着的嘴裡同時發出一種高大搖曳的聲音：“來 ～～ 兮！”愛姑打了一個寒噤，連忙住口，知道意外的事情就要到來，那事情是萬料不到，也防不了的。她這時才又知道七大人實在威嚴，先前都是自己的誤解，所以太放肆，太粗鹵了。她非常後悔，不由的自己説：“我本來是專聽七大人吩咐……。”七大人卻似乎不知有愛姑在面前，有她那一大堆出格的話，只是若無其事地將（鼻煙盒）小烏龜頭拔下，從那身子裡面倒一點東西在掌心上；木棍似的男人便接了那扁東西去。七大人隨即用那一隻手的一個指頭蘸着掌心，向自己的鼻孔裡塞了兩塞，鼻孔和人中立刻黃焦焦了。他皺着鼻子，似乎要打噴嚏。"呃啾"的一聲響，愛姑明知道是七大人打噴嚏了，但不由得轉過眼去看。只見七大人張着嘴，仍舊在那裡皺鼻子，一隻手的兩個指頭卻撮着一件東西，就是那"古人大殮的時候塞在屁股眼裡的"，在鼻子旁邊摩擦着。這是何等處理訴訟的方式，不用法律，不用辯論，不用程序，一樁離婚和維權的案件就這麼了結，慰老爺請訴訟方喝新年喜酒，愛姑也回應以"我們不喝了。存着，明年再來喝罷"。在中國鄉村社會，權大於法，士紳官場的廳堂原則制約着鄉野原則，這就是《離婚》對中國鄉村制度運作方式的考察。

故事新編

序　言

　　這一本很小的集子，從開手寫起到編成，經過的日子卻可以算得很長久了：足足有十三年。

　　第一篇《補天》——原先題作《不周山》——還是一九二二年的冬天寫成的。那時的意見，是想從古代和現代都採取題材，來做短篇小說，《不周山》便是取了"女媧煉石補天"的神話，動手試作的第一篇。首先，是很認真的，雖然也不過取了弗羅特說，來解釋創造——人和文學的——的緣起。不記得怎麼一來，中途停了筆，去看日報了，不幸正看見了誰——現在忘記了名字——的對於汪靜之君的《蕙的風》的批評，他說要含淚哀求，請青年不要再寫這樣的文字。這可憐的陰險使我感到滑稽，當再寫小說時，就無論如何，止不住有一個古衣冠的小丈夫，在女媧的兩腿之間出現了。這就是從認真陷入了油滑的開端。油滑是創作的大敵，我對於自己很不滿。

　　我決計不再寫這樣的小說，當編印《吶喊》時，便將它附在卷末，算是一個開始，也就是一個收場。

　　這時我們的批評家成仿吾先生正在創造社門口的"靈魂的冒險"的旗子底下掄板斧。他以"庸俗"的罪名，幾斧砍殺了《吶喊》，只推《不周山》為佳作，——自然也仍有不好的地方。坦白的說罷，這就是使我不但不能心服，而且還輕視了這位勇士的原因。我是不薄"庸俗"，也自甘"庸俗"的；對於歷史小說，則以為博考文獻，言必有據者，縱使有人譏為"教授小說"，其實是很難組織之作，至於只取一點因由，隨意點染，鋪成一篇，倒無需怎樣的手腕；況且“如魚飲水，冷暖自知”，用庸俗的話來說，就是“自家有病自家知”罷：《不周山》的後半是很草率的，決不能稱為佳作。倘使讀者相信了這冒險家的話，一定自誤，而我也成了誤人，於是當《吶喊》印行第二版時，即將這一篇刪除；向這位“魂靈”回敬了當頭一棒——我的集子裡，只剩着“庸俗”在跋扈了。

直到一九二六年的秋天，一個人住在廈門的石屋裡，對着大海，翻着古書，四近無生人氣，心裡空空洞洞。而北京的未名社，卻不絕的來信，催促雜誌的文章。這時我不願意想到目前；於是回憶在心裡出土了，寫了十篇《朝華夕拾》；並且仍舊拾取古代的傳說之類，預備足成八則《故事新編》。但剛寫了《奔月》和《鑄劍》——發表的那時題為《眉間尺》，——我便奔向廣州，這事就又完全擱起了。後來雖然偶爾得到一點題材，作一段速寫，卻一向不加整理。

現在才總算編成了一本書。其中也還是速寫居多，不足稱為“文學概論”之所謂小說。敘事有時也有一點舊書上的根據，有時卻不過信口開河。而且因為自己的對於古人，不及對於今人的誠敬，所以仍不免時有油滑之處。過了十三年，依然並無長進，看起來真也是“無非《不周山》之流”；不過並沒有將古人寫得更死，卻也許暫時還有存在的餘地的罷。

一九三五年十二月二十六日，魯迅。

點 評

《故事新編》收入作者一九二二年至一九三五年所作歷史小說

八篇，一九三六年一月由上海文化生活出版社初版，列入巴金所編的《文學叢刊》。

魯迅自稱這些作品是"神話、傳說及史實的演義"（《南腔北調集·〈自選集〉自序》）。至為聚訟紛紜者，是本序言所提及的"不免時有油滑之處"的表現手法。其實這是魯迅汲取我國古代戲曲文學和民間文學的趣味，使歷史小說時空發生變形、扭曲、錯置而點化出來的新的文學體式。魯迅自小耳濡目染的紹興《目連戲》就在目連冥間救母的主體故事之間，穿插了許多世俗諷喻性的小故事，如《泥水匠打牆》、《張蠻打爹》、《武松打虎》之類。魯迅認為這些插曲"比起希臘的伊索，俄國的梭羅古勃的寓言來，這是毫無遜色的"，並且反問，"我們的文學家做得出來麼？"魯迅中年研究小說史時，又接觸我國戲曲、小說中明知故為的時間錯亂，比如李汝珍《鏡花緣》第十九回："多九公道：'今日唐兄同那老者見面，曾說識荊二字，是何出處？'唐敖道：'再過幾十年，九公就看見了。'"第七十二回："孟紫芝道：'顏府這《多寶塔》，不知是誰的大筆，妹子卻未見過。'卞彩雲笑道：'妹妹莫忙，再遲幾十年，少不得就要出世。'"這都是在敘述武則天朝唐敖父女之海外遊行，才女百人之長安聚宴的故事時，雜糅進唐玄宗開元、天寶年代的李白和顏真卿的典故、文物，以錯亂時空來賣弄博學。《中國小說史略》第十篇《唐之傳奇集及雜俎》說：舊署牛僧孺的誌怪小說《周秦行紀》寫牛僧孺落第後夜行曠野"以身與后妃冥遇"，雖是政敵"假小說以排陷人"，但中唐士人與昭君、綠珠、楊妃等的艷遇，到底也使用了時空錯亂的遊戲筆墨。

《故事新編》汲取和發展了這種時代錯亂的表現手法，在同一篇作品中形成兩個敘事系統：一個是神話、傳說和歷史的，一個是當代人的語言、行為。兩個時空不同的系統相互干涉，對視而怔忡，對笑而忸怩，對談而狂縱，仿佛古人走錯了時空屋子，一切既陌生又熟悉，於怪異中隱含着歷史合理性，因而產生了多姿多彩的間離效果，散發着喜劇性的趣味，把傳統的歷史演義的表現形式打破了。因此捷克漢學家普實克說："魯迅的作品是一種極為傑出的典範，說明現代美學準則如何豐富了本國文學的傳統原則，並產生了一種新的獨特的結合體。這種手法在魯迅以其新的、現代手法處理歷史題材的《故事新編》中反映出來。他以冷嘲熱諷的幽默筆調剝去了歷史人物的傳統榮譽，扯掉了浪漫主義歷史觀加在他們頭上的光圈，使他們腳踏實地地回到今天的世界上來。他把事實放在與之不相稱的時代背景中去，使之脫離原來的歷史環境，以便從新的角度來觀察他們。以這種手法寫成的歷史小說，使魯迅成為現代世界文學上這種新流派的一位大師。"（普實克夫婦：《魯迅》，《魯迅研究年刊》一九七九年號）應該校正的是，這種"現代手法"乃是點化傳統而來，有所謂"溫故知新"，在打破近之"故"時，隔代之"故"往往有成為創新源頭的可能性，這種例子在文學史上並不少見。正是這一點使《故事新編》在某種程度上令小說雜文化了。

補 天

女媧忽然醒來了。

伊似乎是從夢中驚醒的，然而已經記不清做了甚麼夢；只是很懊惱，覺得有甚麼不足，又覺得有甚麼太多了。煽動的和風，暖曛的將伊的氣力吹得瀰漫在宇宙裡。

伊揉一揉自己的眼睛。

粉紅的天空中，曲曲折折的漂着許多條石綠色的浮雲，星便在那後面忽明忽滅的睞眼。天邊的血紅的雲彩裡有一個光芒四射的太陽，如流動的金球包在荒古的熔岩中；那一邊，卻是一個生鐵一般的冷而且白的月亮。然而伊並不理會誰是下去，和誰是上來。

地上都嫩綠了，便是不很換葉的松柏也顯得格外的嬌嫩。桃紅和青白色的斗大的雜花，在眼前還分明，到遠處可就成為斑斕的煙靄了。

"唉唉，我從來沒有這樣的無聊過！"伊想着，猛然間站立起來了，擎上那非常圓滿而精力洋溢的臂膊，向天打一個欠伸，天空便突然失了色，化為神異的肉紅，暫時再也辨不出伊所在的處所。

伊在這肉紅色的天地間走到海邊，全身的曲線都消融在淡玫瑰似的光海裡，直到身中央才濃成一段純白。波濤都驚異，起伏得很有秩序了，然而浪花濺在伊身上。這純白的影子在海水裡動搖，仿佛全體都正在四面八方的进散。但伊自己並沒有見，只是不由的跪下一足，伸手掏起帶水的軟泥來，同時又揉捏幾回，便有一個和自己差不多的小東西在兩手裡。

"阿，阿！"伊固然以為是自己做的，但也疑心這東西就白薯似的原在泥土裡，禁不住很詫異了。

然而這詫異使伊喜歡，以未曾有的勇往和愉快繼續着伊的事業，呼吸吹噓着，汗混和着……

"Nga！nga！"那些小東西可是叫起來了。

"阿，阿！"伊又吃了驚，覺得全身的毛孔中無不有甚麼東西飛散，於是地上便罩滿了乳白色的煙雲，伊才定了神，那些小東西也住了口。

"Akon，Agon！"有些東西向伊說。

"阿阿，可愛的寶貝。"伊看定他們，伸出帶着泥土的手指去撥他肥白的臉。

"Uvu，Ahaha！"他們笑了。這是伊第一回在天地間看見的笑，於是自己也第一回笑得合不上嘴唇來。

伊一面撫弄他們，一面還是做，被做的都在伊的身邊打圈，但他們漸漸的走得遠，說得多了，伊也漸漸的懂不得，只覺得耳朵邊滿是嘈雜的嚷，嚷得頗有些頭昏。

伊在長久的歡喜中，早已帶着疲乏了。幾乎吹完了呼吸，流完了汗，而況又頭昏，兩眼便朦朧起來，兩頰也漸漸的發了熱，自己覺得無所謂了，而且不耐煩。然而伊還是照舊的不歇手，不自覺的只是做。

終於，腰腿的酸痛逼得伊站立起來，倚在一座較為光滑的高山上，仰面一看，滿天是魚鱗樣的白雲，下面則是黑壓壓的濃綠。伊自己也不知道怎樣，總覺得左右不如意了，便焦躁的伸出手去，信手一拉，拔起一株從山上長到天邊的紫藤，一房一房的剛開着大不可言的紫花，伊一揮，那藤便橫搭在地面上，遍地散滿了半紫半白的花瓣。

伊接着一擺手，紫藤便在泥和水裡一翻身，同時也濺出拌着水的泥土來，待到落在地上，就成了許多伊先前做過了一般的小東西，只是大半呆頭呆腦，獐頭鼠目的有些討厭。然而伊不暇理會這等事了，單是有趣而且煩躁，夾着惡作劇的將手只是掄，愈掄愈飛速了，那藤便拖泥帶水的在地上滾，像一條給沸水燙傷了的赤練蛇。泥點也就暴雨似的從藤身上飛濺開來，還在空中便成了哇哇地啼哭的小東西，爬來爬去的撒得滿地。

伊近於失神了，更其掄，但是不獨腰腿痛，連兩條臂膊也都乏了力，伊於是不由的蹲下身子去，將頭靠着高山，頭髮漆黑的搭在山頂上，喘息一回之後，嘆一口氣，兩眼就合上了。紫藤從伊的手裡落了下來，也困頓不堪似的懶洋洋的躺在地面上。

<h2 style="text-align:center">二</h2>

轟！！！

在這天崩地塌價的聲音中，女媧猛然醒來，同時也就向東南方直溜下去了。伊伸了腳想踏住，然而甚麼也踹不到，連忙一舒臂揪住了山峰，這才沒有再向下滑的形勢。

但伊又覺得水和沙石都從背後向伊頭上和身邊滾瀿過去了，略一回頭，便灌了一口和兩耳朵的水，伊趕緊低了頭，又只見地面不住的動搖。幸而這動搖也似乎平靜下去了，伊向後一移，坐穩了身子，這才挪出手來拭去額角上和眼睛邊的水，細看是怎樣的情形。

情形很不清楚，遍地是瀑布般的流水；大概是海裡罷，有幾處更站起很尖的波浪來。伊只得呆呆的等着。

可是終於大平靜了，大波不過高如從前的山，像是陸地的處所便露出棱棱的石骨。伊正向海上看，只見幾座山奔流過來，一面又在波浪堆裡打旋子。伊恐怕那些山碰了自己的腳，便伸手將他們撮住，望那山坳裡，還伏着許多未曾見過的東西。

伊將手一縮，拉近山來仔細的看，只見那些東西旁邊的地上吐得很狼藉，似乎是金玉的粉末，又夾雜些嚼碎的松柏葉和魚肉。他們也慢慢的陸續抬起頭來了，女媧圓睜了眼睛，好容易才省悟到這便是自己先前所做的小東西，只是怪模怪樣的已經都用甚麼包了身子，有幾個還在臉的下半截長着雪白的毛毛了，雖然被海水粘得像一片尖尖的白楊葉。

“阿，阿！”伊詫異而且害怕的叫，皮膚上都起粟，就像觸着一支毛刺蟲。

“上真救命……”一個臉的下半截長着白毛的昂了頭，一面嘔吐，一面斷斷續續的説，“救命……臣等……是學仙的。誰料壞劫到來，天地分崩了。……現在幸而……遇到上真，……請救蟻命，……並賜仙……仙藥……”他於是將頭一起一落的做出異樣的舉動。

伊都茫然，只得又説，“甚麼？”

他們中的許多也都開口了，一樣的是一面嘔吐，一面“上真上真”的只是嚷，接着又都做出異樣的舉動。伊被他們鬧得心煩，頗後悔這一拉，竟至於惹了莫名其妙的禍。伊無法可想的向四處看，便看見有一隊巨鰲正在海面上游玩，伊不由的喜出望外了，立刻將那些山都擱在他們的脊樑上，囑咐道，“給我駝到平穩點的地方去罷！”巨鰲們似乎點一點頭，成群結隊的駝遠了。可是先前拉得過於猛，以致從山上摔下一個臉有白毛的來，此時趕不上，又不會鳧水，便伏在海邊自己打嘴巴。這倒使女媧覺得可憐了，然而也不管，因為伊實在也沒有工夫來管這些事。

伊噓一口氣，心地較為輕鬆了，再轉過眼光來看自己的身邊，流水已經退得不少，處處也露出廣闊的土石，石縫裡又嵌着許多東西，有的是直挺挺的了，有的卻還在動。伊瞥見有一個正在白着眼睛呆看伊；那是遍身多用鐵片包起來的，臉上的神情似乎很失望而且害怕。

"那是怎麼一回事呢？"伊順便的問。

"嗚呼，天降喪。"那一個便淒涼可憐的說，"顓頊不道，抗我后，我后躬行天討，戰於郊，天不祐德，我師反走，……"

"甚麼？"伊向來沒有聽過這類話，非常詫異了。

"我師反走，我后爰以厥首觸不周之山，折天柱，絕地維，我后亦殂落。嗚呼，是實惟……"

"夠了夠了，我不懂你的意思。"伊轉過臉去了，卻又看見一個高興而且驕傲的臉，也多用鐵片包了全身的。

"那是怎麼一回事呢？"伊到此時才知道這些小東西竟會變這麼花樣不同的臉，所以也想問出別樣的可懂的答話來。

"人心不古，康回實有豕心，覬天位，我后躬行天討，戰於郊，天實祐德，我師攻戰無敵，殛康回於不周之山。"

"甚麼？"伊大約仍然沒有懂。

"人心不古，……"

"夠了夠了，又是這一套！"伊氣得從兩頰立刻紅到耳根，火速背轉頭，另外去尋覓，好容易才看見一個不包鐵片的東西，身子精光，帶着傷痕還在流血，只是腰間卻也圍着一塊破布片。他正從別一個直挺挺的東西的腰間解下那破布來，慌忙繫上自己的腰，但神色倒也很平淡。

伊料想他和包鐵片的那些是別一種，應該可以探出一些頭緒了，便問道：

"那是怎麼一回事呢？"

"那是怎麼一回事呵。"他略一抬頭，說。

"那剛才鬧出來的是？……"

“那剛才鬧出來的麼？”

“是打仗罷？”伊沒有法，只好自己來猜測了。

“打仗罷？”然而他也問。

女媧倒抽了一口冷氣，同時也仰了臉去看天。天上一條大裂紋，非常深，也非常闊。伊站起來，用指甲去一彈，一點不清脆，竟和破碗的聲音相差無幾了。伊皺着眉心，向四面察看一番，又想了一會，便擰去頭髮裡的水，分開了搭在左右肩膀上，打起精神來向各處拔蘆柴：伊已經打定了“修補起來再説”的主意了。

伊從此日日夜夜堆蘆柴，柴堆高多少，伊也就瘦多少，因為情形不比先前，——仰面是歪斜開裂的天，低頭是齷齪破爛的地，毫沒有一些可以賞心悦目的東西了。

蘆柴堆到裂口，伊才去尋青石頭。當初本想用和天一色的純青石的，然而地上沒有這麼多，大山又捨不得用，有時到熱鬧處所去尋些零碎，看見的又冷笑，痛罵，或者搶回去，甚而至於還咬伊的手。伊於是只好攙些白石，再不夠，便湊上些紅黃的和灰黑的，後來總算將就的填滿了裂口，止要一點火，一熔化，事情便完成，然而伊也累得眼花耳響，支持不住了。

“唉唉，我從來沒有這樣的無聊過。”伊坐在一座山頂上，兩手捧着頭，上氣不接下氣的説。

這時崑崙山上的古森林的大火還沒有熄，西邊的天際都通紅。伊向西一瞟，決計從那裡拿過一株帶火的大樹來點蘆柴積，正要伸手，又覺得腳趾上有甚麼東西刺着了。

伊順下眼去看，照例是先前所做的小東西，然而更異樣了，累累墜墜的用甚麼布似的東西掛了一身，腰間又格外掛上十幾條布，頭上也罩着些不知甚麼，頂上是一塊烏黑的小小的長方板，手裡拿着一片物件，刺伊腳趾的便是這東西。

那頂着長方板的卻偏站在女媧的兩腿之間向上看，見伊一順眼，便倉皇的將那小片遞上來了。伊接過來看時，是一條很光滑的青竹片，上面還有兩行黑色的細點，比槲樹葉上的黑斑小得多。伊倒也很佩服這手段的細巧。

"這是甚麼？"伊還不免於好奇，又忍不住要問了。

頂長方板的便指着竹片，背誦如流的說道，"裸裎淫佚，失德蔑禮敗度，禽獸行。國有常刑，惟禁！"

女媧對那小方板瞪了一眼，倒暗笑自己問得太悖了，伊本已知道和這類東西扳談，照例是說不通的，於是不再開口，隨手將竹片擱在那頭頂上面的方板上，回手便從火樹林裡抽出一株燒着的大樹來，要向蘆柴堆上去點火。

忽而聽到嗚嗚咽咽的聲音了，可也是聞所未聞的玩藝，伊姑且向下再一瞟，卻見方板底下的小眼睛裡含着兩粒比芥子還小的眼淚。因為這和伊先前聽慣的 "nga nga" 的哭聲大不同了，所以竟不知道這也是一種哭。

伊就去點上火，而且不止一地方。

火勢並不旺，那蘆柴是沒有乾透的，但居然也烘烘的響，很久很久，終於伸出無數火焰的舌頭來，一伸一縮的向上舔，又很久，便合成火焰的重台花，又成了火焰的柱，赫赫的壓倒了崑崙山上的紅光。大風忽地起來，火柱旋轉着發吼，青的和雜色的石塊都一色通紅了，飴糖似的流佈在裂縫中間，像一條不滅的閃電。

風和火勢捲得伊的頭髮都四散而且旋轉，汗水如瀑布一般奔流，大光焰烘托了伊的身軀，使宇宙間現出最後的肉紅色。

火柱逐漸上升了，只留下一堆蘆柴灰。伊待到天上一色青碧的時候，才伸手去一摸，指面上卻覺得還很有些參差。

"養回了力氣，再來罷。……"伊自己想。

伊於是彎腰去捧蘆灰了，一捧一捧的填在地上的大水裡，蘆灰還未冷透，蒸得水漸漸的沸湧，灰水潑滿了伊的周身。大風又不肯停，夾着灰撲來，使伊成了灰土的顏色。

"吁！……"伊吐出最後的呼吸來。

天邊的血紅的雲彩裡有一個光芒四射的太陽，如流動的金球包在荒古的熔岩中；那一邊，卻是一個生鐵一般的冷而且白的月亮。但不知道誰是下去和誰是上來。這時候，伊的以自己用盡了自己一切的軀殼，便在這中間躺倒，而且不再呼吸了。

上下四方是死滅以上的寂靜。

三

有一日，天氣很寒冷，卻聽到一點喧囂，那是禁軍終於殺到了，因為他們等候着望不見火光和煙塵的時候，所以到得遲。他們左邊一柄黃斧頭，右邊一柄黑斧頭，後面一柄極大極古的大纛，躲躲閃閃的攻到女媧死屍的旁邊，卻並不見有甚麼動靜。他們就在死屍的肚皮上紮了寨，因為這一處最膏腴，他們檢選這些事是很伶俐的。然而他們卻突然變了口風，説惟有他們是女媧的嫡派，同時也就改換了大纛旗上的科斗字，寫道"女媧氏之腸"。

落在海岸上的老道士也傳了無數代了。他臨死的時候，才將仙山被巨鼇背到海上這一件要聞傳授徒弟，徒弟又傳給徒孫，後來一個方士想討好，竟去奏聞了秦始皇，秦始皇便教方士去尋去。

方士尋不到仙山，秦始皇終於死掉了；漢武帝又教尋，也一樣的沒有影。

大約巨鼇們是並沒有懂得女媧的話的，那時不過偶而湊巧的點了點頭。模模胡胡的背了一程之後，大家便走散去睡覺，仙山也就跟着沉下了，所以直到現在，總沒有人看見半座神仙山，至多也不外乎發見了若干野蠻島。

一九二二年十一月作。

點 評

　　本篇原題《不周山》，是衍述女媧搏土造人和煉石補天的神話的，着意從弗洛伊德精神分析學說的角度，演繹人的創造與拯救。這是中國新文學中第一次採用如此視角，並不着意於性心理的細部分析上描頭畫角，而是在展現補天造人的荒古世界中，展示女媧的生命熱力，閃耀着浪漫的奇麗的光華。作者自稱，寫作期間讀報，係慨於含淚的批評家的陰險，遂寫了一個古衣冠的小丈夫出現在女媧裸露的雙腿之間，造成神話與現實相雜糅的效果。查魯迅著作年表，在寫作本篇的一九二二年十一月，他發表過《對於批評家的希望》，嘲諷"偽道學家"詆毀郁達夫的小說《沉淪》和汪靜之的新詩集《蕙的風》為"不道德的文字"，又作《反對"含淚"的批評家》，駁斥某大學生把《蕙的風》誹謗為淫書，主張取締，以為"中國之所謂道德家的神經，自古以來，未免過敏而又過敏了，看見一句'意中人'，便即想到《金瓶梅》，看見一個'瞟'字，便即穿鑿到別的事情上去。然而一切青年的心，卻未必都如此不淨"。原來想以弗洛伊德學說解釋創造心理的神話小說，由於古衣冠的小丈夫的出現而嘲諷現實的偽道德批評，使這篇小說迴響着當時文壇上關於"文藝與道德"論爭的和弦。作家敞開胸襟，接受域外文學的新鮮空氣，無疑是明智之舉，成功往往產生於把外來的長處融合在自己的優勢之中。

　　對本篇的開頭進行細讀，確實可以體味到魯迅認真地將弗洛伊德的性心理學說，融合於天地與人的創造之神話中，從而展現了前所未見的絢麗而神秘的人體和雲霞色彩。開頭是寫女媧在夢與醒之間，"只是很懊惱，覺得有甚麼不足，又覺得有甚麼太多了。煽動的和風，暖瞹的將伊的氣力吹得瀰漫在宇宙裡"，這是生命活力在騷動。這種騷動的熱力似乎有無與倫比的輻射和感染的功能，可以使星雲變色："粉紅的天空中，曲曲折折的漂着許多條石綠色的浮雲，星便在那後面忽明忽滅的脥眼。天邊的血紅的雲彩裡有一個光芒四射的太陽，如流動的金球包在荒古的熔岩中；那一邊，卻是一個生鐵一般的冷而且白的月亮。然而伊並不理會誰是下去，和誰是上來。"這種騷動的熱力同樣也可以使大地變色："地上都嫩綠了，便是不很換葉的松柏也顯得格外的嬌嫩。桃紅和青白色的斗大的雜花，在眼前還分明，到遠處可就成為斑斕的煙靄了。"然後寫到熱力來自無聊，也就是性苦悶："唉唉，我從來沒有這樣的無聊過！"伊想着，猛然間站立起來了，擎上那非常圓滿而精力洋溢的臂膊，向天打一個欠伸，天空便突然失了色，化為神異的肉紅，暫時再也辨不出伊所在的處所。這種性的活力是驚天動地的，甚至驚動了波濤的生命。

　　宋人羅泌《路史》説："古高禖祀女媧"，女媧成了生育之神。顧炎武《書女媧廟》詩云："至今趙城之東八里有冢尚崔嵬，不見媧皇來製作。里人言是古高禖，萬世昏姻自此開。"古代仲春之月，士女郊遊，戀情蕩漾，宮室與民間祀高禖之神以祈子。女媧成為主生育的高禖神，源自她用黃土造人，屬於人類起源的創世神話。《太平御覽》卷七十八引漢代應劭《風俗通》佚文説："俗説天地開闢，未有人民，女媧摶黃土作人，劇務，力不暇供，乃引繩於緪泥中，舉以為人。故富貴者黃土人也，貧賤凡庸者緪人也。"中國造人神話注重富貴與貧賤的等級差異，不同於西方上帝造亞當、夏娃，注重性別差異，這都影響了各自的集體潛意識。

女媧看到自己用軟泥土造成的人型小東西嘎嘎叫喊，"伊又吃了驚，覺得全身的毛孔中無不有甚麼東西飛散，於是地上便罩滿了乳白色的煙雲"；"伊第一回在天地間看見的笑，於是自己也第一回笑得合不上嘴唇來"，生命的創造教會了笑。她疲乏地倚在山崖上，順手扯下一條紫花藤，攪動泥水，"伊接着一擺手，紫藤便在泥和水裡一翻身，同時也濺出拌着水的泥土來，待到落在地上，就成了許多伊先前做過了一般的小東西，只是大半呆頭呆腦，獐頭鼠目的有些討厭。然而伊不暇理會這等事了，單是有趣而且煩躁，夾着惡作劇的將手只是掄，愈掄愈飛速了，那藤便拖泥帶水的在地上滾，像一條給沸水燙傷了的赤練蛇。泥點也就暴雨似的從藤身上飛濺開來，還在空中便成了哇哇地啼哭的小東西，爬來爬去的撒得滿地。"生命創造也同時分化出醜陋和啼哭，天下由此不太平。

在共工頭觸不周山的天塌地陷、洪水浮山中，女媧諦視各種人類，仿佛看到斯威夫特《格列佛遊記》中的小人國，磕頭求賜仙藥的道士，遍身多用鐵片包起來的將士，戰敗的一方自稱"躬行天討"，指斥對方不道："顓頊不道，抗我后，我后躬行天討，戰於郊，天不祐德，我師反走，我后爰以厥首觸不周之山，折天柱，絕地維，我后亦殂落。嗚呼，是實惟……"女媧從未聽過的這種話，而另一方穿鐵片的將士也自稱是"躬行天討"："人心不古，康回實有豕心，覦天位，我后躬行天討，戰於郊，天實祐德，我師攻戰無敵，殛康回於不周之山。"雙方都是藉天的名義相互殺伐，氣得女媧從兩頰立刻紅到耳根："夠了夠了，又是這一套！"再看戰爭的結果，仰面是歪斜開裂的天，低頭是齷齪破爛的地。女媧實在是人類創造出來的最仁慈也最辛苦的創世女神，撿來蘆柴、石頭，修補天裂與地陷。卻有一個頂着長方板的小丈夫偏站在女媧的兩腿之間向上看，見伊一順眼，便倉皇遞上小竹片，指責把他們創造出來的女媧："裸裎淫佚，失德蔑禮敗度，禽獸行。國有常刑，惟禁！"所謂"頂着長方板"，大概就是古代皇帝戴的平天冠或通天冠，小說將之當作小人國之類，竟然不知自己從哪裡來的。女媧只好不管，用大樹從崑崙山點火，燃起蘆柴，"大風忽地起來，火柱旋轉着發吼，青的和雜色的石塊都一色通紅了，飴糖似的流佈在裂縫中間，像一條不滅的閃電"，她在造人、補天中耗盡了自己的生命。"禁軍"依然在殺伐，一左一右持着黃斧頭、黑斧頭，後面豎着極大極古的大纛，躲躲閃閃地攻到女媧屍體旁，在死屍肚皮上紮了寨，大纛旗上的科斗字改換成"女媧氏之腸"。秦始皇、漢武帝派方士尋不到仙山，都死掉了；大約是女媧安排馱着仙山的巨鰲們，走散去睡覺，仙山也就沉到海底，所以直到現在，總沒有人看見半座神仙山，至多也不外乎發見了若干野蠻島。這就以女媧的崇高，反諷了人世的卑瑣。

奔　月

一

　　聰明的牲口確乎知道人意，剛剛望見宅門，那馬便立刻放緩腳步了，並且和它背上的主人同時垂了頭，一步一頓，像搗米一樣。

　　暮靄籠罩了大宅，鄰屋上都騰起濃黑的炊煙，已經是晚飯時候。家將們聽得馬蹄聲，早已迎了出來，都在宅門外垂着手直挺挺地站着。羿在垃圾堆邊懶懶地下了馬，家將們便接過繮繩和鞭子去。他剛要跨進大門，低頭看看掛在腰間的滿壺的簇新的箭和網裡的三匹烏老鴉和一匹射碎了的小麻雀，心裡就非常躊躕。但到底硬着頭皮，大踏步走進去了；箭在壺裡豁朗豁朗地響着。

　　剛到內院，他便見嫦娥在圓窗裡探了一探頭。他知道她眼睛快，一定早瞧見那幾匹烏鴉的了，不覺一嚇，腳步登時也一停，—— 但只得往裡走。使女們都迎出來，給他卸了弓箭，解下網兜。他仿佛覺得她們都在苦笑。

　　"太太……。" 他擦過手臉，走進內房去，一面叫。

　　嫦娥正在看着圓窗外的暮天，慢慢回過頭來，似理不理的向他看了一眼，沒有答應。

　　這種情形，羿倒久已習慣的了，至少已有一年多。他仍舊走近去，坐在對面的鋪着脫毛的舊豹皮的木榻上，搔着頭皮，支支梧梧地說——

"今天的運氣仍舊不見佳，還是只有烏鴉……。"

"哼！"嫦娥將柳眉一揚，忽然站起來，風似的往外走，嘴裡咕嚕着，"又是烏鴉的炸醬麵，又是烏鴉的炸醬麵！你去問問去，誰家是一年到頭只吃烏鴉肉的炸醬麵的？我真不知道是走了甚麼運，竟嫁到這裡來，整年的就吃烏鴉的炸醬麵！"

"太太，"羿趕緊也站起，跟在後面，低聲説，"不過今天倒還好，另外還射了一匹麻雀，可以給你做菜的。女辛！"他大聲地叫使女，"你把那一匹麻雀拿過來請太太看！"

野味已經拿到廚房裡去了，女辛便跑去挑出來，兩手捧着，送在嫦娥的眼前。

"哼！"她瞥了一眼，慢慢地伸手一捏，不高興地説，"一團糟！不是全都粉碎了麼？肉在那裡？"

"是的，"羿很惶恐，"射碎的。我的弓太強，箭頭太大了。"

"你不能用小一點的箭頭的麼？"

"我沒有小的。自從我射封豕長蛇……。"

"這是封豕長蛇麼？"她説着，一面回轉頭去對着女辛道，"放一碗湯罷！"便又退回房裡去了。

只有羿呆呆地留在堂屋裡，靠壁坐下，聽着廚房裡柴草爆炸的聲音。他回憶半年的封豕是多麼大，遠遠望去就像一坐小土岡，如果那時不去射殺它，留到現在，足可以吃半年，又何用天天愁飯菜。還有長蛇，也可以做羹喝……。

女乙來點燈了，對面牆上掛着的彤弓，彤矢，盧弓，盧矢，弩機，長劍，短劍，便都在昏暗的燈光中出現。羿看了一眼，就低了頭，嘆一口氣；只見女辛搬進夜飯來，放在中間的案上，左邊是五大碗白麵；右邊兩大碗，一碗湯；中央是一大碗烏鴉肉做的炸醬。

羿吃着炸醬麵，自己覺得確也不好吃；偷眼去看嫦娥，她炸醬是看也不看，只用湯泡了麵，吃了半碗，又放下了。他覺得她臉上仿佛比往常黃瘦些，生怕她生了病。

到二更時，她似乎和氣一些了，默坐在床沿上喝水。羿就坐在旁邊的木榻上，手摩着脱毛的舊豹皮。

"唉，"他和藹地說，"這西山的文豹，還是我們結婚以前射得的，那時多麼好看，全體黃金光。"他於是回想當年的食物，熊是只吃四個掌，駝留峰，其餘的就都賞給使女和家將們。後來大動物射完了，就吃野豬兔山雞；射法又高強，要多少有多少。"唉，"他不覺嘆息，"我的箭法真太巧妙了，竟射得遍地精光。那時誰料到只剩下烏鴉做菜……。"

"哼。"嫦娥微微一笑。

"今天總還要算運氣的，"羿也高興起來，"居然獵到一隻麻雀。這是遠繞了三十里路才找到的。"

"你不能走得更遠一點的麼?!"

"對。太太。我也這樣想。明天我想起得早些。倘若你醒得早，那就叫醒我。我準備再遠走五十里，看看可有些麇子兔子。……但是，怕也難。當我射封豕長蛇的時候，野獸是那麼多。你還該記得罷，丈母的門前就常有黑熊走過，叫我去射了好幾回……。"

"是麼?"嫦娥似乎不大記得。

"誰料到現在竟至於精光的呢。想起來，真不知道將來怎麼過日子。我呢，倒不要緊，只要將那道士送給我的金丹吃下去，就會飛升。但是我第一先得替你打算，……所以我決計明天再走得遠一點……。"

"哼。"嫦娥已經喝完水，慢慢躺下，合上眼睛了。

殘膏的燈火照着殘妝，粉有些褪了，眼圈顯得微黃，眉毛的黛色也仿佛兩邊不一樣。但嘴唇依然紅得如火；雖然並不笑，頰上也還有淺淺的酒窩。

"唉唉，這樣的人，我就整年地只給她吃烏鴉的炸醬麵……。" 羿想着，覺得慚愧，兩頰連耳根都熱起來。

二

過了一夜就是第二天。

羿忽然睜開眼睛，只見一道陽光斜射在西壁上，知道時候不早了；看看嫦娥，兀自攤開了四肢沉睡着。他悄悄地披上衣服，爬下豹皮榻，出堂前，一面洗臉，一面叫女庚去吩咐王升備馬。

他因為事情忙，是早就廢止了朝食的；女乙將五個炊餅，五株蔥和一包辣醬都放在網兜裡，並弓箭一齊替他繫在腰間。他將腰帶緊了一緊，輕輕地跨出堂外面，一面告訴那正從對面進來的女庚道──

"我今天打算到遠地方去尋食物去，回來也許晚一些。看太太醒後，用過早點心，有些高興的時候，你便去稟告，說晚飯請她等一等，對不起得很。記得麼？你說：對不起得很。"

他快步出門，跨上馬，將站班的家將們扔在腦後，不一會便跑出村莊了。前面是天天走熟的高粱田，他毫不注意，早知道甚麼也沒有的。加上兩鞭，一徑飛奔前去，一氣就跑了六十里上下，望見前面有一簇很茂盛的樹林，馬也喘氣不迭，渾身流汗，自然慢下去了。大約又走了十多里，這才接近樹林，然而滿眼是胡蜂，粉蝶，螞蟻，蚱蜢，那裡有一點禽獸的蹤跡。他望見這一塊新地方時，本以為至少總可以有一兩匹狐兒兔兒的，現在才知道又是夢想。他只得繞出樹林，看那後面卻又是碧綠的高粱田，遠處散點着幾間小小的土屋。風和日暖，鴉雀無聲。

"倒楣！" 他盡量地大叫了一聲，出出悶氣。

但再前行了十多步，他即刻心花怒放了，遠遠地望見一間土屋外面的平地上，的確停着一匹飛禽，一步一啄，像是很大的鴿子。他慌忙拈弓搭箭，引滿弦，將手一放，那箭便流星般出去了。

這是無須遲疑的，向來有發必中；他只要策馬跟着箭路飛跑前去，便可以拾得獵物。誰知道他將要臨近，卻已有一個老婆子捧着帶箭的大鴿子，大聲嚷着，正對着他的馬頭搶過來。

"你是誰哪？怎麼把我家的頂好的黑母雞射死了？你的手怎的有這麼閑哪？……"

羿的心不覺跳了一跳，趕緊勒住馬。

"阿呀！雞麼？我只道是一隻鵪鶉。" 他惶恐地說。

"瞎了你的眼睛！看你也有四十多歲了罷。"

"是的。老太太。我去年就有四十五歲了。"

"你真是枉長白大！連母雞也不認識，會當作鵪鶉！你究竟是誰哪？"

"我就是夷羿。" 他說着，看看自己所射的箭，是正貫了母雞的心，當然死了，末後的兩個字便說得不大響亮；一面從馬上跨下來。

"夷羿？……誰呢？我不知道。" 她看着他的臉，說。

"有些人是一聽就知道的。堯爺的時候，我曾經射死過幾匹野豬，幾條蛇……。"

"哈哈，騙子！那是逢蒙老爺和別人合夥射死的。也許有你在內罷；但你倒說是你自己了，好不識羞！"

"阿阿，老太太。逢蒙那人，不過近幾年時常到我那裡來走走，我並沒有和他合夥，全不相干的。"

"說謊。近來常有人說，我一月就聽到四五回。"

"那也好。我們且談正經事罷。這雞怎麼辦呢？"

"賠。這是我家最好的母雞，天天生蛋。你得賠我兩柄鋤頭，三個紡錘。"

"老太太，你瞧我這模樣，是不耕不織的，那裡來的鋤頭和紡錘。我身邊又沒有錢，只有五個炊餅，倒是白麵做的，就拿來賠了你的雞，還添上五株蔥和一包甜辣醬。你以為怎樣？……"他一隻手去網兜裡掏炊餅，伸出那一隻手去取雞。

老婆子看見白麵的炊餅，倒有些願意了，但是定要十五個。磋商的結果，好容易才定為十個，約好至遲明天正午送到，就用那射雞的箭作抵押。羿這時才放了心，將死雞塞進網兜裡，跨上鞍韉，回馬就走，雖然肚餓，心裡卻很喜歡，他們不喝雞湯實在已經有一年多了。

他繞出樹林時，還是下午，於是趕緊加鞭向家裡走；但是馬力乏了，剛到走慣的高粱田近旁，已是黃昏時候。只見對面遠處有人影子一閃，接着就有一枝箭忽地向他飛來。

羿並不勒住馬，任它跑着，一面卻也拈弓搭箭，只一發，只聽得錚的一聲，箭尖正觸着箭尖，在空中發出幾點火花，兩枝箭便向上擠成一個"人"字，又翻身落在地上了。第一箭剛剛相觸，兩面立刻又來了第二箭，還是錚的一聲，相觸在半空中。那樣地射了九箭，羿的箭都用盡了；但他這時已經看清逢蒙得意地站在對面，卻還有一枝箭搭在弦上正在瞄準他的咽喉。

"哈哈，我以為他早到海邊摸魚去了，原來還在這些地方幹這些勾當，怪不得那老婆子有那些話……。"羿想。

那時快，對面是弓如滿月，箭似流星。颼的一聲，徑向羿的咽喉飛過來。也許是瞄準差了一點了，卻正中了他的嘴；一個筋斗，他帶箭掉下馬去了，馬也就站住。

逢蒙見羿已死，便慢慢地踅過來，微笑着去看他的死臉，當作喝一杯勝利的白乾。

剛在定睛看時，只見羿張開眼，忽然直坐起來。

“你真是白來了一百多回。”他吐出箭，笑着説，“難道連我的‘嚙鏃法’都沒有知道麼？這怎麼行。你鬧這些小玩藝兒是不行的，偷去的拳頭打不死本人，要自己練練才好。”

“即以其人之道，反諸其人之身……。”勝者低聲説。

“哈哈哈！”他一面大笑，一面站了起來，“又是引經據典。但這些話你只可以哄哄老婆子，本人面前搗甚麼鬼？俺向來就只是打獵，沒有弄過你似的剪徑的玩藝兒……。”他説着，又看看網兜裡的母雞，倒並沒有壓壞，便跨上馬，徑自走了。

“……你打了喪鐘！……”遠遠地還送來叫罵。

“真不料有這樣沒出息。青青年紀，倒學會了詛咒，怪不得那老婆子會那麼相信他。”羿想着，不覺在馬上絕望地搖了搖頭。

三

還沒有走完高粱田，天色已經昏黑；藍的空中現出明星來，長庚在西方格外燦爛。馬只能認着白色的田塍走，而且早已筋疲力竭，自然走得更慢了。幸而月亮卻在天際漸漸吐出銀白的清輝。

“討厭！”羿聽到自己的肚子裡骨碌骨碌地響了一陣，便在馬上焦躁了起來。“偏是謀生忙，便偏是多碰到些無聊事，白費工夫！”他將兩腿在馬肚子上一磕，催它快走，但馬卻只將後半身一扭，照舊地慢騰騰。

“嫦娥一定生氣了，你看今天多麼晚。”他想。“説不定要裝怎樣的臉給我看哩。但幸而有這一隻小母雞，可以引她高興。我只要説：太太，這是我來回跑了二百里路才找來的。不，不好，這話似乎太逞能。”

他望見人家的燈火已在前面，一高興便不再想下去了。馬也不待鞭策,自然飛奔。圓的雪白的月亮照着前途,涼風吹臉,真是比大獵回來時還有趣。

馬自然而然地停在垃圾堆邊;羿一看,仿佛覺得異樣,不知怎地似乎家裡亂氄氄。迎出來的也只有一個趙富。

"怎的?王升呢?" 他奇怪地問。

"王升到姚家找太太去了。"

"甚麼?太太到姚家去了麼?" 羿還呆坐在馬上,問。

"喳……。" 他一面答應着,一面去按馬韁和馬鞭。

羿這才爬下馬來,跨進門,想了一想,又回過頭去問道——

"不是等不迭了,自己上飯館去了麼?"

"喳。三個飯館,小的都去問過了,沒有在。"

羿低了頭,想着,往裡面走,三個使女都惶惑地聚在堂前。他便很詫異,大聲的問道——

"你們都在家麼?姚家,太太一個人不是向來不去的麼?"

她們不回答,只看看他的臉,便來給他解下弓袋和箭壺和裝着小母雞的網兜。羿忽然心驚肉跳起來,覺得嫦娥是因為氣忿尋了短見了,便叫女庚去叫趙富來,要他到後園的池裡樹上去看一遍。但他一跨進房,便知道這推測是不確的了:房裡也很亂,衣箱是開着,向床裡一看,首先就看出失少了首飾箱。他這時正如頭上淋了一盆冷水,金珠自然不算甚麼,然而那道士送給他的仙藥,也就放在這首飾箱裡的。

羿轉了兩個圓圈,才看見王升站在門外面。

"回老爺," 王升說,"太太沒有到姚家去;他們今天也不打牌。"

羿看了他一眼,不開口。王升就退出去了。

"老爺叫?……" 趙富上來,問。

羿將頭一搖,又用手一揮,叫他也退出去。

羿又在房裡轉了幾個圈子，走到堂前，坐下，仰頭看着對面壁上的彤弓，彤矢，盧弓，盧矢，弩機，長劍，短劍，想了些時，才問那呆立在下面的使女們道——

"太太是甚麼時候不見的？"

"掌燈時候就不看見了，"女乙說，"可是誰也沒見她走出去。"

"你們可見太太吃了那箱裡的藥沒有？"

"那倒沒有見。但她下午要我倒水喝是有的。"

羿急得站了起來，他似乎覺得，自己一個人被留在地上了。

"你們看見有甚麼向天上飛升的麼？"他問。

"哦！"女辛想了一想，大悟似的說，"我點了燈出去的時候，的確看見一個黑影向這邊飛去的，但我那時萬想不到是太太……。"於是她的臉色蒼白了。

"一定是了！"羿在膝上一拍，即刻站起，走出屋外去，回頭問着女辛道，"那邊？"

女辛用手一指，他跟着看去時，只見那邊是一輪雪白的圓月，掛在空中，其中還隱約現出樓台，樹木；當他還是孩子時候祖母講給他聽的月宮中的美景，他依稀記得起來了。他對着浮游在碧海裡似的月亮，覺得自己的身子非常沉重。

他忽然憤怒了。從憤怒裡又發了殺機，圓睜着眼睛，大聲向使女們叱咤道——

"拿我的射日弓來！和三枝箭！"

女乙和女庚從堂屋中央取下那強大的弓，拂去塵埃，並三枝長箭都交在他手裡。

他一手拈弓，一手捏着三枝箭，都搭上去，拉了一個滿弓，正對着月亮。身子是岩石一般挺立着，眼光直射，閃閃如岩下電，鬚髮開張飄動，像黑色火，這一瞬息，使人仿佛想見他當年射日的雄姿。

颼的一聲，—— 只一聲，已經連發了三枝箭，剛發便搭，一搭又發，眼睛不及看清那手法，耳朵也不及分別那聲音。本來對面是雖然受了三枝箭，應該都聚在一處的，因為箭箭相銜，不差絲髮。但他為必中起見，這時卻將手微微一動，使箭到時分成三點，有三個傷。

使女們發一聲喊，大家都看見月亮只一抖，以為要掉下來了，——但卻還是安然地懸着，發出和悅的更大的光輝，似乎毫無傷損。

"呔！"羿仰天大喝一聲，看了片刻；然而月亮不理他。他前進三步，月亮便退了三步；他退三步，月亮卻又照數前進了。

他們都默着，各人看各人的臉。

羿懶懶地將射日弓靠在堂門上，走進屋裡去。使女們也一齊跟着他。

"唉，"羿坐下，嘆一口氣，"那麼，你們的太太就永遠一個人快樂了。她竟忍心撇了我獨自飛升？莫非看得我老起來了？但她上月還說：並不算老，若以老人自居，是思想的墮落。"

"這一定不是的。"女乙說，"有人說老爺還是一個戰士。"

"有時看去簡直好像藝術家。"女辛說。

"放屁！—— 不過烏老鴉的炸醬麵確也不好吃，難怪她忍不住……。"

"那豹皮褥子脫毛的地方，我去剪一點靠牆的腳上的皮來補一補罷，怪不好看的。"女辛就往房裡走。

"且慢，"羿說着，想了一想，"那倒不忙。我實在餓極了，還是趕快去做一盤辣子雞，烙五斤餅來，給我吃了好睡覺。明天再去找那道士要一服仙藥，吃了追上去罷。女庚，你去吩咐王升，叫他量四升白豆餵馬！"

一九二六年十二月作。

點 評

　　讀此篇，最喜的是讀到嫦娥柳眉一揚，嘴裡咕嚕着"誰家是一年到頭只吃烏鴉肉的炸醬麵"，太太的嬌貴和善射英雄的末路，盡在這裡幽默地表現出來了。不過這回打獵所獲除了三隻烏鴉之外，還有一隻射碎了的麻雀，可以安慰一句："不過今天倒還好，另外還射了一匹麻雀，可以給你做菜的。"這都是充滿童心又別具匠心的安排。魯迅這樣談論過《西遊記》："孫行者神通廣大，不單會變鳥獸蟲魚，也會變廟宇，眼睛變窗戶，嘴巴變廟門，只有尾巴沒處安放，就變了一枝旗竿，豎在廟後面。但那有只豎一枝旗竿的廟宇的呢？它的被二郎神看出來的破綻就在此。"（《花邊文學·化名新法》）自幼就從《西遊記》中感受到的猴尾變旗竿的幽默，在這裡竟化作嫦娥厭吃烏鴉肉炸醬麵了。幽默中不失童心，誠為妙筆。

　　小說主要取材於《淮南子·本經訓》："堯之時，十日並出，焦禾稼，殺草木，而民無所食。猰貐、鑿齒、九嬰、大風、封豨、修蛇皆為民害。堯乃使羿誅鑿齒於疇華之野，殺九嬰於凶水之上，繳大風於青丘之澤，上射十日而下殺猰貐，斷修蛇於洞庭，禽封豨於桑林，萬民皆喜，置堯以為天子。"高誘注："十日並出，羿射去九。"又取材於《淮南子·覽冥訓》："羿請不死之藥於西王母，姮娥竊以奔月。"高誘注："姮娥，羿妻。羿請不死之藥於西王母，未及服之；姮娥盜食之，得仙，奔入月中，為月精也。"按嫦娥原作姮娥，漢代人因避文帝（劉恆）諱改為嫦娥。小說將羿的得意和失意的兩條材料交織在一起，一虛一實，以英雄失意寫其得意的失落。並且將之深刻地生活化了，為此還將西王母的不死藥改為"道士送給他的仙藥"。生活化的結果，不僅嫦娥厭倦吃烏鴉肉炸醬麵，而且羿出獵時也把強弓利箭，與五個炊餅、五株蔥和一包辣醬，滑稽地一齊繫在腰間。

第二日出獵，遠走近百里才發現鄉下老太婆的母雞，將之當鵪鶉射殺。面對老太婆的質問，羿說出"我去年就有四十五歲了"；老太婆聽信逢蒙的謠言，說野豬大蛇是逢蒙老爺射死的，嘲笑羿是騙子。半道遇上逢蒙連放九枝暗箭，都被他發箭射落，第十枝箭又被他以"嚙鏃法"破解。逢蒙只好悻悻地罵着"……你打了喪鐘！……"而離開。羿嘆息："偏是謀生忙，便偏是多碰到些無聊事，白費工夫！"回家發現嫦娥吃了仙藥飛天而去，就懷疑："她竟忍心撇了我獨自飛升？莫非看得我老起來了？但她上月還說：並不算老，若以老人自居，是思想的墮落。"女僕也在旁邊奉承："有人說老爺還是一個戰士"；"有時看去簡直好像藝術家。"這些話都是涉筆成趣地譏諷背叛者高長虹的《一九二五北京出版界形勢指掌圖》所謂："須知年齡尊卑，是乃祖乃父們的因襲思想，在新的時代是最大的阻礙物。魯迅去年不過四十五歲……如自謂老人，是精神的墮落！"又說："他（按：指魯迅）所給與我的印象，實以此一短促的時期（按：指一九二四年末）為最清新，彼此時實為一真正的藝術家的面目，過此以往，則遞降而至一不很高明而卻奮勇的戰士的面目。"高氏又自稱與魯迅"會面不只百次"，還在他文中說："魯迅先生已不着言語而敲了舊時代的喪鐘。"正如魯迅在一九二七年一月十一日給許廣平的信中說："那時就做了一篇小說，和他（按：指高長虹）開了一些小玩笑。"（見《兩地書·一一二》）不僅是與對手開了一些小玩笑，而且也折射了魯迅寫這篇神話傳說演義的"彷徨時期"那種"寂寞新文苑，平安舊戰場。兩間餘一卒，荷戟獨彷徨"心境，他往往將自己的血肉也一道攪進來，進行反諷性的調侃。

第二日出獵回來，本可以讓嫦娥喝上久違了的雞湯，但她卻飛升奔月了。這使得羿因失落而憤怒：他一手拈弓，一手捏着三枝箭，都搭上去，拉了一個滿弓，正對着月亮。身子是岩石一般挺立着，眼光直射，閃閃如岩下電，鬢髮開張飄動，像黑色火，這一瞬息，使人仿佛想見他當年射日的雄姿。但是當年九箭射落九日，如今三箭無奈一月之何。月亮只一抖，以為要掉下來了，—— 但卻還是安然地懸着，發出和悅的更大的光輝，似乎毫無傷損。羿前進三步，月亮便退了三步；他退三步，月亮卻又照數前進了。如此寫英雄末路，在天真、幽默之處，顯得舉重若輕。

理　水

一

　　這時候是"湯湯洪水方割，浩浩懷山襄陵"；舜爺的百姓，倒並不都擠在露出水面的山頂上，有的捆在樹頂，有的坐着木排，有些木排上還搭有小小的板棚，從岸上看起來，很富於詩趣。

　　遠地裡的消息，是從木排上傳過來的。大家終於知道鯀大人因為治了九整年的水，甚麼效驗也沒有，上頭龍心震怒，把他充軍到羽山去了，接任的好像就是他的兒子文命少爺，乳名叫作阿禹。

　　災荒得久了，大學早已解散，連幼稚園也沒有地方開，所以百姓們都有些混混沌沌。只在文化山上，還聚集着許多學者，他們的食糧，是都從奇肱國用飛車運來的，因此不怕缺乏，因此也能夠研究學問。然而他們裡面，大抵是反對禹的，或者簡直不相信世界上真有這個禹。

　　每月一次，照例的半空中要簌簌的發響，愈響愈厲害，飛車看得清楚了，車上插一張旗，畫着一個黃圓圈在發毫光。離地五尺，就掛下幾隻籃子來，別人可不知道裡面裝的是甚麼，只聽得上下在講話：

　　"古貌林！"

　　"好杜有圖！"

　　"古魯幾哩……"

　　"O.K！"

飛車向奇肱國疾飛而去，天空中不再留下微聲，學者們也靜悄悄，這是大家在吃飯。獨有山周圍的水波，撞着石頭，不住的澎湃的在發響。午覺醒來，精神百倍，於是學說也就壓倒了濤聲了。

"禹來治水，一定不成功，如果他是鯀的兒子的話，"一個拿拄杖的學者説。"我曾經搜集了許多王公大臣和豪富人家的家譜，很下過一番研究工夫，得到一個結論：闊人的子孫都是闊人，壞人的子孫都是壞人 —— 這就叫作'遺傳'。所以，鯀不成功，他的兒子禹一定也不會成功，因為愚人是生不出聰明人來的！"

"O. K！"一個不拿拄杖的學者説。

"不過您要想想咱們的太上皇，"別一個不拿拄杖的學者道。

"他先前雖然有些'頑'，現在可是改好了。倘是愚人，就永遠不會改好……"

"O. K！"

"這這些些都是費話，"又一個學者吃吃的説，立刻把鼻尖脹得通紅。"你們是受了謠言的騙的。其實並沒有所謂禹，'禹'是一條蟲，蟲蟲會治水的嗎？我看鯀也沒有的，'鯀'是一條魚，魚魚會治水水水的嗎？"他説到這裡，把兩腳一蹬，顯得非常用勁。

"不過鯀卻的確是有的，七年以前，我還親眼看見他到崑崙山腳下去賞梅花的。"

"那麼，他的名字弄錯了，他大概不叫'鯀'，他的名字應該叫'人'！至於禹，那可一定是一條蟲，我有許多證據，可以證明他的烏有，叫大家來公評……"

於是他勇猛的站了起來，摸出削刀，刮去了五株大松樹皮，用吃剩的麵包末屑和水研成漿，調了炭粉，在樹身上用很小的蝌蚪文寫上抹殺阿禹的考據，足足化掉了三九廿七天工夫。但是凡有要看的人，得拿出十片嫩榆葉，如果住在木排上，就改給一貝殼鮮水苔。

278

橫豎到處都是水，獵也不能打，地也不能種，只要還活着，所有的是閒工夫，來看的人倒也很不少。松樹下挨擠了三天，到處都發出嘆息的聲音，有的是佩服，有的是疲勞。但到第四天的正午，一個鄉下人終於說話了，這時那學者正在吃炒麵。

　　"人裡面，是有叫作阿禹的，"鄉下人說。"況且'禹'也不是蟲，這是我們鄉下人的簡筆字，老爺們都寫作'禺'，是大猴子……"

　　"人有叫作大大猴子的嗎？……"學者跳起來了，連忙嚥下沒有嚼爛的一口麵，鼻子紅到發紫，吆喝道。

　　"有的呀，連叫阿狗阿貓的也有。"

　　"鳥頭先生，您不要和他去辯論了，"拿拄杖的學者放下麵包，攔在中間，說。"鄉下人都是愚人。拿你的家譜來，"他又轉向鄉下人，大聲道，"我一定會發見你的上代都是愚人……"

　　"我就從來沒有過家譜……"

　　"呸，使我的研究不能精密，就是你們這些東西可惡！"

　　"不過這這也用不着家譜，我的學說是不會錯的。"鳥頭先生更加憤憤的說。"先前，許多學者都寫信來贊成我的學說，那些信我都帶在這裡……"

　　"不不，那可應該查家譜……"

　　"但是我竟沒有家譜，"那"愚人"說。"現在又是這麼的人荒馬亂，交通不方便，要等您的朋友們來信贊成，當作證據，真也比螺螄殼裡做道場還難。證據就在眼前：您叫鳥頭先生，莫非真的是一個鳥兒的頭，並不是人嗎？"

　　"哼！"鳥頭先生氣忿到連耳輪都發紫了。"你竟這樣的侮辱我！說我不是人！我要和你到皋陶大人那裡去法律解決！如果我真的不是人，我情願大辟——就是殺頭呀，你懂了沒有？要不然，你是應該反坐的。你等着罷，不要動，等我吃完了炒麵。"

"先生，"　鄉下人麻木而平靜的回答道，"您是學者，總該知道現在已是午後，別人也要肚子餓的。可恨的是愚人的肚子卻和聰明人的一樣：也要餓。真是對不起得很，我要撈青苔去了，等您上了呈子之後，我再來投案罷。"　於是他跳上木排，拿起網兜，撈着水草，泛泛的遠開去了。看客也漸漸的走散，鳥頭先生就紅着耳輪和鼻尖從新吃炒麵，拿拄杖的學者在搖頭。

然而"禹"究竟是一條蟲，還是一個人呢，卻仍然是一個大疑問。

二

禹也真好像是一條蟲。

大半年過去了，奇肱國的飛車已經來過八回，讀過松樹身上的文字的木排居民，十個裡面有九個生了腳氣病，治水的新官卻還沒有消息。直到第十回飛車來過之後，這才傳來了新聞，說禹是確有這麼一個人的，正是鯀的兒子，也確是簡放了水利大臣，三年之前，已從冀州啓節，不久就要到這裡了。

大家略有一點興奮，但又很淡漠，不大相信，因為這一類不甚可靠的傳聞，是誰都聽得耳朵起繭了的。

然而這一回卻又像消息很可靠，十多天之後，幾乎誰都説大臣的確要到了，因為有人出去撈浮草，親眼看見過官船；他還指着頭上一塊烏青的疙瘩，説是為了迴避得太慢一點了，吃了一下官兵的飛石：這就是大臣確已到來的證據。這人從此就很有名，也很忙碌，大家都爭先恐後的來看他頭上的疙瘩，幾乎把木排踏沉；後來還經學者們召了他去，細心研究，決定了他的疙瘩確是真疙瘩，於是使鳥頭先生也不能再執成見，只好把考據學讓給別人，自己另去搜集民間的曲子了。

一大陣獨木大舟的到來，是在頭上打出疙瘩的大約二十多天之後，每隻船上，有二十名官兵打槳，三十名官兵持矛，前後都是旗幟；剛靠山頂，紳士們和學者們已在岸上列隊恭迎，過了大半天，這才從最大的船裡，有兩位中年的胖胖的大員出現，約略二十個穿虎皮的武士簇擁着，和迎接的人們一同到最高巔的石屋裡去了。

大家在水陸兩面，探頭探腦的悉心打聽，才明白原來那兩位只是考察的專員，卻並非禹自己。

大員坐在石屋的中央，吃過麵包，就開始考察。

"災情倒並不算重，糧食也還可敷衍，" 一位學者們的代表，苗民言語學專家説。"麵包是每月會從半空中掉下來的；魚也不缺，雖然未免有些泥土氣，可是很肥，大人。至於那些下民，他們有的是榆葉和海苔，他們 '飽食終日，無所用心'，—— 就是並不勞心，原只要吃這些就夠。我們也嘗過了，味道倒並不壞，特別得很……"

"況且，" 別一位研究《神農本草》的學者搶着説，"榆葉裡面是含有維他命 W 的；海苔裡有碘質，可醫瘰癧病，兩樣都極合於衛生。"

"O.K！" 又一個學者説。大員們瞪了他一眼。

"飲料呢，" 那《神農本草》學者接下去道，"他們要多少有多少，一萬代也喝不完。可惜含一點黃土，飲用之前，應該蒸餾一下的。敝人指導過許多次了，然而他們冥頑不靈，絕對的不肯照辦，於是弄出數不清的病人來……"

"就是洪水，也還不是他們弄出來的嗎？" 一位五絡長鬚，身穿醬色長袍的紳士又搶着説。"水還沒來的時候，他們懶着不肯填，洪水來了的時候，他們又懶着不肯戽……"

"是之謂失其性靈，" 坐在後一排，八字鬍子的伏羲朝小品文學家笑道。"吾嘗登帕米爾之原，天風浩然，梅花開矣，白雲飛矣，金價漲矣，耗子眠矣，見一少年，口銜雪茄，面有蚩尤氏之霧……哈哈哈！沒有法子……"

"O.K！"

這樣的談了小半天。大員們都十分用心的聽着，臨末是叫他們合擬一個公呈，最好還有一種條陳，歷述着善後的方法。

於是大員們下船去了。第二天，說是因為路上勞頓，不辦公，也不見客；第三天是學者們公請在最高峰上賞偃蓋古松，下半天又同往山背後釣黃鱔，一直玩到黃昏。第四天，說是因為考察勞頓了，不辦公，也不見客；第五天的午後，就傳見下民的代表。

下民的代表，是四天以前就在開始推舉的，然而誰也不肯去，說是一向沒有見過官。於是大多數就推定了頭有疙瘩的那一個，以為他曾有見過官的經驗。已經平復下去的疙瘩，這時忽然針刺似的痛起來了，他就哭着一口咬定：做代表，毋寧死！大家把他圍起來，連日連夜的責以大義，說他不顧公益，是利己的個人主義者，將為華夏所不容；激烈點的，還至於捏起拳頭，伸在他的鼻子跟前，要他負這回的水災的責任。他渴睡得要命，心想與其逼死在木排上，還不如冒險去做公益的犧牲，便下了絕大的決心，到第四天，答應了。

大家就都稱讚他，但幾個勇士，卻又有些妒忌。

就是這第五天的早晨，大家一早就把他拖起來，站在岸上聽呼喚。果然，大員們呼喚了。他兩腿立刻發抖，然而又立刻下了絕大的決心，決心之後，就又打了兩個大呵欠，腫着眼眶，自己覺得好像腳不點地，浮在空中似的走到官船上去了。

奇怪得很，持矛的官兵，虎皮的武士，都沒有打罵他，一直放進了中艙。艙裡鋪着熊皮，豹皮，還掛着幾副弩箭，擺着許多瓶罐，弄得他眼花繚亂。定神一看，才看見在上面，就是自己的對面，坐着兩位胖大的官員。甚麼相貌，他不敢看清楚。

"你是百姓的代表嗎？" 大員中的一個問道。

"他們叫我上來的。" 他眼睛看着鋪在艙底上的豹皮的艾葉一般的花紋，回答說。

“你們怎麼樣？”

“……” 他不懂意思，沒有答。

“你們過得還好麼？”

“託大人的鴻福，還好……” 他又想了一想，低低的說道，“敷敷衍衍……混混……”

“吃的呢？”

“有，葉子呀，水苔呀……”

“都還吃得來嗎？”

“吃得來的。我們是甚麼都弄慣了的，吃得來的。只有些小畜生還要嚷，人心在壞下去哩，媽的，我們就揍他。”

大人們笑起來了，有一個對別一個說道：“這傢伙倒老實。”

這傢伙一聽到稱讚，非常高興，膽子也大了，滔滔的講述道：

“我們總有法子想。比如水苔，頂好是做滑溜翡翠湯，榆葉就做一品當朝羹。剝樹皮不可剝光，要留下一道，那麼，明年春天樹枝梢還是長葉子，有收成。如果託大人的福，釣到了黃鱔……”

然而大人好像不大愛聽了，有一位也接連打了兩個大呵欠，打斷他的講演道：“你們還是合具一個公呈來罷，最好是還帶一個貢獻善後方法的條陳。”

“我們可是誰也不會寫……” 他惴惴的說。

“你們不識字嗎？這真叫作不求上進！沒有法子，把你們吃的東西揀一份來就是！”

他又恐懼又高興的退了出來，摸一摸疙瘩疤，立刻把大人的吩咐傳給岸上，樹上和排上的居民，並且大聲叮囑道：“這是送到上頭去的呵！要做得乾淨，細緻，體面呀！……”

所有居民就同時忙碌起來，洗葉子，切樹皮，撈青苔，亂作一團。他自己是鋸木版，來做進呈的盒子。有兩片磨得特別光，連夜跑到山頂上請學者去寫字，一片是做盒子蓋的，求寫"壽山福海"，一片是給自己的木排上做扁額，以誌榮幸的，求寫"老實堂"。但學者卻只肯寫了"壽山福海"的一塊。

三

當兩位大員回到京都的時候，別的考察員也大抵陸續回來了，只有禹還在外。他們在家裡休息了幾天，水利局的同事們就在局裡大排筵宴，替他們接風，份子分福祿壽三種，最少也得出五十枚大貝殼。這一天真是車水馬龍，不到黃昏時候，主客就全都到齊了，院子裡卻已經點起庭燎來，鼎中的牛肉香，一直透到門外虎賁的鼻子跟前，大家就一齊嚥口水。酒過三巡，大員們就講了一些水鄉沿途的風景，蘆花似雪，泥水如金，黃鱔膏腴，青苔滑溜……等等。微醺之後，才取出大家採集了來的民食來，都裝着細巧的木匣子，蓋上寫着文字，有的是伏羲八卦體，有的是倉頡鬼哭體，大家就先來賞鑑這些字，爭論得幾乎打架之後，才決定以寫着"國泰民安"的一塊為第一，因為不但文字質樸難識，有上古淳厚之風，而且立言也很得體，可以宣付史館的。

評定了中國特有的藝術之後，文化問題總算告一段落，於是來考察盒子的內容了：大家一致稱讚着餅樣的精巧。然而大約酒也喝得太多了，便議論紛紛：有的咬一口鬆皮餅，極口嘆賞它的清香，說自己明天就要掛冠歸隱，去享這樣的清福；咬了柏葉糕的，卻道質粗味苦，傷了他的舌頭，要這樣與下民共患難，可見為君難，為臣亦不易。有幾個又撲上去，想搶下他們咬過的糕餅來，說不久就要開展覽會募捐，這些都得去陳列，咬得太多是很不雅觀的。

局外面也起了一陣喧嚷。一群乞丐似的大漢，面目黧黑，衣服破舊，竟衝破了斷絕交通的界線，闖到局裡來了。衛兵們大喝一聲，連忙左右交叉了明晃晃的戈，擋住他們的去路。

"甚麼？—— 看明白！"當頭是一條瘦長的莽漢，粗手粗腳的，怔了一下，大聲説。

衛兵們在昏黃中定睛一看，就恭恭敬敬的立正，舉戈，放他們進去了，只攔住了氣喘吁吁的從後面追來的一個身穿深藍土布袍子，手抱孩子的婦女。

"怎麼？你們不認識我了嗎？"她用拳頭揩着額上的汗，詫異的問。

"禹太太，我們怎會不認識您家呢？"

"那麼，為甚麼不放我進去的？"

"禹太太，這個年頭兒，不大好，從今年起，要端風俗而正人心，男女有別了。現在那一個衙門裡也不放娘兒們進去，不但這裡，不但您。這是上頭的命令，怪不着我們的。"

禹太太呆了一會，就把雙眉一揚，一面回轉身，一面嚷叫道：

"這殺千刀的！奔甚麼喪！走過自家的門口，看也不進來看一下，就奔你的喪！做官做官，做官有甚麼好處，仔細像你的老子，做到充軍，還掉在池子裡變大忘八！這沒良心的殺千刀！……"

這時候，局裡的大廳上也早發生了擾亂。大家一望見一群莽漢們奔來，紛紛都想躲避，但看不見耀眼的兵器，就又硬着頭皮，定睛去看。奔來的也臨近了，頭一個雖然面貌黑瘦，但從神情上，也就認識他正是禹；其餘的自然是他的隨員。

這一嚇，把大家的酒意都嚇退了，沙沙的一陣衣裳聲，立刻都退在下面。禹便一徑跨到席上，在上面坐下，大約是大模大樣，或者生了鶴膝風罷，並不屈膝而坐，卻伸開了兩腳，把大腳底對着大員們，又不穿襪子，滿腳底都是栗子一般的老繭。隨員們就分坐在他的左右。

“大人是今天回京的？”一位大膽的屬員，膝行而前了一點，恭敬的問。

“你們坐近一點來！”禹不答他的詢問，只對大家說。“查的怎麼樣？”

大員們一面膝行而前，一面面面相覷，列坐在殘筵的下面，看見咬過的鬆皮餅和啃光的牛骨頭。非常不自在——卻又不敢叫膳夫來收去。

“稟大人，”一位大員終於說。“倒還像個樣子——印象甚佳。松皮水草，出產不少；飲料呢，那可豐富得很。百姓都很老實，他們是過慣了的。稟大人，他們都是以善於吃苦，馳名世界的人們。”

“卑職可是已經擬好了募捐的計劃，”又一位大員說。“準備開一個奇異食品展覽會，另請女隗小姐來做時裝表演。只賣票，並且聲明會裡不再募捐，那麼，來看的可以多一點。”

“這很好。”禹說着，向他彎一彎腰。

“不過第一要緊的是趕快派一批大木筏去，把學者們接上高原來。”第三位大員說，“一面派人去通知奇肱國，使他們知道我們的尊崇文化，接濟也只要每月送到這邊來就好。學者們有一個公呈在這裡，說的倒也很有意思，他們以為文化是一國的命脈，學者是文化的靈魂，只要文化存在，華夏也就存在，別的一切，倒還在其次……”

“他們以為華夏的人口太多了，”第一位大員道，“減少一些倒也是致太平之道。況且那些不過是愚民，那喜怒哀樂，也決沒有智者所玩想的那麼精微的。知人論事，第一要憑主觀。例如莎士比亞……”

“放他媽的屁！”禹心裡想，但嘴上卻大聲的說道：“我經過查考，知道先前的方法：‘湮’，確是錯誤了。以後應該用‘導’！不知道諸位的意見怎麼樣？”

靜得好像墳山；大員們的臉上也顯出死色，許多人還覺得自己生了病，明天恐怕要請病假了。

"這是蚩尤的法子！"一個勇敢的青年官員悄悄的憤激着。

"卑職的愚見，竊以為大人是似乎應該收回成命的。"一位白鬚白髮的大員，這時覺得天下興亡，繫在他的嘴上了，便把心一橫，置死生於度外，堅決的抗議道："湮是老大人的成法。'三年無改於父之道，可謂孝矣。'—— 老大人升天還不到三年。"

禹一聲也不響。

"況且老大人化過多少心力呢。藉了上帝的息壤，來湮洪水，雖然觸了上帝的惱怒，洪水的深度可也淺了一點了。這似乎還是照例的治下去。"另一位花白鬚髮的大員說，他是禹的母舅的乾兒子。

禹一聲也不響。

"我看大人還不如'幹父之蠱'，"一位胖大官員看得禹不作聲，以為他就要折服了，便帶些輕薄的大聲說，不過臉上還流出着一層油汗。"照着家法，挽回家聲。大人大約未必知道人們在怎麼講說老大人罷……"

"要而言之，'湮'是世界上已有定評的好法子，"白鬚髮的老官恐怕胖子鬧出岔子來，就搶着說道。"別的種種，所謂'摩登'者也，昔者蚩尤氏就壞在這一點上。"

禹微微一笑："我知道的。有人說我的爸爸變了黃熊，也有人說他變了三足鱉，也有人說我在求名，圖利。說就是了。我要說的是我查了山澤的情形，徵了百姓的意見，已經看透實情，打定主意，無論如何，非'導'不可！這些同事，也都和我同意的。"

他舉手向兩旁一指。白鬚髮的，花鬚髮的，小白臉的，胖而流着油汗的，胖而不流油汗的官員們，跟着他的指頭看過去，只見一排黑瘦的乞丐似的東西，不動，不言，不笑，像鐵鑄的一樣。

四

禹爺走後，時光也過得真快，不知不覺間，京師的景況日見其繁盛了。首先是闊人們有些穿了繭綢袍，後來就看見大水果舖裡賣着橘子和柚子，大綢緞店裡掛着華絲葛；富翁的筵席上有了好醬油，清燉魚翅，涼拌海參；再後來他們竟有熊皮褥子狐皮褂，那太太也戴上赤金耳環銀手鐲了。

只要站在大門口，也總有甚麼新鮮的物事看：今天來一車竹箭，明天來一批松板，有時抬過了做假山的怪石，有時提過了做魚生的鮮魚；有時是一大群一尺二寸長的大烏龜，都縮了頭裝着竹籠，載在車子上，拉向皇城那面去。

“媽媽，你瞧呀，好大的烏龜！”孩子們一看見，就嚷起來，跑上去，圍住了車子。

“小鬼，快滾開！這是萬歲爺的寶貝，當心殺頭！”

然而關於禹爺的新聞，也和珍寶的入京一同多起來了。百姓的檐前，路旁的樹下，大家都在談他的故事；最多的是他怎樣夜裡化為黃熊，用嘴和爪子，一拱一拱的疏通了九河，以及怎樣請了天兵天將，捉住興風作浪的妖怪無支祁，鎮在龜山的腳下。皇上舜爺的事情，可是誰也不再提起了，至多，也不過談談丹朱太子的沒出息。

禹要回京的消息，原已傳佈得很久了，每天總有一群人站在關口，看可有他的儀仗的到來。並沒有。然而消息卻愈傳愈緊，也好像愈真。一個半陰半晴的上午，他終於在百姓們的萬頭攢動之間，進了冀州的帝都了。前面並沒有儀仗，不過一大批乞丐似的隨員。臨末是一個粗手粗腳的大漢，黑臉黃鬚，腿彎微曲，雙手捧着一片烏黑的尖頂的大石頭 —— 舜爺所賜的“玄圭”，連聲說道“借光，借光，讓一讓，讓一讓”，從人叢中擠進皇宮裡去了。

百姓們就在宮門外歡呼，議論，聲音正好像浙水的濤聲一樣。

舜爺坐在龍位上，原已有了年紀，不免覺得疲勞，這時又似乎有些驚駭。禹一到，就連忙客氣的站起來，行過禮，皋陶先去應酬了幾句，舜才說道：

"你也講幾句好話我聽呀。"

"哼，我有甚麼說呢？"禹簡截的回答道。"我就是想，每天孳孳！"

"甚麼叫作'孳孳'？"皋陶問。

"洪水滔天，"禹說，"浩浩懷山襄陵，下民都浸在水裡。我走旱路坐車，走水路坐船，走泥路坐橇，走山路坐轎。到一座山，砍一通樹，和益倆給大家有飯吃，有肉吃。放田水入川，放川水入海，和稷倆給大家有難得的東西吃。東西不夠，就調有餘，補不足。搬家。大家這才靜下來了，各地方成了個樣子。"

"對啦對啦，這些話可真好！"皋陶稱讚道。

"唉！"禹說。"做皇帝要小心，安靜。對天有良心，天才會仍舊給你好處！"

舜爺嘆一口氣，就託他管理國家大事，有意見當面講，不要背後說壞話。看見禹都答應了，又嘆一口氣，道："莫像丹朱的不聽話，只喜歡遊蕩，旱地上要撐船，在家裡又搞亂，弄得過不了日子，這我可真看的不順眼！"

"我討過老婆，四天就走，"禹回答說。"生了阿啟，也不當他兒子看。所以能夠治了水，分作五圈，簡直有五千里，計十二州，直到海邊，立了五個頭領，都很好。只是有苗可不行，你得留心點！"

"我的天下，真是全仗的你的功勞弄好的！"舜爺也稱讚道。

於是皋陶也和舜爺一同肅然起敬，低了頭；退朝之後，他就趕緊下一道特別的命令，叫百姓都要學禹的行為，倘不然，立刻就算是犯了罪。

　　這使商家首先起了大恐慌。但幸而禹爺自從回京以後，態度也改變一點了：吃喝不考究，但做起祭祀和法事來，是闊綽的；衣服很隨便，但上朝和拜客時候的穿著，是要漂亮的。所以市面仍舊不很受影響，不多久，商人們就又說禹爺的行為真該學，皋爺的新法令也很不錯；終於太平到連百獸都會跳舞，鳳凰也飛來湊熱鬧了。

一九三五年十一月作。

點　評

　　本篇寫大禹治水的傳說，其值得注意之處不僅在於寫了中國歷史上的“脊樑”，而且宣揚了帶有魯迅尋根意識的越文化精神。《史記·夏本紀》中太史公曰：“或言禹會諸侯江南，計功而崩，因葬焉，命曰‘會稽’。”這就是紹興（會稽）大禹陵的來由，此外還有禹廟、禹穴、岣嶁碑、窆石亭等古跡。魯迅一九一二年作《〈越鐸〉出世辭》，把“其民復存大禹卓苦勤勞之風”，同“勾踐堅確慷慨之志”，作為越文化的兩大標誌；一九一七年又撰有金石學文字《會稽禹廟窆石考》。刺激魯迅寫《理水》的，還有當時嚴重的水災和當局的對策。一九三五年八月《申報月刊》載：“今年的水災，南自廣東，北迄河北，中國的長江、黃河、珠江三大流域各省，幾乎絕少倖免。……僅觀鄂、魯兩省的災民，鄂在七百萬以上，魯在五百萬以上，災情的嚴重，可以概見。”魯迅在寫《理水》後三個月也說：“兩三年前，是有過非常的水災的，這大水和日本的不同，幾個月或半年都不退。但我又知道，中國有着叫作‘水利局’的機關，每年從人民收着稅錢，在辦事。但反而出了這樣的大水了。”（《且介亭雜文末編·我要騙人》）這也就是《理水》何以會給“水利局的同事們”昏庸而排場的醜態寫上一筆了。

全文敘事設計了三大板塊，第一個板塊繪聲繪色地描述“文化山”上的學者迂闊不切實際的言論和爭辯。這也是有感於一九三二年十月北平文教界面對日本侵華危局，有學者提出把北平劃為“文化城”的提案。學者們的洋腔洋調，滿口“O.K”，屬於歐美派，其中有談論“愚人是生不出聰明人”的遺傳學，有倡言“‘禹’是一條蟲，蟲蟲會治水的嗎？⋯⋯‘鯀’是一條魚，魚魚會治水水水的嗎？”的疑古思潮，都對當時學術界有所針砭、有所影射。但行文主要是把他們和大禹的實幹作風相對照，針砭他們在洪水面前的空論誤國。比如在滔天洪水面前，不顧民生疾苦，還在一味高談：“麵包是每月會從半空中掉下來的；魚也不缺，雖然未免有些泥土氣，可是很肥，大人。至於那些下民，他們有的是榆葉和海苔，他們‘飽食終日，無所用心’，——就是並不勞心，原只要吃這些就夠。我們也嘗過了，味道倒並不壞，特別得很⋯⋯”；“榆葉裡面是含有維他命W的；海苔裡有碘質，可醫療瘰病，兩樣都極合於衛生”；“飲料呢，他們要多少有多少，一萬代也喝不完。可惜含一點黃土，飲用之前，應該蒸餾一下的。”八字鬍子的伏羲朝小品文學家笑道：“吾嘗登帕米爾之原，天風浩然，梅花開矣，白雲飛矣，金價漲矣，耗子眠矣，見一少年，口銜雪茄，面有蚩尤氏之霧⋯⋯哈哈哈！”學者們還公請考察大員在最高峰上賞偃蓋古松，同往山背後釣黃鱔，這就是學界風氣與官場風氣攪成漫天霧霾。

第二個板塊，則對水利局的考察大員不顧民生疾苦，作了漫畫式的勾勒。下民被大員接見，嚇得腿都站不直，卻受了大員派頭和氣場的感染，也就滿口胡柴：“我們總有法子想。比如水苔，頂好是做滑溜翡翠湯，榆葉就做一品當朝羹。剝樹皮不可剝光，要留下一道，那麼，明年春天樹枝梢還是長葉子，有收成。如果託大人的福，釣到了黃鱔……」大員回京，就大擺筵席，大講水鄉沿途的風景，蘆花似雪，泥水如金，黃鱔膏腴，青苔滑溜……。

最後在大員宴席搜刮了（水利）局中同事的份子錢，牛肉醇酒，亂嚷嚷評議禮品盒上字體之時，才浮出第三個板塊，驀然闖進「一群乞丐似的大漢，面目黧黑，衣服破舊」，後面禹太太還追着罵：「這殺千刀的！奔甚麼喪！走過自家的門口，看也不進來看一下，就奔你的喪！做官做官，做官有甚麼好處，仔細像你的老子，做到充軍，還掉在池子裡變大忘八！這沒良心的殺千刀！……」禹便一徑跨到大員們的酒席上坐下，大約是生了鶴膝風罷，並不屈膝而坐，卻伸開了兩腳，把大腳底對着大員們，又不穿襪子，滿腳底都是栗子一般的老繭。聽了大員粉飾太平的彙報，禹大聲宣佈經過查考，要用「導」的方法取代先前「湮」的方法。官員們紛紛反對，要他收回成命，照着家法，挽回家聲，「湮是老大人的成法。『三年無改於父之道，可謂孝矣。』——老大人升天還不到三年」。禹不顧別人說他的方法是「蚩尤的方法」，堅定認為：「有人說我的爸爸變了黃熊，也有人說他變了三足鱉，也有人說我在求名，圖利。說就是了。我要說的是我查了山澤的情形，徵了百姓的意見，已經看透實情，打定主意，無論如何，非『導』不可！」三個板塊互相碰撞，古老的洪水神話傳說，越文化的尋根意識，以及三十年代的水災和「文化城」提案，在古今雜糅的敘事板塊碰撞中，交換使用着鬧劇、漫畫、浮雕的手法，通過強烈對比來呈現作家對民族脊樑的追尋和對醜陋社會風氣的批判。

然而在曲終奏雅處，隱隱然透露出作家對醜陋社會風氣可能腐蝕民族脊樑的深切的憂慮。大批奇珍異寶運進京城，進貢給萬歲爺，新的萬歲爺開始被神化：到處傳聞最多的是禹怎樣夜裡化為黃熊，用嘴和爪子，一拱一拱的疏通了九河，以及怎樣請了天兵天將，捉住興風作浪的妖怪無支祁，鎮在龜山的腳下。禹入京，還是一個粗手粗腳的大漢，黑臉黃髮，腿彎微曲，雙手捧着一片烏黑的尖頂的大石頭——舜爺所賜的「玄圭」。但禹的功績，不是出自客觀描述，而是出自禹的口述：「洪水滔天，浩浩懷山襄陵，下民都浸在水裡。我走旱路坐車，走水路坐船，走泥路坐橇，走山路坐轎。到一座山，砍一通樹，和益倆給大家有飯吃，有肉吃。放田水入川，放川水入海，和稷倆給大家有難得的東西吃。東西不夠，就調有餘，補不足」。「我討過老婆，四天就走，生了阿啟，也不當他兒子看。所以能夠治了水，分作五圈，簡直有五千里，計十二州，直到海邊，立了五個頭領，都很好。」於是皋陶趕緊下一道特別的命令，叫百姓都要學禹的行為，倘不然，立刻就算是犯了罪。提倡如此簡樸的風氣，使商家首先起了大恐慌。但幸而禹爺自從回京以後，態度也改變一點了：吃喝不考究，但做起祭祀和法事來，是闊綽的；衣服很隨便，但上朝和拜客時候的穿著，是要漂亮的。所以市面仍舊不很受影響，不多久，商人們就又說禹爺的行為真該學，皋爺的新法令也很不錯；終於太平到連百獸都會跳舞，鳳凰也飛來湊熱鬧了。三板塊一結尾的結構功能，具有綿裡藏針的反諷意味。

鑄　劍

一

眉間尺剛和他的母親睡下，老鼠便出來咬鍋蓋，使他聽得發煩。他輕輕地叱了幾聲，最初還有些效驗，後來是簡直不理他了，格支格支地徑自咬。他又不敢大聲趕，怕驚醒了白天做得勞乏，晚上一躺就睡着了的母親。

許多時光之後，平靜了；他也想睡去。忽然，撲通一聲，驚得他又睜開眼。同時聽到沙沙地響，是爪子抓着瓦器的聲音。

“好！該死！”他想着，心裡非常高興，一面就輕輕地坐起來。

他跨下床，藉着月光走向門背後，摸到鑽火傢伙，點上松明，向水甕裡一照。果然，一匹很大的老鼠落在那裡面了；但是，存水已經不多，爬不出來，只沿着水甕內壁，抓着，團團地轉圈子。

“活該！”他一想到夜夜咬傢具，鬧得他不能安穩睡覺的便是它們，很覺得暢快。他將松明插在土牆的小孔裡，賞玩着；然而那圓睜的小眼睛，又使他發生了憎恨，伸手抽出一根蘆柴，將它直按到水底去。過了一會，才放手，那老鼠也隨着浮了上來，還是抓着甕壁轉圈子。只是抓勁已經沒有先前似的有力，眼睛也淹在水裡面，單露出一點尖尖的通紅的小鼻子，咻咻地急促地喘氣。

他近來很有點不大喜歡紅鼻子的人。但這回見了這尖尖的小紅鼻子，卻忽然覺得它可憐了，就又用那蘆柴，伸到它的肚下去，老鼠抓着，歇了一回力，便沿着蘆幹爬了上來。待到他看見全身，—— 濕淋淋的黑毛，大的肚子，蚯蚓似的尾巴，—— 便又覺得可恨可憎得很，慌忙將蘆柴一抖，撲通一聲，老鼠又落在水瓮裡，他接着就用蘆柴在它頭上搗了幾下，叫它趕快沉下去。

換過六回松明之後，那老鼠已經不能動彈，不過沉浮在水中間，有時還向水面微微一跳。眉間尺又覺得很可憐，隨即折斷蘆柴，好容易將它夾了出來，放在地面上。老鼠先是絲毫不動，後來才有一點呼吸；又許多時，四隻腳運動了，一翻身，似乎要站起來逃走。這使眉間尺大吃一驚，不覺提起左腳，一腳踏下去。只聽得吱的一聲，他蹲下去仔細看時，只見口角上微有鮮血，大概是死掉了。

他又覺得很可憐，仿佛自己作了大惡似的，非常難受。他蹲着，呆看着，站不起來。

"尺兒，你在做甚麼？" 他的母親已經醒來了，在床上問。

"老鼠……。" 他慌忙站起，回轉身去，卻只答了兩個字。

"是的，老鼠。這我知道。可是你在做甚麼？殺它呢，還是在救它？"

他沒有回答。松明燒盡了；他默默地立在暗中，漸看見月光的皎潔。

"唉！" 他的母親嘆息說，"一交子時，你就是十六歲了，性情還是那樣，不冷不熱地，一點也不變。看來，你的父親的仇是沒有人報的了。"

他看見他的母親坐在灰白色的月影中，仿佛身體都在顫動；低微的聲音裡，含着無限的悲哀，使他冷得毛骨悚然，而一轉眼間，又覺得熱血在全身中忽然騰沸。

"父親的仇？父親有甚麼仇呢？" 他前進幾步，驚急地問。

"有的。還要你去報。我早想告訴你的了；只因為你太小，沒有說。現在你已經成人了，卻還是那樣的性情。這教我怎麼辦呢？你似的性情，能行大事的麼？」

「能。說罷，母親。我要改過⋯⋯。」

「自然。我也只得說。你必須改過⋯⋯。那麼，走過來罷。」

他走過去；他的母親端坐在床上，在暗白的月影裡，兩眼發出閃閃的光芒。

「聽哪！」她嚴肅地說，「你的父親原是一個鑄劍的名工，天下第一。他的工具，我早已都賣掉了來救了窮了，你已經看不見一點遺跡；但他是一個世上無二的鑄劍的名工。二十年前，王妃生下了一塊鐵，聽說是抱了一回鐵柱之後受孕的，是一塊純青透明的鐵。大王知道是異寶，便決計用來鑄一把劍，想用它保國，用它殺敵，用它防身。不幸你的父親那時偏偏入了選，便將鐵捧回家裡來，日日夜夜地鍛煉，費了整三年的精神，煉成兩把劍。

「當最末次開爐的那一日，是怎樣地駭人的景象呵！嘩拉拉地騰上一道白氣的時候，地面也覺得動搖。那白氣到天半便變成白雲，罩住了這處所，漸漸現出緋紅顏色，映得一切都如桃花。我家的漆黑的爐子裡，是躺着通紅的兩把劍。你父親用井華水慢慢地滴下去，那劍嘶嘶地吼着，慢慢轉成青色了。這樣地七日七夜，就看不見了劍，仔細看時，卻還在爐底裡，純青的，透明的，正像兩條冰。

「大歡喜的光采，便從你父親的眼睛裡四射出來；他取起劍，拂拭着，拂拭着。然而悲慘的皺紋，卻也從他的眉頭和嘴角出現了。他將那兩把劍分裝在兩個匣子裡。

「『你只要看這幾天的景象，就明白無論是誰，都知道劍已煉就的了。』他悄悄地對我說。『一到明天，我必須去獻給大王。但獻劍的一天，也就是我命盡的日子。怕我們從此要長別了。』

「『你⋯⋯。』我很駭異，猜不透他的意思，不知怎麼說的好。我

只是這樣地說：'你這回有了這麼大的功勞……。'

"'唉！你怎麼知道呢！' 他說。'大王是向來善於猜疑，又極殘忍的。這回我給他煉成了世間無二的劍，他一定要殺掉我，免得我再去給別人煉劍，來和他匹敵，或者超過他。'

"我掉淚了。

"'你不要悲哀。這是無法逃避的。眼淚決不能洗掉運命。我可是早已有準備在這裡了！' 他的眼裡忽然發出電火似的光芒，將一個劍匣放在我膝上。'這是雄劍。' 他說。'你收着。明天，我只將這雌劍獻給大王去。倘若我一去竟不回來了呢，那是我一定不再在人間了。你不是懷孕已經五六個月了麼？不要悲哀；待生了孩子，好好地撫養。一到成人之後，你便交給他這雄劍，教他砍在大王的頸子上，給我報仇！'"

"那天父親回來了沒有呢？" 眉間尺趕緊問。

"沒有回來！" 她冷靜地說。"我四處打聽，也杳無消息。後來聽得人說，第一個用血來飼你父親自己煉成的劍的人，就是他自己——你的父親。還怕他鬼魂作怪，將他的身首分埋在前門和後苑了！"

眉間尺忽然全身都如燒着猛火，自己覺得每一枝毛髮上都仿佛閃出火來。他的雙拳，在暗中捏得格格地作響。

他的母親站起了，揭去床頭的木板，下床點了松明，到門背後取過一把鋤，交給眉間尺道："掘下去！"

眉間尺心跳着，但很沉靜的一鋤一鋤輕輕地掘下去。掘出來的都是黃土，約到五尺多深，土色有些不同了，似乎是爛掉的材木。

"看罷！要小心！" 他的母親說。

眉間尺伏在掘開的洞穴旁邊，伸手下去，謹慎小心地撮開爛樹，待到指尖一冷，有如觸着冰雪的時候，那純青透明的劍也出現了。他看清了劍靶，捏着，提了出來。

窗外的星月和屋裡的松明似乎都驟然失了光輝，惟有青光充塞宇內。那劍便溶在這青光中，看去好像一無所有。眉間尺凝神細視，這才仿佛看見長五尺餘，卻並不見得怎樣鋒利，劍口反而有些渾圓，正如一片韭葉。

"你從此要改變你的優柔的性情，用這劍報仇去！" 他的母親說。

"我已經改變了我的優柔的性情，要用這劍報仇去！"

"但願如此。你穿了青衣，背上這劍，衣劍一色，誰也看不分明的。衣服我已經做在這裡，明天就上你的路去罷。不要記念我！" 她向床後的破衣箱一指，說。

眉間尺取出新衣，試去一穿，長短正很合式。他便重行疊好，裹了劍，放在枕邊，沉靜地躺下。他覺得自己已經改變了優柔的性情；他決心要並無心事一般，倒頭便睡，清晨醒來，毫不改變常態，從容地去尋他不共戴天的仇讎。

但他醒着。他翻來覆去，總想坐起來。他聽到他母親的失望的輕輕的長嘆。他聽到最初的雞鳴；他知道已交子時，自己是上了十六歲了。

二

當眉間尺腫着眼眶，頭也不回的跨出門外，穿着青衣，背着青劍，邁開大步，徑奔城中的時候，東方還沒有露出陽光。杉樹林的每一片葉尖，都掛着露珠，其中隱藏着夜氣。但是，待到走到樹林的那一頭，露珠裡卻閃出各樣的光輝，漸漸幻成曉色了。遠望前面，便依稀看見灰黑色的城牆和雉堞。

和挑蔥賣菜的一同混入城裡，街市上已經很熱鬧。男人們一排一排的呆站着；女人們也時時從門裡探出頭來。她們大半也腫着眼眶；

蓬着頭；黃黃的臉，連脂粉也不及塗抹。

眉間尺預覺到將有巨變降臨，他們便都是焦躁而忍耐地等候着這巨變的。

他徑自向前走；一個孩子突然跑過來，幾乎碰着他背上的劍尖，使他嚇出了一身汗。轉出北方，離王宮不遠，人們就擠得密密層層，都伸着脖子。人叢中還有女人和孩子哭嚷的聲音。他怕那看不見的雄劍傷了人，不敢擠進去；然而人們卻又在背後擁上來。他只得宛轉地退避；面前只看見人們的背脊和伸長的脖子。

忽然，前面的人們都陸續跪倒了；遠遠地有兩匹馬並着跑過來。此後是拿着木棍，戈，刀，弓弩，旌旗的武人，走得滿路黃塵滾滾。又來了一輛四匹馬拉的大車，上面坐着一隊人，有的打鐘擊鼓，有的嘴上吹着不知道叫甚麼名目的勞什子。此後又是車，裡面的人都穿畫衣，不是老頭子，便是矮胖子，個個滿臉油汗。接着又是一隊拿刀槍劍戟的騎士。跪着的人們便都伏下去了。這時眉間尺正看見一輛黃蓋的大車馳來，正中坐着一個畫衣的胖子，花白鬍子，小腦袋；腰間還依稀看見佩着和他背上一樣的青劍。

他不覺全身一冷，但立刻又灼熱起來，像是猛火焚燒着。他一面伸手向肩頭捏住劍柄，一面提起腳，便從伏着的人們的脖子的空處跨出去。

但他只走得五六步，就跌了一個倒栽蔥，因為有人突然捏住了他的一隻腳。這一跌又正壓在一個乾癟臉的少年身上；他正怕劍尖傷了他，吃驚地起來看的時候，肋下就捱了很重的兩拳。他也不暇計較，再望路上，不但黃蓋車已經走過，連擁護的騎士也過去了一大陣了。

路旁的一切人們也都爬起來。乾癟臉的少年卻還扭住了眉間尺的衣領，不肯放手，說被他壓壞了貴重的丹田，必須保險，倘若不到八十歲便死掉了，就得抵命。閒人們又即刻圍上來，呆看着，但誰也不開口；後來有人從旁笑罵了幾句，卻全是附和乾癟臉少年的。眉間尺遇到了這樣的敵人，真是怒不得，笑不得，只覺得無聊，卻又脫身不得。這樣地經過了煮熟一鍋小米的時光，眉間尺早已焦躁得渾身發火，看的人卻仍不見減，還是津津有味似的。

前面的人圈子動搖了，擠進一個黑色的人來，黑鬚黑眼睛，瘦得如鐵。他並不言語，只向眉間尺冷冷地一笑，一面舉手輕輕地一撥乾癟臉少年的下巴，並且看定了他的臉。那少年也向他看了一會，不覺慢慢地鬆了手，溜走了；那人也就溜走了；看的人們也都無聊地走散。只有幾個人還來問眉間尺的年紀，住址，家裡可有姊姊。眉間尺都不理他們。

他向南走着；心裡想，城市中這麼熱鬧，容易誤傷，還不如在南門外等候他回來，給父親報仇罷，那地方是地曠人稀，實在很便於施展。這時滿城都議論着國王的遊山，儀仗，威嚴，自己得見國王的榮耀，以及俯伏得有怎麼低，應該採作國民的模範等等，很像蜜蜂的排衙。直至將近南門，這才漸漸地冷靜。

他走出城外，坐在一株大桑樹下，取出兩個饅頭來充了飢；吃着的時候忽然記起母親來，不覺眼鼻一酸，然而此後倒也沒有甚麼。周圍是一步一步地靜下去了，他至於很分明地聽到自己的呼吸。

天色愈暗，他也愈不安，盡目力望着前方，毫不見有國王回來的影子。上城賣菜的村人，一個個挑着空擔出城回家去了。

人跡絕了許久之後，忽然從城裡閃出那一個黑色的人來。

“走罷，眉間尺！國王在捉你了！”他說，聲音好像鴟鴞。

眉間尺渾身一顫，中了魔似的，立即跟着他走；後來是飛奔。他站定了喘息許多時，才明白已經到了杉樹林邊。後面遠處有銀白的條紋，是月亮已從那邊出現；前面卻僅有兩點燐火一般的那黑色人的眼光。

“你怎麼認識我？……”他極其惶駭地問。

「哈哈！我一向認識你。」那人的聲音說。「我知道你背着雄劍，要給你的父親報仇，我也知道你報不成。豈但報不成；今天已經有人告密，你的仇人早從東門還宮，下令捕拿你了。」

眉間尺不覺傷心起來。

「唉唉，母親的嘆息是無怪的。」他低聲說。

「但她只知道一半。她不知道我要給你報仇。」

「你麼？你肯給我報仇麼，義士？」

「阿，你不要用這稱呼來冤枉我。」

「那麼，你同情於我們孤兒寡婦？……」

「唉，孩子，你再不要提這些受了污辱的名稱。」他嚴冷地說，「仗義，同情，那些東西，先前曾經乾淨過，現在卻都成了放鬼債的資本。我的心裡全沒有你所謂的那些。我只不過要給你報仇！」

「好。但你怎麼給我報仇呢？」

「只要你給我兩件東西。」兩粒燐火下的聲音說。「那兩件麼？你聽着：一是你的劍，二是你的頭！」

眉間尺雖然覺得奇怪，有些狐疑，卻並不吃驚。他一時開不得口。

「你不要疑心我將騙取你的性命和寶貝。」暗中的聲音又嚴冷地說。「這事全由你。你信我，我便去；你不信，我便住。」

「但你為甚麼給我去報仇的呢？你認識我的父親麼？」

「我一向認識你的父親，也如一向認識你一樣。但我要報仇，卻並不為此。聰明的孩子，告訴你罷。你還不知道麼，我怎麼地善於報仇。你的就是我的；他也就是我。我的魂靈上是有這麼多的，人我所加的傷，我已經憎惡了我自己！」

暗中的聲音剛剛停止，眉間尺便舉手向肩頭抽取青色的劍，順手從後項窩向前一削，頭顱墜在地面的青苔上，一面將劍交給黑色人。

「呵呵！」他一手接劍，一手捏着頭髮，提起眉間尺的頭來，對着那熱的死掉的嘴唇，接吻兩次，並且冷冷地尖利地笑。

笑聲即刻散佈在杉樹林中，深處隨着有一群燐火似的眼光閃動，倏忽臨近，聽到咻咻的餓狼的喘息。第一口撕盡了眉間尺的青衣，第二口便身體全都不見了，血痕也頃刻舔盡，只微微聽得咀嚼骨頭的聲音。

最先頭的一匹大狼就向黑色人撲過來。他用青劍一揮，狼頭便墜在地面的青苔上。別的狼們第一口撕盡了它的皮，第二口便身體全都不見了，血痕也頃刻舔盡，只微微聽得咀嚼骨頭的聲音。

他已經掣起地上的青衣，包了眉間尺的頭，和青劍都背在背脊上，回轉身，在暗中向王城揚長地走去。

狼們站定了，聳着肩，伸出舌頭，咻咻地喘着，放着綠的眼光看他揚長地走。

他在暗中向王城揚長地走去，發出尖利的聲音唱着歌：

　　哈哈愛兮愛乎愛乎！

　　愛青劍兮一個仇人自屠。

　　夥頤連翩兮多少一夫。

　　一夫愛青劍兮嗚呼不孤。

　　頭換頭兮兩個仇人自屠。

　　一夫則無兮愛乎嗚呼！

　　愛乎嗚呼兮嗚呼阿呼，

　　阿呼嗚呼兮嗚呼嗚呼！

三

遊山並不能使國王覺得有趣；加上了路上將有刺客的密報，更

302

使他掃興而還。那夜他很生氣，說是連第九個妃子的頭髮，也沒有昨天那樣的黑得好看了。幸而她撒嬌坐在他的御膝上，特別扭了七十多回，這才使龍眉之間的皺紋漸漸地舒展。

午後，國王一起身，就又有些不高興，待到用過午膳，簡直現出怒容來。

"唉唉！無聊！"他打一個大呵欠之後，高聲說。

上自王后，下至弄臣，看見這情形，都不覺手足無措。白鬚老臣的講道，矮胖侏儒的打諢，王是早已聽厭的了；近來便是走索，緣竿，拋丸，倒立，吞刀，吐火等等奇妙的把戲，也都看得毫無意味。他常常要發怒；一發怒，便按着青劍，總想尋點小錯處，殺掉幾個人。

偷空在宮外閒遊的兩個小宦官，剛剛回來，一看見宮裡面大家的愁苦的情形，便知道又是照例的禍事臨頭了，一個嚇得面如土色；一個卻像是大有把握一般，不慌不忙，跑到國王的面前，俯伏着，說道：

"奴才剛才訪得一個異人，很有異術，可以給大王解悶，因此特來奏聞。"

"甚麼?!"王說。他的話是一向很短的。

"那是一個黑瘦的，乞丐似的男子。穿一身青衣，背着一個圓圓的青包裹；嘴裡唱着胡謅的歌。人問他。他說善於玩把戲，空前絕後，舉世無雙，人們從來就沒有看見過；一見之後，便即解煩釋悶，天下太平。但大家要他玩，他卻又不肯。說是第一須有一條金龍，第二須有一個金鼎。……"

"金龍？我是的。金鼎？我有。"

"奴才也正是這樣想。……"

"傳進來！"

話聲未絕，四個武士便跟着那小宦官疾趨而出。上自王后，下至弄臣，個個喜形於色。他們都願意這把戲玩得解愁釋悶，天下太平；

即使玩不成，這回也有了那乞丐似的黑瘦男子來受禍，他們只要能捱到傳了進來的時候就好了。

並不要許多工夫，就望見六個人向金階趨進。先頭是宦官，後面是四個武士，中間夾着一個黑色人。待到近來時，那人的衣服卻是青的，鬚眉頭髮都黑；瘦得顴骨，眼圈骨，眉棱骨都高高地突出來。他恭敬地跪着俯伏下去時，果然看見背上有一個圓圓的小包袱，青色布，上面還畫上一些暗紅色的花紋。

“奏來！”王暴躁地説。他見他傢伙簡單，以為他未必會玩甚麼好把戲。

“臣名叫宴之敖者；生長汶汶鄉。少無職業；晚遇明師，教臣把戲，是一個孩子的頭。這把戲一個人玩不起來，必須在金龍之前，擺一個金鼎，注滿清水，用獸炭煎熬。於是放下孩子的頭去，一到水沸，這頭便隨波上下，跳舞百端，且發妙音，歡喜歌唱。這歌舞為一人所見，便解愁釋悶，為萬民所見，便天下太平。”

“玩來！”王大聲命令説。

並不要許多工夫，一個煮牛的大金鼎便擺在殿外，注滿水，下面堆了獸炭，點起火來。那黑色人站在旁邊，見炭火一紅，便解下包袱，打開，兩手捧出孩子的頭來，高高舉起。那頭是秀眉長眼，皓齒紅唇；臉帶笑容；頭髮蓬鬆，正如青煙一陣。黑色人捧着向四面轉了一圈，便伸手擎到鼎上，動着嘴唇説了幾句不知甚麼話，隨即將手一鬆，只聽得撲通一聲，墜入水中去了。水花同時濺起，足有五尺多高，此後是一切平靜。

許多工夫，還無動靜。國王首先暴躁起來，接着是王后和妃子，大臣，宦官們也都有些焦急，矮胖的侏儒們則已經開始冷笑了。王一見他們的冷笑，便覺自己受愚，回顧武士，想命令他們就將那欺君的莠民擲入牛鼎裡去煮殺。

但同時就聽得水沸聲；炭火也正旺，映着那黑色人變成紅黑，如鐵的燒到微紅。王剛又回過臉來，他也已經伸起兩手向天，眼光向着無物，舞蹈着，忽地發出尖利的聲音唱起歌來：

哈哈愛兮愛乎愛乎！
愛兮血兮兮誰乎獨無。
民萌冥行兮一夫壺盧。
彼用百頭顱，千頭顱兮用萬頭顱！
我用一頭顱兮而無萬夫。
愛一頭顱兮血乎嗚呼！
血乎嗚呼兮嗚呼阿呼，
阿呼嗚呼兮嗚呼嗚呼！

隨着歌聲，水就從鼎口湧起，上尖下廣，像一座小山，但自水尖至鼎底，不住地迴旋運動。那頭即隨水上上下下，轉着圈子，一面又滴溜溜自己翻筋斗，人們還可以隱約看見他玩得高興的笑容。過了些時，突然變了逆水的游泳，打旋子夾着穿梭，激得水花向四面飛濺，滿庭灑下一陣熱雨來。一個侏儒忽然叫了一聲，用手摸着自己的鼻子。他不幸被熱水燙了一下，又不耐痛，終於免不得出聲叫苦了。

黑色人的歌聲才停，那頭也就在水中央停住，面向王殿，顏色轉成端莊。這樣的有十餘瞬息之久，才慢慢地上下抖動；從抖動加速而為起伏的游泳，但不很快，態度很雍容。繞着水邊一高一低地游了三匝，忽然睜大眼睛，漆黑的眼珠顯得格外精采，同時也開口唱起歌來：

王澤流兮浩洋洋；
克服怨敵，怨敵克服兮，赫兮強！

宇宙有窮止兮萬壽無疆。

幸我來也兮青其光！

青其光兮永不相忘。

異處異處兮堂哉皇！

堂哉皇哉兮嗳嗳唷，

嗟來歸來，嗟來陪來兮青其光！

頭忽然升到水的尖端停住；翻了幾個筋斗之後，上下升降起來，眼珠向着左右瞥視，十分秀媚，嘴裡仍然唱着歌：

阿呼嗚呼兮嗚呼嗚呼，

愛乎嗚呼兮嗚呼阿呼！

血一頭顱兮愛乎嗚呼。

我用一頭顱兮而無萬夫！

彼用百頭顱，千頭顱……

唱到這裡，是沉下去的時候，但不再浮上來了；歌詞也不能辨別。湧起的水，也隨着歌聲的微弱，漸漸低落，像退潮一般，終至到鼎口以下，在遠處甚麼也看不見。

“怎了？”等了一會，王不耐煩地問。

“大王，”那黑色人半跪着説。“他正在鼎底裡作最神奇的團圓舞，不臨近是看不見的。臣也沒有法術使他上來，因為作團圓舞必須在鼎底裡。”

王站起身，跨下金階，冒着炎熱立在鼎邊，探頭去看。只見水平如鏡，那頭仰面躺在水中間，兩眼正看着他的臉。待到王的眼光射到他臉上時，他便嫣然一笑。這一笑使王覺得似曾相識，卻又一時記不起是誰來。剛在驚疑，黑色人已經掣出了背着的青色的劍，只一揮，閃電般從後項窩直劈下去，撲通一聲，王的頭就落在鼎裡了。

仇人相見，本來格外眼明，況且是相逢狹路。王頭剛到水面，眉間尺的頭便迎上來，很命在他耳輪上咬了一口。鼎水即刻沸湧，澎湃有聲；兩頭即在水中死戰。約有二十回合，王頭受了五個傷，眉間尺的頭上卻有七處。王又狡猾，總是設法繞到他的敵人的後面去。眉間尺偶一疏忽，終於被他咬住了後項窩，無法轉身。這一回王的頭可是咬定不放了，他只是連連蠶食進去；連鼎外面也彷彿聽到孩子的失聲叫痛的聲音。

上自王后，下至弄臣，駭得凝結着的神色也應聲活動起來，似乎感到暗無天日的悲哀，皮膚上都一粒一粒地起粟；然而又夾着秘密的歡喜，瞪了眼，像是等候着甚麼似的。

黑色人也彷彿有些驚慌，但是面不改色。他從從容容地伸開那捏着看不見的青劍的臂膊，如一段枯枝；伸長頸子，如在細看鼎底。臂膊忽然一彎，青劍便驀地從他後面劈下，劍到頭落，墜入鼎中，溯的一聲，雪白的水花向着空中同時四射。

他的頭一入水，即刻直奔王頭，一口咬住了王的鼻子，幾乎要咬下來。王忍不住叫一聲“阿唷”，將嘴一張，眉間尺的頭就乘機掙脫了，一轉臉倒將王的下巴下死勁咬住。他們不但都不放，還用全力上下一撕，撕得王頭再也合不上嘴。於是他們就如餓雞啄米一般，一頓亂咬，咬得王頭眼歪鼻塌，滿臉鱗傷。先前還會在鼎裡面四處亂滾，後來只能躺着呻吟，到底是一聲不響，只有出氣，沒有進氣了。

黑色人和眉間尺的頭也慢慢地住了嘴，離開王頭，沿鼎壁游了一匝，看他可是裝死還是真死。待到知道了王頭確已斷氣，便四目相視，微微一笑，隨即合上眼睛，仰面向天，沉到水底裡去了。

四

煙消火滅；水波不興。特別的寂靜倒使殿上殿下的人們警醒。他們中的一個首先叫了一聲，大家也立刻迭連驚叫起來；一個邁開腿向金鼎走去，大家便爭先恐後地擁上去了。有擠在後面的，只能從人脖子的空隙間向裡面窺探。

熱氣還炙得人臉上發燒。鼎裡的水卻一平如鏡，上面浮着一層油，照出許多人臉孔：王后，王妃，武士，老臣，侏儒，太監。……

「阿呀，天哪！咱們大王的頭還在裡面哪，哊哊哊！」第六個妃子忽然發狂似的哭嚷起來。

上自王后，下至弄臣，也都恍然大悟，倉皇散開，急得手足無措，各自轉了四五個圈子。一個最有謀略的老臣獨又上前，伸手向鼎邊一摸，然而渾身一抖，立刻縮了回來，伸出兩個指頭，放在口邊吹個不住。

大家定了定神，便在殿門外商議打撈辦法。約略費去了煮熟三鍋小米的工夫，總算得到一種結果，是：到大廚房去調集了鐵絲勺子，命武士協力撈起來。

器具不久就調集了，鐵絲勺，漏勺，金盤，擦桌布，都放在鼎旁邊。武士們便揎起衣袖，有用鐵絲勺的，有用漏勺的，一齊恭行打撈。有勺子相觸的聲音，有勺子刮着金鼎的聲音；水是隨着勺子的攪動而旋繞着。好一會，一個武士的臉色忽而很端莊了，極小心地兩手慢慢舉起了勺子，水滴從勺孔中珠子一般漏下，勺裡面便顯出雪白的頭骨來。大家驚叫了一聲；他便將頭骨倒在金盤裡。

「阿呀！我的大王呀！」王后，妃子，老臣，以至太監之類，都放聲哭起來。但不久就陸續停止了，因為武士又撈起了一個同樣的頭骨。

他們淚眼模胡地四顧，只見武士們滿臉油汗，還在打撈。此後撈出來的是一團糟的白頭髮和黑頭髮；還有幾勻很短的東西，似乎是白鬍鬚和黑鬍鬚。此後又是一個頭骨。此後是三枝簪。

直到鼎裡面只剩下清湯，才始住手；將撈出的物件分盛了三金盤：一盤頭骨，一盤鬚髮，一盤簪。

“咱們大王只有一個頭。那一個是咱們大王的呢？”第九個妃子焦急地問。

“是呵……。”老臣們都面面相覷。

“如果皮肉沒有煮爛，那就容易辨別了。”一個侏儒跪着說。

大家只得平心靜氣，去細看那頭骨，但是黑白大小，都差不多，連那孩子的頭，也無從分辨。王后說王的右額上有一個疤，是做太子時候跌傷的，怕骨上也有痕跡。果然，侏儒在一個頭骨上發見了：大家正在歡喜的時候，另外的一個侏儒卻又在較黃的頭骨的右額上看出相仿的瘢痕來。

“我有法子。”第三個王妃得意地說，“咱們大王的龍準是很高的。”

太監們即刻動手研究鼻準骨，有一個確也似乎比較地高，但究竟相差無幾；最可惜的是右額上卻並無跌傷的瘢痕。

“況且，”老臣們向太監說，“大王的後枕骨是這麼尖的麼？”

“奴才們向來就沒有留心看過大王的後枕骨……。”

王后和妃子們也各自回想起來，有的說是尖的，有的說是平的。叫梳頭太監來問的時候，卻一句話也不說。

當夜便開了一個王公大臣會議，想決定那一個是王的頭，但結果還同白天一樣。並且連鬚髮也發生了問題。白的自然是王的，然而因為花白，所以黑的也很難處置。討論了小半夜，只將幾根紅色的鬍子選出；接着因為第九個王妃抗議，說她確曾看見王有幾根通黃的鬍子，現在怎麼能知道決沒有一根紅的呢。於是也只好重行歸併，作為疑案了。

到後半夜，還是毫無結果。大家卻居然一面打呵欠，一面繼續討論，直到第二次雞鳴，這才決定了一個最慎重妥善的辦法，是：只能將三個頭骨都和王的身體放在金棺裡落。

七天之後是落葬的日期，合城很熱鬧。城裡的人民，遠處的人民，都奔來瞻仰國王的“大出喪”。天一亮，道上已經擠滿了男男女女；中間還夾着許多祭桌。待到上午，清道的騎士才緩轡而來。又過了不少工夫，才看見儀仗，甚麼旌旗，木棍，戈戟，弓弩，黃鉞之類；此後是四輛鼓吹車。再後面是黃蓋隨着路的不平而起伏着，並且漸漸近來了，於是現出靈車，上載金棺，棺裡面藏着三個頭和一個身體。

百姓都跪下去，祭桌便一列一列地在人叢中出現。幾個義民很忠憤，咽着淚，怕那兩個大逆不道的逆賊的魂靈，此時也和王一同享受祭禮，然而也無法可施。

此後是王后和許多王妃的車。百姓看她們，她們也看百姓，但哭着。此後是大臣，太監，侏儒等輩，都裝着哀戚的顏色。只是百姓已經不看他們，連行列也擠得亂七八糟，不成樣子了。

一九二六年十月作。

點 評

一九三三年上海天馬書店出版的《魯迅自選集》，選入屬於“故事新編”系列的作品，有《奔月》、《鑄劍》兩篇。此篇在一九二七年的《莽原》半月刊發表時，題為《眉間尺》。它取材於舊題魏曹丕著的《列異傳》的“干將莫邪為楚王作劍”條：“干將莫邪為楚王作劍，三年而成。劍有雄雌，天下名器也，乃以雌劍獻君，藏其雄者。謂其妻曰：'吾藏劍在南山之陰，北山之陽；松生石上，劍在其中矣。君若覺，殺我；爾生男，以告之。'及至君覺，殺干將。妻後生男，名赤鼻，告之。赤鼻斫南山之松，不得劍；忽於屋柱中得之。楚王夢一人，眉廣三寸，辭欲報仇。購求甚急，乃逃朱興山中。遇客，欲為之報；乃刎首，將以奉楚王。客令鑊煮之，頭三日三夜跳不爛。王往觀之，客以雄劍倚擬王，王頭墮鑊中；客又自刎。三頭悉爛，不可分別，分之，名曰三王冢。"魯迅將此篇輯入《古小說鉤沉》，但小說中不用"名赤鼻"或"眉廣三寸"，而稱為"眉間尺"，乃是根據晉代干寶《搜神記》卷十一"三王墓"條："（楚）王夢見一兒，眉間廣尺，言：'欲報仇。'王即購之千金。兒聞之，亡去。入山行歌。客有逢者，謂：'子年少，何哭之甚悲耶？'曰：'吾干將、莫邪子也。楚王殺吾父，吾欲報之！'客曰：'聞王購子頭千金，將子頭與劍來，為子報之。'兒曰：'幸甚！'即自刎，兩手捧頭及劍奉之，立僵。客曰：'不負子也。'於是屍乃仆。"

《鑄劍》堪稱傑作，是《故事新編》中寫得最認真而充溢着社會復仇情緒之力度的作品。獨特的細節，發自肺腑的語言與歌聲，奇異的故事、風俗和人物，都使這篇小說成為中國現代文學的一個想象力的標本。對於劍體材料來自王妃抱鐵柱受孕而生下了一塊純青透明的鐵，對於在鑄成如冰一般透明的雙劍時天上雲霞變色，以及對於三頭在沸鼎隨歌起舞、殘酷撕殺情景的描寫，都想象奇麗，落筆沉雄。這也可以看作是越文化精神的宣揚，《漢書·地理誌》說："吳、越之君皆好勇，故其民至今好用劍，輕死易發。"古越精神是包含一種劍文化精神的，在這一點上，《鑄劍》與《女弔》一類作品相通。作品在嘲諷街頭跪迎國王，以及宮廷俳優逗樂的奴隸心理中，閃爍着批判國民性的劍文化的鋒芒。

獨具匠心的是，如此殘酷的誅殺與復仇的故事，卻從眉間尺用蘆柴戲弄夜間咬鍋蓋而跌入水缸的老鼠寫起，恨之而將之按到缸底，憐之而將之撈出，反覆再三，終於在它蘇醒逃跑時，將之踩死。踩死後，又覺得很可憐，仿佛自己作了大惡似的。如此開頭，除了可見魯迅善於以童心調動生活細節的藝術功力之外，折射了眉間尺幼稚、優柔的性情，以及不能果敢復仇的人格缺陷。

　　塑造得怪異、深刻、神秘的，是小說中的黑色人。其肖像描寫東鱗西爪，落筆極其老辣，"黑鬚黑眼睛，瘦得如鐵"，"瘦得顴骨、眼圈骨、眉棱骨都高高地突出來"，"眼光似兩點燐火"，"聲音好像鴟鴞"。他自稱："臣名叫宴之敖者；生長汶汶鄉。少無職業；晚遇明師，教臣把戲，是一個孩子的頭。這把戲一個人玩不起來，必須在金龍之前，擺一個金鼎，注滿清水，用獸炭煎熬。於是放下孩子的頭去，一到水沸，這頭便隨波上下，跳舞百端，且發妙音，歡喜歌唱。這歌舞為一人所見，便解愁釋悶，為萬民所見，便天下太平。"所謂"宴之敖者"，即"被家中日本女人之出放者"，隱喻日本弟婦挑撥周氏兄弟失和，魯迅曾以此作為自己的筆名。此篇用為主要人物的名號，而投入向暴君復仇的鬥爭中了。

　　黑色人主動替代眉間尺復仇，問其原因，他嚴冷地說："仗義，同情，那些東西，先前曾經乾淨過，現在卻都成了放鬼債的資本。我的心裡全沒有你所謂的那些。我只不過要給你報仇！"用語在弔詭中顯得深刻到了刻薄的程度。他向眉間尺借用兩件東西：劍和頭顱。眉間尺自刎後，黑色人接過他的頭和劍，對着那熱的死掉的嘴唇，接吻兩次，並且冷冷地尖利地笑。這種描寫，帶有王爾德《莎樂美》的猙獰。黑色人發出尖利的聲音唱歌入城："哈哈愛兮愛乎愛乎！愛青劍兮一個仇人自屠。夥頤連翩兮多少一夫。一夫愛青劍兮嗚呼不孤。頭換頭兮兩個仇人自屠。一夫則無兮愛乎嗚呼！愛乎嗚呼兮嗚呼阿呼，阿呼嗚呼兮嗚呼嗚呼！"國王遊山聽到有刺客的密報，無聊至極，一發怒，便按着青劍，總想尋點小錯處，殺掉幾個人。小宦官報告，有異人異術，會玩空前絕後的把戲，但要有金龍金鼎。隨着黑色人的怪異歌聲，眉間尺頭顱在鼎中浮沉旋轉跳舞。頭顱在水的尖端，翻着跟斗，唱着同樣怪異的歌。爾後沉到鼎底，毫無聲息。黑色人說：他正在鼎底裡作最神奇的團圓舞，須到鼎邊觀看。國王臨鼎看見眉間尺頭顱嫣然一笑時，就被黑色人一劍將他的頭削入鼎中。二頭撕咬，眉間尺頭不敵狡猾的國王頭，黑色人就劈下自己的頭咬住國王的鼻子，在沸鼎中展開一場惡鬥。后妃、王公大臣分不開三塊頭骨毛髮的歸屬，於是一同合葬。黑色人剛毅、機智、勇於獻身的扶弱鋤暴的復仇精神，對比起"滿城都議論着國王的遊山，儀仗，威嚴，自己得見國王的榮耀，以及俯伏得有怎麼低，應該採作國民的模範等等"的奴性行為，實在是一種令人動容的"劍精"或"劍魂"。

出　關

老子毫無動靜的坐着，好像一段呆木頭。

"先生，孔丘又來了！"他的學生庚桑楚，不耐煩似的走進來，輕輕的説。

"請……"

"先生，您好嗎？"孔子極恭敬的行着禮，一面説。

"我總是這樣子，"老子答道。"您怎麽樣？所有這裡的藏書，都看過了罷？"

"都看過了。不過……"孔子很有些焦躁模樣，這是他從來所沒有的。"我研究《詩》，《書》，《禮》，《樂》，《易》，《春秋》六經，自以為很長久了，夠熟透了。去拜見了七十二位主子，誰也不採用。人可真是難得説明白呵。還是‘道’的難以説明白呢？"

"你還算運氣的哩，"老子説，"沒有遇着能幹的主子。六經這玩藝兒，只是先王的陳跡呀。那裡是弄出跡來的東西呢？你的話，可是和跡一樣的。跡是鞋子踏成的，但跡難道就是鞋子嗎？"停了一會，又接着説道："白鶂們只要瞧着，眼珠子動也不動，然而自然有孕；蟲呢，雄的在上風叫，雌的在下風應，自然有孕；類是一身上兼具雌雄的，所以自然有孕。性，是不能改的；命，是不能換的；時，是不能留的；道，是不能塞的。只要得了道，甚麼都行，可是如果失掉了，那就甚麼都不行。"

孔子好像受了當頭一棒，亡魂失魄的坐着，恰如一段呆木頭。

大約過了八分鐘，他深深的倒抽了一口氣，就起身要告辭，一面照例很客氣的致謝着老子的教訓。

老子也並不挽留他，站起來扶着拄杖，一直送他到圖書館的大門外。孔子就要上車了，他才留聲機似的説道：

"您走了？您不喝點兒茶去嗎？……"

孔子答應着 "是是"，上了車，拱着兩隻手極恭敬的靠在橫板上；冉有把鞭子在空中一揮，嘴裡喊一聲 "都"，車子就走動了。待到車子離開了大門十幾步，老子才回進自己的屋裡去。

"先生今天好像很高興，" 庚桑楚看老子坐定了，才站在旁邊，垂着手，説。"話説的很不少……"

"你説的對。" 老子微微的嘆一口氣，有些頹唐似的回答道。"我的話真也説的太多了。" 他又仿佛突然記起一件事情來，"哦，孔丘送我的一隻雁鵝，不是曬了臘鵝了嗎？你蒸蒸吃去罷。我橫豎沒有牙齒，咬不動。"

庚桑楚出去了。老子就又靜下來，合了眼。圖書館裡很寂靜。只聽得竹竿子碰着屋檐響，這是庚桑楚在取掛在檐下的臘鵝。

一過就是三個月。老子仍舊毫無動靜的坐着，好像一段呆木頭。

"先生，孔丘來了哩！" 他的學生庚桑楚，詫異似的走進來，輕輕的説。"他不是長久沒來了嗎？這的來，不知道是怎的？……"

"請……" 老子照例只説了這一個字。

"先生，您好嗎？" 孔子極恭敬的行着禮，一面説。

"我總是這樣子，" 老子答道。"長久不看見了，一定是躲在寓裡用功罷？"

"那裡那裡，" 孔子謙虛的説。"沒有出門，在想着。想通了一點：鴉鵲親嘴；魚兒塗口水；細腰蜂兒化別個；懷了弟弟，做哥哥的就哭。我自己久不投在變化裡了，這怎麼能夠變化別人呢！……"

"對對！" 老子道。"您想通了！"

大家都從此沒有話，好像兩段呆木頭。

大約過了八分鐘，孔子這才深深的呼出了一口氣，就起身要告辭，一面照例很客氣的致謝着老子的教訓。

老子也並不挽留他。站起來扶着拄杖，一直送他到圖書館的大門外。孔子就要上車了，他才留聲機似的說道：

"您走了？您不喝點兒茶去嗎？……"

孔子答應着 "是是"，上了車，拱着兩隻手極恭敬的靠在橫板上；冉有把鞭子在空中一揮，嘴裡喊一聲 "都"，車子就走動了。待到車子離開了大門十幾步，老子才回進自己的屋裡去。

"先生今天好像不大高興，" 庚桑楚看老子坐定了，才站在旁邊，垂着手，說。"話說的很少……"

"你說的對。" 老子微微的嘆一口氣，有些頹唐的回答道。"可是你不知道：我看我應該走了。"

"這為甚麼呢？" 庚桑楚大吃一驚，好像遇着了晴天的霹靂。

"孔丘已經懂得了我的意思。他知道能夠明白他的底細的，只有我，一定放心不下。我不走，是不大方便的……"

"那麼，不正是同道了嗎？還走甚麼呢？"

"不，" 老子擺一擺手，"我們還是道不同。譬如同是一雙鞋子罷，我的是走流沙，他的是上朝廷的。"

"但您究竟是他的先生呵！"

"你在我這裡學了這許多年，還是這麼老實，" 老子笑了起來，"這真是性不能改，命不能換了。你要知道孔丘和你不同：他以後就不再來，也再不叫我先生，只叫我老頭子，背地裡還要玩花樣了呀。"

"我真想不到。但先生的看人是不會錯的……"

“不，開頭也常常看錯。”

“那麼，”庚桑楚想了一想，“我們就和他幹一下……”

老子又笑了起來，向庚桑楚張開嘴：

“你看：我牙齒還有嗎？”他問。

“沒有了。”庚桑楚回答說。

“舌頭還在嗎？”

“在的。”

“懂了沒有？”

“先生的意思是說：硬的早掉，軟的卻在嗎？”

“你說的對。我看你也還不如收拾收拾，回家看看你的老婆去罷。但先給我的那匹青牛刷一下，鞍韉曬一下。我明天一早就要騎的。”

老子到了函谷關，沒有直走通到關口的大道，卻把青牛一勒，轉入岔路，在城根下慢慢的繞着。他想爬城。城牆倒並不高，只要站在牛背上，將身一聳，是勉強爬得上的；但是青牛留在城裡，卻沒法搬出城外去。倘要搬，得用起重機，無奈這時魯般和墨翟還都沒有出世，老子自己也想不到會有這玩意。總而言之：他用盡哲學的腦筋，只是一個沒有法。

然而他更料不到當他彎進岔路的時候，已經給探子望見，立刻去報告了關官。所以繞不到七八丈路，一群人馬就從後面追來了。那個探子躍馬當先，其次是關官，就是關尹喜，還帶着四個巡警和兩個簽子手。

“站住！”幾個人大叫着。

老子連忙勒住青牛，自己是一動也不動，好像一段呆木頭。

“阿呀！”關官一衝上前，看見了老子的臉，就驚叫了一聲，即刻滾鞍下馬，打着拱，說道：“我道是誰，原來是老聃館長。這真是萬想不到的。"

　　老子也趕緊爬下牛背來，細着眼睛，看了那人一看，含含胡胡的說，"我記性壞……"

　　"自然，自然，先生是忘記了的。我是關尹喜，先前因為上圖書館去查《稅收精義》，曾經拜訪過先生……"

　　這時簽子手便翻了一通青牛上的鞍韉，又用簽子刺一個洞，伸進指頭去掏了一下，一聲不響，橛着嘴走開了。

　　"先生在城圈邊溜溜？"關尹喜問。

　　"不，我想出去，換換新鮮空氣……"

　　"那很好！那好極了！現在誰都講衛生，衛生是頂要緊的。不過機會難得，我們要請先生到關上去住幾天，聽聽先生的教訓……"

　　老子還沒有回答，四個巡警就一擁上前，把他扛在牛背上，簽子手用簽子在牛屁股上刺了一下，牛把尾巴一捲，就放開腳步，一同向關口跑去了。

　　到得關上，立刻開了大廳來招待他。這大廳就是城樓的中一間，臨窗一望，只見外面全是黃土的平原，愈遠愈低；天色蒼蒼，真是好空氣。這雄關就高踞峻坂之上，門外左右全是土坡，中間一條車道，好像在峭壁之間。實在是只要一丸泥就可以封住的。

　　大家喝過開水，再吃餑餑。讓老子休息一會之後，關尹喜就提議要他講學了。老子早知道這是免不掉的，就滿口答應。於是轟轟了一陣，屋裡逐漸坐滿了聽講的人們。同來的八人之外，還有四個巡警，兩個簽子手，五個探子，一個書記，賬房和廚房。有幾個還帶着筆，刀，木札，預備抄講義。

　　老子像一段呆木頭似的坐在中央，沉默了一會，這才咳嗽幾聲，白鬍子裡面的嘴唇在動起來了。大家即刻屏住呼吸，側着耳朵聽。只聽得他慢慢的說道：

"道可道，非常道；名可名，非常名。無名，天地之始；有名，萬物之母。……"

大家彼此面面相覷，沒有抄。

"故常無欲以觀其妙，"老子接着説，"常有欲以觀其竅。此兩者，同出而異名。同，謂之玄，玄之又玄，眾妙之門……"

大家顯出苦臉來了，有些人還似乎手足失措。一個簽子手打了一個大呵欠，書記先生竟打起磕睡來，嘩啷一聲，刀，筆，木札，都從手裡落在席子上面了。

老子仿佛並沒有覺得，但仿佛又有些覺得似的，因為他從此講得詳細了一點。然而他沒有牙齒，發音不清，打着陝西腔，夾上湖南音，"哩""呢"不分，又愛説甚麼"哳"：大家還是聽不懂。可是時間加長了，來聽他講學的人，倒格外的受苦。

為面子起見，人們只好熬着，但後來總不免七倒八歪斜，各人想着自己的事，待到講到"聖人之道，為而不爭"，住了口了，還是誰也不動彈。老子等了一會，就加上一句道：

"哳，完了！"

大家這才如大夢初醒，雖然因為坐得太久，兩腿都麻木了，一時站不起身，但心裡又驚又喜，恰如遇到大赦的一樣。

於是老子也被送到廂房裡，請他去休息。他喝過幾口白開水，就毫無動靜的坐着，好像一段呆木頭。

人們卻還在外面紛紛議論。過不多久，就有四個代表進來見老子，大意是説他的話講的太快了，加上國語不大純粹，所以誰也不能筆記。沒有記錄，可惜非常，所以要請他補發些講義。

"來篤話啥西，俺實直頭聽弗懂！"賬房説。

"還是耐自家寫子出來末哉。寫子出來末，總算弗白嚼蛆一場哉哇。阿是？"書記先生道。

老子也不十分聽得懂，但看見別的兩個把筆，刀，木札，都擺在自己的面前了，就料是一定要他編講義。他知道這是免不掉的，於是滿口答應；不過今天太晚了，要明天才開手。

代表們認這結果為滿意，退出去了。

第二天早晨，天氣有些陰沉沉，老子覺得心裡不舒適，不過仍須編講義，因為他急於要出關，而出關，卻須把講義交卷。他看一眼面前的一大堆木札，似乎覺得更加不舒適了。

然而他還是不動聲色，靜靜的坐下去，寫起來。回憶着昨天的話，想一想，寫一句。那時眼鏡還沒有發明，他的老花眼睛細得好像一條線，很費力；除去喝白開水和吃餑餑的時間，寫了整整一天半，也不過五千個大字。

"為了出關，我看這也敷衍得過去了。"他想。

於是取了繩子，穿起木札來，計兩串，扶着拄杖，到關尹喜的公事房裡去交稿，並且聲明他立刻要走的意思。

關尹喜非常高興，非常感謝，又非常惋惜，堅留他多住一些時，但看見留不住，便換了一副悲哀的臉相，答應了，命令巡警給青牛加鞍。一面自己親手從架子上挑出一包鹽，一包胡麻，十五個餑餑來，裝在一個充公的白布口袋裡送給老子做路上的糧食。並且聲明：這是因為他是老作家，所以非常優待，假如他年紀青，餑餑就只能有十個了。

老子再三稱謝，收了口袋，和大家走下城樓，到得關口，還要牽着青牛走路；關尹喜竭力勸他上牛，遜讓一番之後，終於也騎上去了。作過別，撥轉牛頭，便向峻坂的大路上慢慢的走去。

不多久，牛就放開了腳步。大家在關口目送着，去了兩三丈遠，還辨得出白髮，黃袍，青牛，白口袋，接着就塵頭逐步而起，罩着人和牛，一律變成灰色，再一會，已只有黃塵滾滾，甚麼也看不見了。

大家回到關上，好像卸下了一副擔子，伸一伸腰，又好像得了甚麼貨色似的，咂一咂嘴，好些人跟着關尹喜走進公事房裡去。

　　"這就是稿子？"賬房先生提起一串木札來，翻着，説。"字倒寫得還乾淨。我看到市上去賣起來，一定會有人要的。"

　　書記先生也湊上去，看着第一片，唸道：

　　"'道可道，非常道'……哼，還是這些老套。真教人聽得頭痛，討厭……"

　　"醫頭痛最好是打打盹。"賬房放下了木札，説。

　　"哈哈哈！……我真只好打盹了。老實説，我是猜他要講自己的戀愛故事，這才去聽的。要是早知道他不過這麼胡説八道，我就壓根兒不去坐這麼大半天受罪……"

　　"這可只能怪您自己看錯了人，"關尹喜笑道。"他那裡會有戀愛故事呢？他壓根兒就沒有過戀愛。"

　　"您怎麼知道？"書記詫異的問。

　　"這也只能怪您自己打了磕睡，沒有聽到他説'無為而無不為'。這傢伙真是'心高於天，命薄如紙'，想'無不為'，就只好'無為'。一有所愛，就不能無不愛，那裡還能戀愛，敢戀愛？您看看您自己就是：現在只要看見一個大姑娘，不論好醜，就眼睛甜膩膩的都像是你自己的老婆。將來娶了太太，恐怕就要像我們的賬房先生一樣，規矩一些了。"

　　窗外起了一陣風，大家都覺得有些冷。

　　"這老頭子究竟是到那裡去，去幹甚麼的？"書記先生趁勢岔開了關尹喜的話。

　　"自説是上流沙去的，"關尹喜冷冷的説。"看他走得到。外面不但沒有鹽，麵，連水也難得。肚子餓起來，我看是後來還要回到我們這裡來的。"

“那麼，我們再叫他著書。” 賬房先生高興了起來。“不過餑餑真也太費。那時候，我們只要説宗旨已經改為提拔新作家，兩串稿子，給他五個餑餑也足夠了。”

“那可不見得行。要發牢騷，鬧脾氣的。”

“餓過了肚子，還要鬧脾氣？”

“我倒怕這種東西，沒有人要看。” 書記搖着手，説。“連五個餑餑的本錢也撈不回。譬如罷，倘使他的話是對的，那麼，我們的頭兒就得放下關官不做，這才是無不做，是一個了不起的大人……”

“那倒不要緊，” 賬房先生説，“總有人看的。交卸了的關官和還沒有做關官的隱士，不是多得很嗎？……”

窗外起了一陣風，括上黃塵來，遮得半天暗。這時關尹喜向門外一看，只見還站着許多巡警和探子，在呆聽他們的閒談。

“呆站在這裡幹甚麼？” 他吆喝道。“黃昏了，不正是私販子爬城偷税的時候了嗎？巡邏去！”

門外的人們，一溜煙跑下去了。屋裡的人們，也不再説甚麼話，賬房和書記都走出去了。關尹喜才用袍袖子把案上的灰塵拂了一拂，提起兩串木札來，放在堆着充公的鹽，胡麻，布，大豆，餑餑等類的架子上。

一九三五年十二月作。

點 評

對於《出關》的寫作緣起，魯迅在一九三六年五月上海《作家》月刊發表的《〈出關〉的“關”》，作了如此交代：“老子的西出函谷，為了孔子的幾句話，並非我的發見或創造，是三十年前，在東京從太炎先生口頭聽來的，後來他寫在《諸子學略說》中，但我也並不信為一定的事實。至於孔老相爭，孔勝老敗，卻是我的意見：老，是尚柔的；'儒者，柔也'，孔也尚柔，但孔以柔進取，而老卻以柔退走。這關鍵，即在孔子為'知其不可為而為之'的事無大小，均不放鬆的實行者，老則是'無為而無不為'的一事不做，徒作大言的空談家。要無所不為，就只好一無所為，因為一有所為，就有了界限，不能算是'無不為'了。我同意於關尹子的嘲笑：他是連老婆也娶不成的。於是加以漫畫化，送他出了關，毫無愛惜。"章氏一九三六年六月十四日病逝於蘇州，享年六十七歲。這是魯迅不信其真卻依然從師訓的一次小說寫作。

章太炎的話，見章氏所著《諸子學略說》："老子以其權術授之孔子，而徵藏故書，亦悉為孔子詐取。孔子之權術，乃有過於老子者。孔學本出於老，以儒道之形式有異，不欲崇奉以為本師；而懼老子發其覆也，於是說老子曰：烏鵲孺，魚傳沫，細要者化，有弟而兄啼。（原注：見《莊子·天運篇》。意謂己述六經，學皆出於老子，吾書先成，子名將奪，無可如何也。）老子膽怯，不得不曲從其請。逢蒙殺羿之事，又其素所恍惕也。胸有不平，欲一舉發，而孔氏之徒偏佈東夏，吾言朝出，首領可以夕斷。於是西出函谷，知秦地之無儒，而孔氏之無如我何，則始著《道德經》，以發其覆。借令其書早出，則老子必不免於殺身，如少正卯在魯，與孔子並，孔子之門，三盈三虛，猶以爭名致戮，而況老子之陵駕其上者乎？"（原載一九〇六年《國粹學報》第二年第四冊。）

本篇材料多取自《莊子》，悠謬之言，是不足為歷史根據。但這不是歷史考據，而是小說寫作，不妨遊戲筆墨。開頭"老子毫無動靜的坐着，好像一段呆木頭"，為全文定下基調，而且"呆木頭"

的形容反覆使用，並由老子傳染給孔子，在重複中製造喜劇味。孔子見老子說："我研究《詩》，《書》，《禮》，《樂》，《易》，《春秋》六經，自以為很長久了，夠熟透了。去拜見了七十二位主子，誰也不採用。人可真是難得說明白呵。還是'道'的難以說明白呢？"孔子四十一歲，即魯昭公三十一年（公元前511年）適周問禮於老子，其時尚未研究《易》、《春秋》，"拜見了七十二位主子"云云，也是五十五歲周遊列國的事。"冉有把鞭子在空中一揮，嘴裡喊一聲'都'，車子就走動了。"冉有少孔子二十九歲，此時才十二歲，不可能是御者；待到孔子周遊列國時，他二十六歲，才是孔子由魯入衛的御者。遊戲筆墨而不作考證，實際上使孔子材料，也發生了時空錯亂，卻可以把古人寫活。老子對於與孔子的差異所作的比喻，就非常深刻："譬如同是一雙鞋子罷，我的是走流沙，他的是上朝廷的。"

古今雜糅，時空錯亂，給全文輸入了喜劇性的活氣。比如關尹喜說，先前上圖書館去查《稅收精義》，曾經拜訪過老子，就是隨意演繹。關尹喜提議要老子講學，"於是轟轟了一陣，屋裡逐漸坐滿了聽講的人們。同來的八人之外，還有四個巡警，兩個簽子手，五個探子，一個書記，賬房和廚房。有幾個還帶着筆，刀，木札，預備抄講義"。在這裡，演講者與聽眾形成了顛覆性的文化反差，給人一種滑稽感。聽老子講到"玄之又玄，眾妙之門"時，大家就顯出苦臉來了，有些人還似乎手足失措。一個簽子手打了一個大呵欠，書記先生竟打起磕睡來，嘩啷一聲，刀，筆，木札，都從手裡落在席子上面了。來聽他講學的人，倒格外的受苦。老子交了講義稿，堅持馬上出關，關尹喜"命令巡警給青牛加鞍。一面自己親手從架子上挑出一包鹽，一包胡麻，十五個餑餑來，裝在一個充公的白布口袋裡送給老子做路上的糧食。並且聲明：這是因為他是老作家，所以非常優待，假如他年紀青，餑餑就只能有十個了"。老子一離開，眾人如釋重負，"哈哈哈！……我真只好打盹了。老實說，我是猜他要講自己的戀愛故事，這才去聽的。要是早知道他不過這麼胡說八道，我就壓根兒不去坐這麼大半天受罪……"關尹喜說："這也只能怪您自己打了磕睡，沒有聽到他說'無為而無不為'。這傢伙真是'心高於天，命薄如紙'，想'無不為'，就只好'無為'。一有所愛，就不能無不愛，那裡還能戀愛，敢戀愛？您看看您自己就是：現在只要看見一個大姑娘，不論好醜，就眼睛甜膩膩的都像是你自己的老婆。將來娶了太太，恐怕就要像我們的賬房先生一樣，規矩一些了。"此類評議都是相當俏皮、尖刻的，但它透視了經久未絕、至今猶盛的將深刻的學術思想淺薄地進行"消費"和娛樂的社會心理。

魯迅如此寫老子出關，並非要推求原始，還原歷史現場，如"教授小說"之所為。他處在一個民族積貧積弱、危機重重的時代，執着於現在，致力於變古，並非疑古派、釋古派，而是變古派。因而主張積極有為，剛毅抗爭，自然覺得老子清虛無為思想，是不合時宜。值得注意的是，魯迅《〈出關〉的"關"》中，還談及藝術典型的取材與創造："作家的取人為模特兒，有兩法。一是專用一個人，言談舉動，不必說了，連微細的癖性，衣服的式樣，也不加改變。這比較的易於描寫，但若在書中是一個可惡或可笑的角色……。二是雜取種種人，合成一個，從和作者相關的人們裡去找，是不能發現切合的了。但因為'雜取種種人'，一部分相像的人也就更其多數，更能招致廣大的惶怒。我是一向取後一法的，當初以為可以不觸犯某一個人，後來才知道倒觸犯了一個以上，真是'悔之無及'，既然'無及'，也就不悔了。況且這方法也和中國人的習慣相合，例如畫家的畫人物，也是靜觀默察，爛熟於心，然後凝神結想，一揮而就，向來不用一個單獨的模特兒的。"魯迅精於小說史研究，他拿古代名著為例："《紅樓夢》裡賈寶玉的模特兒是作者自己曹霑，《儒林外史》裡馬二先生的模特兒是馮執中，現在我們所覺得的卻只是賈寶玉和馬二先生，只有特種學者如胡適之先生之流，這才把曹霑和馮執中念念不忘的記在心兒裡：這就是所謂人生有限，而藝術卻較為永久的話罷。"

因此，魯迅在文學批評上，反對"後街阿狗的媽媽"式的批評，只愛在小說中揭露和發現別人的陰私；也嘲諷當時有些論者將《出關》看成"作者的自況"，認為老子就是魯迅，"讀了之後，留在腦海裡的影子，就只是一個全身心都浸淫着孤獨感的老人的身影"。

非 攻

一

　　子夏的徒弟公孫高來找墨子，已經好幾回了，總是不在家，見不着。大約是第四或者第五回罷，這才恰巧在門口遇見，因為公孫高剛一到，墨子也適值回家來。他們一同走進屋子裡。

　　公孫高辭讓了一通之後，眼睛看着席子的破洞，和氣的問道：

　　"先生是主張非戰的？"

　　"不錯！"墨子說。

　　"那麼，君子就不鬥麼？"

　　"是的！"墨子說。

　　"豬狗尚且要鬥，何況人……"

　　"唉唉，你們儒者，說話稱着堯舜，做事卻要學豬狗，可憐，可憐！"墨子說着，站了起來，匆匆的跑到廚下去了，一面說："你不懂我的意思……"

　　他穿過廚下，到得後門外的井邊，絞着轆轤，汲起半瓶井水來，捧着吸了十多口，於是放下瓦瓶，抹一抹嘴，忽然望着園角上叫了起來道：

　　"阿廉！你怎麼回來了？"

　　阿廉也已經看見，正在跑過來，一到面前，就規規矩矩的站定，垂着手，叫一聲"先生"，於是略有些氣憤似的接着說：

“我不幹了。他們言行不一致。説定給我一千盆粟米的，卻只給了我五百盆。我只得走了。”

“如果給你一千多盆，你走麼？”

“不。”阿廉答。

“那麼，就並非因為他們言行不一致，倒是因為少了呀！”

墨子一面説，一面又跑進廚房裡，叫道：

“耕柱子！給我和起玉米粉來！”

耕柱子恰恰從堂屋裡走到，是一個很精神的青年。

“先生，是做十多天的乾糧罷？”他問。

“對咧。”墨子説。“公孫高走了罷？”

“走了，”耕柱子笑道。“他很生氣，説我們兼愛無父，像禽獸一樣。”

墨子也笑了一笑。

“先生到楚國去？”

“是的。你也知道了？”墨子讓耕柱子用水和着玉米粉，自己卻取火石和艾絨打了火，點起枯枝來沸水，眼睛看火焰，慢慢的説道：“我們的老鄉公輸般，他總是倚恃着自己的一點小聰明，興風作浪的。造了鉤拒，教楚王和越人打仗還不夠，這回是又想出了甚麼雲梯，要聳恿楚王攻宋去了。宋是小國，怎禁得這麼一攻。我去按他一下罷。”

他看得耕柱子已經把窩窩頭上了蒸籠，便回到自己的房裡，在壁廚裡摸出一把鹽漬藜菜乾，一柄破銅刀，另外找了一張破包袱，等耕柱子端進蒸熟的窩窩頭來，就一起打成一個包裹。衣服卻不打點，也不帶洗臉的手巾，只把皮帶緊了一緊，走到堂下，穿好草鞋，背上包裹，頭也不回的走了。從包裹裡，還一陣一陣的冒着熱蒸氣。

“先生甚麼時候回來呢？”耕柱子在後面叫喊道。

“總得二十來天罷，”墨子答着，只是走。

二

墨子走進宋國的國界的時候，草鞋帶已經斷了三四回，覺得腳底上很發熱，停下來一看，鞋底也磨成了大窟窿，腳上有些地方起繭，有些地方起泡了。他毫不在意，仍然走；沿路看看情形，人口倒很不少，然而歷來的水災和兵災的痕跡，卻到處存留，沒有人民的變換得飛快。走了三天，看不見一所大屋，看不見一顆大樹，看不見一個活潑的人，看不見一片肥沃的田地，就這樣的到了都城。

城牆也很破舊，但有幾處添了新石頭；護城溝邊看見爛泥堆，像是有人淘掘過，但只見有幾個閒人坐在溝沿上似乎釣着魚。

"他們大約也聽到消息了，"墨子想。細看那些釣魚人，卻沒有自己的學生在裡面。

他決計穿城而過，於是走近北關，順着中央的一條街，一徑向南走。城裡面也很蕭條，但也很平靜；店舖都貼着減價的條子，然而並不見買主，可是店裡也並無怎樣的貨色；街道上滿積着又細又粘的黃塵。

"這模樣了，還要來攻它！"墨子想。

他在大街上前行，除看見了貧弱而外，也沒有甚麼異樣。楚國要來進攻的消息，是也許已經聽到了的，然而大家被攻得習慣了，自認是活該受攻的了，竟並不覺得特別，況且誰都只剩了一條性命，無衣無食，所以也沒有甚麼人想搬家。待到望見南關的城樓了，這才看見街角上聚着十多個人，好像在聽一個人講故事。

當墨子走得臨近時，只見那人的手在空中一揮，大叫道：

"我們給他們看看宋國的民氣！我們都去死！"

墨子知道，這是自己的學生曹公子的聲音。

然而他並不擠進去招呼他，匆匆的出了南關，只趕自己的路。

又走了一天和大半夜，歇下來，在一個農家的簷下睡到黎明，起來仍復走。草鞋已經碎成一片一片，穿不住了，包袱裡還有窩窩頭，不能用，便只好撕下一塊布裳來，包了腳。

不過布片薄，不平的村路梗着他的腳底，走起來就更艱難。到得下午，他坐在一株小小的槐樹下，打開包裹來吃午餐，也算是歇歇腳。遠遠的望見一個大漢，推着很重的小車，向這邊走過來了。到得臨近，那人就歇下車子，走到墨子面前，叫了一聲 "先生" ，一面撩起衣角來揩臉上的汗，喘着氣。

"這是沙麼？" 墨子認識他是自己的學生管黔敖，便問。

"是的，防雲梯的。"

"別的準備怎麼樣？"

"也已經募集了一些麻，灰，鐵。不過難得很：有的不肯，肯的沒有。還是講空話的多……"

"昨天在城裡聽見曹公子在講演，又在玩一股甚麼 '氣'，嚷甚麼 '死' 了。你去告訴他：不要弄玄虛；死並不壞，也很難，但要死得於民有利！"

"和他很難說，" 管黔敖悵悵的答道。"他在這裡做了兩年官，不大願意和我們說話了……"

"禽滑釐呢？"

"他可是很忙。剛剛試驗過連弩；現在恐怕在西關外看地勢，所以遇不着先生。先生是到楚國去找公輸般的罷？"

"不錯，" 墨子說，"不過他聽不聽我，還是料不定的。你們仍然準備着，不要只望着口舌的成功。"

管黔敖點點頭，看墨子上了路，目送了一會，便推着小車，吱吱嘎嘎的進城去了。

三

楚國的郢城可是不比宋國：街道寬闊，房屋也整齊，大店舖裡陳列着許多好東西，雪白的麻布，通紅的辣椒，斑爛的鹿皮，肥大的蓮子。走路的人，雖然身體比北方短小些，卻都活潑精悍，衣服也很乾淨，墨子在這裡一比，舊衣破裳，布包着兩隻腳，真好像一個老牌的乞丐了。

再向中央走是一大塊廣場，擺着許多攤子，擁擠着許多人，這是鬧市，也是十字路交叉之處。墨子便找着一個好像士人的老頭子，打聽公輸般的寓所，可惜言語不通，纏不明白，正在手掌心上寫字給他看，只聽得轟的一聲，大家都唱了起來，原來是有名的賽湘靈已經開始在唱她的《下里巴人》，所以引得全國中許多人，同聲應和了。不一會，連那老士人也在嘴裡發出哼哼聲，墨子知道他決不會再來看他手心上的字，便只寫了半個 “公” 字，拔步再往遠處跑。然而到處都在唱，無隙可乘，許多工夫，大約是那邊已經唱完了，這才逐漸顯得安靜。他找到一家木匠店，去探問公輸般的住址。

“那位山東老，造鉤拒的公輸先生麼？” 店主是一個黃臉黑鬚的胖子，果然很知道。“並不遠。你回轉去，走過十字街，從右手第二條小道上朝東向南，再往北轉角，第三家就是他。”

墨子在手心上寫着字，請他看了有無聽錯之後，這才牢牢的記在心裡，謝過主人，邁開大步，徑奔他所指點的處所。果然也不錯的：第三家的大門上，釘着一塊雕鏤極工的楠木牌，上刻六個大篆道：“魯國公輸般寓”。

墨子拍着紅銅的獸環，當當的敲了幾下，不料開門出來的卻是一個橫眉怒目的門丁。他一看見，便大聲的喝道：

“先生不見客！你們同鄉來告幫的太多了！”

墨子剛看了他一眼，他已經關了門，再敲時，就甚麼聲息也沒有。然而這目光的一射，卻使那門丁安靜不下來，他總覺得有些不舒服，只得進去稟他的主人。公輸般正捏着曲尺，在量雲梯的模型。

“先生，又有一個你的同鄉來告幫了……這人可是有些古怪……”門丁輕輕的説。

“他姓甚麼？”

“那可還沒有問……”門丁惶恐着。

“甚麼樣子的？”

“像一個乞丐。三十來歲。高個子，烏黑的臉……”

“阿呀！那一定是墨翟了！”

公輸般吃了一驚，大叫起來，放下雲梯的模型和曲尺，跑到階下去。門丁也吃了一驚，趕緊跑在他前面，開了門。墨子和公輸般，便在院子裡見了面。

“果然是你。”公輸般高興的説，一面讓他進到堂屋去。“你一向好麼？還是忙？”

“是的。總是這樣……”

“可是先生這麼遠來，有甚麼見教呢？”

“北方有人侮辱了我，”墨子很沉靜的説。“想託你去殺掉他……”

公輸般不高興了。

“我送你十塊錢！”墨子又接着説。

這一句話，主人可真是忍不住發怒了；他沉了臉，冷冷的回答道：

“我是義不殺人的！”

“那好極了！”墨子很感動的直起身來，拜了兩拜，又很沉靜的説道：“可是我有幾句話。我在北方，聽説你造了雲梯，要去攻宋。宋有甚麼罪過呢？楚國有餘的是地，缺少的是民。殺缺少的來爭有餘的，不能説是智；宋沒有罪，卻要攻他，不能説是仁；知道着，卻不爭，不能説是忠；爭了，而不得，不能説是強；義不殺少，然而殺多，不能説是知類。先生以為怎樣？……”

“那是……”公輸般想着，“先生説得很對的。”

“那麼，不可以歇手了麼？”

“這可不成，”公輸般悵悵的説。“我已經對王説過了。”

“那麼，帶我見王去就是。”

“好的。不過時候不早了，還是吃了飯去罷。”

然而墨子不肯聽，欠着身子，總想站起來，他是向來坐不住的。公輸般知道拗不過，便答應立刻引他去見王；一面到自己的房裡，拿出一套衣裳和鞋子來，誠懇的説道：

“不過這要請先生換一下。因為這裡是和俺家鄉不同，甚麼都講闊綽的。還是換一換便當……”

“可以可以，”墨子也誠懇的説。“我其實也並非愛穿破衣服的……只因為實在沒有工夫換……”

四

楚王早知道墨翟是北方的聖賢，一經公輸般紹介，立刻接見了，用不着費力。

墨子穿着太短的衣裳，高腳鷺鷥似的，跟公輸般走到便殿裡，向楚王行過禮，從從容容的開口道：

“現在有一個人，不要輪車，卻想偷鄰家的破車子；不要錦繡，卻想偷鄰家的短氈襖；不要米肉，卻想偷鄰家的糠屑飯：這是怎樣的人呢？”

“那一定是生了偷摸病了。”楚王率直的説。

“楚的地面，”墨子道，“方五千里，宋的卻只方五百里，這就像輀車的和破車子；楚有雲夢，滿是犀兕麋鹿，江漢裡的魚鱉黿鼉之多，那裡都賽不過，宋卻是所謂連雉兔鯽魚也沒有的，這就像米肉的和糠屑飯；楚有長松文梓楩楠豫章，宋卻沒有大樹，這就像錦繡的和短氈襖。所以據臣看來，王吏的攻宋，和這是同類的。"

"確也不錯！" 楚王點頭説。"不過公輸般已經給我在造雲梯，總得去攻的了。"

"不過成敗也還是説不定的。" 墨子道。"只要有木片，現在就可以試一試。"

楚王是一位愛好新奇的王，非常高興，便教侍臣趕快去拿木片來。墨子卻解下自己的皮帶，彎作弧形，向着公輸子，算是城；把幾十片木片分作兩份，一份留下，一份交與公輸子，便是攻和守的器具。

於是他們倆各各拿着木片，像下棋一般，開始鬥起來了，攻的木片一進，守的就一架，這邊一退，那邊就一招。不過楚王和侍臣，卻一點也看不懂。

只見這樣的一進一退，一共有九回，大約是攻守各換了九種的花樣。這之後，公輸般歇手了。墨子就把皮帶的弧形改向了自己，好像這回是由他來進攻。也還是一進一退的支架着，然而到第三回，墨子的木片就進了皮帶的弧線裡面了。

楚王和侍臣雖然莫明其妙，但看見公輸般首先放下木片，臉上露出掃興的神色，就知道他攻守兩面，全都失敗了。

楚王也覺得有些掃興。

"我知道怎麼贏你的，" 停了一會，公輸般訕訕的説。"但是我不説。"

"我也知道你怎麼贏我的，" 墨子卻鎮靜的説。"但是我不説。"

"你們説的是些甚麼呀？" 楚王驚訝着問道。

"公輸子的意思，" 墨子旋轉身去，回答道，"不過想殺掉我，以為殺掉我，宋就沒有人守，可以攻了。然而我的學生禽滑釐等三百人，已經拿了我的守禦的器械，在宋城上，等候着楚國來的敵人。就是殺掉我，也還是攻不下的！」

「真好法子！」楚王感動的說。「那麼，我也就不去攻宋罷。」

<h1 style="text-align:center">五</h1>

墨子說停了攻宋之後，原想即刻回往魯國的，但因為應該換還公輸般借他的衣裳，就只好再到他的寓裡去。時候已是下午，主客都很覺得肚子餓，主人自然堅留他吃午飯——或者已經是夜飯，還勸他宿一宵。

「走是總得今天就走的，」墨子說。「明年再來，拿我的書來請楚王看一看。」

「你還不是講些行義麼？」公輸般道。「勞形苦心，扶危濟急，是賤人的東西，大人們不取的。他可是君王呀，老鄉！」

「那倒也不。絲麻米穀，都是賤人做出來的東西，大人們就都要。何況行義呢。」

「那可也是的，」公輸般高興的說。「我沒有見你的時候，想取宋；一見你，即使白送我宋國，如果不義，我也不要了……」

「那可是我真送了你宋國了。」墨子也高興的說。「你如果一味行義，我還要送你天下哩！」

當主客談笑之間，午餐也擺好了，有魚，有肉，有酒。墨子不喝酒，也不吃魚，只吃了一點肉。公輸般獨自喝着酒，看見客人不大動刀匕，過意不去，只好勸他吃辣椒：

「請呀請呀！」他指着辣椒醬和大餅，懇切的說，「你嘗嘗，這還不壞。大蔥可不及我們那裡的肥……」

公輸般喝過幾杯酒，更加高興了起來。

"我舟戰有鉤拒，你的義也有鉤拒麼？" 他問道。

"我這義的鉤拒，比你那舟戰的鉤拒好。" 墨子堅決的回答說。"我用愛來鉤，用恭來拒。不用愛鉤，是不相親的，不用恭拒，是要油滑的，不相親而又油滑，馬上就離散。所以互相愛，互相恭，就等於互相利。現在你用鉤去鉤人，人也用鉤來鉤你，你用拒去拒人，人也用拒來拒你，互相鉤，互相拒，也就等於互相害了。所以我這義的鉤拒，比你那舟戰的鉤拒好。"

"但是，老鄉，你一行義，可真幾乎把我的飯碗敲碎了！" 公輸般碰了一個釘子之後，改口說，但也大約很有了一些酒意：他其實是不會喝酒的。

"但也比敲碎宋國的所有飯碗好。"

"可是我以後只好做玩具了。老鄉，你等一等，我請你看一點玩意兒。"

他說着就跳起來，跑進後房去，好像是在翻箱子。不一會，又出來了，手裡拿着一隻木頭和竹片做成的喜鵲，交給墨子，口裡說道：

"只要一開，可以飛三天。這倒還可以說是極巧的。"

"可是還不及木匠的做車輪，" 墨子看了一看，就放在席子上，說。"他削三寸的木頭，就可以載重五十石。有利於人的，就是巧，就是好，不利於人的，就是拙，也就是壞的。"

"哦，我忘記了，" 公輸般又碰了一個釘子，這才醒過來。"早該知道這正是你的話。"

"所以你還是一味的行義，" 墨子看着他的眼睛，誠懇的說，"不但巧，連天下也是你的了。真是打擾了你大半天。我們明年再見罷。"

墨子說着，便取了小包裹，向主人告辭；公輸般知道他是留不住的，只得放他走。送他出了大門之後，回進屋裡來，想了一想，便將雲梯的模型和木鵲都塞在後房的箱子裡。

墨子在歸途上，是走得較慢了，一則力乏，二則腳痛，三則乾糧已經吃完，難免覺得肚子餓，四則事情已經辦妥，不像來時的匆忙。然而比來時更晦氣：一進宋國界，就被搜檢了兩回；走近都城，又遇到募捐救國隊，募去了破包袱；到得南關外，又遭着大雨，到城門下想避避雨，被兩個執戈的巡兵趕開了，淋得一身濕，從此鼻子塞了十多天。

一九三四年八月作。

點 評

《非攻》是《故事新編》中寫得最為質實穩重、寫實氣息甚濃的一篇。從中可以看出，魯迅對清人的成果，尤其是孫詒讓的《墨子間詁》，作過非常深入的研究。清人的這些成果已經廣泛地參合了先秦文獻，不僅對《墨子》本文作了翔實的校釋，而且對墨子的生平年表、同代或後世的記載、弟子事跡等，也作了詳細的梳理。因而魯迅的《非攻》運用起這些材料來，頗為得心應手，左右逢源。其中墨子勸止楚國攻宋的主體故事取材於《墨子·公輸篇》，兼及《耕柱》、《魯問》諸篇，旁採《戰國策·宋策》、《呂氏春秋·慎大覽》、《淮南子·修務訓》；墨子談論"非攻"的話，來自《墨子·非攻上》；甚至連墨子討論"守城"見解的片言隻語，也可以從《墨子》的《備城門》、《備高臨》、《備梯》諸篇中找到出處。這一點，若非對墨子材料爛熟於心，就很難做到了。《非攻》中出現的墨門弟子，在《墨子》或其他先秦古籍中均有案可稽。

自清朝中期，尤其到了"五四"前後，出現了一股墨學復興的潮流。在墨學由"顯學"成為"絕學"兩千年後，清代畢沅、孫詒讓對復興墨學，有開闢草萊之功。進入近代，梁啟超、胡適對推動這股潮流最為有力，梁啟超認為"今欲救之，厥惟學墨"，甚至說，"墨學精神，深入人心"，"形成吾民族特性之一"，其"肯犧牲自己"的"根本義"，則是"今後全世界國際關係改造之樞機"。章太炎則認為，墨子之道德，"非孔、老所敢窺視"。胡適說了更絕對的話："墨翟也許是中國出現過的最偉大的人物。"（《先秦名學史》）魯迅則因為墨子和大禹精神的一致性，將古越文化精神注入對墨子的理解之中。魯迅以鄭重的態度，"注墨學入文學"，將墨學復興的潮流引入小說創作領域，令人聯想到他要寫出"中國的脊樑"。

《莊子·天下篇》說："墨子稱道曰：'昔者禹之湮洪水，決江河而通四夷九州也。名川三百，支川三千，小者無數。禹親自操橐耜而九雜天下之川。腓無胈，脛無毛，沐甚雨，櫛疾風，置萬國。禹大聖也，而形勞天下也如此。'使後世之墨者，多以裘褐為衣，以跂蹻為服，日夜不休，以自苦為極，曰：'不能如此，非禹之道也，不足謂墨。'"所謂"墨子無暖席"，所謂"墨子兼愛，摩頂放踵利天下，為之"，墨子這種主持正義、豪俠堅忍、勤苦實幹的精神，他既是隻身赴難的孤膽英雄，又是精心安排守禦的具有戰略思路的實幹家，在《非攻》中體現得非常充分。比如寫實寫墨子出發，上路止楚侵宋："他看得耕柱子已經把窩窩頭上了蒸籠，便回到自己的房裡，在壁廚裡摸出一把鹽漬藜菜乾，一柄破銅刀，另外找了一張破包袱，等耕柱子端進蒸熟的窩窩頭來，就一起打成一個包裹。衣服卻不打點，也不帶洗臉的手巾，只把皮帶緊了一緊，走到堂下，穿好草鞋，背上包裹，頭也不回的走了。從包裹裡，還一陣一陣的冒着熱蒸氣。"

同時《非攻》寫古人，也以古今雜糅的方式對當下現實進行折光。墨子赴楚途中，經過宋國南關，看見街角上聚着十多個人，好像在聽一個人講故事，那人的手在空中一揮，大叫道："我們給他們看看宋國的民氣！我們都去死！"這裡對民國當局在"九·一八"事變失東三省後，以"民氣"故作慷慨激昂的空論的欺人之談，作了折光。小說寫道："墨子知道，這是自己的學生曹公子的聲音。"根據《墨子·魯問篇》："子墨子出曹公子而於宋"，這才有弟子曹公子在宋國做官，鼓吹民氣之事。曹國乃是周武王之弟振鐸的封國，在墨子出生前不久被宋國所滅，其貴族流落民間。曹公子大概是"以國為氏"的貴族後裔，由他發表煽動民眾的"民氣論"，是符合人物嘩眾取寵的身份和口吻的。墨子的另一個學生就說，曹公子"在這裡做了兩年官，不大願意和我們說話了"。如此精到的描寫，沒有對墨子材料的深刻領會，是做不到的。就連墨子到楚國登門造訪公輸般："墨子拍着紅銅的獸環，當當的敲了幾下，不料開門出來的卻是一個橫眉怒目的門丁。他一看見，便大聲的喝道：'先生不見客！你們同鄉來告幫的太多了！'"這樣折射了觀之以今、稽之以古的世態人情，令人感慨百端。

《非攻》的結尾，則是散發着人生哲學的結尾："墨子在歸途上，是走得較慢了，一則力乏，二則腳痛，三則乾糧已經吃完，難免覺得肚子餓，四則事情已經辦妥，不像來時的匆忙。然而比來時更晦氣：一進宋國界，就被搜檢了兩回；走近都城，又遇到募捐救國隊，募去了破包袱；到得南關外，又遭着大雨，到城門下想避避雨，被兩個執戈的巡兵趕開了，淋得一身濕，從此鼻子塞了十多天。"一個止楚攻宋的英雄，卻在被他拯救的宋國，遭遇了如此晦氣的"凱旋門"，這就是歷史人生的悖謬感。也更彰顯了墨子一身俠肝義膽，以民間的、而非官方的力量，踏踏實實而又義無反顧地抗擊強權、功成不居、不求索取的風采。這就從被兩千年傳統主流文化視為異端的人物身上，發掘出一個民族以抗爭求生存的最可貴的品質。魯迅並非否定一切傳統文化，而是把傳統文化的正統與異端的顛倒了的價值結構，重新顛倒組構，並將現代性的思維方式貫穿其中。《非攻》將墨學復興思潮引入小說創作領域，反映了對傳統文化價值結構的一種顛覆性革命。韓愈《爭臣論》說："自古聖人賢士，皆非有求於聞用也。閔其時之不平，人之不義，得其道，不敢獨善其身，而必以兼濟天下也。孜孜矻矻，死而後已。故禹過家門不入，孔席不暇暖，而墨突不得黔。彼二聖一賢者，豈不知自安佚之為樂哉？誠畏天命而悲人窮也。"韓愈是從禹、孔、墨一貫中，發掘聖賢精神的，與魯迅以異端為"脊樑"的歷史觀存在着實質性的差異。

附錄

附錄一 《自選集》自序

　　我做小説，是開手於一九一八年，《新青年》上提倡 "文學革命"
的時候的。這一種運動，現在固然已經成為文學史上的陳跡了，但在
那時，卻無疑地是一個革命的運動。

　　我的作品在《新青年》上，步調是和大家大概一致的，所以我想，
這些確可以算作那時的 "革命文學"。

　　然而我那時對於 "文學革命"，其實並沒有怎樣的熱情。見過辛亥
革命，見過二次革命，見過袁世凱稱帝，張勳復辟，看來看去，就看
得懷疑起來，於是失望，頹唐得很了。民族主義的文學家在今年的一
種小報上説，"魯迅多疑"，是不錯的，我正在疑心這批人們也並非真
的民族主義文學者，變化正未可限量呢。不過我卻又懷疑於自己的失
望，因為我所見過的人們，事件，是有限得很的，這想頭，就給了我
提筆的力量。

　　"絕望之為虛妄，正與希望相同。"

　　既不是直接對於 "文學革命" 的熱情，又為甚麼提筆的呢？想起
來，大半倒是為了對於熱情者們的同感。這些戰士，我想，雖在寂寞
中，想頭是不錯的，也來喊幾聲助助威罷。首先，就是為此。自然，
在這中間，也不免夾雜些將舊社會的病根暴露出來，催人留心，設法
加以療治的希望。但為達到這希望計，是必須與前驅者取同一的步調
的，我於是刪削些黑暗，裝點些歡容，使作品比較的顯出若干亮色，
那就是後來結集起來的《吶喊》，一共有十四篇。

這些也可以說，是"遵命文學"。不過我所遵奉的，是那時革命的前驅者的命令，也是我自己所願意遵奉的命令，決不是皇上的聖旨，也不是金元和真的指揮刀。

後來《新青年》的團體散掉了，有的高升，有的退隱，有的前進，我又經驗了一回同一戰陣中的夥伴還是會這麼變化，並且落得一個"作家"的頭銜，依然在沙漠中走來走去，不過已經逃不出在散漫的刊物上做文字，叫作隨便談談。有了小感觸，就寫些短文，誇大點說，就是散文詩，以後印成一本，謂之《野草》。得到較整齊的材料，則還是做短篇小說，只因為成了遊勇，佈不成陣了，所以技術雖然比先前好一些，思路也似乎較無拘束，而戰鬥的意氣卻冷得不少。新的戰友在那裡呢？我想，這是很不好的。於是集印了這時期的十一篇作品，謂之《彷徨》，願以後不再這模樣。

"路漫漫其修遠兮，吾將上下而求索。"

不料這大口竟誇得無影無蹤。逃出北京，躲進廈門，只在大樓上寫了幾則《故事新編》和十篇《朝花夕拾》。前者是神話，傳說及史實的演義，後者則只是回憶的記事罷了。

此後就一無所作，"空空如也"。

可以勉強稱為創作的，在我至今只有這五種，本可以頃刻讀了的，但出版者要我自選一本集。推測起來，恐怕因為這麼一辦，一者能夠節省讀者的費用，二則，以為由作者自選，該能比別人格外明白罷。對於第一層，我沒有異議；至第二層，我卻覺得也很難。因為我向來就沒有格外用力或格外偷懶的作品，所以也沒有自以為特別高妙，配得上提拔出來的作品。沒有法，就將材料，寫法，都有些不同，可供讀者參考的東西，取出二十二篇來，湊成了一本，但將給讀者一種"重壓之感"的作品，卻特地竭力抽掉了。這是我現在自有我的想頭的：

“並不願將自以為苦的寂寞，再來傳染給也如我那年青時候似的正做着好夢的青年。”

然而這又不似做那《吶喊》時候的故意的隱瞞，因為現在我相信，現在和將來的青年是不會有這樣的心境的了。

一九三二年十二月十四日，魯迅於上海寓居記。

點　評

本篇最初印入一九三三年三月上海天馬書店出版的《魯迅自選集》。此《自選集》內收《野草》中的七篇：《影的告別》、《好的故事》、《過客》、《失掉的好地獄》、《這樣的戰士》、《聰明人和傻子和奴才》、《淡淡的血痕中》；《吶喊》中的五篇：《孔乙己》、《一件小事》、《故鄉》、《阿Q正傳》、《鴨的喜劇》；《彷徨》中的五篇：《在酒樓上》、《肥皂》、《示眾》、《傷逝》、《離婚》；《故事新編》中的兩篇：《奔月》、《鑄劍》；《朝花夕拾》中的三篇：《狗・貓・鼠》、《無常》、《范愛農》。共計二十二篇。

附錄二　我怎麼做起小說來

　　我怎麼做起小説來？—— 這來由，已經在《吶喊》的序文上，約略説過了。這裡還應該補敍一點的，是當我留心文學的時候，情形和現在很不同：在中國，小説不算文學，做小説的也決不能稱為文學家，所以並沒有人想在這一條道路上出世。我也並沒有要將小説抬進"文苑"裡的意思，不過想利用他的力量，來改良社會。

　　但也不是自己想創作，注重的倒是在紹介，在翻譯，而尤其注重於短篇，特別是被壓迫的民族中的作者的作品。因為那時正盛行着排滿論，有些青年，都引那叫喊和反抗的作者為同調的。所以"小説作法"之類，我一部都沒有看過，看短篇小説卻不少，小半是自己也愛看，大半則因了搜尋紹介的材料。也看文學史和批評，這是因為想知道作者的為人和思想，以便決定應否紹介給中國。和學問之類，是絕不相干的。

　　因為所求的作品是叫喊和反抗，勢必至於傾向了東歐，因此所看的俄國，波蘭以及巴爾幹諸小國作家的東西就特別多。也曾熱心的搜求印度，埃及的作品，但是得不到。記得當時最愛看的作者，是俄國的果戈理（N. Gogol）和波蘭的顯克微支（H. Sienkiewitz）。日本的，是夏目漱石和森鷗外。

　　回國以後，就辦學校，再沒有看小説的工夫了，這樣的有五六年。為甚麼又開手了呢？—— 這也已經寫在《吶喊》的序文裡，不必説了。但我的來做小説，也並非自以為有做小説的才能，只因為那時是住在北京的會館裡的，要做論文罷，沒有參考書，要翻譯罷，沒有底本，就只好做一點小說模樣的東西塞責，這就是《狂人日記》。大約所仰仗的全在先前看過的百來篇外國作品和一點醫學上的知識，此外的準備，一點也沒有。

但是《新青年》的編輯者，卻一回一回的來催，催幾回，我就做一篇，這裡我必得記念陳獨秀先生，他是催促我做小說最着力的一個。

自然，做起小說來，總不免自己有些主見的。例如，說到"為甚麼"做小說罷，我仍抱着十多年前的"啓蒙主義"，以為必須是"為人生"，而且要改良這人生。我深惡先前的稱小說為"閒書"，而且將"為藝術的藝術"，看作不過是"消閒"的新式的別號。所以我的取材，多採自病態社會的不幸的人們中，意思是在揭出病苦，引起療救的注意。所以我力避行文的嘮叨，只要覺得夠將意思傳給別人了，就寧可甚麼陪襯拖帶也沒有。中國舊戲上，沒有背景，新年賣給孩子看的花紙上，只有主要的幾個人（但現在的花紙卻多有背景了），我深信對於我的目的，這方法是適宜的，所以我不去描寫風月，對話也決不說到一大篇。

我做完之後，總要看兩遍，自己覺得拗口的，就增刪幾個字，一定要它讀得順口；沒有相宜的白話，寧可引古語，希望總有人會懂，只有自己懂得或連自己也不懂的生造出來的字句，是不大用的。這一節，許多批評家之中，只有一個人看出來了，但他稱我為 Stylist。

所寫的事跡，大抵有一點見過或聽到過的緣由，但決不全用這事實，只是採取一端，加以改造，或生發開去，到足以幾乎完全發表我的意思為止。人物的模特兒也一樣，沒有專用過一個人，往往嘴在浙江，臉在北京，衣服在山西，是一個拼湊起來的腳色。有人說，我的那一篇是罵誰，某一篇又是罵誰，那是完全胡說的。

不過這樣的寫法，有一種困難，就是令人難以放下筆。一氣寫下去，這人物就逐漸活動起來，盡了他的任務。但倘有甚麼分心的事情來一打岔，放下許久之後再來寫，性格也許就變了樣，情景也會和先前所豫想的不同起來。例如我做的《不周山》，原意是在描寫性的發動和創造，以至衰亡的，而中途去看報章，見了一位道學的批評家攻擊情詩的文章，心裡很不以為然，於是小說裡就有一個小人物跑到女媧的兩腿之間來，不但不必有，且將結構的宏大毀壞了。但這些處所，除了自己，大概沒有人會覺到的，我們的批評大家成仿吾先生，還說這一篇做得最出色。

我想，如果專用一個人做骨幹，就可以沒有這弊病的，但自己沒有試驗過。

忘記是誰說的了，總之是，要極省儉的畫出一個人的特點，最好是畫他的眼睛。我以為這話是極對的，倘若畫了全副的頭髮，即使細得逼真，也毫無意思。我常在學學這一種方法，可惜學不好。

可省的處所，我決不硬添，做不出的時候，我也決不硬做，但這是因為我那時別有收入，不靠賣文為活的緣故，不能作為通例的。

還有一層，是我每當寫作，一律抹殺各種的批評。因為那時中國的創作界固然幼稚，批評界更幼稚，不是舉之上天，就是按之入地，倘將這些放在眼裡，就要自命不凡，或覺得非自殺不足以謝天下的。批評必須壞處說壞，好處說好，才於作者有益。

但我常看外國的批評文章，因為他於我沒有恩怨嫉恨，雖然所評的是別人的作品，卻很有可以借鏡之處。但自然，我也同時一定留心這批評家的派別。

以上，是十年前的事了，此後並無所作，也沒有長進，編輯先生要我做一點這類的文章，怎麼能呢。拉雜寫來，不過如此而已。

三月五日燈下。

附錄三　英譯本《短篇小說選集》自序

　　中國的詩歌中，有時也說些下層社會的苦痛。但繪畫和小說卻相反，大抵將他們寫得十分幸福，說是 "不識不知，順帝之則"，平和得像花鳥一樣。是的，中國的勞苦大眾，從知識階級看來，是和花鳥為一類的。

　　我生長於都市的大家庭裡，從小就受着古書和師傅的教訓，所以也看得勞苦大眾和花鳥一樣。有時感到所謂上流社會的虛偽和腐敗時，我還羨慕他們的安樂。但我母親的母家是農村，使我能夠間或和許多農民相親近，逐漸知道他們是畢生受着壓迫，很多苦痛，和花鳥並不一樣了。不過我還沒法使大家知道。

　　後來我看到一些外國的小說，尤其是俄國，波蘭和巴爾幹諸小國的，才明白了世界上也有這許多和我們的勞苦大眾同一運命的人，而有些作家正在為此而呼號，而戰鬥。而歷來所見的農村之類的景況，也更加分明地再現於我的眼前。偶然得到一個可寫文章的機會，我便將所謂上流社會的墮落和下層社會的不幸，陸續用短篇小說的形式發表出來了。原意其實只不過想將這示給讀者，提出一些問題而已，並不是為了當時的文學家之所謂藝術。

　　但這些東西，竟得了一部分讀者的注意，雖然很被有些批評家所排斥，而至今終於沒有消滅，還會譯成英文，和新大陸的讀者相見，這是我先前所夢想不到的。

　　但我也久沒有做短篇小說了。現在的人民更加困苦，我的意思也和以前有些不同，又看見了新的文學的潮流，在這景況中，寫新的不能，寫舊的又不願。中國的古書裡有一個比喻，說：邯鄲的步法是天下聞名的，有人去學，竟沒有學好，但又已經忘卻了自己原先的步法，於是只好爬回去了。

我正爬着。但我想再學下去，站起來。

一九三三年三月二十二日，魯迅記於上海。

附錄四　懷舊

　　吾家門外有青桐一株，高可三十尺，每歲實如繁星，兒童擲石落桐子，往往飛入書窗中，時或正擊吾案，一石入，吾師禿先生輒走出斥之。桐葉徑大盈尺，受夏日微瘁，得夜氣而蘇，如人舒其掌。家之閽人王叟，時汲水沃地去暑熱，或掇破几椅，持煙筒，與李媼談故事，每月落參橫，僅見煙斗中一星火，而談猶弗止。

　　彼輩納晚涼時，禿先生正教予屬對，題曰："紅花。"予對："青桐。"則揮曰："平仄弗調。"令退。時予已九齡，不識平仄為何物，而禿先生亦不言，則姑退。思久弗屬，漸展掌拍吾股使發大聲如撲蚊，冀禿先生知吾苦，而先生仍弗理；久之久之，始作搖曳聲曰："來。"余健進。便書綠草二字曰："紅平聲，花平聲，綠入聲，草上聲。去矣。"余弗遑聽，躍而出。禿先生復作搖曳聲曰："勿跳。"余則弗跳而出。

　　予出，復不敢戲桐下，初亦嘗扳王翁膝，令道山家故事。而禿先生必繼至，作厲色曰："孺子勿惡作劇！食事既耶？盍歸就爾夜課矣。"稍迕，次日便以界尺擊吾首曰："汝作劇何惡，讀書何笨哉？"我禿先生蓋以書齋為報仇地者，遂漸弗去。況明日復非清明端午中秋，予又何樂？設清晨能得小恙，映午而癒者，可藉此作半日休息亦佳；否則，禿先生病耳，死尤善。弗病弗死，吾明日又上學讀《論語》矣。

　　明日，禿先生果又按吾《論語》，頭搖搖然釋字義矣。先生又近視，故唇幾觸書，作欲嚙狀。人常咎吾頑，謂讀不半卷，篇頁便大零落；不知此咻咻然之鼻息，日吹拂是，紙能弗破爛，字能弗漫漶耶！予縱極頑，亦何至此極耶！禿先生曰：「孔夫子說，我到六十便耳順；耳是耳朵。到七十便從心所欲，不逾這個矩了。……」余都不之解，字為鼻影所遮，余亦不之見，但見《論語》之上，載先生禿頭，爛然有光，可照我面目；特頗模糊臃腫，遠不如後圃古池之明晰耳。

先生講書久，戰其膝，又大點其頭，似自有深趣。予則大不耐，蓋頭光雖奇，久觀亦自厭倦，勢胡能久。

「仰聖先生！仰聖先生！」幸門外突作怪聲，如見眚而呼救者。

「耀宗兄耶？……進可耳。」先生止《論語》不講，舉其頭，出而啓門，且作禮。

予初殊弗解先生何心，敬耀宗竟至是。耀宗金氏，居左鄰，擁巨資；而敝衣破履，日日食菜，面黃腫如秋茄，即王翁亦弗之禮。嘗曰：「彼自蓄多金耳！不以一文見贈，何禮為？」故翁愛予而對耀宗特傲，耀宗亦弗恤，且聰慧不如王翁，每聽談故事，多不解，唯唯而已。李媼亦謂，彼人自幼至長，但居父母膝下如囚人，不出而交際，故識語殊聊聊。如語及米，則竟曰米，不可別粳糯；語及魚，則竟曰魚，不可分魴鯉。否則不解，須加注幾百句，而注中又多不解語，須更用疏，疏又有難詞，則終不解而止，因不好與談。惟禿先生特優遇，王翁等甚訝之。予亦私揣其故，知耀宗曾以二十一歲無子，急蓄妾三人；而禿先生亦云以不孝有三，無後為大，故嘗投三十一金，購如夫人一，則優禮之故，自因耀宗純孝。王翁雖賢，學終不及先生，不測高深，亦無足怪；蓋即予亦經覃思多日，始得其故者。

「先生，聞今朝消息耶？」

「消息？……未之聞，……甚消息耶？」

「長毛且至矣！」

「長毛！……哈哈，安有是者。……」

耀宗所謂長毛，即仰聖先生所謂髮逆；而王翁亦謂之長毛，且云，時正三十歲。今王翁已越七十，距四十餘年矣，即吾亦知無是。

「顧消息得自何墟三大人，云不日且至矣。……」

「三大人耶？……則得自府尊者矣。是亦不可不防。」先生之仰三大人也，甚於聖，遂失色繞案而蹀。

「云可八百人，我已遣底下人復至何墟探聽。問究以何日來。……」

「八百？……然安有是，哦，殆山賊或近地之赤巾黨耳。」

禿先生智慧勝，立悟非是。不知耀宗固不論山賊海盜白帽赤巾，皆謂之長毛；故禿先生所言，耀宗亦弗解。

「來時當須備飯。我家廳事小，擬借張睢陽廟庭饗其半。彼輩既得飯，其出示安民耶。」耀宗稟性魯，而簞食壺漿以迎王師之術，則有家訓。王翁曾言其父嘗遇長毛，伏地乞命，叩額赤腫如鵝，得弗殺，為之治庖侑食，因獲殊寵，得多金。逮長毛敗，以術逃歸，漸為富室，居蕪市云。時欲以一飯博安民，殊不如乃父智。

「此種亂人，運必弗長，試搜盡《綱鑑易知錄》，豈見有成者？……特特亦間不無成功者。飯之，亦可也。雖然，耀宗兄！足下切勿自列名，委諸地甲可耳。」

「然！先生能為書順民二字乎。」

「且勿且勿，此種事殊弗宜急，萬一竟來，書之未晚。且耀宗兄！尚有一事奉告，此種人之怒，固不可攖，然亦不可太與親近。昔髮逆反時，戶貼順民字樣者，間亦無效；賊退後，又窘於官軍，故此事須待賊薄蕪市時再議。惟尊眷卻宜早避，特不必過遠耳。」

「良是良是，我且告張睢陽廟道人去耳。」

耀宗似解非解，大感佩而去。人謂遍搜蕪市，當以我禿先生為第一智者，語良不誣。先生能處任何時世，而使己身無幾微之痏，故雖自盤古開闢天地後，代有戰爭殺伐治亂興衰，而仰聖先生一家，獨不殉難而亡，亦未從賊而死，綿綿至今，猶巍然擁皋比為予頑弟子講七十而從心所欲不逾矩。若由今日天演家言之，或曰由宗祖之遺傳；顧自我言之，則非從讀書得來，必不有是。非然，則我與王翁李媼，豈獨不受遺傳，而思慮之密，不如此也。

耀宗既去，禿先生亦止書不講，狀頗愁苦，云將返其家，令子廢讀。予大喜，躍出桐樹下，雖夏日炙吾頭，亦弗恤，意桐下為我領地，獨此一時矣。少頃，見禿先生急去，挾衣一大縛。先生往日，惟遇令節或年暮一歸，歸必持《八銘塾鈔》數卷；今則全帙儼然在案，但攜破籃中衣履去耳。

予窺道上，人多於蟻陣，而人人悉函懼意，惘然而行。手多有挾持，或徒其手，王翁語予，蓋圖逃難者耳。中多何墟人，來奔蕪市；而蕪市居民，則爭走何墟。王翁自云前經患難，止吾家勿倉皇。李媼亦至金氏問訊，云僕猶弗歸，獨見眾如夫人，方檢脂粉薌澤紈扇羅衣之屬，納行籃中。此富家姨太太，似視逃難亦如春遊，不可廢口紅眉黛者。予不暇問長毛事，自撲青蠅誘蟻出，踐殺之，又舀水灌其穴，以窘蟻禹。未幾見日腳遰去木末，李媼呼予飯。予殊弗解今日何短，若在平日，則此時正苦思屬對，看禿先生作倦面也。飯已，李媼挈予出。王翁亦已出而納涼，弗改常度。惟環而立者極多，張其口如睹鬼怪，月光娟娟，照見眾齒，歷落如排朽瓊，王翁吸煙，語甚緩。

"……當時，此家門者，為趙五叔，性極憨。主人聞長毛來，令逃，則曰：'主人去，此家虛，我不留守，不將為賊佔耶？'……"

"唉，蠢哉！……"李媼斗作怪叫，力斥先賢之非。

"而司爨之吳媼亦弗去，其人蓋七十餘矣，日日伏廚下不敢出。數日以來，但聞人行聲，犬吠聲，入耳慘不可狀。既而人行犬吠亦絕，陰森如處冥中。一日遠遠聞有大隊步聲，經牆外而去。少頃少頃，突有數十長毛入廚下，持刀牽吳媼出，語格磔不甚可辨，似曰：『老婦！爾主人安在？趣將錢來！』吳媼拜曰：『大王，主人逃矣。老婦餓已數日，且乞大王食我，安有錢奉大王。』一長毛笑曰：『若欲食耶？當食汝。』斗以一圓物擲吳媼懷中，血模糊不可視，則趙五叔頭也……」

「啊，吳媼不幾嚇殺耶？」李媼又大驚叫，眾目亦益瞠，口亦益張。

「蓋長毛叩門，趙五叔堅不啓，斥曰：『主人弗在，若輩強欲入盜耳。』長……」

「將得真消息來耶？……」則禿先生歸矣。予大窘，然察其顏色，頗不似前時嚴厲，因亦弗逃。思倘長毛來，能以禿先生頭擲李媼懷中者，余可日日灌蟻穴，弗讀《論語》矣。

「未也。……長毛遂毀門，趙五叔亦走出，見狀大驚，而長毛……」

「仰聖先生！我底下人返矣。」耀宗竭全力作大聲，進且語。

「如何？」禿先生亦問且出，睜其近眼，逾於余常見之大。餘人亦競向耀宗。

「三大人云長毛者謊，實不過難民數十人，過何墟耳。所謂難民，蓋猶常來我家乞食者。」耀宗慮人不解難民二字，因盡其所知，為作界說，而界說只一句。

「哈哈！難民耶！……呵……」禿先生大笑，似自嘲前此倉皇之愚，且嗤難民之不足懼。眾亦笑，則見禿先生笑，故助笑耳。

眾既得三大人確消息，一鬨而散，耀宗亦自歸，桐下頓寂，僅留王翁輩四五人。禿先生踱良久，云：「又須歸慰其家人，以明晨返。」遂持其《八銘塾鈔》去。臨去顧余曰：「一日不讀，明晨能熟背否？趣去讀書，勿惡作劇。」余大憂，目注王翁煙火不能答，王翁則吸煙不止。余見火光閃閃，大類秋螢墮草叢中，因憶去年撲螢誤墮蘆蕩事，不復慮禿先生。

"唉，長毛來，長毛來，長毛初來時良可恐耳，顧後則何有。"王翁輟煙，點其首。

"翁蓋曾遇長毛者，其事奈何？"李媼隨急詢之。

"翁曾作長毛耶？"余思長毛來而禿先生去，長毛蓋好人，王翁善我，必長毛耳。

"哈哈！未也。—— 李媼，時爾年幾何？我蓋二十餘矣。"

"我才十一，時吾母挈我奔平田，故不之遇。"

"我則奔幌山。—— 當長毛至吾村時，我適出走。鄰人牛四，及我兩族兄稍遲，已為小長毛所得，牽出太平橋上，一一以刀斫其頸，皆不殊，推入水，始斃。牛四多力，能負米二石五升走半里，今無如是人矣。我走及幌山，已垂暮，山顛喬木，雖略負日腳，而山趺之田禾，已受夜氣，色較白日為青。既達山趺，後顧幸無追騎，心稍安。而前瞻不見鄉人，則悽寂悲涼之感，亦與並作。久之神定，夜漸深，寂亦彌甚，入耳絕無人聲，但有吱吱！哐哐哐！……"

"哐哐"余大惑，問題不覺脫口。李媼則力握余手禁余，一若余之懷疑，能貽大禍於媼者。

"蛙鳴耳。此外則貓頭鷹，鳴極慘厲。……唉，李媼，爾知孤木立黑暗中，乃大類人耶？……哈哈，顧後則何有，長毛退時，我村人皆操鍬鋤逐之，逐者僅十餘人，而彼雖百人不敢返鬥。此後每日必去打寶，何墟三大人，不即因此發財者耶。"

"打寶何也？"余又惑。

"唔，打寶行寶，……凡我村人窮追，長毛必投金銀珠寶少許，令村人爭拾，可以緩追。余曾得一明珠，大如戎菽，方在驚喜，牛二突以棍擊吾腦，奪珠去；不然縱不及三大人，亦可作富家翁矣。彼三大人之父何狗保，亦即以是時歸何墟，見有打大辮子之小長毛，伏其家破櫃中。……"

"啊！雨矣，歸休乎。"李媼見雨，便生歸心。

"否否，且住。"余殊弗願，大類讀小說者，見作驚人之筆後，繼以欲知後事如何且聽下回分解；則偏欲急看下回，非盡全卷不止，而李媼似不然。

"咦！歸休耳，明日晏起，又要吃先生界尺矣。"

雨益大，打窗前芭蕉巨葉，如蟹爬沙，余就枕上聽之，漸不聞。

"啊！先生！我下次用功矣。……"

"啊！甚事？夢耶？……我之噩夢，亦為汝嚇破矣。……夢耶？何夢？"李媼趨就余榻，拍余背者屢。

"夢耳！……無之。……媼何夢？"

"夢長毛耳！……明日當為汝言，今夜將半，睡矣，睡矣。"

點 評

這是魯迅的小說處女作，最初發表於一九一三年四月二十五日上海《小說月報》第四卷第一號，署名周逴。發表時篇末附有編者惲鐵樵的按語："實處可致力。然初步不誤，靈機人所固有，非難事也。曾見青年才解握管，便講詞章，卒致滿紙餖飣，無有是處，亟宜以此等文字藥之。（焦木附誌）"

魯迅畢竟是與周作人於一九〇九年之前翻譯過《域外小說集》的人，該書講述了其開放性的文學態度，如序言所說："《域外小說集》為書，詞致樸訥，不足方近世名人譯本。特收錄至審慎，迻譯亦期弗失文情。異域文術新宗，自此始入華土。使有士卓特，不為常俗所囿，必將犁然有當於心，按邦國時期，籀讀其心聲，以相度神思之所在。則此雖大濤之微漚與，而性解思維，實寓於此。中國

356

譯界，亦由是無遲暮之感矣。"一九一七年十一月三十日又在《教育公報》上刊出《通俗教育研究會審核小說報告》。其中有云："《歐美名家短篇小說叢刊》凡歐美四十七家著作，國別計十有四，其中意、西、瑞典、荷蘭、塞爾維亞，在中國皆屬創見，所選亦多佳作，又每一篇署著者名氏，並附小像傳略。用心頗為懇摯，不僅志在娛悅俗人之耳目，足為近來譯事之光。惟諸篇似因陸續登載雜誌，故體例未能統一，命題造語，又係用本國成語，原本固未嘗有此，未免不誠。書中所收，以英國小說為最多，唯短篇小說，在英文學中，原少佳製，古爾斯密及蘭姆之文，係雜著性質，於小說為不類。歐陸著作，則大抵以不易入手，故尚未能為相當之紹介，又況以國分類，而諸國不以種族次第，亦為小失。然當此淫佚文字充塞坊肆時，得此一書，俾讀者知所謂哀情慘情之外，尚有更純潔之作，則固亦昏夜之微光，雞群之鳴鶴矣。"結論是："復核是書，搜討之勤，選擇之善，信如原評所云。足為近年譯事之光。似宜給獎，以示模範。"可見魯迅此時的小說藝術眼光，已經遠在編者惲鐵樵之上。

小說如此開頭，打破了傳統短篇"某生，某處人也"的文體模式，以兒童天然的眼光，進入鄉村的真實生活現場："吾家門外有青桐一株，高可三十尺，每歲實如繁星，兒童擲石落桐子，往往飛入書窗中，時或正擊吾案，一石入，吾師禿先生輒走出斥之。桐葉徑大盈尺，受夏日微瘁，得夜氣而蘇，如人舒其掌。家之閽人王叟，時汲水沃地去暑熱，或掇破几椅，持煙筒，與李嫗談故事，每月落參橫，僅見煙斗中一星火，而談猶弗止。"又如如此寫塾師與鄉紳，就散發着果戈理的喜劇味道："予初殊弗解先生何心，敬耀宗竟至是。耀宗金氏，居左鄰，擁巨資；而敝衣破履，日日食菜，面黃腫如秋茄，即王翁亦弗之禮。嘗曰：'彼自蓄多金耳！不以一文見贈，何禮為？’故翁愛予而對耀宗特傲，耀宗亦弗恤，且聰慧不如王翁，每聽談故事，多不解，唯唯而已。李媼亦謂，彼人自幼至長，但居父母膝下如囚人，不出而交際，故識語殊聊聊。如語及米，則竟曰米，不可別粳糯；語及魚，則竟曰魚，不可分魴鯉。否則不解，須加注幾百句，而注中又多不解語，須更用疏，疏又有難詞，則終不解而止，因不好與談。惟禿先生特優遇，王翁等甚訝之。予亦私揣其故，知耀宗曾以二十一歲無子，急蓄妾三人；而禿先生亦云以不孝有三，無後為大，故嘗投三十一金，購如夫人一，則優禮之故，自因耀宗純孝。王翁雖賢，學終不及先生，不測高深，亦無足怪；蓋即予亦經覃思多日，始得其故者。”隨之寫難民過境，疑為“長毛”，富室驚惶逃難，“中多何墟人，來奔蕪市；而蕪市居民，則爭走何墟”。因塾師也在逃難之列，“予”樂得清閒，自撲青蠅誘蟻出，踐殺之，又舀水灌其穴。而細民卻悠然在桐蔭下，高談長毛入境殺掠的往事。寫實狀事，已是相當周密。第一人稱的兒童眼光心理，也躍然紙上。如此處女作，蘊含着魯迅在“五四”時期小說創作之大成的潛力。

小說集編餘雜識

楊 義

編完魯迅小說選集，有必要補述一下他的三部沒有完成的中長篇小說的腹稿。

其一是《楊貴妃》。至友許壽裳回憶道：

> 有人說魯迅沒有做長篇小說是件憾事，其實他是有三篇腹稿的，其中一篇曰《楊貴妃》。他對於唐明皇和楊貴妃的性格，對於盛唐的時代背景、地理、人體、宮室、服飾、飲食、樂器以及其他用具……統統考證研究得很詳細，所以能夠原原本本地指出坊間出版的《長恨歌畫意》的內容的錯誤。他的寫法，曾經對我說過，係起於明皇被刺的一剎那間，從此倒回上去，把他的生平一幕一幕似的映出來。他看穿明皇和貴妃兩人間的愛情早就衰歇了，不然何以會有"七月七日長生殿"，兩人密誓願世世為夫婦的情形呢？在愛情濃烈的時候，哪裡會想到來世呢？他的知人論世，總是比別人深刻一層。這些腹稿，終於因為國難的嚴重，政治的腐敗，生活的不安定，沒有餘暇把它寫出，轉而至於寫那些匕首似的短評了。
>
> ——《我所認識的魯迅·魯迅的人格和思想》

郁達夫對《楊貴妃》的構思，披露得更早，而且細節有所出入：

朋友的 L 先生（指魯迅），從前老和我談及，說他想把唐玄宗和楊貴妃的事情來做一篇小說。他的意思是：以玄宗之明，哪裡看不破安祿山和她的關係？所以七月七日長生殿上，玄宗只以來生為約，實在心裡有點厭了，彷彿是在說"我和你今生的愛是已經完了！"到了馬嵬坡下，軍士們雖說要殺她，玄宗若對她還有愛情，哪裡不能保全她的生命呢？所以這時候，也許是玄宗授意軍士們的。後來到了玄宗老日，重想起當時行樂的情形，心裡才後悔起來，所以梧桐秋雨，生出一場大大的神經病來。一位道士就用了催眠術來替他醫病，終於使他和貴妃相見，便是小說的收場。L 先生的這一個腹案，實在是妙不可言的設想，若做出來，我相信一定可以為我們的小說界闢一生面，可惜他近來事忙，終於到現在，還沒有寫成功。

——《歷史小説論》，載一九二六年四月十六日

《創造月刊》第一卷第二期

　　由此可知，長篇小説《楊貴妃》的腹稿，在魯迅寫作《彷徨》時已經開始成型。然而孫伏園卻説，構思中的《楊貴妃》是個劇本，"原計劃是三幕，每幕都用一個詞牌為名，我還記得它的第三幕是'雨霖鈴'。而且據作者的解説，長生殿是為救濟情愛逐漸稀淡而不得不有的一個場面。"（《魯迅先生二三事‧楊貴妃》）孫伏園於一九二四年夏曾作為北京《晨報》記者陪同魯迅赴西北大學作夏期講演，魯迅西安之行的另一個目的，就是為創作長篇歷史小説《楊貴妃》收集感性材料。但此行並未達到預期效果，魯迅後來回憶："五六年前我為了寫關於唐朝的小説，去過長安。到那裡一看，想不到連天空都不像唐朝的天空，費盡心機用幻想描繪出的計劃完全被打破了，至今一個字也未能寫出。原來還是憑書本來摹想的好。"（《致山本初枝（一九三四年

一月十一日）》）

　　其二是關於紅軍的中長篇小說。其時已是三十年代，魯迅也成了左聯的主要作家。據馮雪峰回憶：

> 　　那是一九三二年，大約夏秋之間，陳賡同志（就是後來大家知道的陳賡將軍）從鄂豫皖紅四方面軍方面來到上海，談到紅軍在反對國民黨圍剿中的戰鬥的劇烈、艱苦和英勇的情形，聽到的四人都認為要超過蘇聯綏拉菲摩維支的《鐵流》中所寫到的。大家認為如果有一個作家把它寫成作品，那多好呢。於是就想到魯迅先生了。……幾天之後，魯迅先生還請許廣平先生預備了許多菜，由我約了陳賡和朱鏡我同志到北四川路底的他的家裡去，請陳賡同志和他談了一個下午，我們吃了晚飯才走的。魯迅先生大概在心裡也醞釀過一個時候，因為那以後不久曾經幾次談起，他都好像準備要寫似的。別的話記不得，像下面這幾句，我還記得清楚的："寫是可以寫的。""寫一個中篇，可以。""要寫，只能像《鐵流》似地寫，有戰爭氣氛，人物的面目只好模糊一些了。"但後來時過境遷，他既沒有動筆，我們也沒有再去催他了。不過那些油印的材料，他就保存了很久時候；我記得一直以後他還問過我："那些東西要不要還給你？"我說："不要，你藏着如不方便，就燒毀了罷。"在他逝世以後，許廣平先生有一次還談起過，說魯迅先生曾經把那些材料鄭重其事地藏來藏去的。
>
> 　　　　　　　　　　　　——《回憶魯迅·關於他和群眾的聯繫》

　　魯迅會陳賡，其實有兩次，第二次是初秋時分，樓適夷陪同的，"談到鄂豫皖軍事形勢時，魯迅先生請他（陳賡）在桌上繪了一張草圖。談了整整一個下午，先生一直坐在躺椅上，連身子也沒有躺下過一次，始終很有興味地聽着，問着，默默地點着頭。"（樓適夷：《魯迅二次見陳賡》，收入《魯迅回憶錄》二集）這張草圖至今猶存上海魯迅紀念館，上端一條短線是京漢鐵路南段，下端一條較長的線，是安徽省的淠河；中間環形線條所圈的部位，就是鄂豫皖革命根據地的大致範圍，中間兩條彎彎曲曲的線條，就是大別山脈；其中還有許多屬於湖北、河南、安徽三省交界地區的縣鎮名字，構成了一張簡要的鄂豫皖革命根據地形勢圖。

關於此圖與小說的關係，魯迅病逝時身陷獄中的樓適夷略有披露："先生的關心是無限的。每次有人從那些遙遠偏僻的戰地中來，先生常常請來打聽真實的情形，整幾小時傾聽着，不覺有絲毫的疲倦。有時要求講的人畫出詳細的地圖，有時叫旁邊的人替他記錄下來。我們很久就知道他要寫一部用革命鬥爭作主題的長篇，乃終不能完成，真是多大的痛事。"（《魯迅先生紀念集·深淵下的哭聲》）這個中長篇由於資料尚不夠充分，又缺乏實際戰爭生活的感受，怕難成精品而擱筆。

其三是關於中國四代知識分子的長篇小說。這當是魯迅最有深切體驗，最有潛力寫成傑作的題目。可惜捕捉到這麼巨大的題目之時，已是他的晚年了。馮雪峰回憶道：

　　一九三六年六月間大病前後，魯迅先生曾屢次談起中國的知識分子問題，有時也談起高爾基的巨著《薩姆金的一生》，也談到長篇小說的嚴格形式的解放。有一天我們談着，我說魯迅先生深知四代的知識分子，一代是章太炎先生他們；其次是魯迅先生自己的一代；第三，是相當於例如瞿秋白等人的一代；最後就是現在如我們似的這類年齡的……他當時說："倘要寫，關於知識分子我是可以寫的，而且我不寫，關於前兩代恐怕將來沒有人能寫了。"接下去，我們又談到長篇小說，魯迅先生不大喜歡辛克萊式的東西，但以為長篇小說可以帶敍帶議論，自由說話。——

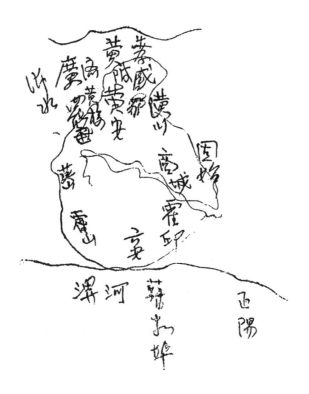

陳賡為魯迅手繪的草圖

這有這樣的意思：就是長篇小說也可以由作者被變成為社會批評的直剖明示的尖利的武器的。這以後，在閒談中，常常談到以上這些問題，而有一天，這是在他大病後精神較好的時候，就極自然地歸結到他寫長篇小說的問題。

那時他說："這倒可以想想看，如果還能夠再活十年，——慢慢寫，一年寫一本是可以的。或者，想寫的文學史再攔一攔也可以，—— 即同時寫也可以。"大約過了一星期，一晚再去訪問的時候，魯迅先生說道："那天談起的寫四代知識分子的長篇，曾想了一下，我想從一個讀書人的大家庭的衰落寫起……"又加說，"一直寫到現在為止，分量可不小。—— 不過一些事得結束一下，也要遷移一個地方才好。"可知這已經是魯迅先生有意的存心的計劃了。然而這將反映中國近六十年來的社會變遷，中國知識階級的真實的歷史，並將創造了新形式的巨製的計劃，終於因為魯迅先生的死從我們的文學史上被奪去了。這才是永久無法補償的損失。

——《魯迅論及其他·魯迅先生計劃而未完成的著作》

檢討上述魯迅有所計劃而未及着筆的三部中長篇小說，實在令人感慨多端。魯迅的方向代表着中國新文學發展的方向，這已成為人們的共識；魯迅的人生感覺和藝術能力，屬於現代中國第一流，這也是毫無疑問；但是問題是否還存在着潛隱的一個側面：魯迅未完成的三部中長篇，從某種特殊角度上反映了在一個社會黑暗、思潮激進、作家的生活及心理狀態極其動蕩的歷史時期所謂精品文學的命運？這是值得深長思之的。

（一）《楊貴妃》的構思已是非常獨特、深入和精彩，在北京寫出來，大體已經可以達到郁達夫所預示的 "為我們的小說界闢一生面" 的效果。但彼猶不滿足，還要到西安實地考察唐都風物，以補充感性材料和激發創作靈感，可見他的藝術精品意識之濃鬱。看了西安而未能找到創作心靈的契合點，他寧可擱筆不作，可見他的精品意識已濃鬱得到了執拗的程度。魯迅於一九二四年七月十四日到八月四日，應西北大學邀請在西安為暑期學校學員講《中國小說的歷史的變遷》，那是對其《中國小說史略》的簡明演繹，到底駕輕就熟，無須煞費苦心。其間五次觀看易俗社的演出，題贈 "古調獨彈" 匾額。七月份，在古董店購得一枚小土梟和一具弩機。同行的蔣廷黼回憶："他有點兒瘸，走起路來慢吞吞的。他和我們相處不僅很客氣，甚至可以說有點膽怯。

有一天我看到他和一群孩子們在一起玩一門青銅造的玩具炮。他告訴我，如果把一個小石子放在適當的位置上，可以彈出二十碼遠，像彈弓一樣。他說那門玩具炮可能是唐代設計的，但他買時價錢很低，所以他不相信那是唐代的東西。我問他為甚麼不相信，他說：'如果我一定說是唐代的古物，別人就一定說它不是。如果我一開始說它可能不是，就不會引起爭論了。' 在鑑定古物方面，他倒是個不與人爭的人。人們絕不會料到他居然是一個文學與政治紛爭中的重要人物。" 八月初孫伏園又陪同他逛古董店，"買小土偶人二枚，磁鳩二枚，磁猿首一枚，彩畫魚龍陶瓶一枚，共泉三元"，魯迅把猿首送給了李濟，又 "買弩機大者二具，小者二具，其一有字"。可見魯迅對長安文物和古樂遺存，已極為用心。如果創作心理能有一段寧靜，寫《楊貴妃》應是水到渠成，只有一步之遙。

（二）隨之出現了問題的另一個側面。已經進入了獨特體驗過的審美世界的東西，擱筆於一時猶可，擱筆於長久，則是欲罷不能的。中國社會如此動蕩，而新文學潮流的發展是如此激烈，不到二三年間，就有一批自信到以為只有他們才 "抓住時代" 的左傾批評家，宣佈 "阿Q時代早已死去"，連同 "《阿Q正傳》的技巧也已死去" 了。阿Q這樣的愚鈍的浮浪漢尚且如此，楊貴妃這樣的千古尤物，寫之無非可以解剖愛情心理和人性隱秘的角色，又何足道哉！因此不僅 "西安的天空不像天空"，而且自北平到廈門、廣州，再到上海的魯迅，大概也會感到這些城市的天空 "不像寫《楊貴妃》的天空" 了。在社會翻雲覆雨、思潮急劇變幻中，魯迅運用得得心應手的小說創作受到抨擊，難以花費較多時日探索文體由短篇到長篇的轉換，於是同樣是得心應手的雜文文體，便於他駕馭急遽變幻的文化思潮，就使他作為一個戰鬥者和思想家的品格在這種文體中發揮得淋灘盡致。在小說文體上，他開始面臨着兩難的選擇，他在一九三三年春這樣寫道：

但我也久沒有做短篇小說了。現在的人民更加困苦，我的意思也和以前有些不同，又看見了新的文學的潮流，在這景況中，寫新的不能，寫舊的又不願。中國的古書裡有一個比喻，說：邯鄲的步法是天下聞名的，有人去學，竟沒有學好，但又已經忘卻了自己原先的步法，於是只好爬回去了。

我正爬着。但我想再學下去，站起來。

——《集外集拾遺·英譯本〈短篇小說選集〉自序》

（三）請注意上引的"自序"的寫作時間是一九三三年春，也就是他兩次會見陳賡將軍以後的半年。他自稱此時還沒有超越"寫新的不能，寫舊的又不願"的兩難境界，這是激流中的中國知識者的典型性精神困惑。魯迅尚缺乏把一部描寫《鐵流》式戰爭生活的作品寫成藝術精品的自信，這對於一個精品意識甚濃的作家，內心是攪動着焦慮、困惑和痛苦的。應該說，處於轉型期的二十世紀中國文學，往往是先鋒意識大於精品意識的。但是作為文學大師的魯迅卻有其領導潮流的一面，又有其獨立於潮流的一面，執着地追求把先鋒意識和精品意識結合起來，這就難免要面對"兩難的選擇"。魯迅的經驗說明，對待文藝問題要有博大的胸襟、宏偉的魄力和遠大的眼光，他所倡導的"漢唐魄力"是永遠值得珍視的。不能不承認，魯迅重新在小說文體上找到時代思潮、個人閱歷和新形式的創造的契合點，是一九三六年他提出寫四代知識分子的長篇小說的時候。他反覆地跟友人談論這個計劃，並且已開始了初步的構思，連寫作的時間、地方都做了一些設想，可見這個契合點的發現令他心情難以平靜。如果假以天年，是可望出現一部為中國新文學史增添光彩的長篇小說的。可惜長期的環境驅迫，以及"吃草擠奶"式的文字勞作，已經損害了他的健康，使這項要付出長時間的艱苦勞動的工程成為一個偉大的夢了。

魯迅不僅給我們留下偉大的成功，而且給我們留下偉大的未成功，這些都可以稱為偉大的文化啓示錄。中國現代文學的成功，是留下遺憾和缺陷的成功。遺憾和缺陷，以深刻的教訓給後世留下了茫茫無際的想象和創造的空間，"滄海月明珠有淚，藍田日暖玉生煙"，這應成為一筆刻骨銘心的文化哲學財富。

一九九五年十一月五日，二〇一三年十月二十四日修改